現代漢語形狀量詞的
來源及其演變研究

孟繁杰　著

本書經政大出版社思源人文社會科學博士論文獎
評選委員會審查獲「第一屆思源人文社會科學博
士論文獎文學學門首獎」

本研究得到中央高校基本科研業務費專項資金資助
（Supported by Fundamental Research Funds for the Central
Universities），項目號：2010221033

目　錄

序

　　為落實兩岸青年菁英的學術交流，台灣政治大學從 2011 年起，設立了「思源人文社會科學博士論文獎」，在第一屆評選活動中，經過公平嚴謹的評議，孟繁杰的這本博士論文獲得了文學學門的首獎，政大出版社並負責出版本書。在近百篇參評的論文中，獲得此次首獎的大陸青年學者只有三位，有的學門還從缺，可見評選的要求是嚴格的。不過，此書也確是值得肯定的，它的獲獎並非僥倖偶然。

　　作為博士論文，本書的選題是獨出心裁的。量詞是漢語的重要特點，世界上許多語言沒有量詞，漢藏語也並不都有。漢語的量詞是在兩三千年間從無到有、從少到多發展過來的，這個演變過程就是十分引人入勝的。數十年來已經有不少學者就此做過研究，但是由於漢語的歷史語料汗牛充棟，相關的理論又很不完備，至今還難有一套嚴整而又透徹的說法。然而如果要對所有的量詞做全面的考察，又不是數年之間可以完成的，作者選取了「形狀量詞」這個小類，既是比較易於捉摸的，又是很常用、很有典型意義的，用它來說明量詞的演變過程是有說服力的。

　　和傳統的訓詁學不同，詞彙史（歷史詞彙學）的研究是要從常用詞、基本詞入手，而不能總是在生僻詞的考據中打轉；其旨趣在於探索詞彙的發展規律，而不是以解釋古代經典為目的。本書既是一批常用詞的研究，又能在充分瞭解前人的研究成果的基礎上，回到語料上進行深入的考察，並且努力地從中發現和總結這些常用量詞的演變規律。

　　瞭解已有的本課題的研究狀況是非常重要的。這不但可以避免重複別人研究的無效勞動，又可以「站到巨人的肩膀上」摘取更高的新果實。本書在這一點上是做得很好的，書後的文獻就有百餘種，歷來關於量詞的研究成果大體上都囊括在內了。

　　自從文本數位化之後，大型語料庫的建設發展很快。漢語史上的語料庫已經很多了，本書在這方面的應用也表現了很好的功力。引用古籍上的量詞例句都經過校訂，避免了一些古注上的差錯。例如：

　　「男子張伯除堂下草，土中得玉璧七枚，伯懷其一。以六枚白意……孔子寢堂床首有懸甕，……發之，中得素書，文曰：……璧有七張，伯藏其一。意即召問，伯果服焉。」（《水經注》卷二十五）
　　應是「璧有七，張伯藏其一」之誤。

　　在釐清了從古代漢語到現代漢語這些常用量詞的演變過程之後，本書還致力於探討量詞在演變過程中所體現的規律。在這方面本書雖然還發揮得不夠，但就所提出的一些觀點看，還是有一定的啟發性的。例如，漢語的量詞多來自常用的名詞和動詞，本書的第六章

指出，從實意的名、動詞到量詞，是經過「虛化」的，實意的逐漸減弱與表量度的虛義的明確是同步進行的，虛化得越徹底，量詞的適應性就越強，越加泛化；泛化和虛化是相牽制、相促進的。關於「泛化」（稱量的範圍的擴大化）的過程，作者概括為「類推」，具體的又包括形狀、屬性、功能、動狀等幾種類推。此外，還提出：「大部分量詞的發展都經歷了不斷泛化至最大、再逐漸縮小的發展軌跡，如果用圖形來表示，它是一個不太規則的拋物線」。從歷史上看，量詞定型後與名詞的組構總是由少到多，而後又由多到少，前者就是「泛化」，後者是「整化」（書中稱為「逆泛化」），不同的量詞，泛化和整化的範圍不同，就表現了拋物線的不同。此外，書中還討論了量詞演變與漢人的認知的特點的關係，提出了從量詞發展過程看漢語史的分期的看法。這些努力對於漢語量詞的研究都是有啟發意義和參考價值的。詞彙史的研究，至今為止還是描寫的多，歸納的少，理論上的解釋更少，年輕一代學者應該努力改變這種狀況。

在確定這篇博士論文的時候，我曾經向作者提出，最好包括現代漢語方言裡這類量詞的比較研究，因為現代漢語是應該包括方言在內的。而且在紛紜複雜的方言中，這類量詞的說法及其用法就異彩紛呈。例如，各方言使用最廣泛的量詞（所謂「萬能」量詞）是各不相同的，（北京話說「個」，上海話、福州話說「只」）這些萬能量詞是如何競爭而勝出的？量詞和名詞組合的語義依據也是各方言不同的，客家話說「一張刀」，取義其「薄」，閩方言說「一粒地球」取義其「圓狀」；在閩粵方言，量詞語素可以和形容詞語素組成形容詞（如說「大只、大條」）；還有許多量詞在方言中有兼類造成的多義詞，例如閩南話的「張」，不但用作量詞說「一張犁」、「一張弓」（彈棉花的弓），還可以用作單音動詞說：「張犁」（組裝犁）、「張頌」（為死者著裝）、「免張！」（別站著不動耍孩子脾氣）。不過，考慮到作者是在職攻讀博士學位的，在對外漢語教學上並沒有減少工作量，怕她忙不過來，我就沒有勉強她。

其實，正因為量詞是漢語的特徵之一，形狀量詞又是最常用的量詞，這些量詞的兼類現象和作為語素的廣泛組詞：一張、張開、張揚、張羅，一條、枝條、條幅、開條子、條陳、條分縷析，一支、支條、支票、支取、支開、開支，一點、重點、鐘點、點滴、點將、指點、好點了，其中還有許多問題值得進一步研究　。寫好一篇博士論文不是研究的終點，而應該是一個新的起點。希望孟繁杰今後能夠百尺竿頭更進一步，在漢語量詞的研究上作出更多的貢獻。

於 2012 年 4 月 5 日
（廈門大學 91 周年校慶前夕）

第一章　緒　論

1·研究意義

　　與印歐語系相比，量詞是漢語特有的語法範疇，以印歐語為藍本的漢語語法在很長時間內沒有把量詞單獨設類。從語言學家開始注意到量詞的特殊性，到量詞最終獨立成為一個詞類，經歷了半個世紀左右的時間。[1]關於量詞的分類，由於考察方法、劃分角度不同，在小類劃分上會產生一定差異，但名量詞第一層次的劃分還基本一致，一般分為：個體量詞、集合量詞、度量衡量詞、不定量詞、容量量詞、臨時量詞和准量詞。[2]其中個體量詞較為特殊，「量詞的作用本來應該是使不可計數的事物變成可計數，例如『布』是不可記數的，加上『尺、米、匹、段』就可以記數了。可以記數的事物不是一個一個地記數的時候，也得用上量詞，如一『群』人、一『屋子』人。這樣的量詞（或這樣用的名詞）是各種語言都有的。漢語的特點在於量詞應用的普遍化，可計數的事物也需要用量詞，並且這樣的量詞不是一個而是很多。」[3]這種「可計數事物」所使用的量詞便是個體量詞，個體量詞是漢語的特色詞類，也是歷來量詞研究的重點。本文所說量詞如無特殊說明，都僅指個體量詞。

　　形狀量詞又是漢語個體量詞中最為重要、最具代表性的一類。首先，從詞頻來看，形狀量詞常用度較高。《漢語水平詞彙與漢字等級大綱（修訂本）》（以下稱簡《HSK 大綱》）是針對留學生編制的漢語水平考試的依據，該大綱根據 16 種常用詞統計資料，經過多方面、多層次的考察、統計、比較和篩選，制定出了以「常用性、均勻性」為原則的甲、乙、丙、丁四級常用詞 8822 個，共收錄個體量詞 62 個，其中形狀量詞 17 個，多分佈於甲、乙兩級高頻常用詞。其次，從組合能力來看，形狀量詞從事物的形態出發，凡具有相同相似形狀的事物都可用形狀量詞來稱量，因而大多數形狀量詞的稱量範圍較廣，具有較強的組合能力。這些都說明，形狀量詞在量詞系統中佔有重要的地位。

　　量詞是為名詞分類的，形狀量詞就是從事物所呈現出的外形特徵來對客觀事物進行分類，從本質上說，它集中體現了漢語量詞具有的「象形性」的表義功能，考察形狀量詞能夠從一個側面把握漢語量詞的特點。國外學者通過對多個「數—分類詞」[4]語言量詞系統的總結，提出了這類語言量詞系統中具有普遍意義的語義分類參項，並指出：在無生事物中主要按「形狀」和「功能」給事物分類，而「形狀」角度的歸類往往更加複雜化。[5]Foley 也認為，「量詞的典型作用就是描述名詞所指事物的形狀、數量或其他的感知性特徵，而

---

[1] 1898 年《馬氏文通》最早注意到量詞的特殊性，稱「凡物之公名有別稱以記數者」，到 20 世紀五〇年代《暫擬漢語教學語法系統》才正式確立「量詞」名稱，並單獨設立詞類。

[2] 有關量詞分類的研究，可參見何杰《現代漢語量詞研究》。有些類別的名稱不太一致，但所指基本相同。

[3] 呂叔湘，《現代漢語八百詞》，商務印書館，1980 年。

[4] 分類詞（classifier），即量詞，特指漢藏語系獨有的個體量詞。

[5] 張䬴，《類型學背景下的漢泰語量詞語義系統對比和漢語量詞教學》，《世界漢語教學》2009 年第 4 期。

且形狀因始終是客觀事物最為明顯的特徵而成為量詞所表達的最為顯著的語義特徵」。[1]

　　以語料為基礎的歷時層面的考察有助於找出量詞真正的發展脈絡，並進而發現演變中呈現出的一些特點。量詞的用法不是同一平面形成的，各語義之間有先後關係、引申關係，如果只從共時平面考察，往往會流於表面，主觀臆斷，從而產生極大的誤解。如《外形特徵類量詞的語義辨析及發展趨勢》一文中對「條」修飾新聞類名詞的解釋，認為新聞類名詞從語流上來說是線性的，所以也用量詞「條」。[2]這種解釋其實是錯誤的，這裡的「條」與長條狀無關，而是「條」的另一種量詞用法，二者的來源不同。這就是僅從共時層面上考察量詞所難以避免的。以大量史料做依據考察漢語形狀量詞的源流演變，可以還原真實的歷史面目，梳理出正確的發展脈絡。

　　考察形狀量詞的形成及其演變，還可以為對外漢語量詞教學提供理論上的依據。「量詞是跨文化言語交際的主要障礙之一」。[3]而形狀量詞組合能力較強，與不同的名詞形成了具有交叉性的「選擇關係」，這便形成「一名多量」或「一量多名」的現象，這種呈交叉混合狀態的「名量搭配」更是讓留學生無所適從。目前的對外漢語教學中，教材方面對量詞的處理是個體的、離散性的學習，學生靠的是經驗式的記憶，是「知其然不知其所以然」。考察形狀量詞的演變，就能夠從源流關係上找到各形狀量詞搭配對象的理據，將所學到的每個量詞的搭配對象從語義角度系統地加以講解，讓學生理解性地掌握，解決量詞教學中「所以然」的問題。並且，從形狀量詞各自的演變過程中，我們可以發現近義量詞之間在語義語用上的細微差別，這些也可以有效地幫助留學生快速準確地掌握量詞用法，提高漢語水平。

2·已有研究成果概述

　　漢語量詞的演變研究開始於 20 世紀五〇年代，隨著漢語量詞研究逐漸深入，漢語形狀量詞的研究是從八〇年代開始的，這兩方面的研究都取得了豐碩的成果，但將形狀量詞和語義演變結合起來考察的相關文章目前還比較少見。下面我們從量詞的演變研究以及形狀量詞的專題、個案研究兩個方面分別做一概述。

2-1 漢語量詞的演變研究

2-1-1 起源研究

　　量詞這一語法範疇不是漢語本身所固有的，從有文獻記載時期到現在，量詞從無到有，從少到多逐漸發展壯大。量詞是什麼時候開始出現的？量詞的產生原因是什麼？這些都是眾多學者探討並力圖解決的問題。

　　關於量詞產生的時代，黃載君提出甲骨文中出現了極少數的個體量詞，[4]所列舉的量

---

[1] 轉引王文斌，《論漢英形狀量詞「一物多量」的認知緣由及意象圖式的不定性》，《外語教學》2009年第 3 期。

[2] 李秀，《外形特徵類量詞的語義辨析及發展趨勢》，《內蒙古師範大學學報》2004 年第 1 期。

[3] 何杰，《現代漢語量詞研究（增編版）》，北京語言大學出版社，2001 年。

[4] 黃載君，《從甲骨文、金文量詞的應用，考察漢語量詞的起源與發展》，《中國語文》1964 年第 6期。

詞當中，「人、羌」是名詞還是量詞仍有爭議，在「人五人」、「羌百羌」這樣的句式中，後一個「人、羌」是對前一個名詞的重複，被稱為「反響型量詞」或「拷貝型量詞」，只能說是個體量詞的原型，在此基礎上衍生了個體量詞，而不能明確地說它已經虛化為量詞；「丙」是個體量詞還是集合量詞作者本人也不確定；只有「豐」作者認為是典型的個體量詞，並由此斷定甲骨文中個體量詞已經產生。王力、[1]遊順釗、[2]李若暉[3]等人都認為最早的個體量詞出現於西周銘文中。在殷墟卜辭中，只出現了度量衡單位、容量單位和集體單位，還沒有個體量詞，李若暉認為被稱為典型個體量詞的「豐」也只是臨時量詞而已。

　　當然，甲骨文中未發現典型的個體量詞也可能是受語料的制約，甲骨卜辭句式較短，用的是特有的占卜式文體，這在很大程度上限制了卜辭對量詞的使用，因此，我們只能說目前有文獻記載的最早的個體量詞出現於西周銘文中。

　　關於量詞的產生原因，學者們見仁見智，但至今為止仍無定論，具有代表性的觀點大致可分為以下幾類：（1）量詞的出現是出於表量的需要。如王力、[4]張幟[5]等人認為量詞使漢語語法更加嚴密、準確、科學。（2）量詞的產生是由於表形的需要。司徒允昌、[6]葉桂郴[7]等指出量詞具有表形性，即形象性，這與漢民族的文化心理因素和認知方面的特點有關。（3）遊順釗從認知角度出發，根據上古漢語中有「反響型量詞」這一現象，提出量詞的出現是源於語言上的記憶需要。[8]（4）根據量詞性語言和非量詞性語言在複數形式上的區別，戴浩一指出量詞是用於個化前一個名詞所指，起個體標記的作用。[9]（5）李先銀則認為，集合量詞產生的時間較早，由集合量詞類推形成了個體量詞，這是語言範疇化的結果。[10]

　　應該說，任何語言都具有表量和記憶的需求，但不是任何語言都產生了個體量詞。我們認為，量詞的起源與「個體標記作用」和「表形作用」有關，是二者綜合作用的結果。「個體標記作用」是語法角度的需求，它促使漢語出現了「量詞」這一語法範疇，「表形作用」是功能角度的需求，它導致了漢語的許多量詞是從客觀事物的外形特點出發來分類，而不是根據其他特點。也正因為量詞有「表形作用」，漢語量詞中才出現了為數不少的形狀量詞。

---

[1] 王力，《漢語史稿》，中華書局，1980 年。

[2] 遊順釗，《從認知角度探討上古漢語名量詞的起源》，《中國語文》1988 年第 5 期。

[3] 李若暉，《殷代量詞初探》，《古漢語研究》2000 年第 2 期。

[4] 王力，《漢語語法史》，商務印書館，1989 年。

[5] 張幟，《古漢語量詞源流概說》，《渤海大學學報》1991 年第 4 期。

[6] 司徒允昌，《論漢語個體量詞的表達功能》，《汕頭大學學報》1991 年第 1 期。

[7] 葉桂郴，《〈六十種曲〉和明代文獻的量詞》，湖南師範大學博士論文，2005 年。

[8] 遊順釗，《從認知角度探討上古漢語名量詞的起源》，《中國語文》1988 年第 5 期。

[9] 戴浩一，《概念結構與非自主性語法：漢語語法概念系統初探》，《當代語言學》2002 年第 2 期。

[10] 李先銀，《漢語個體量詞的產生及其原因初探》，《保定師專學報》2002 年第 1 期。

2-1-2 斷代、專書研究

20 世紀五〇年代興起了漢語量詞的斷代研究，《魏晉南北朝量詞研究》[1]是第一部斷代量詞研究的專著，也是目前為止量詞斷代研究的巔峰之作，該書探討了魏晉南北朝時期量詞的整體狀況，對當時已經產生量詞的緣起、發展演變等，做了詳細的論證和分析，認為漢語量詞在這一時期已經發展成熟。《從甲骨文、金文量詞的應用，考察漢語量詞的起源與發展》[2]和《兩漢時代的量詞》[3]分別探討了先秦及兩漢時期量詞的使用情況。

八〇年代以後，量詞的斷代、專書研究又出現了一個新的高潮，各個歷史時代的量詞都有研究成果出現，先秦時期如《先秦量詞及其形成與演變》、[4]《〈左傳〉量詞的分類》，[5]近代時期有《唐五代個體量詞的發展》、[6]《宋元個體量詞的發展》[7]等，這些論文分別從不同角度探討了各個歷史時期的量詞特點。還有一些研究量詞的專著及博士論文，如《居延漢簡量詞研究》、[8]《中古佛典量詞研究》、[9]《敦煌吐魯番文書中之量詞研究》、[10]《唐五代量詞研究》、[11]《蘇軾作品量詞研究》、[12]《元代量詞研究》、[13]《〈六十種曲〉和明代文獻的量詞》、[14]《現代漢語量詞研究》[15]等等，這些研究以某一時代或某些文獻中的量詞為研究對象，大多採用窮盡性地調查分析方法，對該時代所有類型量詞的使用狀況作了描寫和分析。其中只有《〈六十種曲〉和明代文獻的量詞》在個案考察時涉及了「人量詞」、「動物量詞」和「表示事物切分結果量詞」的歷時考察。

2-1-3 演變研究

博士論文《漢語服裝量詞的形成及演變研究》[16]是目前唯一以某類特定量詞為對象詳細闡述其演變過程的專題研究，作者以「服裝量詞」為研究對象，分別討論了各個歷史時期服裝量詞的語義場，包括「冠帽、上裝、下裝、鞋襪、配套類服裝量詞」等的發展過程，展現出了各歷史時期服裝量詞的全貌。另外，碩士論文《量詞「口」、「頭」、「隻」的系源研究及

---

[1] 劉世儒，《魏晉南北朝量詞研究》，中華書局，1965 年。

[2] 黃載君，《從甲骨文、金文量詞的應用，考察漢語量詞的起源與發展》，《中國語文》，1964 年第 6 期。

[3] 黃盛璋，《兩漢時代的量詞》，《中國語文》1961 年第 8 期。

[4] 楊曉敏，《先秦量詞及其形成與演變》，《王力先生紀念論文集》，商務印書館，1990 年。

[5] 李佐豐，《左傳量詞的分類》，《內蒙古大學學報》1984 年第 3 期。

[6] 趙中方，《唐五代個體量詞的發展》，《揚州大學學報》1991 年第 4 期。

[7] 趙中方，《宋元個體量詞的發展》，《揚州大學學報》1989 年第 1 期。

[8] 陳練軍，《居延漢簡量詞研究》，西南師範大學碩士論文，2003 年。

[9] 汪禕，《中古佛典量詞研究》，南京師範大學博士論文，2008 年。

[10] 洪藝芳，《敦煌吐魯番文書中之量詞研究》，文津出版社，2000 年。

[11] 游黎，《唐五代量詞研究》，四川大學碩士論文，2002 年。

[12] 陳穎，《蘇軾作品量詞研究》，巴蜀書社，2003 年。

[13] 鄧幫雲，《元代量詞研究》，四川大學碩士論文，2005 年。

[14] 葉桂郴，《〈六十種曲〉和明代文獻的量詞》，湖南師範大學博士論文，2005 年。

[15] 何傑，《現代漢語量詞研究（增編版）》，北京語言大學出版社，2001 年。

[16] 高佳，《漢語服裝量詞的形成及演變研究》，四川大學博士論文，2007 年。

認知分析》[1]選擇了三個漢語常用量詞，分別探討了各自的演變，並做了用法方面的認知分析。其他關於量詞演變的多為個案研究，且數量也不多，如《量詞「枚」的產生及其歷史演變》、[2]《量詞「重／層」歷時更替小考》、[3]《從「枚」與「個」看漢語泛指性量詞的演變》、[4]《唐至清的量詞「件」》[5]等。

2-2 形狀量詞專題、個案研究

　　早在八〇年代，就有學者開始關注形狀量詞，陳望道把具有形體特徵的量詞稱為「形體單位的量詞」，[6]這大概是最早從形狀角度對量詞加以分類的。其後，羅日新、[7]邵敬敏、[8]何杰、[9]石毓智、[10]姚雙雲[11]等都曾經對形狀量詞進行探討，在形狀量詞的名稱和分類上各抒己見。從名稱上來說，先後出現了：形體單位詞、提示外形特徵的量詞、表物體形狀的量詞、空間義量詞、外形特徵類量詞、示形量詞等。雖然名稱不同，但都能體現形狀量詞較為突出的外形特徵。從分類上來看，主要有三種：一是直接按具體事物的形狀，分為「為條狀物體做記數單位的詞」、「為塊狀物體做記數單位的詞」、「為顆粒狀物體做記數單位的詞」。二是按照量詞的基本形態，分為「點狀」、「線狀」或「條狀」、「面狀」，部分研究增加了「體狀」。三是按量詞所占的空間，分為「一維」、「二維」和「三維」。後兩種分類方法都是從幾何學角度對形狀量詞進行劃分，表現出形狀量詞研究越來越科學和嚴謹。

　　近幾年還出現了一些專門研究形狀量詞的學位論文，如《基於認知語言學的現代漢語形狀量詞詞義考察》、[12]《現代漢語平面類量詞的認知研究》[13]和《現代漢語線狀量詞的語義分析及認知解釋》[14]等，這些論文從認知角度探討了現代漢語的形狀量詞的形成原因及演變方式，並對其中意義相近的形狀量詞加以比較。也有一些是具體針對某個形狀量詞的，如《漢語量詞「片」及其自相似性表現》、[15]《認知語言學視角下的漢語個體量詞搭配——以「條」為例》，[16]或者近義形狀量詞的對比分析，如《析「支」、「條」、「根」》、[17]《名量

[1] 牛巧紅，《量詞「口」、「頭」、「隻」的系源研究及認知分析》，鄭州大學碩士論文，2007年。
[2] 張萬起，《量詞「枚」的產生及其歷史演變》，《中國語文》1998年第3期。
[3] 牛太清，《量詞「重·層」歷時更替小考》，《古漢語研究》2001年第2期。
[4] 陳紱，《從「枚」與「個」看漢語泛指性量詞的演變》，《語文研究》2002年第1期。
[5] 金桂桃，《唐至清的量詞「件」》，《長江學術》2006年第1期。
[6] 陳望道，《陳望道語文論集》，上海教育出版社，1980年。
[7] 羅日新，《從名（或動）、量的搭配關係看量詞特點》，《遼寧師範大學學報》1986年第2期。
[8] 邵敬敏，《量詞的語義分析及其與名詞的雙向選》，《中國語文》1993年第3期。
[9] 何杰，《現代漢語量詞研究（增編版）》，北京語言大學出版社，2001年。
[10] 石毓智，《表物體形狀的量詞的認知基礎》，《語言教學與研究》2001年第1期。
[11] 姚雙雲、樊中元，《漢語空間義量詞考察》，《湖南師範大學社會科學學報》2002年第6期。
[12] 郭敏，《基於認知語言學的現代漢語形狀量詞詞義考察》，北京語言大學碩士論文，2006年。
[13] 杜豔，《現代漢語平面類量詞的認知研究》，南開大學碩士論文，2006年。
[14] 唐苗，《現代漢語線狀量詞的語義分析及認知解釋》，華中師範大學碩士論文，2008年。
[15] 儲澤祥、魏紅，《漢語量詞「片」及其自相似性表現》，《語言科學》2005年第2期。
[16] 朱曉軍，《認知語言學視角下的漢語個體量詞搭配——以「條」為例》，《語言與翻譯》2006年第4期。
[17] 朱慶明，《析「支」、「條」、「根」》，《世界漢語教學》1994年第3期。

詞「道」與「條」的辨析》[1]等。

　　漢語的量詞演變研究及形狀量詞研究經過了半個多世紀的努力，取得了較為豐碩的成果，但同時也存在一些不足之處。其一，雖然目前斷代專書量詞研究的數量比較多，但除少數幾篇涉及到歷時演變外，大多數側重於各個時期量詞整體面貌的靜態描寫，包括數量、結構、語法特徵等，很少從歷時層面考察其發展變化的歷程。有些涉及縱向角度的歷時比較的文章，基本都以劉世儒的《魏晉南北朝量詞研究》為依據和準繩，事實上，劉世儒的某些觀點也有待商榷，這一點我們會在量詞演變的研究中具體說明。形狀量詞是量詞系統中較為特殊的一個群體，它不是與生俱來的，它的形成和演化經歷了哪些過程？這些過程形成的動因是什麼？只有通過考察形狀量詞的發展變化過程才能揭示出其演變的特點。其二，以現代漢語形狀量詞作為對象的專題個案研究，也大多是從共時層面上對形狀量詞進行歸類，參照已有的一些量詞研究成果以及一些人類認知上的特點，將詞典中的各個義項重新列羅和排列組合，來探討量詞的來源和演變過程。語言是歷史的沈積，單單從共時層面出發，很難真正把握形狀量詞發展的語義脈絡，無法認清形狀量詞的發展演變過程，也無法揭示這一特有群體的演變機制。

　　李宗江認為「對量詞演變的研究還不夠……如把漢語詞彙發展的歷史劃開若干平面，在每個平面上都有哪些量詞，兩個平面量詞的繼承關係如何？都還缺少系統的研究。」[2]十年過去，由於量詞斷代、專書的研究，在「每個平面上都有哪些量詞」這一方面已經取得了一定成績，但在「兩個平面量詞的繼承關係如何」即「量詞演變」方面的進展依然不大，因而我們打算從現代漢語量詞中最具特色的形狀量詞入手，考察形狀量詞的源流演變，探討演變的內在及外在機制，這也是本文選題的一個重要原因。

3‧研究對象、研究方法和語料來源

　　形狀量詞是從客觀事物所呈現的外在形狀特徵為事物進行分類的量詞。採用幾何學術語「點」、「線」、「面」、「體」，我們把形狀量詞抽象概念化為四種類型「點狀」、「線狀」、「面狀」和「體狀」。點狀量詞指稱量具有「小而圓形狀」事物的量詞，忽略事物維度方面的特點。線狀量詞指稱量具有「長條形狀」事物的量詞，只考慮事物的長度特徵，屬於一維形狀。面狀量詞是指稱量具有「平面形狀」事物的量詞，考慮事物長度和寬度，屬於二維形狀。體狀量詞指稱量占有一定體積事物的量詞，屬於三維形狀。

　　形狀量詞的選取是以《現代漢語詞典（2005年版）》（以下簡稱《現漢》）和《現代漢語量詞用法詞典》（以下簡稱《量詞詞典》）所收錄的量詞為基礎，並參考《HSK大綱》中所收錄的量詞及其等級確定的。

　　2005年版《現漢》增加了詞性標注，為我們確定量詞詞性提供了參考依據。《現漢》共收錄所有量詞478個，個體量詞148個。《量詞詞典》共收錄所有量詞629個，其中個體量詞183個。這裡的個體量詞包括同時兼有個體量詞和其他量詞用法的兼類量詞。《現漢》和《量詞詞典》中都收錄了一些方言量詞和書語量詞，後者為突出收詞「全面」，還

[1] 張敏，《名量詞「道」與「條」的辨析》，《術語標準化與資訊技術》2007年第3期。
[2] 李宗江，《漢語常用詞演變研究》，漢語大詞典出版社，1999年。

收錄了一些臨時量詞。臨時量詞本質仍為名詞,只是暫時作為量詞使用,方言量詞和書語量詞在現代漢語普遍話中並不常用,我們將以上幾部分量詞刪除。在餘下的量詞中,根據兩部詞典對量詞的釋義方式,我們選取了在釋義中能夠體現出該量詞稱量事物形狀特點的量詞作為考察對象,這類釋義的特點是帶有「描述形狀」的詞語,如「顆粒狀、粒狀、成條、細長、細長圓筒形、長條狀、長條形、片狀、扁平、塊狀、成團」等,如:「顆:量多用於顆粒狀的東西。」「根:量用於細長的東西。」如果量詞同時兼有幾種量詞用法,只要其中有一種是形狀量詞的用法,我們也予以保留,如《現漢》「塊:量用於塊狀或某些片狀的東西。量<口>用於銀幣或紙幣,等於「圓」。其中前一個量詞是形狀量詞,後一個是度量量詞,與形狀量詞無關,但我們也將「塊」收錄進來。這樣我們確定了 21 個形狀量詞。我們將這些量詞與《HSK 大綱》收錄的量詞及其等級相對照,發現除少數幾個低頻形狀量詞外,大部分形狀量詞都出現在《HSK 大綱》的量詞表中,並且基本上都屬於常用度較高的甲級詞和乙級詞,符合我們的常用高頻要求。這 21 個量詞分別是:

點狀:顆 粒 滴 丸 點

線狀:條 根 枝 支 道 管 杆 股 絲 線

面狀:張 片 幅 面

體狀:塊 團

需要說明的是,我們的這幾類形狀量詞的分類不是窮盡性的,是一種考察方法,是一種觀察點的集合。

漢語的量詞系統因地域不同會有所差異,在各個不同方言裡會出現較為特殊的量詞及用法。為了分析的簡明和單一,我們考察的範圍僅限於現代漢語普通話當中的形狀量詞及其用法,涉及到方言的地方我們會另作說明。

目前電子語料庫的不斷完善,以及電腦檢索技術的廣泛應用,原有的依靠手工處理語料的方式得到了改進,我們可以藉助電腦對大型語料庫進行自動搜索,再對搜索結果加以人工干預以及再次查對、驗證,力爭在占有大量準確語言材料的基礎上,對語料進行分析和總結。

本文所使用的語料見附錄部分。考慮到量詞主要出現於口語語體中,我們在選取語料時,除了各個時代具有代表性的、歷來作為漢語史研究的典型文獻作品外,還盡可能地擴大範圍,較多地選取了一些口語性較強的白話作品,這樣可以比較客觀地對各個歷史時期形狀量詞的整體狀況及發展變化進行分析。當然,這些語料也有一定的局限性,一是由於各文獻作品的作者所處地域不同,在語料方面會表現出一些方言的差異,如用吳方言寫成的作品《海上花列傳》;二是有些作品經過了後代人的整理和修改,不能完全反映所處時代的量詞面貌,如《全元曲》的旁白部分,這些我們在人工干預語料時都會有所考慮和處理,所以這些情況對形狀量詞的整體考察以及理論探討影響不大。

4‧研究重點

　　本文的研究重點主要在以下兩方面：

　　1、形狀量詞的溯源。本文將對這 21 個形狀量詞分別溯源，弄清各自的來源及其演變過程，在對這些形狀量詞進行分析時，我們盡量做到將描寫與解釋相結合，不僅說明各個形狀量詞在歷史演變中有哪些發展變化，還力圖對其演變機制加以解釋。

　　2、由形狀量詞演變過程得出的一點認識。這其中包括：（1）形狀量詞的歷史分期。從共時層面來看，形狀量詞共處同一個系統中，但從語言發展的歷史來看，這是經歷了各個沈積階段發展到今天的結果。哪些階段產生了形狀量詞？不同階段產生的形狀量詞有什麼差別？這些都需要考察形狀量詞形成的歷史層次才能找到答案。（2）形狀量詞語義發展的特點。量詞都是從名詞、動詞虛化而來的，其虛化方式是什麼？其後的泛化動因有哪些？形狀量詞的發展演變過程中有哪些共性特點？這也是我們要討論的內容。（3）形狀量詞與人類認知的關係。以往從認知角度考察形狀量詞的不在少數，但從不同類型的形狀量詞之間關係出發的還沒有見到，不同類型的形狀量詞與人類認知有沒有關係？這是漢民族特有的還是人類的共性？這也是我們所關心的。

　　總之，本文以現代漢語 21 個形狀量詞為研究對象，以大型語料庫為語料資源，全面考察現代漢語形狀量詞的發展變化，分析和解釋造成發展演變的內部及外部原因，在此基礎上，再對其發展演變的特點加以總結。

第二章　現代漢語「點狀」量詞的源流演變

1．量詞「顆」的產生及其發展演變

1-1 已有研究成果概述

　　對於量詞「顆」，前人已有不少的研究發現，研究成果則見仁見智。此處舉幾家較有代表性的觀點：

　　王力認為，「顆」本義為「小頭」，後來用作單位詞，就指稱小而圓的東西，如「橘」、「柑」、「荔枝」等。[1]但他所舉例句大多為唐代的用法。他舉的最早的例子是《漢武內傳》中的「以玉盤盛仙桃七顆」，但這一例句被劉世儒予以否定，認為是偽書。

　　劉世儒認為，「顆」有兩個系統，一個系統是由「小頭」發展而來，用於稱量「圓形」之物。他認為，這種量詞用法的產生時間，既不是「西漢初期」，也不是「宋代」，而應當是在魏晉南北朝時期產生的，這段時期便可用於稱量「梨」、「桃」、「龍眼」、「舍利」等「圓形」事物；另一個系統是由「塊」聲轉而來，以《顏氏家訓》中「北土通呼物一塊改為一顆，蒜顆是俗間常語耳」為證，「塊」本義是「土塊」，作為量詞後來發展到可適用一切「塊狀」之物。[2]

　　洪藝芳也有新的認識。她認為「顆」本義是「小頭」，則「顆」量「人頭」是跟本義關係最密切的。由此向外引申，才可以稱量其他「圓形之物」。[3]

　　馬王堆漢墓出土簡帛的研究，把量詞「顆」的產生時代更加提前。《漢代簡帛量詞新論》、[4]《五十二病方物量詞舉隅》[5]以及《馬王堆醫書中的新興量詞》[6]都分別提到了量詞「果」，並指出「果」即為「顆」，這樣就把「顆」的產生時間提前到了先秦。

　　其他還有一些專書斷代研究，列舉了「顆」在不同時代稱量的對象，但究其源流，仍沿用劉世儒的分析。

　　綜觀前人對「顆」的分析，對比我們自己檢索的語料，我們發現，「顆」是一個比較複雜的量詞，它既有「果」字形，又好像與「塊」有一定關係，而「顆」的本義「小頭」在「顆」轉變為量詞過程中又好像沒有起到明顯的作用。究竟「顆」是如何虛化為量詞的，又是如何一步步發展演變的？下面我們來考察量詞「顆」的演變過程。

---

[1] 王力，《漢語史稿》，中華書局，1980 年。

[2] 劉世儒，《魏晉南北朝量詞研究》，中華書局，1965 年。

[3] 洪藝芳，《敦煌吐魯番文書中之量詞研究》，文津出版社，2000 年。

[4] 吉仕梅，《漢代簡帛量詞新論》，《四川大學學報》2004 年第 4 期。

[5] 張麗君，《〈五十二病方〉物量詞舉隅》，《古漢語研究》1998 年第 4 期。

[6] 張顯成，《馬王堆醫書中的新興量詞》，《湖南省博物館館刊》，嶽麓書社 2005 年第 2 期。

1-2 量詞「顆」的產生及其時代

《說文解字》:「顆,小頭也。從頁,果聲。」

洪藝芳認為「小頭」稱量「人頭」與其本義密切相關,也就是認為「小頭」中的「頭」是實指,舉例為《敦煌變文集新書》中「刀山白骨亂縱橫,劍樹人頭千萬顆。」[1]但用唐代才首次出現的用例來說明「顆」與「人頭」有義源關係,未免有點牽強。

《漢語大字典》「顆:《廣韻》苦果切,上果溪。歌部。」下分兩個義項,分別為「小頭」和「土塊」。「土塊」義後引例句「《漢書‧賈山傳》:『為葬薶之侈至於此,使其後世曾不得蓬顆蔽塚而托葬焉。』顏師古注:『顆,謂土塊。蓬顆,言塊上生蓬者耳。』」但是在「小頭」下只引用了《說文》的解釋,並未舉出例句。《漢語大字典》的體例比較統一,在釋義後會舉出數目不等的例句,這一點與其體例不符,有可能並未發現相應的例句。

在我們檢索的語料中,也存在同樣的問題。上古資料中,並未發現「顆」的本義用法。「顆」的用法共有兩種,一種是以人名的形式出現:

(1)使令狐文子佐之,曰:「昔克潞之役,秦來圖敗晉功,魏【顆】以其身卻退秦師於輔氏,親止杜回,其勳銘於景鍾。」　　　　　　　　　　　《國語‧卷十三》
(2)晉侯先至焉,秦伯不肯涉河,次於王城,使史【顆】盟晉侯於河東。

《左傳‧成公(元年-十八年)》

另一種是以「果」的字形出現在出土文獻《馬王堆漢墓帛書》當中,且已成為量詞,用於稱量中藥。

(3)取靁尾〈(矢)〉三果(【顆】),冶,以豬煎膏和之。《馬王堆漢墓帛書‧五十二病方》
(4)幹(薑)二果(【顆】),十沸,抒置甕中,狸(埋)席下。

《馬王堆漢墓帛書‧五十二病方》
(5)冶烏豪(喙)四果(【顆】)、陵(菱)(芰)一升半,以南(男)潼(童)弱(溺)一斗半並□,煮熟,□米一升入中,撓,以傅之。《馬王堆漢墓帛書‧五十二病方》
(6)(薑)十果(【顆】),桂三尺,皆各冶之,以美醯二斗和之。

《馬王堆漢墓帛書‧養生方》
(7)取[烏]豪(喙)三果(【顆】),幹(薑)五,焦□□,凡三物。

《馬王堆漢墓帛書‧養生方》
(8)烏豪(喙)十果(【顆】)。　　　　　　　　《馬王堆漢墓帛書‧養生方》
(9)每朝啜枲二三果(【顆】),及服食之。　　《馬王堆漢墓帛書‧雜療方》

先秦時期,個體量詞還非常少見。「據我們所知,只有『匹』(指馬)、『乘』、『兩』(指車)、『張』(指幄幕布)、『個』(指矢)等極少數的幾個字。」[2]上面兩部醫方由於涉及到用藥量的多少,使用了大量的量詞,但基本上都是度量衡量詞。仔細觀察還可以發現,同樣是用「薑」,例(4)(6)都用了量詞「果(顆)」,而例(7)卻沒有用量詞,類似的用法還有:

---

[1] 洪藝芳,《敦煌吐魯番文書中之量詞研究》,文津出版社,2000 年。
[2] 王力,《漢語史稿》,中華書局,1980 年。

(10)細辛四，幹（姜）、菌桂、烏豙（喙）各二，並之，三指最（撮）以為後飯，益氣，有（又）令人免（面）澤。 《馬王堆漢墓帛書・養生方》

量詞「顆」有時用，有時不用，這說明，有沒有量詞「顆」並不影響用藥的數量，與度量衡量詞不同，個體量詞並不真正「計量」，「顆」具備這樣的特點，因此以上「顆」均應理解為個體量詞。

再來看「顆」所稱量的事物分別是：雷尾矢、烏喙、柰和薑。四種事物有一個共同的特點，同屬植物範疇，這與「顆」有一定的關係。儘管《說文解字》是用「顆，從頁，果聲」這種說解體例，但實際上，「顆」是一個「亦聲字」，[1]「果」不僅僅表聲，同時也表示該字的意義。「果」是象形字，《說文解字》「果，木實也。象果形在木之上」。上面幾種事物，「柰」是典型的果實，「姜、烏喙」是植物的根莖，「雷尾矢」是植物頂部的圓球。先秦時期，人們對植物的認識還處於初級階段，對什麼是植物的果實應該還沒有科學的分析和界定，如果我們推測，按照普通人的觀點，植物可供人使用的部分就是該植物的果實，那麼上述這些就都可以歸入「果實」的範圍。因而，我們認為，「顆」虛化為量詞時，最主要的理據不是「小頭」，而是由「果」的本義「植物果實」義虛化而來的，用於稱量「植物的果實」。

當然，也不能說與「小頭」義完全沒有關係。「雷尾矢」，即雷丸，「是竹林下生長的菌類」，類似於小蘑菇頭，呈扁圓狀。薑是植物的根莖，呈塊狀。烏喙是植物「烏頭」的子根，這種子根是叢生的，體積較小，呈圓錐狀。「柰」是「蘋果的一種，通稱『柰子』，亦稱『花紅』、『沙果』。」呈小圓球狀。四種事物中有三種具有[+小][+圓]的語義特徵，只有「薑」例外。但「薑」有「指狀分枝」，每一個指狀分枝，都呈圓柱形，如果從這個角度來看，用「顆」稱量也是可以理解。這樣看來，「顆」虛化為量詞，用於稱量「植物果實」，同時，這種植物果實還具有[+小][+圓]的形狀特徵。「顆」本義「小頭」，「小頭」具有「小而圓的形狀」，「顆」虛化為量詞時在形狀上取了「小頭」的「小而圓」這一形狀義，這說明「顆」由名詞虛化為量詞時，主要採取的是植物屬性的理據，同時也有「小而圓」的形狀特點，是二者共同作用的結果。

先秦量詞並不發達，可用可不用的量詞一般都會省略，在這種情況下，「顆」是如何虛化為量詞的呢？我們認為這與藥方用藥的準確度及「顆」稱量的事物形狀有密切關係。

《五十二病方》、《養生方》、《雜療方》均為醫藥方，治病用藥，藥量至關重要，因此在上述醫方中出現了大量的度量衡量詞。有些中藥是按個體計量的，不需要量詞也不會產生誤解，如：

(11)取萩莢二，冶之，以水一參沃之。 《馬王堆漢墓帛書・養生方》

「萩莢」即「皂莢」。

而有些中藥，如「烏喙」，呈「小圓錐狀」，體積較小，作為藥劑使用時，時而用個體

---

[1] 「亦聲字」的概念來源於《說文解字》，許慎在運用「六書」理論分析漢字構造時，運用了一種特殊的說解體例，即「從某從某，某亦聲」或者「從某某，某亦聲」，後人一般把這種漢字稱為「亦聲字」。

計量，例見上，時而用容量量詞計量，時而用部分量詞計量，如：

(12)段烏豪（喙）一升，以淳酒漬之，□去其宰（滓）。《馬王堆漢墓帛書‧養生方》

(13)□□犬三卒，烏豪（喙）一半，冶之。　　　　《馬王堆漢墓帛書‧五十二病方》

這種情況下，為用藥精確，需要在數詞後面增加一個確定的量詞。「顆」具有「植物」屬性，與中藥的屬性相同，同時「顆」又具有「小而圓」的形狀，與這些體積較小的中藥形狀相似，因而選擇了「顆」作為其量詞。

據考證，《馬王堆漢墓帛書》中的《五十二病方》是我國現在發現的最古老的醫方著作。從字體上看，應為秦漢之際的抄本，從內容上看，此醫方當早於《黃帝內經》。按《黃帝內經》成書於戰國時期來推算，《五十二病方》至少可在春秋之際就已經成書，或者保守一點，說此書在先秦成書是完全可靠的。[1]

綜上，我們認為，量詞「顆」的產生時間不晚於先秦，其產生方式為：

【虛化】

顆，小頭。從頁從果，果亦聲。→量詞，稱量[+小][+類圓狀] [+植物][+果實]。

通過上面的例句我們可以發現，量詞「顆」所稱量的植物果實可能是「圓球狀」、「圓錐狀」或「圓柱狀」，可見，對所稱量的植物果實的「圓」沒有特定的要求。所以，我們選擇了[+小][+類圓狀]的表述方式，這樣表述較為準確一些。

1-3 量詞「顆」的發展演變

1-3-1 兩漢時期：

《馬王堆漢墓帛書》中「顆」的量詞用法，在武威旱灘坡東漢墓出土的《武威漢代醫簡》中也有書證。「該醫簡成書年代不詳，但就其墓葬時代來看，應不晚於東漢早期」。[2]

(14)治百病膏藥方：蜀椒一升、付（附）子廿果（【顆】），皆父〔且〕，豬肪三斤，煎之五沸，浚去宰。　　　　　　　　　　　　　　　　《武威漢代醫簡》

(15)治千金膏藥方：蜀椒四升，弓窮一升，白芷一升，付（附）子三十果（【顆】）。　　　　　　　　　　　　　　　　　　　　　　　　《武威漢代醫簡》

(16)蜀椒四升，白茝一升，弓窮一升，付（附）子三十果（【顆】）。《武威漢代醫簡》

附子同烏喙一樣，也是「烏頭」叢生的子根，呈小圓錐狀。《蜀電廣英公本草》記載「正者為烏頭，兩岐者為烏喙，細長三、四寸者為天雄，根旁如芋散生者為附子，旁連生者為側子，五物同出而異名，苗高二尺許，葉似石龍芮及艾。」「顆」量「附子」顯然是由於附子也是「小而圓」的植物果實。

雖然《武威漢代醫簡》與《馬王堆漢墓帛書》出土時間不同，但就「顆」作量詞用於稱量「中藥」這一用法來看，是一脈相承的。

東漢時期，「顆」還有下面的用法：

---

[1] 張顯成，《馬王堆醫書中的新興量詞》，《湖南省博物館館刊》，嶽麓書社 2005 年第 2 期。
[2] 張顯成，《馬王堆醫書中的新興量詞》，《湖南省博物館館刊》，嶽麓書社 2005 年第 2 期。

(17)為葬薶之侈至於此，使其後世曾不得蓬【顆】蔽塚而托葬焉。《漢書·賈山傳》

對這句話中的「蓬顆」，眾學者理解不一。

> 服虔曰：「謂塊墣作塚，喻小也。」臣瓚曰：「蓬顆，猶裸顆小塚也。」晉
> 灼曰：「東北人名土塊為蓬顆。」師古曰：「諸家之說皆非。顆謂土塊。蓬
> 顆，言塊上生蓬者耳。舉此以對塚上山林，故言蓬顆蔽塚也。顆音口果反。」
> （顏師古注《漢書》）

後世皆以顏師古注為正解，認為「顆」即「土塊」。如果再對這一說法援引證明，就向上追溯源頭到南北朝時期：

(18)北土通呼物一塊，改為一【顆】，蒜顆是俗間常語耳。《顏氏家訓·書證第十七》

《漢語大字典》「顆」的「土塊」義項下就是這樣解釋的，王力對「塊」的說明也是如此，劉世儒也是這樣引用，其他學者均無異議。

但是，「顆」本義是「小頭」，「塊」本義是「土塊」，二者在意義上沒有太大關係。如果只憑某一兩個例子就認為「顆」即是「塊」，有些牽強。為慎重起見，我們複檢了《顏氏家訓》，發現聯繫上下文來看，這裡的「顆」並不是「塊」的意思。其原文全段如下：

> 《三輔決錄》云：「前隊大夫范仲公，鹽豉蒜果共一筩。」「果」當作魏顆
> 之「顆」。北土通呼物一塊，改為一顆，蒜顆是俗間常語耳。故陳思王《鷦
> 雀賦》曰：「頭如果蒜，目似擘椒。」又《道經》云：「合口誦經聲璅璅，
> 眼中淚出珠子䂮。」其字雖異，其音與義頗同。江南但呼為蒜符，不知謂
> 為顆。學士相承，讀為裹結之裹，言鹽與蒜共一苞裹，內筩中耳。《正史削
> 繁》音義又音蒜顆為苦戈反，皆失也。（《顏氏家訓·卷第六》）

如果僅從「北土通呼物一塊，改為一顆，蒜顆是俗間常語耳。」這句話便斷定，「蒜顆」即「蒜塊」恐怕有失偏頗。《鷦雀賦》有「頭如果蒜，目似擘椒。」「果」即為「顆」，「頭」是圓的，所以「頭如果蒜」指的是麻雀的頭「像一小頭蒜一樣」，而不是指「像一塊蒜一樣」。同理，「眼中淚出珠子䂮」，「珠子」也是圓的，只能是「一顆珠子」而不是「一塊珠子」。這樣看來，「蒜顆」、「珠子䂮」中的「顆」都是指「小而圓的形狀」，這與「顆」的本義還是有密切聯繫的。

現在再來看例(17)中的「蓬顆蔽塚」，這裡的「顆」很有可能也是指「小而圓的形狀」。「塚」即「墳塚」，其形狀也是圓形的。與前面的「豪華」入葬相對應，這裡極言埋葬的「簡陋」，只能是用一個「小土丘」作為墳塚。由此，「顆」仍是「小而圓的形狀」，與「塊」無關。

當然，不能否認有「北土通呼物一塊為一顆」、「東北人名土塊為蓬顆」的現象。對這一現象，我們理解為，「塊」作量詞稱量的事物體積較小，「顆」稱量的事物也是形體較小的，當人們不強調「顆」的圓形特徵時，二者大約是一致的，所以「通呼」表示北土人將二者混用，但這只是說明二者在語義表達上有相似點，不一定代表「顆」與「塊」具有同一關係。

1-3-2 魏晉南北朝時期（包括隋）

魏晉南北朝時期，量詞「顆」有了新的發展，用於稱量的事物也有所增多，如：

(19)於是乃以桃一一擲上，正得二百二【顆】。　　　　　　　　《神仙傳‧卷四》

(20)龍眼……一朵五六十【顆】，作穗如葡萄。　　　　　　　《南方草木狀‧卷下》

(21)又曰：「正月七日，七月七日，男吞赤小豆七【顆】，女吞十四枚，竟年無病；令
　　疫病不相染。」　　　　　　　　　　　　　　　　　《齊民要術‧卷第二》

(22)《三秦記》曰：「漢武帝果園有大栗，十五【顆】一升。」

　　　　　　　　　　　　　　　　　　　　　　　　　《齊民要術‧卷第四》

(23)候水盡，即下瓠子十【顆】，複以前糞覆之。　　　　　《齊民要術‧卷第三》

「瓠子」是指「瓠子」的種子，用於種植，呈倒卵狀。

賀芳芳認為，魏晉南北朝時期，「顆」可用於稱量草木，義同「棵」。[1]舉例如：

(24)齏一門，鹽一升八合，精米三升，炊作飯，酒二合，橘皮、薑半合，茱萸二十【顆】，
　　抑著器中。　　　　　　　　　　　　　　　　　　《齊民要術‧卷第八》

「茱萸」是木科植物，或為灌木，或為喬木，無論哪種都不能直接拿來使用，更不能
「抑著器中」。而其果實則是可以食用的一種中藥，所以此處「茱萸」指的是「小粒狀」
的「果實」，而不是指「植株」本身。而且，量詞「棵」稱量「植物」是後起的現象，魏
晉南北朝時還沒有出現，此處「顆」不可能等同於「棵」。

以上各例「顆」用於稱量「水果」、「糧食」、「乾果」、「種子」、「中藥」，均跟植物有
關，大多為可食用之物。

這一時期，「顆」漸漸丟掉「植物」義素，開始向「非植物」發展：

(25)可下雞子白——去黃——五【顆】。　　　　　　　　　《齊民要術‧卷第九》

(26)即遣行參軍王亮於先奉獻皇帝，開花於寶屑內，復得舍利三【顆】，甚大歡欣。

　　　　　　　　　　　　　　　　　　　　　（隋‧王劭《舍利感應記別錄》）

「顆」稱量「雞子」、「舍利」只保留了[+小][+類圓型]的語義特徵。

下面的用法則較有爭議：

(27)王歡耽學貧窶，或人惠蒸餅一【顆】，以充一日，妻子常有菜色。

　　　　　　　　　　　　　　　　　　　　　　　　（晉‧孫盛《晉陽秋》）

《漢語大字典》認為，此「顆」為量詞「塊」，是「顆」的「土塊」義引申而來，劉
世儒及其他眾家學者均持相同意見。我們認為，「餅」也是「圓形」的，呈「扁圓狀」，與
前面出現的「雷丸」形狀相似。既然「顆」稱量的事物是「類圓狀」，只要是「圓」的都
可以進入稱量範圍，因此，此處的「顆」仍是表示「圓狀」而非「塊狀」。

魏晉南北朝時期，量詞「顆」稱量範圍有所擴大，超出了原來的植物範疇，但除「舍
利」之外，基本上還都局限於「食物」範圍內。其發展脈絡為：

---

[1] 賀芳芳，《齊民要術量詞研究》，山東大學碩士論文，2005 年。

【虛化】　　　　　　　　　　　　　　　【泛化】

顆，小頭。→量詞，稱量[+小][+類圓狀][+植物][+果實]。→量詞，稱量[+小][+類圓狀][+物體]。

1-3-3 唐代：

唐代是量詞「顆」的大發展時期，一方面「顆」可用於稱量水果、糧食、中藥等「植物」的果實：

(28)深樹見一【顆】櫻桃尚在。　　　　　　　　　　　　《李義山詩集‧卷五百四十》

(29)父年老，瓜初熟，賜一【顆】，湜以瓜遺妾，不及其父，朝野譏之。

　　　　　　　　　　　　　　　　　　　　　　　　　　（張鷟《朝野僉載》）

(30)春種一粒粟，秋成萬【顆】子。　　　　　　　　　（李紳《古風二首》）

(31)金雞銜衘一【顆】米，金雞者，金州也。　　　　　《祖堂集‧卷二》

(32)以石蜜一兩大呵梨勒三【顆】。（唐《大方廣菩薩藏經中文殊師利根本一字陀羅尼經》）

另一方面，非植物範疇的事物已不再限於「雞子」、「舍利」，很多不同材質的[+小][+類圓狀]的事物都可以用「顆」稱量，出現了很多新的用法：

(33)幸有明珠一【顆】，精光之皎潔無假[瑕]。　　《敦煌變文集‧維摩詰經講經文》

(34)千【顆】淚珠無寄處，一時彈與渡前風。　　（鄭綮《別郡後寄席中三蘭》）

(35)一【顆】水精絕瑕翳，光明透滿出人天。　　　《寒山子詩集‧卷一》

(36)腳躡台山一【顆】石。

　　　　　　　　　　　　（唐《代宗朝贈司空大辯正廣智三藏和上表制集（六卷）》）

(37)一【顆】沙為一俱胝那庾多。

　　　　　　　　　　　　（唐《大般若波羅蜜多經般若理趣分述贊（三卷）》）

(38)作泥丸一百八【顆】。

　　　　　　　　　　　　（唐《摩訶吠室囉末那野提婆喝囉闍陀羅尼儀軌（一卷）》）

(39)取薰陸香一百八【顆】。　　　　　（唐《北方毘沙門天王隨軍護法真言（一卷）》）

(40)應取燕脂一【顆】。誦此咒咒之一百八遍。　　（唐《十一面神咒心經（一卷）》）

以上各例分別稱量「珠」（以及由此引申而來的「淚珠」）、「水精」、「石」、「沙」、「泥丸」、「薰陸香」、「燕脂」等。「薰陸香」和「燕脂」可以用「顆」稱量是因為它們的形狀也是「圓的」，有例為證：

(41)薰陸即乳香，為其垂滴如乳頭也。　　　　（明《本草綱目‧木部第三十四卷》）

(42)應取燕脂大如大豆。　　　　　　　　　　　（唐《陀羅尼集經‧卷十二》）

唐代時，「顆」開始用於稱量「人頭」，指的是「死去人的頭顱」。「顆」本義為「小頭」，但用於稱量「人頭」卻是後起的現象，這說明「顆」虛化為量詞並沒有取其「頭」的實指。

(43)刀山白骨亂縱橫，劍樹人頭千萬【顆】。　　　《敦煌變文集新書‧卷四至八》

相對於前面的[+小][+類圓狀]事物來說，「人頭」的體積相對較大，仍可用「顆」來量，一方面可能是由於「顆」的本義與「頭」有關，但更有可能的是，「顆」的適用範圍擴大，

可以稱量具有較大體積的「類圓形」事物了，如例(29)中的「瓜」。

　　唐代時，有些事物的形狀並不是「圓」的，只是具備了「小」義，也可以用「顆」稱量，如：

　　(44)右手把方鹽一百八【顆】。　　　　　　　　　　（唐《陀羅尼集經（十二卷）》）
　　(45)屋內盡有床榻，上各有銅印數百【顆】。　　　　（薛漁思《河東記‧李敏求》）
　　(46)螺子黛出波斯國，每【顆】值十金。　　　　　　　　　　　《大業拾遺記》

　　「方鹽」形狀是「方的」，古代的「銅印」大多呈「方形」，「螺子黛」是畫眉用的墨塊，呈「塊狀」，但這幾處都用了量詞「顆」，可見，在這裡「顆」丟掉了[+類圓狀]，只剩下了[+小]這一個語義特徵。

　　下面的例句轉引自《敦煌吐魯番文書中之量詞研究》，[1]也被認為是「塊」的聲轉，並且認為是用於稱量「塊狀物」的首例用法：

　　(47)一步料須墼五百顆，計用墼一萬五千，用單功六十人一日役，造墼人別二百五十
　　　　顆。　　　　　　　　　　　　　　　　　　　　　　《阿517-14-2，1-268》

　　「墼」，同「墼」，《篇海類編‧地理類‧土部》「墼，磚壞別名。」。墼，《說文》「瓴適也；一曰未燒也。從土，擊聲。」即指「土坯」。「一步料」中「步」為量詞，陸德明「六尺為步，七尺曰仞」。「料」當指「料物」，指可用以造成正品的東西。如果按文中所述，「一步料」須「五百顆土坯」，該「土坯」的體積應不會太大。這裡用「顆」來稱量「土坯」有可能就是取其「小」義。用「顆」稱量「土坯」的確是首次，但用「顆」稱量「塊狀物」就已經不是首次了。

　　這種「小」義還有所擴展，發展到用於人，如：

　　(48)對曰：某甲有山妻，兼有兩【顆】血屬。　　　　　　　《祖堂集‧卷十五》

　　「血屬」義為親人，在這裡是指「子女」，用「顆」稱量「子女」顯然是從「子女」的「小」義出發。不過這種用法只發現一例，且後來也再沒有出現過，只是一種較為特殊的用法。現在閩語中稱人的量詞為[Kɔ]，上聲，疑為「顆」，「個子大」稱為「大顆」，「個子小」稱為「小顆」，這有可能是近代漢語量詞保留至今的結果。

　　唐代時，「顆」的用法有所擴大，不僅適用於[+小][+類圓狀]的事物，還適用於具有[+小]或[+類圓狀]兩種語義特徵之一的事物，甚至發展到年紀「小」的人。其語義發展脈絡為：

【虛化】　　　　　　　　　　　　　　　【泛化】
顆，小頭。→量詞，稱量[+小][+類圓狀][+植物][+果實]。→量詞，稱量[+小][+類圓狀][+物體]。

【虛化】　　　　　　　　　　　　　　　【泛化】
→量詞，稱量[±小][±類圓狀][+物體]/[+人體器官]。→量詞，稱量[+小][+人]。

---

[1] 洪藝芳，《敦煌吐魯番文書中之量詞研究》，文津出版社，2005年。

1-3-4 宋元：

宋元時期，量詞「顆」仍可用於稱量與植物相關的果實，但這種用法的數量已不及前代，尤其是中藥，用量很少。

(49)日啖荔枝三百【顆】，不辭長作嶺南人。　　　　　　　《蘇軾集‧卷二十三》

(50)芍藥孤棲香豔晚，見櫻桃、萬【顆】初紅。　　　　　（宋‧杜安世《合歡帶》）

(51)比及你米淘了塵，水燒的滾，我教這一【顆】米內藏時運，半升鐺裡煮乾坤。

　　　　　　　　　　　　　　（元‧馬致遠《邯鄲道省悟黃梁夢‧第一折》）

(52)共進草豆冠二萬【顆】朱砂五百兩黃蠟三百斤。　　《冊府元龜‧卷九百七十二》

由「櫻桃」聯想引申產生了修辭用法，用於稱量「朱唇」：

(53)破春嬌半【顆】朱唇，海棠顏色紅霞韻。　　　　（元‧吳昌齡《端陽好‧美妓》）

「顆」稱量「非植物範疇」的事物又有了新的發展，原來可用於稱量的「珠寶」、「沙石」、「舍利」、「香」、「印」、「人頭」等都增加了新的名詞，此外，還出現了一些新的對象：

(54)這一【顆】丹砂，凡世人難曉。　　　　　　　　　。（宋‧宋先生《惜黃花》）

(55)只見一個猛獸，金睛閃閃，尤如兩【顆】銅鈴。

　　　　　　　　　　　　　　（宋‧九山書會才人《張協狀元‧第一出》）

(56)好一釜羹，被一【顆】鼠糞汙卻。　　　　　　　　　　《五燈會元‧卷六》

(57)夜半墮中星一【顆】，飛下五雲深處。　　　　　　（宋‧伍梅城《賀新郎》）

以上「顆」量「丹砂、銅鈴、鼠糞、星星」都是取其[+小][+類圓狀]之義。

(58)一【顆】圓光明已久，作麼生是一【顆】圓光。　　（《古尊宿語錄‧卷第十七》）

「圓光」是「佛、菩薩及諸聖神頭後的光圈，表示佛法的威儀」。這裡的「圓光」所表示的「圓形」相對較大，而且只是一個圓形的平面，用「顆」量只是取其[+圓形]特徵。

(59)如七【顆】冰將火鎔為一水。　　　　　　　　　　　《宗鏡錄‧卷第六十九》

「冰」當為「塊狀」，體積相對來說也算大的。可見，宋代時，「顆」還可以用於稱量[-小][-圓]的事物，使用範圍再次擴大。不過這種用法只見一例，後代也再未出現過，也是較為特殊的用法。

1-3-5 明清：

明清時期，量詞「顆」仍可以用於稱量各種植物的果實，但用於稱量中藥的已基本不見。

稱量「非植物範疇」的事物，宋元時期的「珠寶」、「沙石」、「舍利」、「香」、「印」、「人頭」、「丹砂」、「星星」等類依然用「顆」來稱量。

由「印」衍生出「蓋在紙上的平面印章」：

(60)潘道士觀看，卻是地府勾批，上面有三【顆】印信。　　《金瓶梅‧第六十二回》

(61)你看後面安撫司杜大花押，上面蓋著一【顆】欽差安撫淮揚等處地方提督軍務安
　　撫司使之印。　　　　　　　　　　　　　　　　（明‧湯顯祖《牡丹亭》）

由「丹砂」衍生出了「丸藥」類事物：

(62)適間轉到房中，只見床上一【顆】丸藥。　　　　　　　《二刻拍案驚奇·第三卷》

(63)其母少時，夢神人捧一金盒，盒內有靈藥一【顆】，令母吞之。

《初刻拍案驚奇·卷三十一》

由之前「死人的頭顱」衍生出了「活人的頭」可以也用「顆」來量：

(64)那夥計聽說，便把一【顆】頭搖個不住，說道：「小店概不賒欠。」

《續濟公傳·第一百八十七回》

(65)設或有事，這一【顆】腦袋，原是祖父生的，也是祖父自幼教我做這事的，萬一
事出不測，這腦袋被人割去，或者幽冥中免得祖父罪孽，也算他生養我一場。

《綠野仙蹤·第九回》

明清時期「顆」可用於稱量人身體上的「痣」、「疙瘩」等，還可以稱量人體的器官「心」，
這些都是新出現的用法：

(66)你公公生得瘦長清健，左手背上有三點壽瘢，右腳面上有一【顆】黑痣，以此為
認，決然不差。　　　　　　　　　　　　　　　　《禪真逸史·第二十回》

(67)嗣徽只道仲清果真佩服他，便意氣揚揚，臉上的紅疙瘩，如出花灌了漿一樣，一
【顆】【顆】的亮澄澄起來。　　　　　　　　　　《品花寶鑒·第二回》

(68)把刀去劉高心窩裡只一剜，那【顆】心獻在宋江面前。　《水滸傳·第三十三回》

上面的「心」還是實指器官，下面的就已經虛化為抽象的「心術」、「心扉」：

(69)一【顆】歪心是背冷向熱生的。　　　　　　　　　　《禪真後史·第十回》

(70)把生姑的一【顆】芳心，弄得忐忑不安，終日裡緊皺眉頭，暗暗思忖怎地辦法？

《楊乃武與小白菜·第十一回》

清代，「顆」的稱量對象又有所擴大，很多[+小][+類圓狀]的事物都用「顆」來量：

(71)胸前兩【顆】鈕扣兒沒有扣好。　　　　　　　　　　《九尾龜·第九十七回》

(72)那一根鏈條兒還搭在外面，分明直顯出一【顆】杏仁大的黑表墜來。

《二十年目睹之怪現狀·第十三回》

(73)見了我便彼此招呼，一面把戒指遞給稚農道：「這一【顆】足有九厘重。」

《二十年目睹之怪現狀·第八十五回》

(74)那戒子我也不要了，俺有這七【顆】晶球也可以抵得去。

《續濟公傳·第一百三十二回》

(75)瞄好準頭，一縷白煙起處，硼然一聲，一【顆】彈丸呼的恰從紅心裡穿過。

《孽海花·第二十五回》

「非圓形」事物也可以用「顆」稱量，這是取其[+小]義：

(76)說時，恰好在那皮夾裡搜出兩【顆】象牙骰子。

《二十年目睹之怪現狀・第五十回》

(77)非老牛筋的那【顆】豆腐乾子一定是沒得成功。　《續濟公傳・第二百二十三回》

明清時期，「顆」還可用於稱量「植株」，用法同「棵」。如：

(78)那山風來得甚猛，呼的一聲，把【顆】枯木刮倒，滾至面前。

《西遊記・第三十二回》

(79)惟有白石花闌圍著一【顆】青草，葉頭上略有紅色，但不知是何名草，這樣矜貴。

《紅樓夢・第一百一十六回》

關於「棵」的來源，張雙棣等認為「棵」來源於計量植物的量詞「科」，[1]葉桂郴認為「棵」是「梡」的俗字，「梡」有「枝」之義，所以「棵」從「枝」意義生發出量詞意義，稱量植物。[2]李計偉則從語音、語義等方面提出「棵」是「窠」實義化基礎上出現的取代「窠」的一個後起俗字，與原有的「棵」只是偶然同形，與「梡」、「科」都沒有關係。[3]我們也認為「棵」來源於「窠」。《廣韻》：窠，苦禾切。屬平聲歌韻。顆，苦果切。屬上聲果韻。二者本不同音，但元代時，作為量詞的用法，二者讀音是相同的，所以在元曲中可以入同一個「歌戈」韻部。如：

我為賊盜呵殺人放火，不似你貪財呵披枷帶鎖。你得了斗來大黃金印一【顆】，為元帥、佐山河，倒大來顯豁。（元・馬致遠《邯鄲道省悟黃粱夢・第四折》）

則不如種山田一二畝，栽桑麻數百【棵】，驅家人使牛耕播，住幾間無憂愁草苫莊坡。（元・薛昂夫《正宮・端正好・高隱》）

這說明，元代時「顆」與「棵」音同或音近。由於二者都與植物相關，且形音相似，「顆」有可能作為「棵」的替代字，用於稱量「植株」本身。但這種用法出現不多，「顆」稱量「植株」應該只是臨時替代「棵」的用法，不是「顆」自身發展出來的。

1-3-6 現當代：

現當代量詞「顆」的用法與明清時期基本相同，只是在稱量對象上，一部分名詞消失，同時又新增了一些新的名詞。

「顆」用於稱量「植物」的用法明顯減少，只偶爾出現了幾例，量「瓜果」的有「葡萄」、「棗」、「蘋果」、「蒜」，在現代漢語出現了「一顆蒜」、「一頭蒜」的用法，正好呼應了魏晉時期的「頭如果蒜」，可見「果」即是「顆」，具有「小頭」的形狀，是「小而圓」的意思，而不是「塊」。量「糧食」的有「豆」、「花生米」、「米粒」、「穀子」、「高粱」。「顆」稱量「植物果實」是「顆」最早出現的用法，但在現代漢語中已呈現衰退的趨勢。

也有一部分前代已有的用法在現代漢語中又衍生了新的稱量對象：

[1] 張雙棣、陳濤，《古代漢語字典》，北京大學出版社，1998年。
[2] 葉桂郴，《明代新生量詞考察》，《古漢語研究》2008年第3期。
[3] 李計偉，《量詞「窠」的產生、發展與量詞「棵」的出現》，《語言科學》2009年第4期。

用於稱量「珠寶」「淚珠」的，衍生出了新的名詞「眼珠」、「眸子」：

(80)他望著覺新，兩【顆】眼珠很遲緩地動著。　　　　　　　　　（巴金《秋》）

(81)兩【顆】黑亮的眸子卻忽東忽西的極是靈活。　　　　　（劉恒《伏羲伏羲》）

用於稱量「人頭」的衍生出了抽象用法「頭腦」、「靈魂」：

(82)儘管我們都是些普通人，無法改變我們國家的局面，但我們應該有一雙分辨黑白的眼睛，有一【顆】能嚴肅思考我們國家命運的頭腦。

（路遙《平凡的世界・卷一》）

(83)在誘人的肉體裡面包著一【顆】任何人無法揣測的靈魂。　　（劉恒《黑的血》）

用於稱量「星星」的衍生出了新的自然天體「太陽」、「月亮」、「衛星」，人工天體「人造衛星」，以及抽象用法「衛星」、「政治新星」：

(84)與此同時，全國各行各業都在爭搶著大放「衛星」——自人類歷史上第一【顆】人造衛星上天之後，「衛星」一詞就成了「超級成就」的代名詞。

（路遙《平凡的世界・卷三》）

(85)誰又能想到，這樣一【顆】光彩奪目的政治新星，個人生活竟然蒙上了一層暗淡的陰影呢？　　　　　　　　　　　　　　（路遙《平凡的世界・卷三》）

用於稱量「彈丸」的衍生出了一系列的同類事物，包括「子彈」、「照明彈」、「原子彈」、「炮彈」、「地雷」、「炸彈」等等：

(86)園子裡沒有受到什麼大損害，只是松林裡落了一【顆】開花炮彈，打壞了兩株松樹。　　　　　　　　　　　　　　　　　　　　　　　（巴金《家》）

(87)美國的第三艦隊已經在攻東京灣了，蘇美英締結了波茨坦協定，第一【顆】原子彈也已經在廣島投下。　　　　　　　　　（老舍《四世同堂・饑荒》）

用於稱量「痣」、「疙瘩」的，衍生出了新的名詞「痦子」、「雀斑」、「瘤」等：

(88)他的右眉毛上有一【顆】咖啡豆大的痦子，虎牙的尖兒在緊閉的嘴唇上撐開一道縫兒。　　　　　　　　　　　　　　　　　　　（劉恒《黑的血》）

(89)人們只叫她脖上的那【顆】瘤，瘦袋！　　　　（劉恒《狗日的糧食》）

用於稱量「丸藥」的衍生出的新的名詞「糖」：

(90)片警又剝了一【顆】糖，熟練地丟進嘴裡。　　　　　　（劉恒《黑的血》）

用於稱量「印」的由於形狀的相似，衍生出的「鐵釘」、「釘子」等：

(91)右眼象戳進了一【顆】鐵釘。　　　　　（路遙《平凡的世界・卷三》）

另外，現代漢語「顆」還可用於稱量「牙」，這也是新出現的用法：

(92)老人牙齒一【顆】未掉，肉也吃得，酒也喝得。　　（王朔《千萬別把我當人》）

「顆」的這些稱量對象大部分是從[±小][±類圓形]的形狀方面泛化出來的，還有一

部分是通過事物屬性範疇類化而來的，這一部分事物不再拘泥於形狀方面的限制。如果對現代漢語量詞「顆」的稱量對象進行歸類，主要分為以下幾類：

　　①植物的果實或種子。

　　②各種材質的具有[+小][+類圓狀]形狀的物品，包括珍珠、鑽石、寶石、石子、沙、棋子、鈕扣等。

　　③人體器官及人體上生長出來的[±小][±類圓形]事物，包括頭、心臟、牙、痣、瘤，以及由頭和心臟引申出來的抽象用法。

　　④天體事物，包括太陽、月亮、星星、人造衛星以及由星星引申出來的抽象用法。

　　⑤只有局部帶有[+小][+類圓形]的事物，包括印章，鐵釘等。

　　現代漢語中「顆」作為「棵」的同音替代字的現象已經完全消失，這說明，現代漢語「顆」與「棵」已經完成了明確的分工，各司其責，較為規範。

1-4 量詞「顆」的演變特點

　　通過對「顆」由名詞虛化為量詞並進一步發展演變過程的考察，我們可以發現有以下幾個特點：

　　第一，「顆」本義為「小頭」，但其虛化為量詞時與「頭」的實指無關，取的是「顆」的聲旁兼形旁「果」的本義，用於稱量「植物的果實」，同時由於「小頭」的形狀是「小而圓」的，所以虛化的同時也附加了形狀義[+小][+圓]。因此，「顆」最初用於稱量的對象都是[+小][+類圓狀][+植物][+果實]。當然，這裡的果實是泛指的，有些是真正的果實，如「柰」，有些從屬性上來說，並不屬於果實範疇，如薑的「塊莖」和「烏喙」的子根，但古代人對果實的認同可能僅僅是比較感性的認知，認為植物可以使用的部分即是果實。正是由於這個原因，帶有「植物」屬性並具有[+小][+圓]形狀的「顆」充當了稱量單位，從名詞虛化為量詞，開始用於稱量「小而圓的植物果實」。

　　第二，「顆」由「植物」屬性發展而來，用於稱量「小而圓的植物果實」，但在後來的發展演變中，「顆」的這種用法卻漸漸萎縮，特別是明清時期，到現代漢語中已不多見。「顆」的這種用法之所以呈現這種萎縮的趨勢，我們認為與另外一個量詞「棵」有關。「棵」是元代時出現、用於稱量「植株」的量詞。因為「顆」與「棵」音同或音近，因而在稱量一些「植物」的時候，從語音上很難分清要表達的是「植株本身」還是「植物果實」，這樣就容易產生誤解。明代《樸通事·下》中有一句用例為「大仙說：是一【顆】桃。」單獨看這一句話，很難確認這裡的「桃」是指「桃樹」還是指「桃子」。在語流中，這一問題就更加明顯。這與語言表達的準確性相衝突。為了解決這個問題，語言系統內部必須要作出一定的調整，調整的第一步是「顆」稱量「植物果實」的用法讓位於其他量詞，如泛用量詞「枚」、「個」，這樣在語言交際過程中就不會再因為音同或音近而產生誤解，這種調整在明清時期就已經開始，現代漢語逐漸完善的。調整的第二步是「顆」與「棵」在用法上明確分工，「顆」用於稱量「小而圓」的事物，「棵」用於稱量「植株」，二者不再通用，這種調整是在現代漢語中完成的。因而，現代漢語中「顆」用於稱量「植物果實」的用法已經非常少見。

　　第三，量詞「顆」稱量的對象經歷了從[+植物]範疇到[-植物]範疇、從[+小][+類圓狀]

到[±小][±類圓狀]，再到[+小][±類圓狀]的過程。先秦兩漢時期，「顆」稱量的都是「小而圓的植物果實」，到魏晉南北朝時期，「顆」丟棄了[+植物]屬性，開始用於稱量[-植物][+小][+類圓狀]事物，這是「顆」的第一次泛化，稱量範圍擴大。唐代時，只具備[+小]或[+類圓狀]其中一個語義特徵的事物就可以用「顆」來稱量，如「瓜」、「頭」等只保留了外型特徵[+類圓狀]，「方鹽」、「印」、「螺子黛」等只保留了體積[+小]義，甚至「年紀小的人」也可以用「顆」，這是「顆」的第二次泛化，稱量範圍再次擴大。至宋代時，[-小][-類圓狀]的「冰塊」也可以用「顆」來量，雖然這種用法只出現一例，後代也沒有類似的用例，是較為特殊的用法，但也顯示出了「顆」的擴展能力。但這種擴大也不是無止境的，明清時期，「顆」的稱量對象仍保留了[+小]或[+類圓狀]二者之一。而到了現當代，「顆」稱量各種材質的「小而圓」的事物的用法，對「小」義有所加強，體積「小」成了「顆」稱量對象的必備條件，一些原有的用「顆」稱量的較大事物改用其他量詞稱量，「顆」開始用於稱量[+小][±類圓狀]的事物。

　　第四，量詞「顆」的泛化主要經由兩種途徑，一種是從形狀特徵出發，凡是具有相同形狀的事物，便類推使用同一個量詞。「顆」最初只適用於「植物範疇」，具有[+小][+類圓狀]的形狀特徵。由這一形狀出發，凡是具有這種形狀特徵的事物，便都可以用「顆」來量，從而從「植物」範疇發展到「非植物」範疇，這是漢語量詞泛化的一種重要途徑。另一種是從該事物的屬性範疇出發，凡具有該範疇語義特徵的事物都可以類推而使用同一個量詞。任何一種範疇都是由典型成員和非典型成員組成的，稱量這一範疇的量詞主要是由其典型成員決定。「星星」是[+小][+類圓狀]的，「星星」範疇中的「人造衛星」並不是真正的星星，也不具備典型「星星」的形狀，但由於同屬一個範疇，「人造衛星」便也可以用「顆」來稱量。

　　「顆」由名詞虛化為量詞，並進一步發展演變的過程可以用下圖表示：

量詞「顆」的演變過程

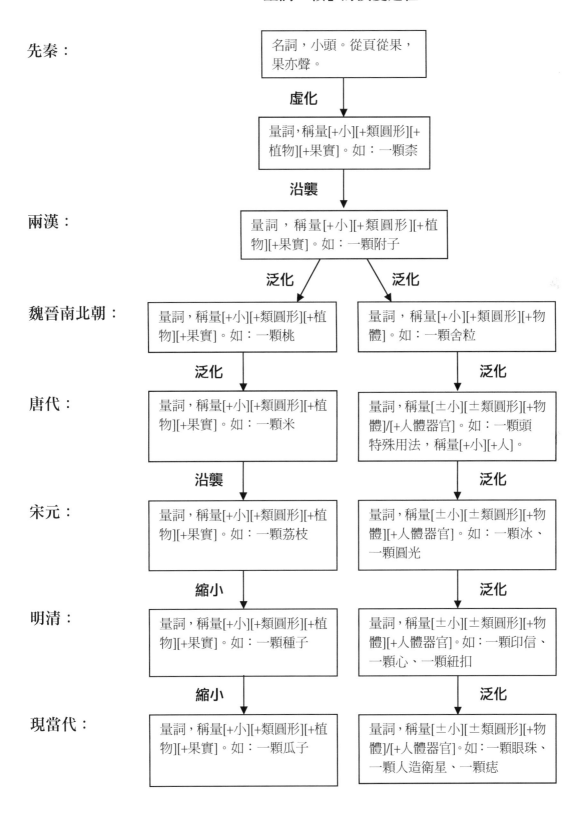

2·量詞「粒」的產生及其發展演變

2-1 已有研究成果概述

　　王力在「單位詞的發展」[1]中舉白居易詩「丹砂一粒不曾嘗」作為「粒」的早期用例，對「粒」產生的時間界定有些晚。

　　劉世儒認為，「粒」本義「米粒」，作為量詞當自陪伴「穀粟」一類的東西開始，在魏晉南北朝時，「粒」就產生了上述用法，並由此發展用於稱量「小而圓」的東西，也即「一般化」，但南北朝時「粒」的一般化用法還不多見，並以此判定「粒」在南北朝時期仍處於初級發展階段。[2]

　　洪藝芳認為，在敦煌吐魯番文書時期，「粒」的一般化用法使用情形還是很少，仍處於尚未完全發達的階段。[3]

　　我們比較贊同劉世儒先生對「粒」的源流分析，但對「粒」的發展演變有一定的疑問，如果魏晉南北朝乃至唐代時，「粒」都處於初級階段，那麼「粒」的發展軌跡是怎樣的？它是在何時發展成熟的？下面我們就以大量語料為基礎，考察量詞「粒」的演變過程。

2-2 量詞「粒」的產生及其時代

　　《說文解字》：「粒，糪也。從米，立聲。」
　　「粒」本義為名詞「米粒」，其本義用法如下：

(1)孔子窮乎陳、蔡之間，藜羹不斟，七日不嘗【粒】。　　《呂氏春秋·審分覽第五》
(2)俯噣白【粒】，仰棲茂樹，鼓翅奮翼，自以為無患，與人無爭也。《戰國策·楚四》

　　魏晉南北朝時期，「粒」作量詞的用法開始出現：

(3)後見師缽中有兩三【粒】飯。　　　　　　　　　　　　（吳《舊雜譬喻經（二卷）》）
(4)持缽授與沙彌令洗缽中殘數【粒】飯。　　　（東晉《眾經撰雜譬喻（二卷）》）
(5)此一【粒】飯中而有百功。　　　　　　　（東晉《摩訶僧祇律·卷二十二》）
(6)複有餓鬼，本為人時，獨食無恥，初不施人一【粒】之米。(東晉《出曜經·卷五》)
(7)日進一麻，半【粒】粳米，日日省食，久羸形體。　　（東晉《佛本行經·卷三》）
(8)清腸稻，食一【粒】歷年不饑。　　　　　　　　　　　（南北朝《拾遺記》）
(9)即持此豆。奉散於佛。四【粒】入缽。一【粒】住頂。(南北朝《賢愚經（十三卷）》)
(10)見翼於飯中得一【粒】穀先取食之。　　　　　　　　　（《高僧傳·卷第五》）
(11)坎內豆三【粒】；覆上土，勿厚，以掌抑之，令種與土相親。《齊民要術·卷第二》
(12)大豆一斗，一萬五千餘【粒】也。　　　　　　　　　《齊民要術·卷第二》
(13)區種粟二十【粒】；美糞一升，合土和之。　　　　　《齊民要術·卷第一》
(14)禾一斗，有五萬一千餘【粒】。　　　　　　　　　　《齊民要術·卷第一》

---

[1] 王力，《漢語史稿》，中華書局，1980 年。
[2] 劉世儒，《魏晉南北朝量詞研究》，中華書局，1965 年。
[3] 洪藝芳，《敦煌吐魯番文書中之量詞研究》，文津出版社，2005 年。

(15)爾時菩薩，斷彼諸天如是意已，日別止食一【粒】烏麻，或一粳米，小豆大豆，
　　綠豆赤豆，大麥小麥，如是日日，各別一【粒】。（隋《佛本行集經・卷二十四》）

(16)爾時菩薩，住在優婁頻螺河崖之側，行其苦行，坐臥隨宜，著弊故衣，受隨用器，
　　一日之內，唯食一【粒】所謂胡麻，或一粳米，或一小豆，或一菉豆，或一大豆，
　　或赤粳米，或一青豆。　　　　　　　　　　　　　　（隋《佛本行集經・卷五十》

　　上面「粒」分別用於稱量「飯粒」、「米粒」、「稻粒」、「豆粒」、「穀粒」、「粟粒」、「芝麻（即烏麻、胡麻）粒」，這些「粒」與「米粒」本身具有相同的「範疇屬性」，同屬於「穀物」範疇，當然，這些「穀物」的形狀與「粒」相似，也都呈「小圓狀」，不過這種形狀特徵此時還屬於隱性特徵，起顯性作用的仍然是範疇屬性，因而出現了一批以「粒」稱量的「五穀雜糧」。由本義「米粒」虛化成為量詞，用於稱量與其名詞本身相同的屬性範疇，這是大多數量詞產生的方式，也是量詞虛化的一般途徑。

　　由於「米粒」本身具有「小而圓」的形狀，因此，由稱量「穀物」範疇向外擴展，「粒」開始用於稱量「非穀物類」的、具有「小而圓」形狀的事物，這時「形狀」從幕後走到台前，成為了非常重要的顯性特徵，「粒」也開始轉為「形狀量詞」：

(17)和大豆酢五合，瓜菹三合，姜、橘皮各半合，切小蒜一合，魚醬汁二合，椒數十
　　【粒】作屑。　　　　　　　　　　　　　　　　　　　　　《齊民要術・卷第九》

(18)獲佛牙一枚，舍利十五【粒】。　　　　　　　　　　　　　《高僧傳・卷十三》

(19)此石出燃山，其土石皆自光澈，扣之則碎，狀如粟，一【粒】輝映一堂。
　　　　　　　　　　　　　　　　　　　　　　　　　（南朝・梁・蕭綺《拾遺記》）

　　「椒」指「花椒」，是香料的一種，已經超出了「穀物」的範疇，「花椒」呈「小圓狀」，與「米粒」的形狀相似，因而用「粒」稱量，這是由「形狀」相似產生的泛化；「舍利」與「碎石」更是與「穀物」毫不相干，也是由於「小圓狀」而由量詞「粒」稱量。

　　魏晉南北朝時期，「粒」虛化為量詞，用於稱量「穀物」及「小而圓」形狀的事物。量詞「粒」的這兩種用法是以不同的方式產生的。稱量「穀物」是由「粒」本身的屬性範疇虛化而來，雖然這裡也有「形狀」的特徵，但只是以隱性方式存在；而稱量「小圓類」事物則是從「粒」的形狀特徵泛化而來。

　　這一時期，稱量「穀物」是「粒」的主要用法，而稱量「小圓類」事物的用法不多，我們只找出三例，劉世儒認為這種「一般化」的用法還很少，[1]所以「還處於初級發展階段」。事實上，魏晉南北朝時期「粒」剛從名詞虛化為量詞，這本身就是發展的「初級階段」，並不是「一般化」用法的問題。而且，縱觀「粒」的發展過程可以發現，一直到現代漢語「粒」的用法也僅限於這兩類，沒有再衍生出新的用法，這說明「粒」在魏晉南北朝時的發展算是較為迅速的。

　　魏晉南北朝時期，或者更具體地說，最晚至三國時期，「粒」由名詞本義「米粒」虛化為量詞，其產生方式為：

---

[1] 《魏晉南北朝量詞研究》，僅舉例(18)一例。

【虛化】

粒：名詞，米粒。→ 量詞，用於稱量[+小][+類圓狀] [+穀物]。

【泛化】

→ 量詞，稱量[+小][+類圓狀] [+物體]。

2-3 量詞「粒」的發展演變

2-3-1 唐代：

唐代，量詞「粒」的用法與魏晉南北朝時期相同，但稱量的範圍有所擴大。

用於稱量「穀物」類，「粒」還可以用於：

(20)黍一千二百【粒】，稱重十二銖，兩之為一合。　　　　　　　　《隋書・卷十六》

(21)汝今能食如來牙齒之中一【粒】麥不。

（唐《根本說一切有部毘奈耶藥事（十八卷）》）

(22)作此願已以此十【粒】黃米投飯甑中。　　　　《法苑珠林・卷第二十八》

(23)糧不畜一【粒】。　　　　　　　　　　　　　　　《祖堂集・卷三》

(24)譬如蚊蟻執一【粒】食。　　（唐《大乘修行菩薩行門諸經要集（三卷）》）

「糧」、「食」是將「穀物」類化而成的總稱。

唐代時，稱量「小圓狀」事物的用法有所發展，一方面表現為使用數量的增加，唐代「粒」稱量「舍利」的用法非常常見，另一方面，「粒」稱量的事物範圍也越來越大：

(25)乃至乾薑半片胡椒一【粒】。　　　　（唐《根本薩婆多部律攝（十四卷）》）

(26)以白芥子一【粒】咒之一千八遍吞之即有兒。

（唐《阿吒薄俱元帥大將上佛陀羅尼經修行儀軌（三卷）》）

(27)饑餐一【粒】伽陀藥，心地調和倚石頭。　　（唐《寒山子詩集・詩三百三首》）

(28)練[煉]九轉神丹，得長生不死，伏[服]之一【粒】，較量無比。

《敦煌變文集・葉淨能詩》

(29)還丹一【粒】點鐵成金。　　（唐《大方廣圓覺修多羅了義經略疏注（四卷）》）

(30)只吞一【粒】金丹藥，飛入青霄更不回。　　　　　　　（呂岩《七言》）

(31)白髮萬莖何所怪，丹砂一【粒】不曾嘗。　（白居易《對鏡偶吟贈張道士抱元》）

(32)有人遺我五色丹，一【粒】吞之後天老。　　　　　　（王轂《夢仙謠三首》）

(33)一【粒】硫黃入貴門，寢堂深處問玄言。　　　　　　　（張祜《硫黃》）

(34)安祿山初承聖眷，因進助情花香百【粒】，大小如粳米而色紅。

《開元天寶遺事》

(35)蕭娘初嫁嗜甘酸，嚼破水精千萬【粒】。　　　　　　（皮日休《石榴歌》）

「胡椒」也是「香料」的一種，呈「小圓狀」；「白芥子」為天然「中藥」，呈「球狀」，此外還有一些煉製加工而成的「藥丸」、「丹砂」，稱量各種「藥」、「丹」是「粒」在唐代時期的一個重要用法；「硫黃」是古代煉丹的常用礦物，呈「晶體狀」，應該說它不是典型的「小

圓」事物，有可能是由於「丹藥」的原因，由類而及，便也可以用「粒」稱量。「助情花香」是「大小如粳米」的形狀，「水精」這裡指的是「石榴籽」，這些都呈「小而圓」的形狀。

唐代還出現了下面的用法：

(36)床滿諸司印，庭高五【粒】松。 （林寬《陪鄭誠郎中假日省中寓直》）

(37)五【粒】松深溪水清，眾山搖落月偏明。 （徐凝《再歸松溪舊居宿西林》）

葉桂郴認為這是「粒」稱量「松」，因而將「粒」的稱量範圍單獨分出一類「樹」。[1]實際上，「五粒松」是松樹的一種，這裡的「粒」當為「鬛」，義為「每五鬛為一葉」，所以稱「五鬛松」。唐代段成式《酉陽雜俎》中有「松，凡言兩粒、五粒，粒當言鬛。」宋代姚寬《西溪叢語》卷下：《名山記》雲：松有兩鬛，三鬛、五鬛者，言如馬鬛形。」這些都可以證明「五粒松」中的「粒」並非是「松」的量詞。

唐代，「粒」仍用於稱量「穀物」和「小圓狀」事物，但二者的比例有所變化，稱量「小圓狀」事物的用法明顯增多，這說明「粒」開始向著「形狀」量詞為主的方向發展。

2-3-2 宋元：

宋元時期，量詞「粒」的用法基本沿襲唐代，一方面用於稱量「穀物」，如「米」、「粟」、「穀」、「豆」、「穄」、「稻」、「糧食」等，另一方面用於稱量「小圓狀」事物，仍以「舍利」、「丸藥」、「丹砂」等為多，同時還出現了新的稱量對象：

(38)一鶴橫空雲漠漠，見梅梢、萬【粒】真珠滴。 （宋・葛長庚《賀新郎》）

(39)吃飯咬著一【粒】沙。 （宋《大慧普覺禪師語錄（三十卷）》）

(40)縱於十斛之沙得【粒】金。 （宋《護法論（一卷）》）

這一時期，「粒」的用法變化不大，增加的數量也非常有限。

2-3-3 明清：

明清時期，量詞「粒」的用法不變，仍然是稱量「穀物」和「小圓狀」事物，稱量對象前者以「粟」、「米」、「糧食」居多，與前代相同；後者的稱量對象進一步擴大，稱量對象最多的是「丹砂」、「丸藥」類事物，原有的「舍利」已不多見，新產生的「珠」具有強大的泛化功能，衍生出了「明珠」、「珍珠」、「寶珠」，以及「寶石」、「鑽石」等一系列的名詞，成為明清特別是清代的又一重要稱量對象：

(41)交光日月煉金英，二【粒】靈珠透寶明。 《封神演義・第四十五回》

(42)又將金簪、網圈、緬鈴、四【粒】胡珠，用紙包了，俱送將出來。

《醒世姻緣傳・第十七回》

(43)當面前一【粒】貓兒眼寶石，晴光閃爍。 《二刻拍案驚奇・第五卷》

(44)只見這戒指雕鏤工細，花樣時新，中間嵌著一【粒】小小的鑽石。

《九尾龜・第三十二回》

此外，「粒」還可稱量其他的「小圓狀」事物，包括「核桃仁兒」、「胡桃」、「榛子」、

---

[1] 葉桂郴，《〈六十種曲〉和明代文獻的量詞》，湖南師範大學博士論文，2005 年。

「松子」、「泥丸」、「蠟丸」、「青梅」、「櫻桃」、「葡萄」、「蓮子」、「枸杞」、「印」、「骰子」、「棋子」、「鈕」、「痘」、「雞皮疙瘩」、「彈子」等。這些事物從形狀上來看，基本上都屬於「小圓狀」，都是從其形狀特徵泛化而來。

明清時期，出現了「粒」用於修辭的用法，如：

(45)湖上影子，惟長堤一痕，湖心亭一點，與餘舟一芥，舟中人兩三【粒】而已。

（明・張岱《西湖夢尋》）

(46)窗外半鉤斜月，床前一【粒】殘燈，靜悄悄一些風聲也沒有。

《孽海花・第二十三回》

「粒」從虛化為量詞以來，就一直稱量「具體的」、「靜態的」物體，用法極為有限。而在這裡，「粒」用於稱量「人」和「殘燈」，主要是出於修辭的角度，用「粒」來極言「人」和「燈」極小，就如同一個「微粒」那樣大小。

2-3-4 現當代：

現當代時期「粒」的用法也是兩類，一類用於稱量「穀物」，一類用於稱量「小圓狀」事物，不過在具體的稱量對象上有所變化。

原有的用於稱量「穀物」的只剩下了「米」、「豆」、「芝麻」、「花生米」等少數名詞，而「粟」、「黍」等名詞都已成為古詞語，在口語中不再出現。

(47)他自居為高第姐妹倆的愛人，因為她們倆都吃了他的幾【粒】花生米。

（老舍《四世同堂・惶惑》）

(48)我們看別個太陽系，也不過一個銅盤大，一個星球，也不過一【粒】豆子大。

（張恨水《金粉世家》）

原有的用於稱量「小圓狀」的主流用法「丹砂」，作為一種舊事物逐漸退出歷史舞台，用於稱量「丸藥」的用法也比較少，現代的「藥」大多製作成「片劑」，因而有「一片藥」的說法，只有部分「小圓狀」的「藥」才用「粒」來量，如果稍大一點兒的「丸藥」還可用「一丸藥」來稱量，因而「粒」稱量藥的用法也退化了。其他如「舍利」、「印」、「骰子」、「棋子」、「鈕」，以及水果「青梅」、「櫻桃」、「葡萄」，和乾果「蓮子」、「枸杞」等的用法都不見了，這些事物一部分轉用「顆」稱量，一部分轉用「個」稱量。

現代漢語「粒」的稱量對象主要有：

(49)清秋見他說到這句，抓了碟子裡一把瓜子，放在面前，一【粒】一【粒】撿起來，用四顆雪白的門牙，慢慢地嗑著，心裡可是極力地忍住了笑。

（張恨水《金粉世家》）

(50)好像無數【粒】鐵沙從天空中撒下來，整個房屋都因此動搖了。 （巴金《家》）

(51)它小得尤如田野裡的一【粒】瘦土。 （劉恒《黑的血》）

(52)因此，大多數普通人不會像飄飄欲仙的老莊，時常把自己看作是一【粒】塵埃——儘管地球在浩渺的宇宙中也只不過是一【粒】塵埃罷了。（路遙《平凡的世界・卷二》）

對比「粒」在現代及明清時期的稱量對象可以發現，現代漢語中「粒」稱量的是在形

體上更為「微小」的事物，形體較大的對象分流給量詞「顆」來稱量了。

當然也有一部分事物的大小介於二者之間，用「粒」或「顆」都可以稱量，如「子彈」，還有一部分事物大小不確定，可以根據實際大小來選擇量詞，如「珠子」，如果用「粒」，則表示形體較小。

(53)她抬頭看見了城牆的垛口，覺得那些豁口兒正像些巨大的眼睛，只要她一動，就會有一【粒】槍彈穿入她的胸口！（老舍《四世同堂・饑荒》）

(54)另外還有一件事，是燕西所詫異的，就是她的衣服之外，卻掛了一串珠圈，那珠子雖不很大，也有豌豆大一【粒】。（張恨水《金粉世家》）

從整體上來說，現代漢語「粒」的用法有所縮小，或者換句話說，現代漢語「粒」的用法是在明清的基礎上進一步分流、規範，從而出現了縮小的趨勢。

2-4 量詞「粒」的演變特點

通過對「粒」由名詞虛化為量詞並進一步發展演變過程的考察，我們可以發現下面一些演變特點：

第一，「粒」本義為「米粒」，魏晉南北朝時期虛化為量詞，用於稱量「穀物」，並進一步發展用於稱量「小圓狀」事物，這兩種用法都是在魏晉時期產生的。因為這一時期「粒」剛剛從名詞虛化為量詞，用例不多，基於此，劉世儒將這一時期稱為「粒」的「初級階段」，這一點沒有問題。但到了唐代，「粒」無論是稱量「穀物」，還是稱量「小圓狀」事物，其用例都有所增加，特別是後者，用於稱量的「小圓狀」事物明顯增多，與「穀物」用例大體平衡，在這種情況下，如果還認為「粒」處於「初級階段」，就不太合適了。宋元時期，「粒」的稱量對象有所發展，但變化不大。明清時期，「粒」的稱量對象再次泛化，稱量的「小圓狀」事物也越來越多。從唐代開始，「舍利」、「丸藥」、「丹砂」成為「粒」稱量「小圓狀」事物的三大主要用法，至明清時期，「珠子」取代了「舍利」成為三大主要稱量對象之一。現當代時期，「粒」開始慢慢規範，原來的主要稱量對象都已很少出現，「粒」開始主要用於形體較為「微小」的事物，原有的一部分稱量對象改由「顆」或「個」來稱量，稱量範圍有所縮小。

第二，「粒」稱量的兩類事物「穀物」和「小圓狀」事物，雖然都是從其名詞本義一條線發展而來，但虛化或泛化的方式不同。「粒」由名詞本義「米粒」虛化為稱量「穀物」的量詞，這是由於「粒」與「穀物」屬於同樣的屬性範疇；而「粒」由稱量「穀物」泛化為稱量「小圓狀」事物，是由於「粒」或「穀物」本身具有[+小][+類圓狀]的隱性形狀特徵，當「粒」由「穀物」進一步泛化時，就擺脫了屬性範疇，轉而向形狀特徵發展了。這一轉變是從唐代開始的，到明清時期基本定型，現代漢語只是明清用法的延續和規範。

第三，「粒」不是一個活躍的量詞。「粒」的兩種用法：稱量「穀物」和稱量「小圓狀」事物都是在魏晉南北朝時期形成的，但其後經歷了唐宋元明清一千多年的歷史，一直到現代漢語都沒有再進一步泛化出其他的用法。從稱量對象來看，雖然從唐代到清代不斷出現新的名詞，但數量不多，到現代漢語中這種稱量的對象還有所縮小。另外，「粒」稱量的事物，除了偶爾出現的修辭用法外，始終局限於「具象」物體，沒有衍生泛化至「抽象」

事物，更沒有「由物及人」，這些都說明，「粒」作量詞並不活躍。這有可能與其本身的形狀有關，「小圓狀」事物本身數量就不多，量詞「粒」由其本義而來，所稱量的事物自然應該是「米粒」大小的，這種事物除了「穀物」外，本身存在的就很少，而稍微大一些的事物就由「顆」來稱量，所以「粒」的稱量對象一直沒有大批量的泛化。

「粒」由名詞虛化為量詞，並進一步發展演變的過程可以用下圖表示：

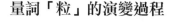

量詞「粒」的演變過程

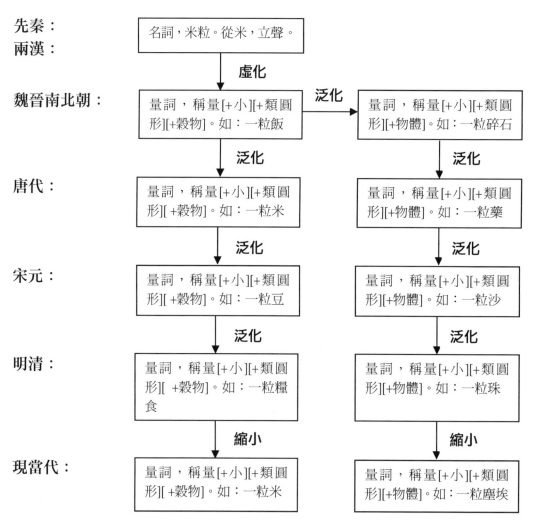

3・其他「點狀」量詞的產生及其發展演變

現代漢語中除了「顆」、「粒」兩個「點狀」量詞外，還有「滴」、「丸」、「點」等幾個量詞也用於稱量「小圓類」事物，只是在這一用法上，這幾個量詞並不常用，且稱量的事物範圍也比較小，我們把這幾個量詞放在一起來討論。

3-1 量詞「滴」的產生及其發展演變

《說文解字》：「滴，水注也。」「注，灌也。」

劉世儒、[1]洪藝芳[2]都把「滴」的本義解釋為名詞，但按《說文解字》的注釋來看，「滴」應為動詞，即「水一點一點地落下」，進一步引申「一點一點的水」才稱為「滴」，這時才轉為名詞。

魏晉南北朝時出現了「滴」作量詞的用法：

(1)望見蜜芝從石戶上墮入慪蓋中，良久，輒有一【滴】，有似雨後屋之餘漏，時時一落耳。　　　　　　　　　　　　　　　　　　　　　　　《抱朴子・卷十一・仙藥》

(2)一日之中有一【滴】蜜墮此人口中，其人得此一【滴】。　　　　　　　　　　　　　　　　　　　　　　　　　　　　　　（兩晉《眾經撰雜譬喻（二卷）》）

(3)其使不食中國滋味，自齎金壺，壺中有漿，凝如脂，嘗一【滴】則壽千歲。　　　　　　　　　　　　　　　　　　　　　　　　　　　　　（南朝・梁《拾遺記》）

(4)所取之水。不過數【滴】。何以能滅如此大火。　　　（南北朝《雜寶藏經》）

「蜜」、「漿」、「水」都是「液體」，是能夠「一點一點落下來的」，因而都用「滴」來量。這是「滴」作量詞的最初用法。

唐代時，「滴」仍然用於稱量「液體」，稱量對象增加了「雨」、「露」、「汁」、「乳」、「酥」（天竺國謂酒為酥。——宋・竇平《酒譜・異域酒》）、「油」、「淚」、「血」等，範圍已經很廣，如：

(5)朝梳一把白，夜淚千【滴】雨。　　　　　　　　　　　　　　　　（劉猛《曉》）

(6)地生一寸草，水垂一【滴】露。　　　　　　　　　　　　（寒山《詩三百三首》）

(7)若以一【滴】頗求樹汁投之乳中。　　　　　　　《能顯中邊慧日論（四卷）》

(8)若以師子真乳一【滴】入池。　　　（唐《大乘修行菩薩行門諸經要集（三卷）》）

(9)取其一【滴】酥。　　　　　　　《大乘修行菩薩行門諸經要集（三卷）》

(10)專心將護不令缽油一【滴】墮地。　　　　　　　《瑜伽師地論（一〇〇卷）》

(11)縣令方燃蠟炬，將上於台，蠟淚數【滴】，汙群裓上。　　（唐《河東記・呂群》）

(12)一粒紅稻飯，幾【滴】牛領血。　　　　　　　　　　　　　　　（鄭遨《傷農》）

這之後，宋元明清一直到現代漢語，「滴」的用法都只局限於稱量「液體」，沒有再進一步發展。

仔細觀察「滴」的發展過程可以發現，由於「滴」本義是「動詞」，在它虛化為量詞以後，量詞也帶有一定的「動態特徵」，因而在量詞「滴」的前後常常會出現動詞「落」、「墜」、「垂」、「掉」等，當然這只是大多數句例的現象，不代表全部如此。帶有「動態特徵」的量詞在發展過程中有一個現象，就是或者「動態」越來越微弱，已經不被人注意；或者發展受到一定的束縛，不能像其他形態那樣不斷的泛化。「滴」具有「動態特徵」，並

---

[1] 劉世儒，《魏晉南北朝量詞研究》，中華書局，1965 年。

[2] 洪藝芳，《敦煌吐魯番文書中之量詞研究》，文津出版社，2005 年。

且它的「動態特徵」一直保留，所以「滴」在演變過程中受到了限制。

　　量詞「滴」的另一個特點是，與「滴」相搭配的數詞大多為「一」，少數為「兩」或「幾」，有很多數詞，如「六」、「八」、「九」、「百」等，檢索語例竟然一例都沒有，而「三」、「四」、「五」等數詞搭配的「滴」用例數量也都極少，只有幾例甚至一例而已，這種現象與「滴」的「動態特徵」也有一定關係。「滴」是一種動作，少數幾滴可以數，數量太多就沒辦法計量了，只能用「千」、「萬」這樣較為模糊的數詞來代表。這種在數詞方面的限制，也在一定程度上制約了量詞「滴」的進一步發展。

3-2 量詞「丸」的產生及其發展演變

　　《說文解字》：「丸，圓，傾側而轉者。」饒炯《說文解字部首訂》：「以圓說丸，通其名也；又以傾側而轉說圓，申其義也。」本義為「小而圓的物體」。

　　張顯成認為，先秦時期，「丸」就開始作為量詞使用，用於稱量「藥丸」，只是當時「丸」寫作「垸」或者「完」。[1]舉例如下：

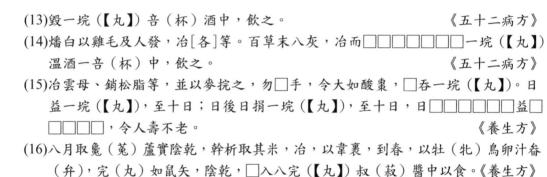

(13)毀一垸（【丸】）音（杯）酒中，飲之。　　　　　　　　　　《五十二病方》

(14)燔白以雞毛及人發，冶[各]等。百草末八灰，冶而□□□□□□□□一垸（【丸】）
　　溫酒一音（杯）中，飲之。　　　　　　　　　　　　　　　《五十二病方》

(15)冶雲母、鎖松脂等，並以麥捖之，勿□手，令大如酸棗，□吞一垸（【丸】）。日
　　益一垸（【丸】），至十日；日後日捐一垸（【丸】），至十日，日□□□□□□益□
　　□□□□，令人壽不老。　　　　　　　　　　　　　　　　　　《養生方》

(16)八月取蒐（菟）蘆實陰乾，幹析取其米，冶，以韋裹，到春，以牡（牝）鳥卵汁畚
　　（弁），完（丸）如鼠矢，陰乾，□入八完（【丸】）叔（菽）醬中以食。《養生方》

　　前三例中的「丸」並沒有稱量確切的名詞，只是以「數量詞+丸」的形式出現，有可能這裡「丸」就是名詞本身，在先秦漢語中，「數+名」的表達方式是比較常見的。而例(16)「丸如鼠矢」中「丸」為名詞「藥丸」義，其後再出現「入八丸菽醬中以食」，其中的「丸」更應該是名詞，指前面的這種「藥丸」。如果一定要說這裡的「丸」是量詞，即「丸八丸」，那後一個「丸」也只能算作「反響型量詞」。所謂反響型量詞，是指與被限定的名詞或動詞形式相同（或部分相同）的量詞。[2]不過由於漢語沒有詞形的變化，第二個相同的詞是名詞還是量詞很難確定，因而對這種「反響」型量詞是否算作真正的量詞還存在爭議，只能說它是「量詞」的初生形式，還不能算作嚴格意義上的量詞。

　　先秦時期，「丸」的確可以用作量詞，寫作「員」：

(17)穴內口為灶，令如窯，令容七八【員】艾。　　　　　　　　　《墨子‧卷十四》

(18)置艾其上七八【員】，盆蓋其口，毋令煙上泄。　　　　　　　《墨子‧卷十四》

(19)為窯容三【員】艾者，令其突入伏。　　　　　　　　　　　　《墨子‧卷十四》

　　孫詒讓《墨子間詁》：「員即丸也。」清代岑仲勉《墨子城守各篇簡注》：「員即丸。」

---

[1] 張顯成，《馬王堆醫書中的新興量詞》，《湖南省博物館館刊》，嶽麓書社 2005 年第 2 期。

[2] 蔣穎，《漢藏語系名量詞研究》，中央民族大學博士論文，2006 年。

「將艾草扭結成球，謂之艾丸，置艾七八丸者，取其易於引火。」

　　這是我們目前能找到的「丸」作量詞的最早用法，「丸」用於稱量「艾丸」，呈「小而圓」的球狀。

　　這種用法在兩漢時期也有出現，不過這時已寫作「丸」：

(20)投一寸之針，布一【丸】之艾。於血脈之蹊，篤病有瘳。　　《論衡・卷十五》

　　魏晉南北朝時期，「丸」的用法開始擴大，很多「小圓狀」事物都可用「丸」來稱量：

(21)以鸛血塗金丹一【丸】，內衣中，以指物，隨口變化。　　《抱樸子・內篇佚文》
(22)令賜君神藥一【丸】，帶以隨身，明年當有兵死者滿地，此藥可以全君體命。
　　　　　　　　　　　　　　　　　　　　　　　　　　（東晉・葛洪《神仙傳》）
(23)諸祈禱者，持一百錢，一雙筆，一【丸】墨，置石室中。（東晉・干寶《搜神記》）
(24)元請以一【丸】泥為大王東封函谷關，此萬世一時也。　　《後漢書・卷十三》
(25)複雲近往西方見一沙門，自名大摩剎，問君消息，寄五【丸】香以相與之。
　　　　　　　　　　　　　　　　　　　　　　　　　（南朝宋・劉敬叔《異苑》）

　　「金丹」、「藥」、「墨」、「泥」、「香」等事物的形狀都是「小圓狀」的，所以都可以用「丸」來稱量。

　　唐宋元明清時期，「丸」的用法沒有進一步發展，主要的稱量對象是各種「丸藥」或「丹藥」，少量用於其他事物，如：

(26)十日一筆，月數【丸】墨。　　　　　　　　　　　　　（張彥遠《法書要錄》）
(27)此吾在位時，西國有獻香三【丸】，賜太真，謂之瑞龍腦。（李宂《獨異志・卷下》）
(28)持白石三【丸】，酒一巵遺子春，令速食之訖。　　（牛僧孺《玄怪錄・卷一》）
(29)東海一【丸】紅彈子，流光日日射西林。　　　　（宋《樂邦文類（五卷）》）

　　「墨」、「香」、「石」等是呈「小圓狀」的事物。「紅彈子」借指「太陽」，從人類視角來看，「太陽」也可算作「小而圓」了。

　　現代漢語「丸」不再用於稱量其他事物，專職用於「丸藥」，而且用例極少，在口語中有些呈漸漸消亡的趨勢。

　　綜觀「丸」在各個歷史時期的發展演變，可以看出，「丸」是一個產生較早的量詞，早在先秦時期就已經出現，最早用於稱量「藥丸」、「艾丸」等「小圓狀」事物，這是由其本義「小而圓的物體」直接虛化而來的。魏晉南北朝時，「丸」的稱量對象有所增加，包括「丹」、「墨」、「泥」、「香」等事物，這些事物都是經過人為加工過的，在加工過程中有一個很重要的程序就是「和」（huó），「丸藥」、「丹藥」是用多種材料「和在一起」而製成的，古代的「墨」是小球狀的，製作時也包括「和料」工序。[1]古代的「香」也是多種「香料」、「和製」而成。《漢語大字典》「丸」有動詞「揉物成丸形」之義，可見，「丸」作量詞時，除了「小而圓」形狀特徵之外，還包括「揉和」的過程義，這就可以解釋為什麼「丸」基本都用於人為加工過的「丸狀物」。至於後來「丸」用來稱量「石」、「卵」、「彈子」等，

---

1 中國書法的網站：http://blog.sina.com.cn/qq1036811722

這就完全是從「形狀」特徵出發，與「和」的動作沒有關係了。不過這樣的用法並不多見，不是「丸」的主流用法。

「丸」從魏晉南北朝開始，除了偶爾出現的少數名詞外，稱量對象基本沒有太大變化，以稱量「丸藥」為主，稱量「墨」、「香」、「丹」、「泥」為輔，後來，隨著「墨」、「香」形狀的改變，它們開始選擇其他的量詞；礦石製成的「丹砂」漸漸減少，「丹」開始轉變為「藥」的一種；到現代漢語中「丸」基本只能用於稱量「藥」，確切地說，是稱量「用中藥製劑做成的丸藥」，但是，這只是說「中藥丸」可以用，並不是說必須用，實際上在現代漢語口語中，量詞「丸」已經很少出現，有相當一部分已經被「個」所代替，這從現當代語料檢索的結果可見一斑。至於「西藥」則根據形狀用「片」或「粒」來量。從「丸」的發展過程來看，它自始至終都只用於稱量「小圓狀」事物，沒有再向前發展，稱量對象也漸漸縮小，是一個呈漸退趨勢的量詞。

「丸」之所以未能泛化擴展開來，一方面可能與它的「和製」動作義有一定關係，只有那些用原材料人工加工和製而成的「小圓狀」事物才能用「丸」稱量，這種事物畢竟有限，因而稱量對象也不會太多；另一方面，稱量「小而圓」的量詞還有「顆」和「粒」，其中「顆」的用法覆蓋範圍一直很廣，大多數「小而圓」的事物都可用「顆」來量，因而「丸」沒有進一步發展的需求。此外，「丸」本義為名詞「小而圓的事物」，在歷代發展過程中，都有不少「丸」作名詞的用法，即使是與「數詞」搭配而用，其實義性也很強，這從另一個方面說明了「丸」的發展一直受限的原因。

3-3 量詞「點」的產生及其發展演變

《說文解字》「點，小黑也。從黑，占聲。」

「點」本義是「小黑點兒」，它是附於平面上的「小圓形」痕跡，不是真正的個體事物，由這一特點出發，東晉時期出現了「點」作量詞的用法，稱量「斑點」：

(30)兩頰有微斑十餘【點】，小逾芥子，其色淡黃，非咫尺以內不能見也。

（東晉《漢宮春色》）

「斑點」是附著於臉上的「黃色痕跡」，與「點」本義有一定關係，是從其本義直接虛化來的。

再進一步發展，凡是類似「小黑點」的事物，也可用「點」來量，如：

(31)可憐數行雁，【點】【點】遠空排。　　　　　　（南北朝・庾信《晚秋》）

從遠處看，天空中飛翔的「雁」就像一個個的小黑點，便用「點」來量「雁」，這是一種修辭用法。

唐代時，量詞「點」進一步發展，開始用於稱量「小圓形」的「星光」、「燈光」、「火光」、「顏色」等，如：

(32)數【點】疏星紫錦斑，仙家新樣剪三山。　　　（李群玉《寄友人鹿胎冠子》）

(33)未知今夜依何處，一【點】漁燈出葦叢。　　　　　（張祜《題衡陽泗州寺》）

(34)唯看一【點】火，遙認是行舟。　　　　　　　　（白居易《西河雨夜送客》）

(35)沖籬落，千【點】光。　　　　　　　　　　　　　　（劉言史《放螢怨》）

(36)夜深不臥簾猶卷，數【點】殘螢入戶飛。　　　　　　（楊發《宿黃花館》）

(37)羽山數【點】青，海岸雜光碎。　　　　　　　　　　（崔國輔《石頭灘作》）

(38)海棠未坼，萬【點】深紅，香包緘結一重重。　　　　（毛文錫《贊成功》）

(39)煙波盡處一【點】白，應是西陵古驛台。　　（白居易《答微之泊西陵驛見寄》）

從本質上說，這些也不是獨立的個體事物，只是從遠處看呈現出一種「小圓形」的外部形狀而已。

有時，「點」也可用於個體事物，但一般僅限於「液體」，如：

(40)有時三【點】兩【點】雨，到處十枝五枝花。　　　　（李山甫《寒食二首》）

(41)萬【點】湘妃淚，三年賈誼心。　　　　　　（李嘉祐《裴侍禦見贈斑竹杖》）

(42)一【點】露珠凝冷，波影，滿池塘。　　　　　　　　（溫庭筠《荷葉杯》）

從語料上可以看出來，「點」稱量「小圓形」的用法一般僅限於「詩」、「詞」等書面文學作品當中，是一種特定的修辭用法，在口語性較強的「變文」或「佛經」中幾乎沒有出現，這說明它不是日常口語中常見的量詞用法。

另外，「點」稱量「小圓形」的用法中，與「點」搭配的數詞也非常受限，或者是強調數量「極少」的「一點」、「兩點」、「三點」、「數點」，或者是強調數量極多的「千點」、「萬點」，其實這種數詞已經不是確指「數量」了，它只是表示「少」或「多」的意義，當然這也是修辭手法的一種體現。

用「點」稱量的事物形狀都比較「小」，由此發展「點」開始變成表示「些少」的不定量詞，如：

(43)好行未曾行一【點】，不依公道望千春。　　　　《敦煌變文集‧角座文》

(44)災障年年無一【點】，吉祥日日有多般。　《敦煌變文集‧父母恩重經講經文》

(45)能銷造化幾多力，不受陽和一【點】恩。　　　　　　（羅隱《登高詠菊盡》）

(46)莫嫌一【點】苦，便擬棄蓮心。　　　　　　　　　　（李群玉《寄人》）

「好行」、「災障」、「恩」、「苦」等都是抽象名詞，是不可數的，所以數詞只能用「一」。

唐代，「點」還出現了計量時間的度量衡用法，如：

(47)每夜分為五更，每更分為五【點】。　　　　　　　　《舊唐書‧卷四十三》

(48)玉漏相傳，二更四【點】，臨入三更，看看則是砍營時節。

　　　　　　　　　　　　　　　　　　　　《敦煌變文集新書‧卷四至八》

(49)三更三【點】萬家眠，露欲為霜月墮煙。　　　　　　（李商隱《霜月》）

這時的「點」雖然表示「時間」，但與現代漢語的時間量詞「點」並不相同。根據「每夜分為五更，每更分為五點」來推測，這時的「點」只表示夜裡的時間，並且必須與「更」同用，單獨的「幾點」不能用來計時。古代一更相當於現在的兩個小時，即 120 分鐘，把 120 分鐘分成五等份，每一點就是 24 分鐘，「幾點」就相當於「幾個 24 分鐘」，這是當時「點」代表的「時間」。

　　由上面例句可知，表示「些少」的不定量詞和計量「時間」的度量衡量詞這兩種用法，在「詩」、「詞」等書面文學作品以及「變文」、「佛經」等口語作品中都有出現，是使用範圍較廣的量詞，大概正因為如此，這兩種用法在後代的泛化能力非常強，成為了「點」的主流用法。

　　宋元明清及現當代時期，「點」的用法基本上沿襲了唐代。一類用於稱量「小圓形」事物，一類用於表示「些少」，一類用於計量「時間」。

　　用於稱量「小圓形」事物的用法呈漸漸衰退趨勢。它在宋詞、元曲中還有一定的使用數量，到了明清及現當代小說中就所見不多了，即使出現，也大多屬於純粹的「文學描寫」，如：

(50)但見那：火光迸萬【點】金燈，火焰飛千條紅虹。　　　　　《西遊記‧第七十回》

(51)春羅幾【點】桃花雨，攜向燈前仔細看。　　　　　《醒世姻緣傳‧第四十四回》

(52)暮靄圍罩著遠山，天邊有幾【點】星光在閃爍。　　（路遙《平凡的世界‧卷三》）

　　「點」的這種用法與唐代多用於書面用語基本一致，在唐以後的發展過程中，「點」稱量「小圓形」事物始終沒有突破這一語體上的限制，未能在口語中通行開來。

　　相反，用於表示「些少」的不定量詞則越來越多。唐代時，「點」的這種用法稱量的都是不可數的抽象事物，宋元時期依然如此，多用於稱量「仁心」、「念頭」、「靈魂」、「氣」等，到了明清時期，一些可數或不可數的具體事物，也可以用「點」來量，「點」的稱量對象擴大了，如：

(53)人皆從欲界生來，這一【點】種子怎麼脫得？　　　　　《明珠緣‧第二十五回》

(54)看看坐到更深，皓月當空，並無一【點】雲翳，果然好個中秋良夜。

　　　　　　　　　　　　　　　　　　　　　　　　　　　《禪真逸史‧第八回》

(55)這老米店沒有賣酒的地方，要喝一【點】酒，要走到十二裡地外去買呢。

　　　　　　　　　　　　　　　　　　　《二十年目睹之怪現狀‧第六十九回》

(56)冒得官起來之後，在床上歇了一會，又吃了一【點】東西。《官場現形記‧第三十回》

　　「點」的稱量對象由「不可數」到「可數」，由「抽象」到「具體」，稱量範圍擴大，而且使用頻度極高，到明清及現代漢語中成為了「點」的最主要用法。

　　用於計量「時間」的度量衡量詞，宋元明清一直延續使用，不過清代晚期時，「點」還出現了另一種計量時間的方法，就是每一個小時用「點」計量一次時間，這時的「點」既可以表示「時點」，即今天的「幾點鐘」，也可以表示「時段」，即今天的「幾個小時」，如：

(57)明日是親迎喜期，拜堂的吉時聽說在晚上十二【點】鐘，這邊新人也要晚上上轎，
　　所以用了燈船。　　　　　　　　　《二十年目睹之怪現狀‧第八十四回》

(58)仇五科一直等到打過四【點】鐘，方才來到。　　　　　《官場現形記‧第八回》

(59)兵船上的規矩，成天派一個兵背著一桿槍，在船頭瞭望的，每四【點】鐘一班；
　　這個兵滿了四【點】鐘，又換上一個兵來，不問晝夜風雨，行駛停泊，總是一樣
　　的。　　　　　　　　　　　　　　《二十年目睹之怪現狀‧第七十八回》

　　從語料來看，表示「時段」的數量很少，絕大多數是用於表示「時點」的。無論是表

示「時點」還是表示「時段」,「點」都與「鐘」並用,可見這個計時方法的產生與「鐘錶」的出現密不可分。「鐘錶」是在明晚期由歐洲傳入中國,而中國鐘錶製造是在康熙時期以後,再加上鐘錶從出現到普及還需要一段時間的過程,這樣,清代末期「點」開始用於計量「小時」與「鐘錶」的普及時間正好相吻合。當時的「鐘錶」在遇到整點時會「打點」報時,大概這就是用「點鐘」計量「時間」的來源。後來「點鐘」省為「點」,在清代時已有用例,但不多見,現當代時期為計量時間的常式。

綜觀「點」的發展演變,可以看出,「點」作量詞不晚於魏晉南北朝,最初用於稱量「斑點」、「黑點」等「點狀物」,這種量詞用法與「點」本義仍有一定關係。唐代時,這一用法有所擴大,具有「小圓形」特徵的點狀事物都可用「點」來量,同時增加了表示「些少」的不定量詞用法及計量「時間」的度量衡量詞用法。在其後的宋元明清到現當代,只有計量「時間」的度量衡用法出現了新的計量方式,另外兩種用法只是稱量對象的縮小與擴大而已。這說明,唐代時「點」的用法已基本成形。

「滴」、「丸」和「點」三個量詞在用於稱量「小圓狀」事物用法上面都非常受限,自魏晉南北朝或唐代以來,都沒有再進一步泛化,甚至「丸」和「點」還呈現出了漸漸萎縮的趨勢,其原因我們會在後文中詳細闡述。

第三章　現代漢語「線狀」量詞的源流演變

1 · 量詞「條」的產生及其發展演變

1-1 已有研究成果概述

　　對於量詞「條」的來源及其演變，王力認為「條」發展為單位詞，是始見於唐代的，可能先用於樹木方面，後來用途擴大，細長、狹長（或長）的東西一般都可以稱「條」。[1] 舉例如：

　　　　楊柳千條花欲綻。（沈佺期詩）

　　　　風折垂楊定幾條。（高啟詩）

　　　　與之繩萬條，以為錢貫。（朝野僉載）

　　　　剩蹙黃金線幾條。（孫棨詩）

　　劉世儒認為王力的時間推斷及發展過程「顯然都不合事實」，「條」是源於本義「樹枝」，由此引申一步，就可以用為「集體量詞」，再引申一步，就可泛用於一切條狀之物，發展到這裡，才算真正取得了量詞資格。「條」字最虛化的用法是用來量「事」，這種用法，其實也還是同「木條」有聯繫的。[2] 劉世儒的敘述方式如「引申一步」、「再引申一步」、「最虛化」等等，很容易讓人認為他將「條」的發展視為由「本義」一條線發展下來的，但仔細斟酌可以發現，他雖然認為「條」來源於「本義」，但同時也認為「條」虛化為量詞時取的是「形似」，發源於比喻法，這一點與王力是不一致的。另外，劉世儒把「條」量「事」稱為「最虛化的用法」，但同時也分析了這一用法是起於把「事」寫成「條文」，這樣「條」的這種用法就與「條狀物」沒有衍生關係了。

　　洪藝芳、[3] 陳穎 [4] 等在討論量詞「條」的發展演變過程時，都認為「條」來源於名詞本義，最初用於稱量「樹枝」或「樹木」；後來引申可泛用於一切如樹枝之長形物體，而質料則與木質無關，如繩；再引申則物體條狀之特徵漸不明顯，但基本上仍是屬於長形之物，如巾布；更進一步「條」呈現虛化的現象，所稱量的對象與長條形之物無關，而可使用較為抽象的事物，如「事情」等。「條」就是這樣一條線發展下來的。

　　究竟量詞「條」是如何虛化而來，又是如何一步步發展演變的，下面我們以文獻資料為基礎，考察「條」的產生及其演變過程。

---

[1] 王力，《漢語史稿》，中華書局，1980 年。

[2] 劉世儒，《魏晉南北朝量詞研究》，中華書局，1965 年。

[3] 洪藝芳，《敦煌吐魯番文書中之量詞研究》，文津出版社，2005 年。

[4] 陳穎，《蘇軾作品量詞研究》，巴蜀書社，2003 年。

1-2 量詞「條」的產生及其時代

《說文解字》「條，小枝也。從木，攸聲。」

「條」本義為「小枝；樹木細長的枝條」。《詩經·國風·汝墳》：「遵彼汝墳，伐其【條】枚。」毛傳：「枝曰條，幹曰枚。」

先秦和西漢時期的文獻當中，「條」都是以實義出現，或為本義，或為引申義，尚未發現其虛化為量詞的用法，其中，

　　(1)科【條】既備，民多偽態。　　　　　　　　　　　　　　《戰國策·秦策》

「條」為「條令，條款」，「科」為「律令，法規」，二者呈並列關係，「條」為名詞。東漢時期，表示「條令，條款」的名詞「條」後面開始出現數詞：

　　(2)古禮三百，威儀三千，刑亦正刑三百，科【條】三千。　　《論衡·謝短篇》
　　(3)科【條】三千者，應天地人情也。　　　　　　　　　　　《白虎通·卷八》

與此同時，表示同樣意義的「條」之前也開始出現數詞，數詞與「條」一起用於稱量名詞，這時「條」就已經虛化為量詞了，如：

　　(4)今大辟之刑千有餘【條】，律、令煩多。　　　　　　　　《漢書·刑法志》
　　(5)樂浪朝鮮民犯禁八【條】。　　　　　　　　　　　　　　《漢書·地理志》
　　(6)又增法五十【條】，犯者徙之西海。　　　　　　　　　　《漢書·王莽傳》

這三例中，「條」分別用於稱量「刑」、「禁」和「法」，基本上都屬於「法律」、「刑罰」一類的詞。

東漢時期，由「條」的本義「枝條」而引申出來表示「條狀物」的量詞也開始出現，如：

　　(7)披三【條】之廣路，立十二之通門。　　　　　　　　　　　　《西都賦》
　　(8)紘一【條】屬兩端於武，繻不言皆，有不皆者，此為衰衣之冕。

　　　　　　　　　　　　　　　　　　　　　　　　　　　（《周禮·弁師》，鄭玄注）
　　(9)條屬者，通屈一【條】繩若布為武，垂下為纓。　　（《禮記·雜記》，鄭玄注）

這三條用例「條」作量詞分別稱量「路」和「繩」（「紘」屬「繩」的一種，義為系於領下的帽帶），「路」和「繩」不屬於同一個屬性範疇，但二者在形狀上有一個共同特點「長條狀」，因而「條」稱量「路」和「繩」是從形狀角度出發，取的是「長條狀」的形狀特點。

「條」由名詞到量詞的產生方式，除劉世儒認為與「形似」有關外，王力及其他學者都認為是從「本義」到「條狀物」量詞，進而再次虛化為「分項的抽象事物」量詞這樣一條線的發展脈絡，但是從語料上可以看出，「條」首先是由本義引申為「條令、條款」義，本義及其引申義均為名詞，之後分別從本義和表「條令、條款」的引申義分兩條線虛化為量詞，由本義虛化而來的量詞用以稱量「條狀物」（以下簡稱「條 1」），由引申義虛化而來的量詞用以稱量「分項的抽象事物」（以下簡稱「條 2」），二者只在實義上相聯繫，虛化為量詞後沒有直接關係。

從本義引申為「條令、條款」，大概是源於書寫「條令、條款」的媒介。在發明紙張之前，從商代開始，人們主要是將文字書寫於竹簡上，沒有竹子的地方就用木片來代替，稱為木簡。「簡」為「細長形」，與「枝條」的形狀相似，並且每一條上不可能刻有多項內容的文字，由此將寫於長條形竹簡上的「條令」、「條款」、「條文」、「條例」之類稱為「條」是很容易理解的，這顯然是由借代而產生的引申義。

「條」用於稱量「條狀物」之初所搭配的名詞為「路」、「繩」等，這一時期尚未發現能夠與「樹木」類名詞相搭配的用例，這說明量詞「條」並不是從稱量「樹木」類名詞開始，逐漸擴展到其他「條狀物」的，這與王力等人的看法並不一致，似乎與人類對事物認知的一般順序也有些相悖，為什麼會出現這種現象，我們認為主要有以下兩方面原因：

第一，量詞由名詞虛化而來時可選擇不同的特徵屬性，以「條」為例，「條」義為「樹木細長的枝條」，其特徵包括「樹木」這一質料屬性，也包括「細長」這一形狀屬性，早在先秦和西漢時期，「條」就已經引申有「長」的意義：

(10)厥土黑墳，厥草惟繇，厥木惟【條】。　　　　　　　　《尚書‧禹貢》
(11)故木之大者害其【條】，水之大者害其深。　　　　　　《淮南子‧詮言訓》

可見，「長」是「條」比較典型的特徵，「條」虛化為量詞時忽略了質料屬性，選擇了形狀屬性，因此，量詞「條」可以直接與長條狀的道路、繩子相搭配，而不必以「樹木」類名詞作為過渡。

第二，先秦時期還有一個表示「樹枝、枝條」的名詞「枝」。《說文解字》「枝，木別生條也。從木，支聲。」西漢時「枝」已虛化為量詞，可用於「竹木花草的枝條」。

(12)越使諸發執一【枝】梅遺梁王。　　　　　　　　　　　《說苑‧奉使》

到魏晉南北朝時表示這一意義的仍用「枝」：

(13)因取淨水一杯楊柳【一】枝。　　　　　　　　　　　　《高僧傳‧卷第九》

在量詞出現的早期，量詞尚不發達，對名詞的選擇較為固定和單一，「一名多量」的現象並不多見，既然表示「樹木」類的名詞已經有了量詞「枝」，就很有可能沒有再虛化出表示同一意義的量詞「條」，這也可能是「條」成為量詞之始未與「樹木」類名詞搭配的原因。

綜上，我們認為，量詞「條」產生的時代不晚於東漢時期，其產生方式為：

【引申】

條，名詞，本義「小枝」。　　——→　　條令，條款。

↓【虛化】　　　　　　　　　　　　↓【虛化】

量詞，用於稱量[+長條狀][+事物]。　　量詞，用於稱量[+法律][+條文]。

1-3 量詞「條」的發展演變

1-3-1 魏晉南北朝時期（包括隋）

魏晉南北朝時期，量詞「條」有了新的發展，「條1」、「條2」所修飾的名詞均有所泛化。

「條2」原來僅用於與表示法律刑罰的名詞相搭配，這一時期「條2」進一步引申發展到可與政事、時事，甚至一般的事件、藥方等名詞相搭配，如：

(14)州本以禦史出監諸郡，以六【條】詔書察長吏二千石已下。《三國志・卷十五》

(15)桓帝時，數有災異，下策博求直言，儒上封事十【條】，極言得失，辭甚忠切。
《後漢書・卷六十七》

(16)夫事君之義犯而勿欺，人臣之節匪躬是殉，謹陳時宜十七【條】如左。
《三國志・陸遜傳》

(17)年二十一，神龜中，舉秀才，問策五【條】，考上第，為太學博士。
《魏書・列傳文苑第七十三》

(18)明於政體，吏才有餘，論當世便事數十【條】，名曰政論。
《後漢書・卷五十二》

(19)略問數十【條】事。　　　　　　　　　　　　　《高僧傳・卷第六》

(20)雖言服藥，而服藥之方，略有千【條】焉。　　　《抱樸子・卷八》

「條2」不但用例數量較多，稱量對象也越來越擴大，是這一時期「條」作量詞的主流用法。

「條1」稱量的事物，基本上仍局限在「道路」、「繩子」的範圍內，如：

(21)上施織成帳，懸千【條】玉佩，聲晝夜不絕。　　（梁・孝元帝《金樓子》）

(22)萬邑王畿曠，三【條】綺陌平。　　　　　　　　（梁・簡文帝《登烽火樓》）

(23)爭攀四照花，競戲三【條】術。　　　　　　　　（陳・顧野王《豔歌行》）

(24)採桑三市路，賣酒七【條】衢。　　　　（北周・王褒《日出東南隅行》）

這裡「玉佩」之所以用「條」稱量，是因為「玉佩」是用「繩子」懸掛起來的。「陌」、「術」和「衢」都是指「道路」，「陌」是田間的道路，「術」指城市中的道路，「衢」是四通八達的道路。

劉世儒認為，魏晉南北朝時「條」還可以稱量「衣裙」，[1]舉例如：

(25)何以答歡忻？紈素三【條】裙。　　　　　　　　（繁欽《定情詩》）

(26)舍其七【條】袈裟，助費開頂。　　　　　　　　《高僧傳・興福篇》

(27)垂賚鬱泥真納九【條】、袈裟一緣。　　（梁・簡文帝《謝饔納袈裟啟》）

其中，劉世儒指出「紈素三【條】裙」在《太平御覽》引此句作「紈素為衫裙」，因而此處兩存於此。另外兩例「條」用於稱量「袈裟」的用法，游黎認為「條」不是量詞，

---

[1] 劉世儒，《魏晉南北朝量詞研究》，中華書局，1965年。

因為「七條袈裟」是一種僧裝，也稱為「七條衣」或「七條」，「九條袈裟」也是如此。[1]通過查找相關語料，我們也驗證了這種說法。佛教有「三衣」之說，即按佛教戒律的規定，比丘可擁有的三種衣服，也可稱為九條衣，七條衣和五條衣，分別是由九條、七條、五條布條縫製而成的。這樣看來，這裡的「條」的確不是用於稱量「袈裟」的量詞，但卻也是量詞用法，用於稱量「布條」。這樣，魏晉南北朝時期，「條」用於稱量「衣裙」的就只有不確定的一例，可見，這一時期，「條1」的用法還較為有限。

1-3-2 唐代

唐代「條」作為量詞又有了新的發展，「條1」、「條2」對名詞的選擇範圍都有所擴大。「條1」發展的速度非常快，搭配的範圍明顯擴大，為方便說明，把這一時期出現的名詞按屬性不同分為以下幾類：

1、地理類：

(28)下有一【條】路，通達楚與秦。　　　　　　　　　　（白居易《登商山最高頂》）

(29)長鋪角簟，如一【條】之碧水初歲。　　　　　《敦煌變文集‧維摩詰經講經文》

2、布帛類：

(30)細帔五百領、綿五百屯、袈裟布一千端青色染之、香一千兩、茶一千斤、手巾一千【條】。　　　　　　　　　　　　　　　　　《入唐求法巡禮行記‧第三》

(31)兩點眉頭雪不消，一【條】帔上雲長在。

　　　　　　　　　　　　　　《敦煌變文集‧長興四年中興殿應聖節講經文》

(32)計合一【條】麻線挽，何勞兩縣索人夫。　　　　　　（李休烈《詠毀天樞》）

(33)著破三【條】裙，卻還雙股釵。　　　　　　　　　　　（施肩吾《定情樂》）

3、金屬類：

(34)冥司恨無推緣受，復攝思量怨死屍，覓得一【條】長鐵棒，墳間呵責盡頭抛。

　　　　　　　　　　　　　　　　　　　　《敦煌變文集‧譬喻經變文》

(35)賜遠公如意數珠串，六環錫杖一【條】。　　　《敦煌變文集‧盧山遠公話》

4、木質類：

(36)楊柳織別愁，千【條】萬【條】絲。　　　　　　　　　（孟郊《古離別》）

(37)三尺焦桐背殘月，一【條】藜杖卓寒煙。　　　　　　　（李洞《斃驢》）

5、動物類：

(38)有一日普請開田，雪峰見一【條】蛇。　　　　　　　　《祖堂集‧卷十》

(39)領蚓數百【條】，如索，緣樹枝條。　　　　　　　（《酉陽雜俎》續集卷二）

6、人體類：

(40)德山老漢一【條】脊樑骨拗不折。　　　　　　　　　　《祖堂集‧卷七》

---

[1] 游黎，《唐五代量詞研究》，四川大學碩士論文，2002年。

(41)嫩紅雙臉似花明，兩【條】眉黛遠山橫。　　　　　　　（顧敻《遐方怨》）

7、其他類：

(42)皇帝與高力士見一【條】紫氣，升空而去。　　　《敦煌變文集・葉淨能詩》

(43)出一【條】盛焰。　　　　　　　《迦樓羅及諸天密言經（一卷）》

(44)兩三【條】電欲為雨，七八個星猶在天。　　　　　（盧延讓《松寺》）

「條 2」增加了表示言語條文類的名詞，如：

(45)所有要略住持教跡不決者。並問除疑以啟心惑。合有三千八百【條】。勒成十篇。

《法苑珠林・卷第十》

　　通過分類可以發現，唐以前「條 1」只修飾前兩類屬性「地理類」和「布帛類」的名詞，這些名詞均為靜態的、無生命的事物，唐代名詞的屬性範圍開始擴大，延伸到「木質類」、「金屬類」、「動物類」、「人體類」和「其他類」，「木質類」名詞確實是在唐代開始出現，王力先生找到的最早用例也是唐代的，這再次證明「條 1」修飾「樹木」類名詞是後起的。唐代時「條 1」首次用於稱量「動物類」、「人體類」名詞，還可以稱量「其他類」中的「氣」、「焰」、「電」等。這說明，唐代時，「條 1」從原來稱量靜態的、無生命的事物擴大到動態的、有生命的事物，由稱量「動物類」發展到稱量「人體」事物，這些都是量詞「條 1」進一步泛化的表現。

1-3-3 宋元

　　宋元時期，「條 2」用於稱量的對象增加了「計」、「條文」等，其他與唐代基本一致，沒有太大變化。

　　「條 1」稱量的事物類別與唐代基本相同，仍主要為地理類、布帛類、木質類、金屬類、動物類、人體類和其他類，但所搭配的名詞與唐代比有所增多。稱量地理類的事物增加了「溝」、「巷」、「江」、「河」等，原來稱量的「路」仍是高頻稱量對象，並在此基礎上衍生出了新的抽象用法，如：

(46)仁只是一【條】正路，聖是行到盡處。　　　　　　《朱子語類・卷三十三》

(47)與諸人開一【條】活路子。　　　　　　　　　　　　《虛堂和尚語錄》

(48)這一【條】心路只是一直去，更無它歧；才分成兩邊，便不得。

《朱子語類・卷四十二》

(49)任屠卻省省得也麼哥，卻省省得也麼哥，告師父指與我一【條】長生路。

（元・馬致遠《馬丹陽三度任風子・第二折》）

　　這幾例中「路」已經不是具體的道路，而是「路」的抽象用法。

　　布帛類事物新增了「白練」、「絛」、「布衾」、「被」、「領」、「線」等，應該說「布衾」、「被」並不是典型的「條狀物」，這裡可以用「條」來量，可能是因為它們都屬於「布帛類」，與「範疇屬性」的類推有關。

　　元代時，人體類增加了新名詞「腿」、「臂」、「筋」，如：

(50)把不住兩【條】精腿千般戰，這早晚十謁朱門九不開，冷凍難捱。

《元刊雜劇三十種・看錢奴買冤家債主》

(51)憑著我這捉將手、挾人慣，兩【條】臂有似的這欄關。

（元・鄭光祖《虎牢關三戰呂布》）

(52)難道我不親呵認是親，既知恩不報恩，調動我這三尺攔天臂，起一千【條】歹鬥筋。　　　　　　　　　　　　　　　　（元・李文尉《燕青博魚》）

「腿、臂、筋」從形狀來看，都是長條狀的，符合「條1」的稱量標準。

1-3-4 明清

明清時期，「條2」用法仍然沿襲前代，變化很小。

「條1」的稱量類別沿襲唐宋元代的七大類，但稱量對象上則進一步泛化。

明代「條1」稱量對象的範圍達到了最大化，地理類中出現了「嶺」、「岡」、「橋」、「港」、「澗」等；布帛類的尤其多，增加了「毯子」、「衣」、「褲」、「布衫」、「段子」、「布」、「玉環條」、「線縱」、「線搭」、「搭膊」、「挽手兒」、「汗巾」、「簾兒」、「布袋」、「褡褳」、「搭包」、「抹布」等等；金屬類的也出現了「鐵」、「鋼」、「索」、「鏈」、「刀」、「槍」、「矛」、「銀」、「金」等。其他幾類也是如此。明代的這種最大化沒有一直維持下來，到了清代就有所縮小，很多名詞不再用「條」稱量，如「橋」、「布」、「刀」、「矛」等。

明清時期「條1」稱量人體類事物增加了「命、漢、身子、心、肚腸」等：

(53)我看你眾高鄰面上，權寄下這廝一【條】性命。　　《水滸傳・第二十九回》

(54)看來龍莽也是一【條】好漢，且留著他。　　（明・湯顯祖《邯鄲記》）

(55)一【條】大漢腦揪著史酉魚，徑入廳前按下。　　《禪真後史・第三十五回》

(56)他如何肯歇這一【條】心？　　《二刻拍案驚奇・第二十八卷》

(57)無奈阮大一【條】忠厚怕事的肚腸，一副女兒臉，一張不會說的嘴。

《型世言・第三十三回》

(58)但是我這作女孩兒的，一【條】身子，便是黃金無價。《兒女英雄傳・第二十二回》

「條1」稱量的人體類事物，由宋元時期的「腿」、「臂」等人體的「一部分」擴大到人體本身「身子」、「好漢」、「大漢」等，這有可能是由局部到整體的一種借代方式演變而來的。另外，「腿」和「臂」是具體可見的肢體，而「心」、「肚腸」、「性命」就是抽象事物了。明清時期，「條1」稱量人體類，從局部到整體，從具體到抽象，又經歷了一次泛化過程。不過「條1」用於稱量「人」本身時，一般就只用於以「漢」為核心的「好漢」、「大漢」、「硬漢」一類詞，不能擴展到其他「人」身上，說明這種用法不具能產性，沒有進一步發展的空間。

1-3-5 現當代

現當代時期，量詞「條」基本延續宋元明清時代的語義和用法，只是與之組合的具體名詞有所差異。

1-4 量詞「條」的演變特點

綜上，我們可以發現，量詞「條」在發展演變過程中主要有以下一些特點：

第一，量詞「條」的用法可由「條1」和「條2」分別表示，「條1」是由名詞「條」的長條狀特點虛化而來，用於稱量「長條狀」事物；「條2」是由名詞「條」的引申義「條款，條令」虛化而來，用於稱量「法律條文」，這兩種量詞用法分兩條線虛化而來，並各自發展，沒有交叉。從兩種用法的比例來看，東漢至魏晉南北朝時期，「條2」是量詞「條」的主流用法，用於稱量一切與「法律」、「政令」、「時事」或「事件」相關的名詞，稱量範圍非常廣。而這一時期，「條1」稱量的事物還比較有限，僅局限於「地理類」中的「路」和「布帛類」中的「繩」等。唐代「條2」還有新的發展，但宋元明清至現當代，「條2」的發展步伐變慢，稱量的對象始終沒有超出原有的範圍。而唐代「條1」開始發展迅速，用法增加，除原有的「地理類」、「布帛類」外，還新出現了「金屬類」、「木質類」、「動物類」、「人體類」和「其他類」，稱量範圍也急劇擴大，漸漸成為了量詞「條」的主流用法。

第二，量詞「條1」的發展演變是從靜態到動態、從無生命到有生命、從具體到抽象的發展過程。

東漢及魏晉南北朝時期，「條1」稱量的還只是靜態的「路」、「繩」等，到唐代開始出現動態的「氣」、「焰」、「電」，這是由靜態到動態的發展。「路」、「繩」是事物，是無生命的，唐代出現了「蛇」、「蚓」等動物，這是有生命的，這便由無生命的「事物」發展到了有生命的「動物」。這兩種發展是唐代就已經產生的。從具體到抽象是宋代開始的演變。「條1」最初稱量的「路」是真實的道路，而到了宋代以後，「條1」稱量的「路」開始有「門路」、「血路」、「活路」、「正路」，這些「路」是虛擬的具有象徵意義的路。再如唐代時「條1」稱量「氣」，「一條紫氣」，這是真實可見的「氣」，而到元代便出現了表示抽象意義的「怨氣」，明代又出現了「殺氣」，這都是「氣」的抽象用法。這說明，在名詞意義由實轉虛的發展演化過程中，與之相搭配的量詞也開始逐漸虛化，量詞的語義發展與其修飾的名詞密切相關。

第三，從「條1」能夠搭配的名詞數量來看，從東漢到明一直處於遞增趨勢，但到了清代，數量有所減少。

新事物、新名詞的增加是量詞「條1」所搭配名詞迅速膨脹的社會原因。隨著社會的發展，一些原來沒有的新生事物出現，這些事物如果具有「條狀」特點，人們往往採取相似類推的思維方式，用「條」來稱量。如古代沒有「桌子」、「凳子」，人們席地而坐，宋代出現了「台倚子」，元代出現「凳」，明代出現「坐具、桌子」，這些新生事物由於具有「條狀」特徵而一概使用量詞「條」。再如「褲」，古代有「裙」無「褲」，後來出現「褲」，「褲」是兩個「條狀物」相連，應該說不具有「條狀」的典型特徵，但「裙」與「褲」同屬下衣，屬同一個語義場，根據相關類推的機制，由「一條裙」類推發展到「一條褲」也在常理之中了。

詞義不斷泛化是量詞「條1」所搭配名詞迅速增加的內在原因。泛化是詞義發展的一般規律，隨著詞義的泛化，其意義的內涵越來越小，外延越來越大，從而導致搭配範圍擴大。「條1」本來是稱量「條狀物」，其名詞應該具備「細長」形狀的特徵，發展到一定階

段以後，不具「長條」特徵的名詞也可以用「條1」稱量，這就使得「條1」所搭配的名詞範圍增大。如宋代「動物類」名詞中的「蛇」、「龍」、「蚯蚓」等等比較符合「條狀」特徵，到了明代「牛」、「犬」、「鼈」這些不具「長條」特徵的動物也可以用「條1」稱量，這就是「條1」詞義泛化的結果。

但是，語言在發展演變過程中，本身也具有調節與平衡的功能。由於人們對事物特徵認知的角度、方法不同，同一名詞會出現多個量詞與之搭配的現象，這種現象的產生是量詞發展到一定階段的必然產物。如稱量名詞「刀」的量詞，宋代出現「一柄刀」，「柄，柯也。從木，丙聲。」作為量詞用以稱量有「把兒」的東西；元代除了有「一柄刀」，還出現了「一把刀」，「把」與「柄」同義，都是從「刀有把手」的特徵出發選擇的量詞；明代「刀」的量詞又增加了「條」，「條」是從「刀的條狀」特徵角度選擇的量詞。正是人們這種認知角度的不同，產生了「一名多量」的現象，這種現象雖然使語言表達更加豐富，但同時也會造成冗餘信息，因此，這種現象存在的時間不會過長，「名」與「量」之間會產生競爭與選擇，其結果便是在競爭中分流，在選擇中淘汰，通過競爭和選擇，「刀」的量詞最後只剩下了「把」，淘汰了「條」和「柄」，清代語料中已不見「一條刀」的用法，現當代「一柄刀」也消失了。另如「橋」，明代語料中「橋」的量詞可以是「條」，也可以是「座」，清代只保留了「一座橋」的用法，這都是「名」、「量」之間競爭選擇的結果。從語料上看，明代是「一名多量」現象比較興盛的時期，因此量詞「條」所搭配的名詞數量也大量增加，而清代至現當代量詞多已分流，「名」與「量」的搭配較為固定，這也是為什麼清代至現當代名詞數量縮小的原因，當然也不排除部分舊事物、舊詞語消失而引起名詞數量減少的現象。

「條」由名詞虛化為量詞，並進一步發展泛化的過程可以用下圖表示：

量詞「條」的演變過程

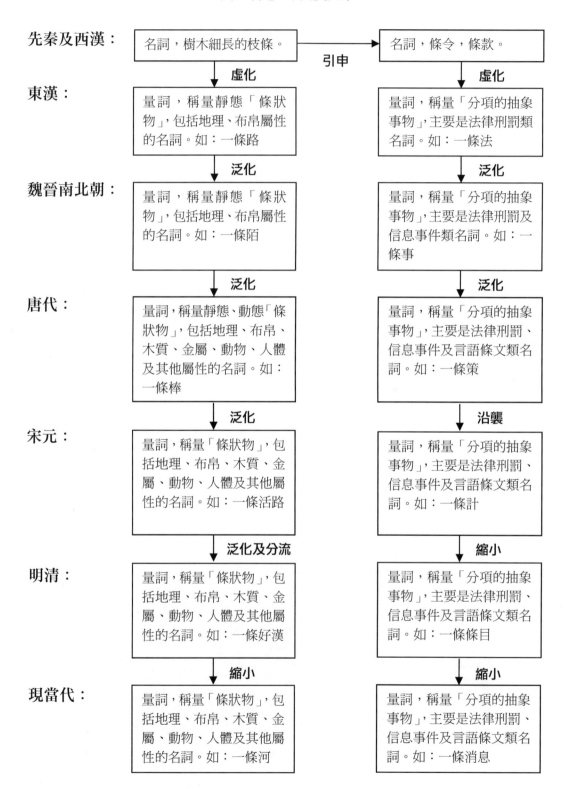

2．量詞「根」的產生及其發展演變

2-1 已有研究成果概述

關於量詞「根」的來源及其發展演變，闡述得較為詳細的當屬劉世儒，他認為根的本義是指植物的「根兒」，在魏晉南北朝時作為量詞使用就已常見，最常見的用法是量一般植物，這時還透露著「根」的詞彙意義；虛化之後，就可用於無根之木，這時「根」的詞彙意義就逐漸褪色了；更虛化一步，可以用於稱量「木簡」。「根」還有另外一個系統，是從「根」義引申出來的，用於稱量「須」、「毛」等。後來的量詞「根」是在這兩個系統的基礎上發展起來的，使用範圍都擴大了。[1]

洪藝芳探討「根」的來源時基本上採取了劉世儒的說法，[2]其他一些量詞斷代專書研究中也有部分涉及到量詞「根」，但一般都是將其稱量的事物進行分類，並未觸及「根」的來源及其發展演變的方式。如：郭先珍將量詞「根」所修飾的名詞分為以下四類：

①計量帶根的植物：草、樹苗、豆芽、蔥、竹、蘆葦、藤

②計量有根的細毛狀的東西：頭髮、鬍鬚、毫毛、豬鬃、羽尾、睫毛、眉毛

③計量長條狀的東西：木頭、棍兒、樹枝、鋼管、石柱、鐵軌、煙袋、拐杖、蠟燭

④計量細長的東西：火柴、牙籤、筷子、繩子、電線、絲線、飄帶、銀針、辮子、神經、弦兒[3]

其中「③計量長條狀的東西」和「④計量細長的東西」，無論是從表述上還是從詞例上都很難完全地分清楚二者之間的差別。

葉桂郴將「根」修飾的名詞分為三大類，第一類為「木頭類」、「毛髮類」。第二類為「稱量植物類」。第三類為「身體類」、「器物類」、「兵器類」、「飾物類」。[4]

應該說，這些分類是盡可能地把「根」所修飾的名詞歸入到確定的種類，但無法解釋清楚它們之間的關係，也無法梳理出「根」作為量詞的來龍去脈。

下面我們試以大量語料為基礎，考察「根」的產生及其演變過程。

2-2 量詞「根」的產生及其時代

《說文解字》「根，木株也。從木，艮聲。」「根」本義為「生長在土中（或水中）的部分」，名詞。

魏晉南北朝時期，出現了「根」做量詞的用法。如：

(1)東方種桃九【根】，宜子孫，除凶禍。　　　　　　　　　《齊民要術・卷第四》

(2)廟側有攢柏數百【根】，對郭臨川，負岡蔭渚，青青彌望，奇可玩也。

　　　　　　　　　　　　　　　　　　　　　　　　　　　《水經注・卷九》

(3)路旁有大松樹十數【根】。　　　　　　　　　　　　《魏書・列傳第九下》

(4)又種薤十【根】，令周迴甕，居瓜子外。　　　　　　　《齊民要術・卷第二》

---

[1] 劉世儒，《魏晉南北朝量詞研究》，中華書局，1965 年。

[2] 洪藝芳，《敦煌吐魯番文書中之量詞研究》，文津出版社，2005 年。

[3] 郭先珍，《現代漢語量詞用法詞典》，語文出版社，2002 年。

[4] 葉桂郴，《〈六十種曲〉和明代文獻的量詞》，湖南師範大學博士論文，2005 年。

以上用例中，「根」用以稱量「木本」或「草本」類植物，因為這些植物都是有根的，所以便用了「根」這一「部分」代替了「整體」，這是「借代」的虛化方式。

同樣採用這一方式虛化為量詞的還有「株」。如：

(5)桃、李，大率方兩步一【根】……（白楊）　二尺一【株】。《齊民要術‧卷第四》

《說文解字》「株，木根也。從木，朱聲。」「根」與「株」都是指「根」，但有所不同，《說文系傳》「入土曰根，在土上者曰株」。這裡，「根」與「株」並用，說明二者都是表示植物類的量詞。

但「根」與「株」做量詞仍有區別，如：

(6)又至明年正月，斸去惡者，其一株上有七八【根】生者，悉皆斫去，唯留一【根】直好者。　　　　　　　　　　　　　　　　　《齊民要術‧卷第五》

上面「根」與「株」同時出現，但意義不同，「株」上生「根」，所以「株」稱量的是植物的「主幹」，而「根」稱量的是植物的「枝條」，「枝條」雖然沒有「根」，但也是從植物「主幹」上生長出來的，體現了「根」的「有生命」特徵。

「根」也可以用於稱量「無根的」「無生命的」木質類事物。如：

(7)十年，中四破為杖，一【根】直二十文。　　　　《齊民要術‧卷第五》
(8)將模鄴、洛、長安之制，運材數百萬【根】。　　《魏書‧列傳第十一》
(9)會天大雨，山水暴至，浮出長木數百【根】。　　《魏書‧列傳第五十四》
(10)是月，大霖雨，中山西北暴水漂流巨木萬餘【根】，集於堂陽。
　　　　　　　　　　　　　　　　《十六國春秋別傳‧北魏》
(11)泉中得一【根】木簡。　　　　　　　　　　　《南齊書‧祥瑞志》

顯然，這是由稱量「有根」「有生命」的植物類事物發展而來的。

魏晉南北朝時期，「根」還有下面的用法：

(12)猿臂善射，瞽力過人，身八尺四寸，須長三尺餘，當心有赤毫毛三【根】，長三尺六寸。　　　　　　　　　　　　　《十六國春秋別傳‧北魏》
(13)身長九尺三寸，手垂過膝，生而眉白，目有赤光，須不過百餘【根】，皆長三尺。
　　　　　　　　　　　　　　　　《十六國春秋別傳‧北魏》

這裡的「根」分別稱量「毫毛」和「須」，與「植物」相似，「毫毛」和「須」也是「有根」、「有生命的」事物，所以也用「根」來稱量。

通過上面的語料可以看出，魏晉南北朝時期，「根」由其本義「植物的根」虛化為量詞，用以稱量以下幾類事物：

由其本義出發，「根」用於稱量「有根」、「有生命」的木本或草本植物，這是以「部分」代指「整體」，運用的是「借代」的虛化方式。這也是魏晉南北朝時期量詞「根」的主要稱量對象。

由稱量「有根」、「有生命」的植物發展到稱量「有根」、「有生命」的毛髮物，這是由於二者之間具有相似性，運用的是「類化」的泛化方式。

　　由稱量「有根」、「有生命」的植物發展到「無根」、「無生命」的木質類事物，這是量詞「根」脫離了原有的部分義素，只保留了「木質」這一特徵，量詞本身的內涵縮小，對名詞的選擇範圍擴大。

　　由稱量「有根」、「有生命」的植物發展到稱量「無根」、「有生命」的植物分支，這是量詞「根」的進一步泛化，植物分支雖然沒有「根」，但卻是從植物主幹上「生長」出來的，這一點與植物的「根」從土壤中「生長」出來是一樣的，所以也是一種「類化」的泛化方式。由於先秦時就已經產生稱量植物分支的量詞「枝」，唐代時量詞「條」也增加了稱量「植物分支」的新用法，因此，「根」雖然也可以用於稱量「植物分支」，但用量極少，我們把它歸入植物類，作為植物類中較為特殊的一種，不單獨列類。

　　考察「根」所稱量的事物，雖然它們或屬「植物」範疇，或屬「木質」範疇，或屬「毛髮」範疇，但我們可以發現它們都有兩個共同特徵，一是都具「長條狀」，二是都呈「圓柱體」。這兩種形狀特徵都來源於「根」最初的稱量對象「植物」。「植物」最主要的部分「主幹」具有「長條」、「圓柱」的形狀，由「植物」通過引申或類化方式而產生的「木質類」、「毛髮類」、「植物分支類」便都帶有這種形狀特徵。這種形狀特徵雖然不是顯性特徵，但都在潛移默化中保留在了量詞「根」身上，使其稱量的對象不可避免地也具有了這種形狀特徵。

　　劉世儒只是點出了量詞「根」的顯性特徵，忽略了其「形狀」方面的特點。而正是由於這種「潛隱」的附加義，使得量詞「根」在其後的發展過程中，向著形狀量詞的方向發展。

　　量詞「根」產生於魏晉南北朝時期，其產生方式及各個量詞用法的演變方式如下圖：

【借代】
　　本義：植物的根。→稱量[+有根][+有生命][+植物]。

　　　【引申】 ↗ 稱量[+無根][+無生命][+長條狀][+圓柱體][+木質]。

　　　【類化】 ↘ 稱量[+有根][+有生命][+長條狀][+圓柱體][+毛髮]。

2-3 量詞「根」的發展演變

2-3-1 唐代：

　　唐代時，量詞「根」仍保留了魏晉南北朝時的用法，分別用以稱量植物類、木質類及毛髮類。

　　稱量「有生命」的植物時，既可以用於「木本植物」，也可以用於「草本植物」。如：

(14)奉乞桃栽一百【根】，春前為送浣花村。　　　　（杜甫《蕭八明府堤處覓桃栽》）
(15)於其室前，生草一【根】，莖葉甚茂，人莫能識。

　　　　　　　　　　　　　　　　《北史・卷八十四・列傳第七十二》

　　稱量「無根」、「無生命」的木質類事物範圍有所擴大，出現很多新的稱量對象，如：

(16)南北大樑，二【根】。　　　　　　　　《舊唐書・卷二十二・志第二》

(17)買椽柱槐木共八百四【根】。《代宗朝贈司空大辯正廣智三藏和上表制集（六卷）》

(18)人執一【根】車輻棒，著者從頭面唵沙。　　　　《敦煌變文集新書‧卷四至八》

(19)施兩碩米、兩碩麵、一斛油、一斗醋、一斗鹽、柴三十【根】，以充旅糧。

《入唐求法巡禮行記‧第二》

綜觀這些「木質類」事物，也都天然地具有「長圓狀」的附加特徵，但還處於隱性狀態。唐代時，量詞「根」發展出了新的用法：

(20)日南郡貢象牙二【根】、犀角四【根】、沈香二十斤、金薄黃屑四石。

《通典‧食貨典》

「象牙」和「犀角」既不是木質類事物，也不是「有生命」的植物或毛髮類事物，但卻可以用「根」稱量，這說明，唐代時，「根」已經擺脫了原有的範疇界限這一顯性特徵，開始向著隱性的形狀特徵「長圓狀」發展。雖然這一時期，這種用法還比較少見，但畢竟作為一種新用法已初顯端倪。

2-3-2 宋元

宋元時期，量詞「根」的用法變化不大。

用於稱量「有生命」的植物這一用法逐漸萎縮，至元代時，稱量「木本植物」的用法已經很少，只保留了一些稱量「草本植物」的用法。

宋元時期，「根」出現了新的稱量對象，包括「柱」、「竹篙」、「槍」、「更籌」、「鬢」、「髭」等事物，從屬性上來看，都沒有超出「木質類」和「毛髮類」這兩大範疇。唐代已經出現的用於稱量「長圓狀」的「非木質類」事物，在這一時期仍很少見。

2-3-3 明清

明清時期是量詞「根」的大發展時期，一方面體現為使用頻率的大量增加，另一方面體現為用法的擴大。

用於稱量「有生命」的植物，仍然只是保留了少數「草本植物」，如：

(21)俺山寨裡欠少些糧，欲往華陰縣借糧；經由貴莊，假一條路，並不敢動一【根】草。　　　　　　　　　　　　　　　　　　　　　《水滸傳‧第一回》

(22)行至昆侖山下，有【根】仙藤，藤結有兩個葫蘆。　　《西遊記‧第三十五回》

(23)乃取香茅一【根】，望南而擲，其茅隨風飄然。　　《警世通言‧第四十卷》

(24)你買【根】菜，都要從他跟前驗過。　　　　《醒世姻緣傳‧第八十三回》

(25)膏液未散，滋長這一【根】根苗來。　　　　《今古奇觀‧第二十七卷》

用於稱量「木質類」，出現了大量的新名詞，包括「桅杆」、「籤子」、「門閂」、「筷子」等，除了這些純木質類事物之外，還出現了很多新的稱量對象。由於材質選用的不同，一些「柱」、「杖」、「簪」等木質類事物發展成為了「鐵柱」、「錫杖」、「玉簪」等。

(26)只見中間貫著手臂大一【根】鐵柱，不知仙藥都飛在那裡去了。

《醒世恒言‧第三十七卷》

(27)二位只是那【根】錫杖，錫杖怎麼打得妖精？　　　　　　《西遊記・第十八回》
(28)說著，將一【根】玉簪，擊作兩段。　　　　　　　《紅樓夢・第六十六回》

　　這些雖然已非木製品，但顯然是由「木質類」這一條線索發展而來的。當然，這些事物本身也存在一直「潛隱」於「根」本身的「長圓狀」特徵。在此基礎上進一步發展，不是「木製品」但具「長圓狀」特徵的事物也開始普遍用「根」來稱量。

(29)我又不知那【根】鑰匙開櫥門，及自開了又沒有，落後卻在外邊大櫥櫃裡尋出來。
　　　　　　　　　　　　　　　　　　　　　　　　　《金瓶梅・第四十六回》
(30)能工巧匠費經營，老君爐裡煉成兵，造出一【根】銀尖戟，安邦定國正乾坤。
　　　　　　　　　　　　　　　　　　　　　　　　　《封神演義・第三回》
(31)拿些水來我漱口，疾忙將苕帚來，綽的乾淨著，將兩【根】香來燒。《樸通事・下》
(32)小龍王在半空裡，只見銀安殿內，燈燭輝煌，原來那八個滿堂紅上，點著八【根】蠟燭。　　　　　　　　　　　　　　　　　　　《西遊記・第三十回》
(33)一粒米是我一點血，一根柴是一【根】骨頭，便是飲食之類，自家也有老婆兒女，怎麼去養別人？　　　　　　　　　　　　　　　《型世言・第四回》
(34)那禿和尚手裡只剩得一尺來長兩【根】大鏝頭釘子似的東西，怎的個鬥法？
　　　　　　　　　　　　　　　　　　　　　　　　　《兒女英雄傳・第六回》
(35)就這一眼，滿園子裡便鴉雀無聲，比皇帝出來還要靜悄得多呢，連一【根】針掉在地下都聽得見響！　　　　　　　　　　　　　《老殘遊記・第二回》

　　以上用例從材質上來看，有金屬質、有骨質、有蠟質，但都可以用「根」稱量，就是因為這些事物都具有「長圓狀」特徵。並且由於「木質類」事物本身材質比較硬，沒有彈性，由「木質類」發展而來的「非木質類」、「長圓狀」事物也基本上都具有這種[+硬質][+無彈性]的性狀特徵。

　　用於稱量「毛髮類」事物，這一時期出現了新的名詞，如：

(36)二更時候取白鵝翎一百【根】，插於盔上為號。　　《三國演義・第六十八回》
(37)頭巾側一【根】雉尾，束腰下四顆銅鈴。　　　　　《水滸傳・第七十六回》

　　由於「毛髮類」事物都具有[+軟質][+纖細]的語義特徵，因此，凡是具有這種語義特徵的事物都可以用「根」來量，不再限於「毛髮」，「根」的語義進一步泛化。

(38)用七七四十九【根】紅線，繫在一處。　　　　　《金瓶梅詞話・第十二回》
(39)後武王伐紂，前歌後舞，添弦一【根】，激烈發揚，謂之武弦。
　　　　　　　　　　　　　　　　　　　　　　　　　《警世通言・第一卷》

　　這類事物在具有[+軟質][+纖細]的語義特徵的同時，也具有「長圓狀」這一「潛隱」的語義特徵，由這種語義向下發展，具有「長圓狀」的「軟質」、「非纖細」類事物也開始用「根」來量了，如：

(40)若牙縫裡道半個不字，就自家搓【根】繩兒去罷，也免得你外公動手。
　　　　　　　　　　　　　　　　　　　　　　　　　《西遊記・第三十四回》

(41)見他正低著頭，把錢繫在一【根】衣帶上，藏入腰裡。　《醒世恒言‧第十七卷》

(42)小二道：「見他身邊有【根】馬鞭，故此知得。」　《醒世恒言‧第三十四卷》

(43)只將四圍短髮編成小辮，往頂心髮上歸了總，編一【根】大辮，紅條結住自髮頂
至辮梢，一路四顆珍珠，下面有金墜腳。　《紅樓夢‧第二十一回》

(44)所以這鋪裡總甲，吩咐花子們，把這劉振白短短的一【根】鐵索，一頭扣在脖項，
一頭鎖在個大大的石墩。　《醒世姻緣傳‧第八十二回》

「衣帶」、「大辮」和「鐵索」雖然不是典型的「圓柱體」，但也可以用「根」稱量，「根」
的語義開始泛化。

「硬質長圓狀事物」和「軟質長圓狀事物」這兩種稱量對象從「材質」的「軟硬」度
來說正好相反，但這並不矛盾，因為它們是從兩條線發展演變而來，由「木質類」事物發
展而來的，主要用於稱量「硬質」、「長圓狀」事物；由「毛髮類」事物發展而來，主要用
於稱量「軟質」的「長圓狀」事物。這種「長圓狀」是「根」本身固有的「潛在」的特性，
在這裡已經作為「顯性特徵」完全顯示出來。

至此，「根」的所有用法都已出現，其產生的途徑如下：

【借代】

本義：植物的根。→稱量[+有根][+有生命][+植物]。

【引申】→稱量[+無根][+無生命][+長條狀][+圓柱體][+木質]。
　　　　→稱量[+硬質][+無彈性][+長條狀][+圓柱體][+事物]。

【類化】→稱量[+有根][+有生命][+長條狀][+圓柱體][+毛髮]。
　　　　→稱量[+軟質][±纖細][+長條狀][+圓柱體][+事物]。

2-3-4 現當代

與明清時代相比，現當代時期「根」用於稱量的事物仍屬以上幾類，但具體的名詞範
圍有所縮小，有一些原來用「根」稱量的名詞，在現代漢語中已改用其他量詞稱量。如「菜」，
現代漢語中只檢索到一例，用於強調「數量極少」時的用法：

(45)它是那樣精細，為一分錢一【根】菜一兩肉斤斤計較。

（路遙《平凡的世界‧卷三》）

除此以外，「菜」已不再用「根」來量。

有些事物同時還可以用其他量詞稱量。如「條」也是稱量「長條狀」事物的量詞，「軟
質長圓狀」事物中「非纖細」的「繩子」、「鐵索」、「帶兒」、「鞭子」等，既可以用「根」
稱量，也可以用「條」稱量，是二者稱量事物的交集部分。

由於「根」的一部分量詞功能分流到其他量詞中，因此，現當代時期「根」的用法有
所縮小。

2-4 量詞「根」的演變特點

綜上我們可以發現，量詞「根」在發展演變過程中主要有以下一些特點：

第一，「根」於魏晉南北朝時虛化為量詞，發展至今，稱量的對象基本可以分為以下五類：「植物類」、「木質類」、「毛髮類」、「硬質長圓狀事物類」和「軟質長圓狀事物類」。

「根」以「局部代整體」的借代方式虛化為量詞，用於稱量「植物」，這是「根」最初的量詞用法。由稱量植物通過引申和類化兩種方式，「根」開始用於稱量「木質類」和「毛髮類」事物。這些都是魏晉南北朝時期就已經完成的。至明代時，由於「根」本身帶有的「長圓狀」隱性特徵，「根」稱量「木質類」和「毛髮類」又分別衍生出兩條相反的發展脈絡，由「木質類」的屬性決定，衍生出用於稱量[+硬質][+無彈性][+長條狀][+圓柱體]的事物，由「毛髮類」的屬性決定，衍生出用於稱量[+軟質][±纖細][+長條狀][+圓柱體]的事物。

第二，「根」產生之初用於稱量「植物類」、「木質類」和「毛髮類」的用法，在其後的發展過程中，後兩類進一步泛化，衍生出了新的稱量對象，而第一類則呈現出語義縮小的趨勢。

前面已經提到，由「木質類」衍生出稱量「硬質無彈性長圓狀」事物，由「毛髮類」衍生出稱量「軟質較細長圓狀」事物，這都是量詞「根」進一步泛化的表現。但「根」稱量「植物類」卻正好相反。最初稱量「植物類」時，既可用於「木本植物」，也可用於「草本植物」，是量詞「根」的主要用法。但後來，這一用法卻漸漸縮小，至元代時，已很少用於稱量「木本植物」，稱量「草本植物」的用例也不多。這是因為同時有其他量詞也可稱量「植物」，從而分流了一部分「根」的用法，這些量詞包括「株」、「棵」和「本」。

魏晉時期，「株」已作為量詞使用，如例(5)：

桃、李，大率方兩步一根……（白楊）二尺一【株】。《齊民要術·卷第四》

「根」與「株」並用，說明二者都是表示植物類的量詞。

至唐代，「株」的實義用法漸漸退出舞台，基本上已經演變為一個單純的量詞，用於稱量花、草、樹、木等，分擔了「根」的一部分用法。

「棵」是一個後起的量詞，魏晉南北朝時期還沒出現，元代時，開始用於稱量植物特別是「木本植物」，如：

(46)則不如種山田一二畝，栽桑麻數百【棵】，驅家人使牛耕播，住幾間無憂愁草苫莊坡。　　　　　　　　　　　　　　　（元·薛昂夫《正宮·端正好·高隱》）

「棵」的這種用法在元以後發展迅速，很大程度上分擔了「根」的用法。

漢語中還有一個用於稱量植物的量詞「本」。

《說文解字》「本，木下曰本。」「本」的本義也是「植物的根」，早在先秦時期，「本」就已經虛化為量詞，用於稱量植物，如：

(47)然後瓜桃棗李一【本】數以盆鼓。　　　　　　　　　　　　《荀子·富國第二》

「本」的這種用法一直延續到元代，後來「本」雖然也可用作植物的量詞，但用法較

少，一般局限於植物學中較為專業的用法。

　　用於稱量「植物」的這幾個量詞彼此競爭，終於在元代出現了分歧。「根」不再稱量「木本植物」，只用於稱量「草本植物」，且不是其主要用法。「株」既可用於「木本」，也可用於「草本」，但主要用於正式語體。「棵」漸漸演變為稱量「植物」的主要量詞，既可用於「木本」，也可用於「草本」。「本」稱量「植物」的用法受限，其另外一個稱量「書籍類」事物的用法成為主流量詞用法。

　　第三，「根」的本義始終是其最常用義項，意義明確，是基本詞彙中的高頻常用名詞，這一用法一直堅挺，以致於在量詞的語義發展過程中，「根」一直具有較強的實義性，這是量詞「根」一直難以完全虛化的直接原因。

　　量詞從名詞或動詞虛化而來，一旦虛化為量詞後，其本義就會在其後的發展過程中漸漸褪色，而量詞則一步步更深程度的虛化和泛化，這是量詞發展的一般規律。但「根」的發展卻有所不同。它在魏晉南北朝時就已經虛化為量詞，但其後發展緩慢，一直到明代才大規模出現，而到現當代時期，稱量範圍又有所縮小，其虛化的程度一直難以深入，我們認為這主要是由於「根」的實義性較強。

　　「根」本義為「根兒」，這種本義一直在現代漢語中也仍是「根」的最常用義。縱觀「根」在歷代文獻中使用的狀況可以發現，在各個歷史時期，「根」的本義都是其主流用法，這種較強的實義性一定程度上阻礙了「根」的虛化及泛化過程。當「根」與其他量詞同時用於稱量相同的名詞時，「根」往往不如其他虛化程度高的量詞具有競爭力，這導致了「根」的用法逐漸萎縮，適用的範圍有所縮小。

　　「根」由名詞虛化為量詞，並進一步發展演變的過程可以用下圖表示：

量詞「根」的演變過程

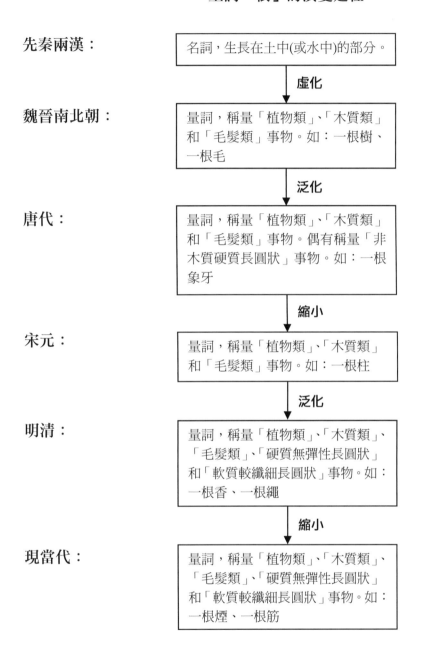

先秦兩漢： 名詞，生長在土中(或水中)的部分。

虛化

魏晉南北朝： 量詞，稱量「植物類」、「木質類」和「毛髮類」事物。如：一根樹、一根毛

泛化

唐代： 量詞，稱量「植物類」、「木質類」和「毛髮類」事物。偶有稱量「非木質硬質長圓狀」事物。如：一根象牙

縮小

宋元： 量詞，稱量「植物類」、「木質類」和「毛髮類」事物。如：一根柱

泛化

明清： 量詞，稱量「植物類」、「木質類」、「毛髮類」、「硬質無彈性長圓狀」和「軟質較纖細長圓狀」事物。如：一根香、一根繩

縮小

現當代： 量詞，稱量「植物類」、「木質類」、「毛髮類」、「硬質無彈性長圓狀」和「軟質較纖細長圓狀」事物。如：一根煙、一根筋

3‧量詞「枝」的產生及其發展演變

3-1 已有研究成果概述

　　「枝」做量詞產生得較早，以往學者對「枝」的研究也較為細緻。

王力曾舉《洞冥記》中的例子「東方朔得風聲木十枝以獻。」[1]《洞冥記》為兩漢時代的作品,可見,「枝」在兩漢時期就已經作為量詞使用。

劉世儒認為,「枝」在魏晉南北朝時期,就已經發展得較為成熟。先是表示「實指的枝子」,舉例如:

因取淨水一杯,楊柳一枝。《高僧傳·神異篇》

進而引申發展用成「集體量詞」,例如:

衣薰百和屑,鬢搖九枝花。《華中省中夜聞城外擣衣》

再逐漸虛化,成為「個體量詞」,義為「根」或「株」。進而由形似向外擴展,開始廣泛用於稱量一般「條狀物」,如「筆」、「戟」、「燈」等,甚至可以用於修辭手法,用於稱量「燈光」和「春」。[2]

其他學者如洪藝芳、[3]陳穎[4]等大多沿用劉世儒的論述。

由於以往學者都是以斷代或專書為研究對象,割裂了「枝」的發展脈絡,我們以語料為基礎,主要探討「枝」的產生及其演變過程,並試圖找到其中的特點。

3-2 量詞「枝」的產生及其時代

《說文解字》:「枝,木別生條也。從木,支聲。」《說文解字注》:「幹與莖為草木之主,而別生條謂之枝。」「枝」本義為「枝條」,與「幹莖」相對。以下為本義用法:

(1)本根猶樹,【枝】葉益長,本根益茂,是以難已也。　　　　《國語·卷十四》
(2)鷦鷯巢於深林,不過一【枝】;偃鼠飲河,不過滿腹。　　　《莊子·逍遙遊》

兩漢時期,「枝」就已經虛化為量詞,用於稱量植物的「枝條」,這是由「枝」的本義虛化而來的,如:

(3)越使諸發執一【枝】梅遺梁王。　　　　　　　　　　　　　《說苑·卷十二》
(4)時為父買尚方工官甲稍五百【枝】。　　　　　　　　　　　《前漢紀·卷第九》

「稍」義為「禾末」,也是植物的分枝。

在劉世儒的論述中,他將南北朝時期的例句「因取淨水一杯,楊柳一枝」中的「枝」認為是「實指的枝子」。根據互文的判斷,「杯」為量詞,「枝」也當為量詞。這種用法同上面例句中的「一枝梅」一樣,是用於稱量「枝條」的。

兩漢時期,「枝」就已經虛化為量詞,用於稱量「枝條」,魏晉南北朝時期,「枝」用作量詞稱量「枝條」並不奇怪。所以,「枝」從一開始就虛化為個體量詞了,並不是像劉世儒所說的那樣,是由集體量詞發展而來的。

兩漢時期,「枝」由名詞虛化為量詞,量詞「枝」與其名詞本義一脈相承,這是最簡單、也是最直接的虛化途徑,其產生方式為:

---

[1]　王力,《漢語史稿》,中華書局,1980 年。
[2]　劉世儒,《魏晉南北朝量詞研究》,中華書局,1965 年。
[3]　洪藝芳,《敦煌吐魯番文書中之量詞研究》,文津出版社,2005 年。
[4]　陳穎,《蘇軾作品量詞研究》,巴蜀書社,2003 年。

【虛化】

本義：名詞，枝條 → 量詞，稱量[+植物][+枝條]。

3-3 量詞「枝」的發展演變

3-3-1 魏晉南北朝時期（包括隋）

魏晉南北朝時期，量詞「枝」發展迅速，用法也有所擴大。

與兩漢時期相同，「枝」可以用於稱量植物的「枝條」：

(5)各以其花進獻，後獨接蘭梅各一【枝】，插於坐右瓶內，複與諸後妃笑語久之。

（東晉《漢宮春色》）

此外，「枝」還可以稱量「整株植物」，這是通過「以部分代整體」的引申方式泛化而來的，如：

(6)永嘉六年正月，無錫縣欻有四【枝】茱萸樹，相樛而生，狀若連理。

（干寶《搜神記》）

(7)升明二年，宣城臨成縣於藉山獲紫芝一【枝】。 《南齊書·卷十八》

這裡的「枝」即指整個植株，義為「株」或「棵」。

劉世儒以「衣熏百和屑，鬢插九枝花。」為例句，認為「『枝』量『花』是作為集體量詞使用。」

我們認為，這裡的「枝」量「花」也是指「花」的「枝條」，「枝條」上有幾朵花不是重點，可能是一朵，也可能是數朵，「枝」只是用來稱量「花枝」，因此不能認為是集體量詞。「枝」在魏晉南北朝時並未產生集體量詞的用法。

由於植物的「枝條」與一些物體的外形相似，「枝」開始用於稱量具有「枝條」形狀的「長條狀」事物：

(8)為卿留赤筆十餘【枝】，在薦下，可與人使簽之。 （干寶《搜神記》）

(9)戟二【枝】槊五張。 《洛陽伽藍記·卷五》

這一時期，「枝」還可以用來稱量「燈」，如：

(10)華燈若乎火樹，熾百【枝】之煌煌。 《南齊書·志第一》

(11)石虎正會，殿前設百二十【枝】燈，以鐵為之。 （晉·陸翽《鄴中記》）

劉世儒說，「枝」稱量「燈」是由於「燈有架子，矗立似枝。」我們覺得這種說法可能不太準確，「枝」稱量「燈」有可能是從「百枝燈」來的。「百枝燈」又稱「樹形燈」，燈似樹形，每一個分枝上有一個燈盤，這種燈與樹木的造型相似，因而用「枝」來稱量「燈」。

從語義屬性來說，「枝條」為[+木質][+硬質][+圓柱體][+長條狀]，用作量詞稱量「長條狀」事物的「枝」理應也具有這種語義屬性，但事實並非完全如此。如果說「枝」稱量「筆」，還帶有其材料本身的特點「木質」，則稱量「戟」、「燈」就已不見「木質」材料的影子了，可見，「枝」稱量「長條狀」事物並未限於木質材料，它從一開始就適用於各種

材料的「長條狀」事物，這說明，「枝」稱量「長條狀」事物完全從其形狀特點出發，與材料關係不大。其語義屬性可歸為[+硬質][+圓柱體][+長條狀]。這一點與前面討論的「根」有所不同。

由「燈」進一步引申，「枝」可用於稱量「燈光」，由植物的「枝條」進一步引申，「枝」可用於稱量「春」：

(12)蓮舒千葉氣，燈吐百【枝】光。　　　　　　　　（南朝・張正見《豔歌行》）
(13)江南無所有，聊贈一【枝】春。　　　　　　　　　（北魏・陸凱《贈範曄》）

不過，這些都是修辭手法的運用，是用量詞來加強「表達效果」的。[1]這是從語用的角度對量詞「枝」使用的結果，並不是「枝」稱量對象的進一步泛化。我們在描寫語義發展脈絡時均不予表示。

「枝」在魏晉南北朝時的發展脈絡如下：

【虛化】
名詞，枝條。→量詞，稱量[+植物][+枝條]。→ ⎨ 稱量[+植株]。

稱量[+硬質][+圓柱狀][+長條狀][+事物]。

3-3-2 唐代：

唐代量詞「枝」主要用於稱量植物的「枝條」，包括「樹、花」等等，這是「枝」這一時期的主流用法。

(14)君在江南相憶否，門前五柳幾【枝】低。　　　（劉長卿《使次安陸寄故友人》）
(15)花樹不隨人寂寞，數【枝】猶自出牆來。　　　　（王魯複《故白岩禪師院》）
(16)玉容寂寞淚闌干，梨花一【枝】春帶雨。　　　　　　　（白居易《長恨歌》）
(17)夜坐空庭月色微，一樹寒梅發兩【枝】。　　　　　　　　（陳複休《句》）

唐代時，「枝」也可以用於稱量「整株」植物，同樣是通過以部分代整體的用法類化產生的。

(18)野客憐霜壁，青松畫一【枝】。　　　　　　　（劉商《題楊侍郎新亭》）
(19)秋間因行田，露濕難入，乃從畔上褰衣而入至地中，遂近畔邊有一死人髑髏，半在地上，半在地中，當眼眶裡一【枝】禾生，早以欲秀。
　　　　　　　　　　　　　　　　　　　　　　　《敦煌變文集新書・卷四至八》
(20)下至一【枝】草一粒穀等。　　　　　　　　　《法苑珠林・卷第八十八》

例(18)，在牆壁上畫青松，不能只畫一根「松枝」，此處應當指「一棵松樹」。
由「花」進一步引申，「花蕊」也用「枝」來量：

(21)一炷名香充供養，百【枝】花蕊表殷勤。　　　《敦煌變文集新書・卷一至三》

---

[1] 劉世儒，《魏晉南北朝量詞研究》，中華書局，1965 年。

「花」、「樹」等植物通過一定的修辭手段，由「具體」變「抽象」，進而引發出一系列的相關事物，這些都可以用「枝」來稱量，是量詞「枝」的修辭表達方式：

(22)若教春有意，惟遣一【枝】芳。　　　　　　　　　　　　　　　（李商隱《春風》）

(23)不意薛生攜舊律，獨開幽谷一【枝】春。　　　　　　（張雲容《與薛昭合婚詩》）

這一時期，「枝」仍用於稱量各種材料的「條狀物」，除了魏晉時期就已經出現的「筆、戟、燈」等，還出現了下面的稱量對象：

(24)行腳尋常到寺稀，一【枝】藜杖一禪衣。　　　　　（杜牧《大夢上人自盧峰回》）

(25)拂螭雲之高帳，陳九【枝】之華燭。　　　　　　　　　《藝文類聚・卷三十四》

(26)臨欲去時，複重到太守家招念，複賜金鉦一【枝】，金釵兩雙，絹兩疋。

　　　　　　　　　　　　　　　　　　　　　　　《敦煌變文集新書・卷四至八》

(27)帝取桃竹白羽箭一【枝】以賜。　　　　　　　　　　《隋書・列傳第四十九》

(28)賓主位上，各掛拂子一【枝】。　　　　（唐《金陵清涼院文益禪師語錄》）

「藜杖」、「蠟燭」、「箭」和「拂子」或屬「木制」，或屬「蠟制」，或屬「鐵制」，材料不同，但形狀相似，都呈[+硬質][+圓柱狀][+長條狀]，因此都可以用「枝」稱量。「金鉦」具體語義不詳，根據量詞「枝」推測，應該也是「條狀物」。唐代時，「枝」稱量「硬質長圓狀事物」的範圍進一步擴大。

唐代「枝」還產生了一種新的用法，即用於稱量「毛髮類」事物，這是魏晉南北朝時期所未見的：

(29)莫論焚燒耶輸母子，直言耗（毫）毛一【枝】不動。

　　　　　　　　　　　　　　　　　　　　　　　《敦煌變文集新書・卷一至三》

(30)女緣醜陋世間稀，渾身一似黑韌皮。雙腳跟頭皺又僻，發如驢尾一【枝】【枝】。

　　　　　　　　　　　　　　　　　　　　　　　《敦煌變文集新書・卷四至八》

前面探討「根」時，我們已經提到，「植物」與「毛髮」具有相似性，通過類化的方式，「根」在魏晉南北朝時就開始用於稱量「毛髮類」事物。

由於「枝」也可以稱量「植物」，所以「枝」完全可以與「根」一樣，通過類化的方式，用於稱量「毛髮類」事物。

當然我們也不排除因「聚合類推」而產生新用法的可能。聚合類推，也稱為「相因生義」、「同步引申」或「詞義滲透」，指的是甲詞有 a1、a2 兩個義位，乙詞原來只有一個義位 b1，但因為 b1 與 a1 同義或反義，所以就逐漸地乙詞也產生一個和 a2 同義或反義的 b2. 可以寫成以下的公式：

$$
\begin{array}{ccc}
\text{甲詞} & & \text{乙詞} \\
a1 & = & b1 \\
\downarrow & & \\
a2 & \rightarrow & b2
\end{array}
$$

（公式中的=代表意義相同，↓代表引申，→代表類推。）[1]

「枝」本來只用於稱量「植物」及「植物的枝條」，沒有稱量「毛髮類」的用法。但在稱量「植物」及「植物的枝條」這些用法上，「根」與「枝」有一定的交叉。由於用法相近，「根」稱量「毛髮類」的用法也隨之影響到「枝」身上，「枝」便也產生了相同的用法。

從唐以後各個時期「枝」的用法來看，「枝」稱量毛髮類的用法用量一直較少，這與「相似」類化所產生的結果不同，因而我們懷疑，這是受「聚合類推」影響而產生的偶發用法。

趙中方認為，唐代量詞「枝」出現了虛化用法，[2]舉例如下：

(31)夫人姓李氏，其流派出於天漢之一【枝】矣。　　　　（《唐符載妻李氏墓誌》）

游黎認為，這裡的「枝」只是「支」的通假字，「枝」並未產生虛化用法。[3]我們同意游黎的看法。

唐代量詞「枝」的語義發展脈絡如下：

【虛化】

名詞，枝條。→量詞，稱量[+枝條]。→ 稱量[+植株] →　稱量[+毛髮][+事物]。

稱量[+硬質][+圓柱狀][+長條狀][+事物]。

儘管唐代時，「枝」用於稱量「條狀物」的名詞範圍有所擴大，也產生了新的稱量「毛髮類」事物的用法，但從使用的數量來看，「枝」的主流用法仍是稱量「植株」及「植物枝條」。

3-3-3 宋元：

宋元時期，量詞「枝」基本上沿襲了唐代的用法，用於稱量「植物的枝條」、「植株」以及「硬質長圓狀」事物，偶有出現稱量「毛髮類」事物的用法。

稱量「植物的枝條」主要用於稱量「花枝」、「樹枝」以及由此聯想出來的帶有修辭用法的抽象事物，如：

(32)殘紅猶有數【枝】在，漲綠真成一倍深。　　　　（宋·陸遊《雲門溪上獨步》）

---

[1] 李宗江，《漢語常用詞演變研究》，漢語大詞典出版社，1999 年。
[2] 趙中方，《唐五代個體量詞的發展》，《揚州大學學報》1991 年第 4 期。
[3] 游黎，《唐五代量詞研究》，四川大學碩士論文，2002 年。

(33)待得春風幾【枝】在，年來殺菽有飛霜。　　　　　（宋・蘇軾《山茶》）

(34)看濃綠萬【枝】紅一點。　　　　　　　　　　（宋《如淨和尚語錄》）

(35)萬木天寒凍欲折，一【枝】冷豔開清絕，竹籬茅舍。（元・吳弘道《撥不斷・閑樂》）

稱量「植株」的，既可稱量「木本植物」，也可以稱量「草本植物」，如：

(36)有幾【枝】梅，幾竿竹，幾株松。　　　　　　（宋・汪莘《行香子》）

(37)西虢春遊池百頃，南溪秋入竹千【枝】。　　　　　　《欒城集・卷三》

(38)庭中地甚爽塏，忽生蓮一【枝】。　　　　　《太平廣記・卷一百三十八》

例(36)「幾枝梅」與「幾竿竹」、「幾株松」相對，所指當為「整株梅樹」；例(37)「竹千枝」不可能是指「千枝竹枝」；例(38)「忽生蓮一枝」一定是指「整枝蓮花」。當稱量「植株」時，「枝」義同「株」、「棵」。

宋元時期，「枝」稱量「條狀物」的語義再次泛化，範圍有所擴大，新增加了很多稱量對象，如：

(39)一【枝】柔櫓聽咿啞，炊稻來依野老家。　　　　（宋・陸遊《舟中有賦》）

(40)遂於船左右插棹數【枝】，飛棹奔突。　　　　　（宋《三朝北盟會編》）

(41)下官歌舞轉悽惶，剩得幾【枝】笛。　　　　　（宋・辛棄疾《好事近》）

(42)鶯修書密遣僕寄生，隨書贈衣一襲、瑤琴一張、玉簪一【枝】、斑管一枚。

　　　　　　　　　　　　　　　　　　　　　　　　《西廂記諸宮調》

「櫓」、「棹」、「笛」、「玉簪」這些都是典型「條狀物」。下面這些可以說是通過「類化」方式擴展而來的：

(43)百子流蘇，千【枝】寶炬。　　　　　（宋・蘇軾《殢人嬌・戲邦直》）

(44)俺兩口望著東嶽爺爺拜，把三歲喜孫，到三月二十八日，將紙馬送孩兒焦杯內做一【枝】香焚了，好歹救了母親病好。　《元刊雜劇三十種・小張屠焚兒救母》

由於魏晉以來的「燈」、「燭」都用「枝」來量，在此基礎上進一步擴大，宋元時期，「炬」和「香」也開始用「枝」來稱量。

(45)時贊普建衙帳於野，以柵槍為壘，每十步攢長槊百【枝】。

　　　　　　　　　　　　　　　　　　　　　　　《冊府元龜・卷九百八十》

(46)府庫舊有巨弩數百【枝】，機牙皆缺，工人咸謂不可用。　《舊五代史・卷十四》

「槊」和「弩」用「枝」來量，應是源於魏晉以來「枝」稱量的武器「戟」、「箭」等，「槊」、「戟」和「箭」具有硬質長圓狀特徵，而「弩」完全是從「箭」類推而來的，是相關類推的結果。

宋元時期，「枝」也用於稱量「毛髮類」事物，但用量極少：

(47)血模糊翅搧扇，撲剌剌可憐，十二【枝】梢翎向地皮上剪。

　　　　　　　　　　　　　　　　　　　　　　　（元・喬吉《南呂・梁州第七》）

宋元時期，出現了下面的用法：

(48)十月十三日，澶州大風終日，既止，而河流一【枝】已複故道，聞之喜甚，庶幾
　　可塞乎。　　　　　　　　　　　　　（蘇軾《河複·並敘》，《蘇軾集·卷八》）

「枝」量「河流」是新出現的用法，陳穎認為，用「枝」稱量「河流」強調了「枝」
的「別生條」含義，即河流分叉與樹枝分杈相似。[1]

事實上，「枝」稱量「河流」是取其「分支」義，而「分支」義是量詞「支」的典型用
法（見「支」節）。而且，「支」的這一用法在兩漢時期就已經產生，至宋元時期，「支」稱
量具有「分支」義事物已較為成熟。「枝」沒有必要再虛化為稱量「分支」義的量詞。另外，
「枝」稱量「河流」的用法數量並不多見。由這些原因，我們推測，這裡的「枝」為「支」
的同音替代字。這種替代對「枝」的發展沒有帶來決定性的改變，因此後文不再提及。

3-3-4 明清：

明清時期的量詞「枝」同前代相比，既有繼承，又有發展。

稱量「植物分枝」仍主要用於樹枝及花枝，這一點基本沿襲了前代的用法。

稱量「植株」可用於稱量「木本植物」，也可用於稱量「草本植物」。

(49)且喜這石旁有一【枝】老樹，盡可攀緣，驚無失足之虞。
　　　　　　　　　　　　　　　　　　　　　《新編繪圖今古奇觀·第二十三卷》
(50)我等偶於海島深山覓得回生仙草一【枝】，特來面呈，以為臨別之贈。
　　　　　　　　　　　　　　　　　　　　　　　　　　　《鏡花緣·第六回》

稱量「硬質長圓狀」事物的用法進一步泛化，可用來稱量的名詞越來越多：

(51)此令並無深微奧妙，只消牙籤四五十【枝】，每枝寫上天文、地理、鳥獸、蟲魚、
　　果木、花卉之類，旁邊俱注兩個小字，或雙聲，或疊韻。《鏡花緣·第八十二回》
(52)黃道台坐在綠呢大轎裡，鼻子上架著一副又大又圓，測黑的墨晶眼鏡，嘴裡含著
　　一【枝】旱煙袋。　　　　　　　　　　　　　　　　《官場現形記·第三回》

其他還有由「笛」擴展而來的用於稱量「樂器」的，如：

(53)這邊壁上掛著一張琴，那邊壁上掛著兩【枝】紫竹蕭兒。《龍陽逸史·第十一回》
(54)馬後又設二十四【枝】畫角，全部軍鼓大樂。　　　　《水滸傳·第七十六回》

由「簪」、「釵」擴展而來的用於稱量「飾品」的，如：

(55)奴家見煉師有碧玉鸞鎞一【枝】，十分精巧，何不就贈了他。
　　　　　　　　　　　　　　　　　　　　　　　（明·葉憲《鸞鎞記·第十六出》）
(56)這等奴有金鳳釵一對，文犀盒一【枝】，奉獻禪師講下，表我微情。
　　　　　　　　　　　　　　　　　　　　　　　（明·湯顯祖《南柯記·第五出》）
(57)見他頭上略帶著幾【枝】內款時妝的珠翠。　　　　《兒女英雄傳·第二十四回》

---

(58)這吳銀兒到有人心，忙把頭上銀掠兒拔下一【枝】來遞與小玉道。
《續金瓶梅・第十一回》

(59)吳太太當中戴一【枝】赤金拔絲丹鳳口銜四顆明珠寶結。《醒世姻緣傳・第七十八回》

由「戟」、「箭」等擴展而來的用於稱量武器的如：

(60)背後兩邊擺著二十四【枝】金槍銀槍，每邊設立一員大將領隊。
《水滸傳・第七十六回》

(61)那時我同週三兩個才要合他答話，忽然正西上，哧，飛過一【枝】鏢來，正奔了那十三妹的胸前。《兒女英雄傳・第十五回》

(62)繡床上掛兩【枝】青鋒寶劍，青光閃爍。《七劍十三俠・第六十七回》

由稱量武器進而上升至稱量戰爭器物的如：

(63)明日要進城，恐有盤詰，要求一【枝】令箭，城門口照驗。《水滸後傳・第三回》

(64)前者賢德妻子雖盜令旗一【枝】，彼時適值昏憒，亦呈駙馬，後悔無及，此時妻子不知賣在何處！《鏡花緣・第二十五回》

(65)馬玉龍一聽就明白，吩咐預備船，船上插一【枝】號令。《彭公案・第一百四十九回》

稱量「毛髮類」事物的用法偶有出現，數量極少，如：

(66)王突遂使人入去，取紥額紫金虎頭鳳冠，並兩【枝】雉尾，叫賞賜五郎。
《後水滸傳・第十九回》

至於由稱量「植物」而引發的修辭用法也依然存在，此不一一列舉。

明代時「枝」可用於稱量「藥」及「藥方」：

(67)這一【枝】草藥，治一切跌打損傷並毒蛇虎狼咬傷，酒調一服即效。
《明珠緣・第十九回》

(68)你在此久留不得，我有一【枝】藥贈你，回去少濟目前。《明珠緣・第十九回》

(69)遞與胡僧，要問他求這一【枝】藥方。《金瓶梅詞話・第四十九回》

「藥」、「藥方」與「枝」的「樹枝」或「長圓狀」都沒有太大關係，為什麼能用「枝」來稱量，目前還很難說清其中的原因，有可能是因為古代的「藥」大多為「草藥」，而「草藥」屬於草本，與「枝」的植物屬性有一定關係。不過，這種用法只明代有幾例，均都出現在《金瓶梅詞話》和《明珠緣》兩部作品中，清代及現當代都沒再發現。如果一種現象僅在特定的作品中出現少數幾例，也不排除是由於作者個人使用習慣所造成的。

總體來看，這一時期，用於稱量的「硬質長圓狀事物」範圍有所擴大，出現了很多新名詞，但稱量「植物的枝條」仍是「枝」的最主要用法。

3-3-4 現當代

現當代漢語中量詞「枝」的用法明顯縮小，稱量「植株」只適用於體積較小的「草本植物」，如：

(70)一個茶碗大小的盆子，種著一小【枝】仙人掌或仙人拳。

（老舍《四世同堂・饑荒》）

　　稱量「木本植物」的用法消失。稱量「毛髮類」事物的用法也不見了。只保留了稱量「植物分枝」與「硬質長圓狀事物」的用法。稱量「植物分枝」仍多用於「花」、「樹枝」等。稱量「硬質長圓狀事物」的名詞明顯減少，只剩下少數幾個名詞，如「筆」、「煙」、「香」、「箭」、「令箭」、「槍」等。至於稱量「飾品」及「戰爭」等事物的用法均已消失。

3-4 量詞「枝」演變的特點

　　通過對「枝」由名詞虛化為量詞並進一步發展演變過程的考察，我們可以發現有以下幾個特點：

　　第一，量詞「枝」的產生和發展主要經歷了以下幾個階段：兩漢時期由名詞虛化為量詞，用於稱量「植物的枝條」，這是由「枝」的「枝條」本義直接虛化而來的，仍與本義有一定的聯繫。至魏晉南北朝時，量詞「枝」已發展得較為成熟，可用於稱量的範圍擴大，包括「植物的枝條」、「植株」、「硬質長圓狀事物」，以及由此產生的修辭用法。稱量「植株」是由稱量「植物分枝」發展而來，採用的是「以局部代整體」的類化方式；稱量「硬質長圓狀事物」也是由稱量「植物分支」而來，採用的是「形狀相似」的類化方式。唐代時，「枝」增加了稱量「毛髮類事物」的用法。這一用法可能從兩個方面發展而來，一種可能是「毛髮類」與「植物類」都有[+有根][+有生命]這些共同語義特徵，由相似類化而來；另一種可能是由於「根」可以稱量「毛髮類」事物，而「根」與「枝」又都可以稱量「植物」和「植物分枝」，受「聚合類推」作用的影響，「枝」也開始用於稱量「毛髮類」。從唐以後各個時期「枝」的用法來看，「枝」稱量毛髮類的用法用量一直較少，這與「相似」類化所產生的結果不同，因而我們懷疑，這是受「聚合類推」影響而產生的偶發用法。宋元明清時期，「枝」基本上延續了唐代的用法，只是稱量「硬質長圓狀事物」的對象有所擴大。現當代時期，「枝」的稱量範圍大大縮小，只保留了稱量「植物分枝」和少量「硬質長圓狀事物」的用法，偶爾可用於稱量體積較小的「草本植物」。

　　第二，「枝」具有的較強的實義性，限制了它作為量詞的進一步的泛化和發展。「枝」從兩漢至清代，一直處於不斷泛化的態勢，但發展緩慢，而且其稱量對象也僅限於「具體事物」，稱量抽象事物是出於為增強某種表達效果而使用的修辭用法。之所以會出現這種情況，我們認為主要是由於「枝」一直具有較強的實義性，使其無法進一步虛化，去稱量更加抽象的事物。這一點與之前討論過的「根」極為相似。「枝」本義為「枝條」，這種本義一直伴隨著「枝」的各個歷史時期，直到現代漢語，這也是「枝」的最常用義項。正是由於這種原因，限制了「枝」的進一步泛化，使其只限於稱量有限的「條狀物」。

　　第三，在量詞「枝」的發展演變過程中，「支」起到了很大的分流作用。除作量詞外，「枝」與「支」都不能單獨使用，但「枝」有較強的詞彙意義，限於「枝條」、「枝葉」、「樹枝」等，使用範圍狹窄；「支」用法明顯較多，可用於「分支」、「支派」、「支流」、「支脈」等，用法廣、頻度高，因而「枝」與「支」在競爭時，「枝」的一部分用法被「支」分擔出去，到現當代時期，「枝」的稱量對象明顯縮小。由此可見，量詞的演變與其來源詞的用法、使用頻度等都有一定的關係。

「枝」由名詞虛化為量詞，並進一步發展演變的過程可以用下圖表示：

量詞「枝」的演變過程

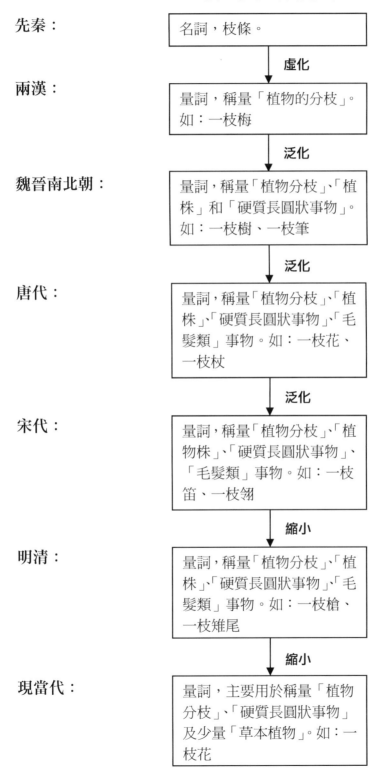

先秦：
名詞，枝條。

虛化

兩漢：
量詞，稱量「植物的分枝」。
如：一枝梅

泛化

魏晉南北朝：
量詞，稱量「植物分枝」、「植株」和「硬質長圓狀事物」。
如：一枝樹、一枝筆

泛化

唐代：
量詞，稱量「植物分枝」、「植株」、「硬質長圓狀事物」、「毛髮類」事物。如：一枝花、一枝杖

泛化

宋代：
量詞，稱量「植物分枝」、「植物株」、「硬質長圓狀事物」、「毛髮類」事物。如：一枝笛、一枝翎

縮小

明清：
量詞，稱量「植物分枝」、「植株」、「硬質長圓狀事物」、「毛髮類」事物。如：一枝槍、一枝雉尾

縮小

現當代：
量詞，主要用於稱量「植物分枝」、「硬質長圓狀事物」及少量「草本植物」。如：一枝花

4 · 量詞「支」的產生及其發展演變

4-1 已有研究成果概述

　　無論是從稱量植物類別的角度，還是從稱量條狀物類別的角度，以往學者往往只考察「枝」的稱量對象，對於量詞「支」的關注遠不如量詞「枝」，很多專書斷代研究甚至都沒有提及量詞「支」。

　　劉世儒認為，「支」作量詞主要是指「支分派衍」，同本義相去漸遠了，並以「券」、「水流」、「字」等事物為證。[1]洪藝芳繼承了這一看法，同樣認為「支」所注重的是「自主幹而出」之義，即由「分岐」或「剖析」所引申而成。[2]

　　現代漢語中，「支」與「枝」一樣，都可以用來稱量「條狀物」，那麼「支」是如何發展演變而來的？下面我們以大量語料為基礎，探討量詞「支」的發展過程。

4-2 量詞「支」的產生及其時代

　　《說文解字》：「支，去竹之枝也。從手持半竹。」林義光《文源》：「即枝之古文，別生條民。」徐箋：「支、枝古今字，干支猶幹枝也。」「支」是原生字，「枝」是引申為「樹枝」的後起字，二者時有先後、形有相關、義有聯繫，是古今字。

　　在我們檢索到的語料上，「支」作為本義的用法並不多見，原因是「支」很早便由「去竹之枝」之義引申出「分支」、「支派」義。《說文解字》徐箋：「引申之，凡物之岐曰支，析物亦曰支。」《集韻》「支，一曰分也。」這裡「支」就已經用作動詞了。

　　(1)充國子右曹中郎將昂，將期門佽飛、羽林孤兒、胡越騎為【支】兵。

《漢書·卷六十九》

　　「支兵」義指「軍隊的分支」。

　　由「分支」、「支派」這一引申義進一步虛化，「支」開始用於稱量具有「分支」義的事物，從而演變為量詞。

　　(2)商竭周移，秦決南涯，自茲距漢，北亡八【支】。　　　　《漢書·卷一百下》

　　「《漢書》《敘傳》雲：自茲距漢，北亡八支，其一存者，即是徒駭。《孔疏》：徒駭是河之本道，東出分為八枝。說本於此。朱子亦以為然。」（清·楊守敬《水經注疏》）

　　可見，「八支」為「河本道」分出的「支流」，「支」用於稱量「河水的分支」，已虛化為量詞。

　　漢代還出現了一例「支」作量詞的用法：

　　(3)布單卷百五十二【支】。　　　　　　　　　　　　　　《敦煌漢簡釋文·1866》

　　由於沒有上下文，我們很難準確地斷定「支」在這裡的含義，只能推測其指所有「布單卷」當中的一部分，此處待考。

---

[1] 劉世儒，《魏晉南北朝量詞研究》，中華書局，1965 年。

[2] 洪藝芳，《敦煌吐魯番文書中之量詞研究》，文津出版社，2005 年。

東漢時期，「支」由名詞虛化為量詞，用於稱量具有「分支」「分派」義的事物，其產生方式為：

　　　　　　　　　　【引申】　　　　　　　　【虛化】

　　支，名詞，枝條。→ 　名詞，分支，支派。→ 　量詞，稱量[+分支][+具體事物]。

4-3 量詞「支」的發展演變

4-3-1 魏晉南北朝時期（包括隋）

魏晉南北朝時期，「支」作為量詞，仍用於稱量具有「分支」義的事物，如：

(4)儋耳，南方夷，生則鏤其頰皮，連耳匡，分為數【支】，狀如雞腸，累累下垂至肩。
　　　　　　　　　　　　　　　　　　　　　　　　　　　　　　《後漢書‧卷二》

(5)其券前後皆起年號日月，破某處陳，某官某勳，印記為驗。一【支】付勛人，一
　　【支】付行台。　　　　　　　　　　　　　　　　　　　《魏書‧列傳第六十四》

(6)又見水流光明，分十四【支】，流注上下。　　　　　《蓮社高賢傳‧慧遠法師》

(7)呂恭，字文敬，少好服食。……一人曰：「我姓呂，字文起。」……公既與我同姓，
　　又字得吾半【支】，此是公命當應常生也。　　　　　　　《神仙傳‧卷第九》

例(4)指「鏤分的頰」，例(5)指「破分的券」，例(6)指「分開的水流」，即「支流」，例(7)指「字的一半」，這裡的「支」都是用來稱量具有「分開」「分支」義的事物。

劉世儒曾舉例「支」稱量「氍毹」：

(8)魏支法存者，本是胡人，……有八【支】氍毹，作百種形象。　　　《還冤記》

並指出「『氍毹』指『毛毯』，似同『支』無干，待考。」

我們也認為此處「支」用法不當。在同時文獻中，我們發現了下面的用例：

　　沙門有法存者，生廣州，善醫術，遂富。有八尺氍毹，作百種形象。（南朝‧
　　宋‧劉敬叔《異苑》）

因而我們推測，此處「支」當為「尺」的誤寫。

魏晉南北朝時期，「支」還出現了下面的用法：

(9)移蔥者，三【支】為一本；種薤者，四【支】為一科。　　《齊民要術‧卷第三》

(10)率七八【支】為一本。　　　　　　　　　　　　　　　《齊民要術‧卷第三》

這裡的「支」用於稱量「蔥」、「薤」等體積較小的「草本植物」。前面討論「枝」的時候，我們已經知道，這是「枝」的典型用法。而「支」也出現了這種用法，我們認為可以有兩種解釋：

一種可以理解為是「支」本義虛化而來、用於稱量「植物」的量詞。既然「支」即為「枝」，「枝」可以虛化為稱量「植物」的量詞，「支」當然也有這種可能。但是，「枝」用來稱量植物在兩漢就已經出現，而兩漢時期我們並未發現「支」有同樣的用法。

　　還有一種解釋，可以認為這裡的「支」是「枝」的同音替代。這是因為，第一，在同一語料中「枝」有這樣的用法：

　　(11)杜樹大者，插五【枝】；小者，或三或二。　　　　　　　《齊民要術・卷第四》

　　第二，上面兩例「支」稱量「植物」的用法均出現在《齊民要術》的同一卷同一處，且數量有限。第三，「枝」早已虛化為稱量「植物」的量詞，而「支」則主要用於稱量「分支」事物。所以我們認為這裡極有可能是同音替代的緣故。事實上，由於「支」與「枝」是古今字的關係，二者在稱量「植物」這一用法上一直較為通用，這在量詞「支」後來的發展中越來越明顯，同時也在很大程度上阻礙了量詞「枝」的發展。

　　魏晉南北朝時期，量詞「支」的發展脈絡為：

　　　　　　　【引申】　　　　　　　　【虛化】
　　支，名詞，枝條。→名詞，分支，支派。→量詞，稱量[+分支][+具體事物]。

　　↓【同音替代】

　　同「枝」，稱量[+植株]。

4-3-2 唐代：

　　唐代時，量詞「支」仍主要用於稱量具有「分支」、「支派」義的事物，且稱量的對象有所擴大：

　　(12)劍門千轉盡，巴水一【支】長。　　　　　　　　　　（李端《送鄭宥入蜀迎覲》）
　　(13)如轉輪聖王有四【支】勇軍。　　　　　　　　　　（唐《大般若波羅蜜多經》）
　　(14)高堂老母頭似霜，心作數【支】淚常滴。　　（貫休《雜曲歌辭・行路難五首》）
　　(15)筋脈骨節，三百餘分，不少一【支】。　　　　　　《敦煌變文集・孟姜女變文》

　　「巴水一支」、「四支勇軍」顯然已經是典型的量詞了，分別指「支流」和「支軍」，把「破碎的心」也稱為「數支」突出了「支」的「支分」之義，「骨節」「支分」，其中之一便稱為「一支」。這些都表現出了「支」的「分支」「支分」特點。

　　唐代「支」也可以用於稱量「植物」，既可稱量「植物整體」，也可稱量「植物分枝」：

　　(16)便善惠言道：「娘娘賣其蓮化（花）兩【支】，與五百文金錢。

　　　　　　　　　　　　　　　　　　　　　　　《敦煌變文集新書・卷四至八》
　　(17)應觀法界蓮千葉，肯折人間桂一【支】。　　　　（羅隱《和禪月大師見贈》）

　　唐代「支」還可以用來稱量「條狀物」：

　　(18)執三【支】杖僧佉定慧等。　　　　　　　　　（唐《大乘廣五蘊論（一卷）》）

　　「支」在例(16)至(18)裡的用法均為「枝」的同音替代字。
　　唐代還有下面的句子：

　　(19)譬如善奏五【支】諸樂。　　　　　　　　　　　（唐《大般若波羅蜜多經》）

這裡的「五支」是指「五支韻」，並不是用來稱量「樂」的量詞，至唐代時，「支」尚未出現用於稱量「樂曲」的用法。

唐代時，「支」的語義發展脈絡為：

      【引申】   **【虛化】**

支，名詞，枝條。→ 名詞，分支，支派。→ 量詞，稱量[+分支][+具體事物]。

      ↓ **【同音替代】**

同「枝」，用於稱量[+植株]及[+長條狀][+事物]。

4-3-3 宋元：

宋元時期，量詞「支」基本沿襲了唐代的用法，一方面用於稱量具有「分支」、「分派」義的事物，另一方面用於稱量「植物」及「條狀物」，稱量植物的用法較少，只有幾例用於稱量「花」、「梅」等，而稱量「條狀物」的範圍擴大，名詞有所增加：

(20)堂內有僧遷化，即例破柴五十束，必普請眾僧，人擎一【支】。

                    《太平廣記·第九十六》

(21)給晟箭六【支】，發皆入鹿。   《太平御覽·卷九百二十三》

(22)劉郎若得身發跡，做【支】蠟燭照乾坤。   （元·劉唐卿《白兔記·第十出》）

這表明，宋元時期，「支」的用法已經滲透入「枝」的用法當中了。

元代時，「支」還可以用於稱量「鞋」、「手」等，如：

(23)夜行船裡撈救一枝花，五更轉說天淨紗，脫布衫跳下江兒水，一【支】紅繡鞋失落在浣溪沙。   （元·柯丹邱《荊釵記·第二十六出》）

(24)憑著這兩【支】手掌扶王業，穩情著百二山河壯帝基，四海傳檄。

                    （元·鄭光祖《立成湯伊尹耕莘·第三折》）

「支」之前一直沒有用於稱量「鞋」、「手」之類名詞的用法，「鞋」、「手」的量詞應為「隻」，「凡成雙的東西，如果單說其中的一個，就可以用隻量」。[1]可見，這裡的「支」當寫作「隻」。「支」為平聲，「隻」為入聲，二者本不同音，但元代時入聲逐漸消失，「支」與「隻」成為同音字，「支」便有可能成為「隻」的同音替代字。這種現象一直延續到清代，很多本應由「隻」稱量的對象，如「眼」、「腳」、「船」及一些小「動物」等，都因同音替代而用「支」來稱量。由於有充分的理據可以證明這些是量詞「隻」的用法，且這種用法對「支」的發展不具太大影響，因此在下面的討論中，我們不再考慮此種用法。

4-3-4 明清

明代，量詞「支」有了進一步的發展。用於稱量表示「分支」、「支派」事物的名詞有所增加，仍是量詞「支」的最主要用法：

---

[1] 劉世儒，《魏晉南北朝量詞研究》，中華書局，1965 年。

(25)他外援有兩【支】，一【支】武靖州岑邦佐之路了。　　《型世言·第二十四回》
(26)門開處，只見一【支】人馬殺將出來。　　《封神演義·第二十八回》

以上為稱量「軍隊的分支」，即「支隊」。

(27)始悟衡山來脈非自南來，乃由此坳東峙雙髻，又東為蓮花峰後山，又東起為石廩
峰，始分南北二【支】，南為峋嶁白石諸峰，北為雲霧、觀音以峙天柱。

《徐霞客遊記·楚遊日記》
(28)於是山分兩【支】，路行其中。　　《徐霞客遊記·江右遊日記》

此為稱量「山峰的分支」，即「支脈」。

(29)想起我夫家有一【支】在京當軍，是我伯伯姆姆。

（明·沈鯨《雙珠記·第二十三出》）
(30)自然親一【支】熱一【支】，女婿不如侄兒，侄兒又不如兒子。

《初刻拍案驚奇·卷三十八》

此為稱量「家族的分支」，即「支系」。

明代，「支」稱量「植物」的用法依然較少，一共只出現兩例用於稱量「松枝」和「筍」，
這說明，在稱量「植物」這一用法上，「支」不如「枝」具有優勢。

「支」稱量「條狀物」的用法略有擴大，可以稱量的事物也有所增加，除了前面已有
的「箭」、「燭」等事物，還出現了：

(31)兩隻藍靛臂膊，執兩【支】長槍。　　《禪真後史·第五十一回》
(32)縣尊竟丟下八【支】簽打了四十，便援筆寫查單。　　《型世言·第二十三回》
(33)十三日燈市內拾金釵一【支】，失者說明來取。　　《型世言·第十二回》
(34)那廝不敢推卻，右手接了一【支】筆。　　《禪真後史·第十七回》

不過，就稱量「條狀物」這一用法來看，無論是從使用的數量，還是從稱量對象的範
圍，「支」都遠遠少於「枝」，可以說，一直到明代，「支」稱量「植物」和「條狀物」都
是「枝」的同音替代用法，「支」還沒有達到可以代替「枝」的程度。

明代「支」出現了新的用法，開始用來稱量「歌」、「曲」：

(35)雲卿唱了一【支】《折梅逢使》，吳益之行個四面朱窩的令。《明珠緣·第三回》
(36)坊上人，大為痛快，又做一【支】《掛枝兒》唱著。　　《歡喜冤家·第十二回》

從表面上看，「曲」與「歌」都不具有「分支」、「支派」義，但卻能用「支」來量，
頗有些奇怪。郭敏認為「『歌曲』等是唱出來的，一串串的音符雖然肉眼看不見，在認知
上卻是一種線形結構。再加上如同『枝條』有頭有尾一樣，『歌曲』等也是有始有終、有
方向性的，因而可以用量詞「支」來計量。」[1]

我們覺得從線形結構來考慮不太合適。因為至明代時，表示「分支」、「支派」仍是「支」
的主流用法，稱量「條狀物」的用法主要由「枝」來擔當，而「枝」並沒有出現稱量「歌

---

[1] 郭敏，《基於認知語言學的現代漢語形狀量詞詞義考察》，北京語言大學碩士論文，2006 年。

曲」的用法，由「支」衍生出稱量「條狀物」的抽象用法顯然不太可能。如果「支」的這種用法是從「支」本身發展出來的，那麼有可能是由於歌曲是分段的，從整體上來說，每一段就是這首歌曲的一個「分支」，因而用「支」來稱量。

不過我們也懷疑「支」的這種用法有可能來源於「隻」。我們檢索了「隻」的語料，發現宋代或最晚至元代 [1]時有這樣的用法：

(37)怎見得有一【隻】曲兒喚作《賀聖朝》？　　　　　《大宋宣和遺事‧亨集》

明代時，這種用法就更多了，如：

(38)前頭巷裡那些好事的子弟做成一【隻】曲兒。　　　《水滸傳‧第四十五回》
(39)他既要你替他尋個好主子，卻怎的不捎書來，到寫一【隻】曲兒來？
　　　　　　　　　　　　　　　　　　　　　　　　《金瓶梅‧第五十六回》
(40)玉蘭執著象板，向前各道個萬福，頓開喉嚨，唱一【隻】東坡學士中秋「水調歌」。
　　　　　　　　　　　　　　　　　　　　　　　　《水滸傳‧第二十九回》
(41)柳七官人聽罷，取出筆來，也做一【隻】吳歌，題於壁上。《喻世明言‧第十二卷》
(42)有一【隻】《仙呂賞花時》，單道著這事。　　　《初刻拍案驚奇‧卷三十三》

「隻」稱量「歌曲」是後起的現象，唐以前沒有發現這種用法，至宋元時期開始出現，「計量『曲子』的用法在明初得到完善，使用頻率非常高」。[2]

因為「支」與「隻」同音，通過同音替代的方式，「支」便也有可能用於稱量「曲」，這種用法是從明代開始的。

清代是量詞「支」演變過程中最為繁複的一個時期，「支」的各種用法在清代都得到了充分的發展。

用於稱量「分支」義的用法，除了表示具體意義的「山脈」、「水流」、「家族」、「軍隊」之外，還出現了較為虛化的用法：

(43)話分兩頭，單表一【支】。　　　　　　　　　　《說呼全傳‧第九回》

這裡「支」是用於稱量「分開」的兩個「話頭」，具有「分支」義。
用於稱量「植物」的用法偶有出現，數量極少，都是「枝」的同音替代字：

(44)幔裡三簷滴水雕花捕木大床，床柱上兩個銀瓶，插了兩【支】一尺多高的珊瑚樹。
　　　　　　　　　　　　　　　　　　　　　　　《續濟公傳‧第一百九十三回》
(45)我費了一片心機，點綴了這幾【支】花朵，不知插戴在那個美人的雲鬢上。
　　　　　　　　　　　　　　　　　　　　　　　《後水滸傳‧第六回》

相反，用於稱量「條狀物」的用法卻發展迅速，用量極大，凡是「枝」可以稱量的事物，在清代都可以採用「支」來量：

(46)便在手腕上褪下一【支】金鐲子來交給他。　　　《紅樓夢‧第一百一十三回》

---

[1] 《大宋宣和遺事》是宋代文獻，但元代有所增益。
[2] 牛巧紅，《量詞「口」、「頭」、「隻」的系源研究及認知分析》，鄭州大學碩士論文，2007年。

(47)一者收來龍宮裡那兩件寶貝,一【支】玉圭、一個水晶球,還不曾還了把他。

《續濟公傳·第一百五十六回》

(48)我談起買如意的事,他說有一【支】很別緻的,只怕大江南北的玉器店,找不出
一個來。　　　　　　　　　　《二十年目睹之怪現狀·第二十九回》

(49)胡統領拔了一【支】令箭,傳參將上來。　　《官場現形記·第十四回》

(50)說完便把三【支】寶劍拿出來給狄元紹看。　《續濟公傳·第一百五十七回》

(51)隨向豹皮囊中摸出一【支】金鏢,照準他後心打去。《七劍十三俠·第二十五回》

(52)迎春又令丫鬟炷了一【支】「夢甜香」。　　　　《紅樓夢·第三十七回》

(53)走到半路上,那包探要吃呂宋煙,到一家煙店去買,揀了許久,才揀了一【支】,
要自來火來吸著了。　　　　　　《二十年目睹之怪現狀·第六十一回》

(54)善卿隨意向床上坐下,張蕙貞親自送過一【支】水煙筒來。

《海上花列傳·第四回》

以上各例所稱量的「鐲子」、「玉圭」、「如意」均為「飾品」,「令箭」、「寶劍」、「金鏢」
均為「武器」,「香」、「煙」、「煙袋」是由「香燭」泛化而來的條狀物,甚至連「毛髮物」
也可以用「支」稱量:

(55)頭上用一條黑紗紮額,露出紅心角兒,左右插兩【支】雉尾。

《後水滸傳·第十五回》

(56)頭戴紅頂貂帽,後拖一【支】藍紫大披肩的花翎。　《官場現形記·第十八回》

這些都是「枝」的典型量詞用法,但在清代卻都可以用量詞「支」來稱量,而且數量
相當多,這說明清代時「支」與「枝」已經完全通用,很難再認為「支」稱量「條狀物」
是「枝」的同音替代字了。

「支」用於稱量「歌」、「曲」類事物的用法也有所擴大,新增加了一些名詞,如「曲」、
「調」等:

(57)都是我的不是,都是我昨兒一【支】曲子惹出來的。　《紅樓夢·第二十二回》

(58)玉仙唱完,蘭仙接著唱了一【支】小調。　　　《官場現形記·第十二回》

相對而言,清代用「隻」稱量「曲」「調」的仍然存在,但數量卻不如「支」多了。
明清時代,量詞「支」的語義脈絡為:

　　　　　　　　【引申】　　　　　　　【虛化】
　　支,枝條。→名詞,分支,支派。→量詞,稱量[+分支][+具體事物]。

【泛化】
　　→量詞,稱量[+分支][+抽象事物]。→(或者)量詞,稱量[+分支][+樂曲]。

　　　　　　　　　　　　　同「枝」,主要稱量[+條狀][+事物],少數稱量[+植株]。
【同音替代】
　　　　　　　　　　　　　(或者)同「隻」,稱量[+樂曲]。

4-3-5 現當代

與前代相比，現當代時期量詞「支」的稱量範圍總體來說有所縮小。

稱量「分支」事物的用法有所發展，在「軍隊」的基礎上，產生了各種「隊」：

(59)我佩服她為英國紳士們的臉面，有魄力派出了那【支】遠征艦隊，耗費巨額英鎊去萬里之外保衛一個荒島。　　　　　　　　　（路遙《平凡的世界‧卷三》）

(60)我發現在一張狹長的合影上我們都穿著一個式樣的條格襯衫，像是一【支】球隊。　　　　　　　　　　　　　　　　　　（王朔《玩得就是心跳》）

「隊伍」是由「人」組成的，所以，也出現了用「支」量「人」的用法：

(61)彩娥改嫁以後，財物大部分拉到石圪節胡得祿那裡，她的窯洞就用一把「將軍不下馬」鎖住——這意味著金俊斌這一【支】人從此就「黑門」了。　　　　　　　　　　　　　　　　　　（路遙《平凡的世界‧卷二》）

「隊伍」是由眾人組成，人多力量大，由「隊伍」進一步虛化，「支」開始稱量抽象的「力量」了：

(62)這就像日本的技術和中國的資源相結合，那會形成一【支】多麼可怕的力量！　　　　　　　　　　　　　　　　　　　（王朔《我是你爸爸》）

稱量「植物」的用法，在現代漢語中已消失，完全由「枝」稱量。

稱量「條狀物」的用法出現了決定性的變化，眾多數量的「條狀物」都可以用「支」來量，包括「燈」、「燭台」、「燭」、「火炬」、「香」、「煙」、「籤」、「簫」、「笛」、「手杖」、「筆」、「簪」、「掃帚」或「拖把」、「槳」等等。無論是稱量對象的範圍，還是使用的數量，「支」都遠遠超過「枝」，成為了稱量「條狀物」的主要量詞，而「枝」的這一用法有所衰退。

稱量「歌曲」的用法也越來越多，出現了「插曲」、「歌曲」、「歌」、「樂曲」、「酒麴」等眾多新詞，範圍越來越大：

(63)燕西兄，你先吹一【支】曲子給我聽聽看。　　　　　　（張恨水《金粉世家》）

(64)還有四【支】歌，好好為我捧捧場吧！　　　　　　　　　（劉恒《黑的血》）

(65)曉霞帶頭先唱了電影《冰山上的來客》中的兩【支】插曲。　　　　　　　　　　　　　　　　　　　　　　（路遙《平凡的世界‧卷二》）

而現代漢語中，「隻」量「歌曲」的用法也基本消失，這一用法開始由「支」完全承擔。

現代漢語「支」還可以用做度量衡量詞，用於計量「電燈的光度」及「紗線粗細程度」：

(66)上面用紅玻璃，製成紅燭的樣子，卻在裡面安了百【支】光的電燈。　　　　　　　　　　　　　　　　　　　　　　（張恨水《金粉世家》）

(67)姑娘跟他坐飯店泡酒吧進賓館客房該幹的全沒省略，發現這位即便不是日本人也是個地地道道的國際「大款」，出手大方服裝考究貼身總是一百二十【支】紗的高級條格襯衫。　　　　　　　　　　　　　　　（王朔《玩得就是心跳》）

「支」稱量「光」是指燈的「發光強度」，國際單位制的基本單位為「坎得拉」，英文為「candela」，「支光」為通俗的稱法，是利用特定的蠟燭的亮度來衡量光的強度，多少支光就等於多少支蠟燭點燃後的亮度。現在這一單位已經基本消失，被功率單位「瓦」所取代。

「支」稱量「紗」是指紗線的「粗線程度」，「用單位品質（重量）的長度來表示，如 1 磅重的紗線長度中有幾個 840 碼，就叫幾支（紗）。紗線越細，支數越大。」「支」量「紗」目前只用於特定的「紡織行業」，是專業性較強的度量衡量詞。

4-4 量詞「支」的演變特點

通過對「支」由名詞虛化為量詞並進一步泛化發展過程的考察，我們可以發現有以下幾個特點：

第一，「支」的產生及其演變主要經歷了如下幾個過程：量詞「支」由「支」的引申義「分支」「支派」虛化而來，產生於兩漢時期，用於稱量具有「分支」義的事物，但用量較少，屬於初生階段；魏晉南北朝時期，稱量「分支」義用法有所擴展，並增加了稱量「植物」的用法，這是「枝」的同音替代，這段時期屬於「支」的發展階段；唐宋元時期「支」進一步泛化，增加了稱量「條狀物」的用法，也是「枝」的同音替代，這段時期屬於「支」的完善期；明清時期，「支」出現的頻率最高，使用的範圍最廣，並且增加了用於稱量「曲」「歌」的用法，至此現代漢語中「支」的用法已全部出現，所以這段應屬於「支」的定型期。現當代時期，「支」與「枝」、「隻」的用法分流，逐漸形成穩定的稱量範圍，是「支」的規範期。

第二，現代漢語中，量詞「支」與「枝」有一定分工，但二者都可以稱量「條狀物」，在這一用法上，二者可以通用，沒有區別。《現漢》對量詞「支」的解釋為：a. 用於隊伍等：一支軍隊、一支文化隊伍。b. 用於歌曲或樂曲：兩支新的樂曲。c. 紗線粗細程度的英制單位，用單位品質（重量）的長度來表示，如 1 磅重的紗線長度中有幾個 840 碼，就叫幾支（紗）。紗線越細，支數越大。d. 用於杆狀的東西：一支槍、三支鋼筆、一支蠟燭。而對「枝」的解釋為：a. 用於帶枝子的花朵、一枝花。b. 同「支」(2)d。一般來說，凡是採用 B 同 A 這種釋義方法的詞條，編者往往傾向於採取 A。這是從詞典方面來考察的。從現實使用狀況來看，我們用百度搜尋網站分別檢索了「枝」和「支」用以稱量的「條狀物」，包括「筆」、「槍」、「蠟燭」、「煙」等事物，檢索結果如下：

表 3-1　百度搜尋網站量詞「支」、「枝」的使用狀況

	支	枝
筆	5010，000	3620，000
槍	6680，000	3360，000
蠟燭	1580，000	619，000
煙	6210，000	5870，000

從上面的檢索結果我們可以發現，現代漢語中，「支」與「枝」在稱量條狀物時，確實可以通用，二者的使用頻率都相當高，但相比之下，「支」的出現頻率高於「枝」。這說

明，無論是從詞典規範的角度，還是從實際運用的角度，「支」都處於優勢地位。

第三，「支」的發展演變過程具有一般量詞所不具備的獨特的演變方式，即「同音替代」。「支」作量詞，是由其本義的引申義「分支」、「支派」虛化而來，主要用於稱量具有「分支」義的事物。這在兩漢及魏晉時期都有所體現。但由於「支」與「枝」是古今字，「枝」即是「支」，二者同音同源，因而難免會產生「同音替代」現象。當然，這種「替代」也有可能與筆劃數多少有關，在音同義近的情況下，往往書寫筆劃數少的「支」來代替「枝」，時間久了，就會形成這種狀況。而這種形式一旦用多了，就有可能代替原有量詞，來爭奪本來不屬於自己的稱量對象。「支」便屬於這種現象。如果說，明清以前，「支」用於稱量「條狀物」還只是處於附屬地位，明代時，「支」稱量「條狀物」已有明顯增多，清代則發生了決定性的改變。現代漢語，雖然「支」、「枝」都可以稱量「條狀物」，但「支」還是占有一定的優勢地位。

此外，「支」有可能還通過同樣的方式取代了「隻」稱量「歌曲」的用法，所不同的是，「支」代替「枝」的用法從魏晉開始，貫穿了整個歷史發展過程，而「支」代替「隻」則出現時間較晚、較短，因而不易為人覺察。宋元時期，用「隻」來稱量「曲」的用法已經出現，明代時更是發展得較為成熟。而明代時，「支」也開始通過「同音替代」的方式用於稱量「歌曲」，但用量不多。清代時，「隻」量「歌曲」的用法就已經明顯不如「支」。到了現代漢語，「支」已經完全取代「隻」，用於稱量「歌曲」類事物了。

第四，現代漢語「支」與「枝」、「隻」的分流，再次顯示了人們選擇量詞時的具象思維方式。

「枝」由其本義「樹枝」虛化為量詞，用於稱量「枝條」，再由稱量「枝條」泛化至稱量一般「條狀物」，這是「枝」的演變過程。而「支」作為量詞，主要是用於稱量具有「分支」義的事物，只是由於與「枝」同源同音，「支」作為「枝」的同音替代字，開始用於稱量「植物」和「條狀物」。但在後來的發展演變過程中，「支」卻能逐漸擴大，逐漸占領了「枝」在這一用法上的主導地位。這主要是由於「枝」的實義性太強，這使「枝」作為量詞之後也很難再進一步虛化。「枝」本義「樹枝」，這一本義一直保留至現代漢語，仍是「枝」的最主要義項。不僅如此，「枝」具有明顯的形旁「木」，這在「以形取勝」的漢民族思維中起到了重要作用。人們習慣用有形旁的量詞稱量同形類事物，看到「枝」首先想到的是該字與「木」有關，作為量詞當然也就用「枝」稱量一些「與木有關」的事物，因此，稱量「植物」的用法一直保留至今，成為「枝」的最主要用法。而稱量「條狀物」，特別是「與木無關」的「條狀物」時，人們往往使用沒有形旁的「支」，正是由於這種原因，使得「支」越來越成為稱量「條狀物」的主要量詞。

宋元時期，量詞「隻」開始稱量「歌曲」。明代時，由於同音關係，「支」也可用於稱量「歌曲」，這一時期，「隻」稱量「歌曲」還處於主流地位，「支」用例不多。到了清代，「支」稱量「歌曲」便占了主導優勢，至現代漢語，在這一用法上，「支」已完全代替「隻」。由「隻」發展到「支」，只用了三四百年的時間。之所以在較短的時間內完成這種角色的轉換，與「隻」的字形也是密不可分的。《說文解字》「隻，鳥一枚也，從又持隹，持一隹曰隻，持二隹曰雙。」虛化為量詞後，便可用來稱量「鳥獸」，這是一個系統。另一個系統是從「一枚」（單隻義）發展出來的，「鳥」一枚稱一「隻」，「鳥」二枚稱一「雙」，由

此引申，凡成雙的東西，如果單說其中的一個，就可以用「隻」量了。從字形上看，「隻」還帶有「鳥」的特徵，從漢民族的具象思維角度，作量詞時，它被更多地賦於「動物」形象，因而通常用於稱量「動物」。「歌曲」不具備這種特徵，在「支」與「隻」的競爭中，自然會偏離「隻」而選擇「支」，我們認為這是「支」成為「歌曲」量詞的重要原因。

　　「支」由名詞虛化為量詞，並進一步發展演變的過程可以用下圖表示：

量詞「支」的演變過程

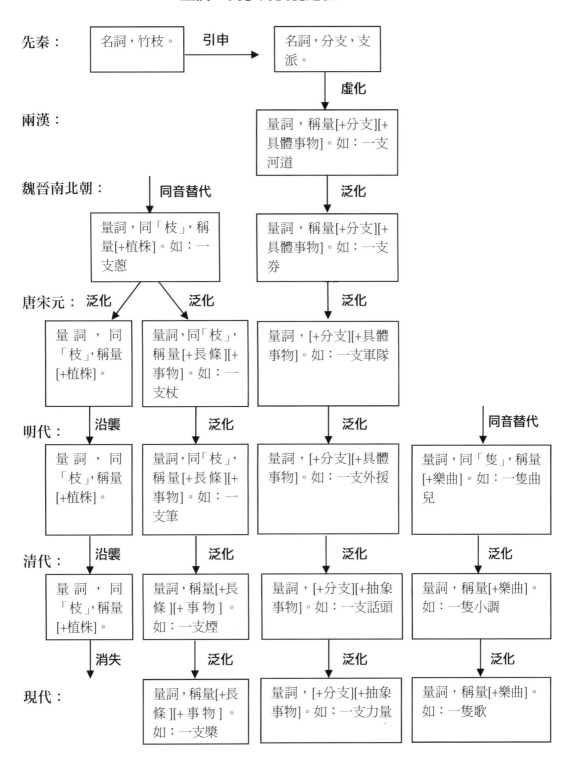

5・量詞「道」的產生及其發展演變

5-1 已有研究成果概述

　　最早討論量詞「道」的是劉世儒，[1]他認為，「道」指「道路」，魏晉南北朝時虛化為量詞，作為量詞，它應當從稱量「道路」開始，舉例為「下時化作三道寶階」，然後漸漸轉虛，用於「門」或「橋」，這個同道路也有關係。進一步引申，用於「長條形」之物。又因為道路可通行，由此引申又可以稱量文書，因為文書也是有「交通」「傳達」義可說的。按劉世儒的敘述，「道」的稱量對象是從稱量「道路」開始一條線發展下來的。而且，劉世儒一直強調的是「道」本義「道路」，但用「道」稱量「路」的用法卻不見，「寶階」、「門」或「橋」雖然也是「路」，但稱量的側重點還是不同的。

　　洪藝芳[2]指出，在「敦煌吐魯番文書」中量詞「道」除了魏晉南北朝時期的用法外，還偶爾可用於與抽象名詞相搭配，並且出現了用作動量詞的句例。至於「道」的演變過程，基本採取了劉世儒的說法。

　　陳穎[3]認為，從南北朝起，「道」作量詞向著兩個方面發展，一方面是從道路外形和長條形之物出發構成相似關係，另一方面從道路的通行義上出發和「文書」構成相似關係。這就是兩條線發展而來了，與劉世儒的觀點有所不同。不過，陳穎認為，「道」可稱量的「光」是和「道路」差不多寬窄的，「道」稱量「真言」是把「真言」記錄下來後成為長條形的，這些就有些牽強。「道」稱量的長條物未必有寬窄的限制，而「真言」其實是與「文書」屬同一個範疇的。

　　其他還有一些專書斷代研究，列舉了「道」在不同時代稱量的對象，未深入探討其演變過程。

　　《現漢》「道」作量詞有四種用法，分別為「稱量河、江及長條狀事物」；「稱量門、牆等」；「稱量命令、題等」；「動量詞，相當於『回』、『次』」。「道」的這幾種用法之間好像關係並不緊密。「道」是如何從其名詞本義發展而來，其產生的歷史時代和演變過程是怎麼樣的？「道」與其他稱量「條狀物」的量詞有什麼區別？這是我們要解決的問題。下面我們就以大型語料庫為基礎，考察量詞「道」的演變過程。

5-2 量詞「道」的產生及其時代

　　《說文解字》：「道。所行道也。」

　　「道」本義為「道路」，先秦時期用其本義的用法頗多，如：

(1)周【道】如砥，其直如矢。　　　　　　　　　　　　　　《詩經・小雅・大東》

(2)遂假【道】於陳，以聘於楚。　　　　　　　　　　　　　　《國語・卷二》

　　兩漢時期，出現了很多「道」與數詞並用的用法，如：

---

[1] 劉世儒，《魏晉南北朝量詞研究》，中華書局，1965 年。
[2] 洪藝芳，《敦煌吐魯番文書中之量詞研究》，文津出版社，2005 年。
[3] 陳穎，《蘇軾作品量詞研究》，巴蜀書社，2003 年。

(3)天子欣然，以騫言為然，乃令騫因蜀犍為發間使，四【道】並出。

　　　　　　　　　　　　　　　　　　　　《史記‧卷一百二十三》

(4)所以知破石之病者，切其脈，得肺陰氣，其來散，數【道】至而不一也。

　　　　　　　　　　　　　　　　　　　　《史記‧卷一百五》

(5)京城先是造作角錢，猶五銖而有四【道】，連於邊輪，百姓各有。（東漢《獻帝春秋》）

(6)但三【道】通行八方之書，民吏白衣之言，勿苟留。　　《太平經‧丁部之三》

(7)因三並而共策之，恐天師三【道】行書，為下所斷絕，使不得上通，複令天怒重忿忿，上皇氣不得來也。　　　　　　　　　　　《太平經‧己部之一》

　　仔細觀察可以發現，這些「道」之前之後都沒有名詞可稱量，本身仍具有較強的實義性，因而還不能算作量詞。例(3)實指「道路」，例(4)虛指「線路」或「通路」，例(5)指「紋路」，例(6)(7)後面分別有動詞「通行」「行」，「道」不是直接稱量名詞「書」的，而是指「通道」，是「從三條通道通行的文書」之義，因而也不是量詞。儘管這裡的「道」都沒有作為量詞使用，但「道」作量詞的用法卻是從這些意義開始虛化並產生的。

　　魏晉南北朝時期，「道」開始用作量詞：

(8)為佛造作三【道】寶梯。　　　　　　　　（三國‧吳《撰集百緣經（十卷）》）

(9)佛從忉利天上來向下，下時化作三【道】寶階。　　（東晉‧法顯《佛國記》）

(10)佛自忉利天東下三【道】寶階，為母說法處。　　　　《水經注‧卷一》

　　「三道寶梯」即「三道寶階」，這是佛典當中的用法，傳說地面與天界並無往來的道路，後當佛從須彌山頂的忉利天回到地面時，變化出三道寶階，直通地面。劉世儒認為，「寶階」就是「路」，「道」稱量「寶階」與其本義「道路」直接相關。但我們認為這一用法與稱量「道路」（如「一條路」）的用法有所不同，「道路」是縱向的，「階梯」是橫向的，這裡的「三道」是指「三級階梯」，而不是「三條路」。「寶階」、「寶梯」是「通行」於「天界」與「地面」之間的「通道」，用「道」來稱量取的是「通道」這一作用義。

　　同理，下面的用法，也是從「通道」的語義虛化而來的：

(11)七裡橋東一裡，郭門開三【道】，時人號為三門。　　《洛陽伽藍記‧卷二》

(12)速鑿北壘，為突門二十餘【道】。　　　　《十六國春秋輯補‧後趙錄》

　　「郭」指「城郭」，是古代在城的週邊加築的一道城牆，城牆本身是有阻隔作用的，而開了「門」以後，就將城內城外之間聯接起來，形成了一條「通道」，因而用「道」稱量「門」也是取「門」具有的「通道」作用。

　　例(12)轉引自劉世儒《魏晉南北朝量詞研究》，《十六國春秋》為北魏作品，但後世已散佚，《十六國春秋輯補》已是清代人所作，語料是否可信還有待考證，此處存疑。

　　劉世儒指出「道」在這一時期還可用於稱量「橋」，舉例為：

　　渠上有通仙橋五道，時人謂之五橋。（《大業雜記》）

　　經複查，《大業雜記》為唐代杜寶所撰，為唐代文獻。「橋」確實是與「門」一樣，也是取「通路」作用之義，但在魏晉南北朝時期，還沒有出現「道」稱量「橋」的用法。

魏晉南北朝時期，「道」開始用於稱量「長條狀」事物：

(13)小夫人即以兩手搆兩乳，乳各作五百【道】，墮千子口中。（東晉・法顯《佛國記》）

(14)十年八月辰時，有星落如流火三【道】。　　　　　　　　　　《魏書・志第三》

(15)十四日夜有光三【道】。從堂而出。　　　　　　　　（王邵《舍利感應記》）

(16)複有鐵鑵四【道】，引剎向浮圖四角。　　　　　　　《洛陽伽藍記・卷一》

「乳」指「乳汁」，「五百道」極言其多；「流火三道」指「星落」的軌跡。「乳汁」、「流火」、「光」這些事物都是「動態」的「長條物」，「鐵鑵」即「鐵鍊」，它看似靜態，其實也有「引」這一動作，它們都是「從一點向外動態延伸的過程」，這是「道」所稱量的「長條狀」事物與眾不同的地方。「道」之所以有這樣的特點，是由「道」的「通道」、「通路」義決定的。「通道」具有延伸性，「通行」本身又是一個「動態的過程」，因而「道」稱量的「長條狀」事物也便具有「延展」「動態」的特徵。這是「道」稱量「長條物」之初的語義側重點。

劉世儒指出魏晉南北朝時「道」還可用於稱量「文書」，舉例如：

(17)或有寫書人者，可寫一【道】與吾也。　　　　　　　（王羲之《雜貼》）

他認為「道」用於稱量文書，是因為「文書」有「交通」、「傳達」義可說，「道」、「指彼我之間的交通」。

且不說這裡的「書」是否為「文書」（根據原文也很難判斷），只說「道」稱量「文書」的語義來源，我們認為應當是從兩漢時期的「三道行書」而來，用「道」是由於「文書」的「上傳下達」需要「通道」，是從「通道」這一「經由作用」而來，而不是「文書」本身的「傳達」作用。當然，這只是「道」稱量「文書」的語義來源，至於後來慢慢發展演變，「通道」義逐漸弱化，乃至不被人覺察，這就是演變的結果了。

魏晉南北朝時期，「道」還出現了下面的用法：

(18)著蠟罷，以藥傳骨上，取生布割兩頭，各作三【道】急裹之。

　　　　　　　　　　　　　　　　　　　　　　　　　　　　《齊民要術・卷第六》

(19)至冬，豎草於樹間令滿，外複以草圍之，以葛十【道】束置。

　　　　　　　　　　　　　　　　　　　　　　　　　　　　《齊民要術・卷第五》

「作三道」是用布條兒「綁三道」，「十道束置」是用葛「捆十道」，不是「三道布條」、「十道葛」的意思，「道」用在動詞前後，用以說明該動作進行的「次數」，此處「道」為動量詞。「道」的動量詞用法在魏晉南北朝時就已經產生，將洪藝芳、[1]廖名春[2]等提出的「道」做動量詞「始於唐代」的說法提前了。

綜上，我們認為，量詞「道」產生於魏晉南北朝時期，確切地說，不晚於三國時期。「道」從產生之初就具有較為複雜的用法，這些用法都是從其本義道路發展而來，但所取的虛化方式（意象）卻不盡相同。「道」稱量「階」、「梯」、「門」是由它們「起通道作用」

---

[1]　洪藝芳，《敦煌吐魯番文書中之量詞研究》，文津出版社，2005 年。

[2]　廖名春，《吐魯番出土文書新興量詞考》，《敦煌研究》1990 年第 2 期。

虛化而來;稱量「文書」是它需要「經由通道才能上傳下達」虛化而來;稱量「條狀物」則是由「道路的長條形狀以及道路的動態延展狀態」虛化而來;作為動量詞稱量動作進行的次數一方面是由「道路的動態延展狀態」發展而來,另一方面與道路的「回環往復」也有一定關係。「道」的虛化方式如下圖:

【通道作用】 ↗ 稱量[+起通道作用][+事物]。

【通道作用】 ↗ 稱量[+經由通道][+文書]。

道,本義:道路。⟶ 【虛化】

【道路形狀及延伸動狀】 ↘ 稱量[+長條狀][+動態][+事物]。

【道路延伸動狀及回環狀】 ↘ 稱量[+回環][+動作]。

由於本文皆以「名量詞」為研究對象,「道」作動量詞的用法後文不再敘述。

5-3 量詞「道」的發展演變

5-3-1 唐代:

唐代,量詞「道」的各種用法都有新的發展:

用於稱量「起通道作用的事物」,除了「階、梯、門」之外,還出現了:

(20)三年春正月,東魏寇龍門,屯軍蒲阪,造三【道】浮橋度河。　　《周書・卷二》
(21)一【道】鵲橋橫渺渺,千聲玉佩過玲玲。　　　　　　　　　　(徐凝《七夕》)
(22)魂魄飄流冥路間,若問三塗何處苦,咸言五【道】鬼門關。

《敦煌變文集・大目乾連冥間救母變文》

「橋」是被水阻隔的兩陸地之間的「通道」;「鬼門關」是連接陰間與陽間的「通道」,與「階」、「梯」、「門」一樣,用「道」稱量都取其「通道」的作用義。

用於稱量「經由通道的文書」用法發展非常迅速,很多「文件」、「詩文」、「符咒」等都可用「道」來量,如:

(23)淮南陳少遊潛通希烈,尋稱偽號,改元,遣將楊豐齎偽敕書二【道】,令送少游
　　　及建封。　　　　　　　　　　　　　　　　　　《舊唐書・卷一百四十》
(24)十一日巳時,得州牒兩【道】。　　　　　　《入唐求法巡禮行記・第二》
(25)院中視之,中留一【道】詩云。　　　　　　　　　　(唐《宣室志》)
(26)四城門上,展開三尺之書;諸坊口頭,各放一【道】之榜。

《敦煌變文集・維摩詰經講經文》

(27)當以青絹書真言二十一【道】。　　(唐《尊勝佛頂修瑜伽法軌儀(二卷)》)
(28)淨能遂歸觀內,畫一【道】符,變作一神。　　《敦煌變文集・葉淨能詩》
(29)神咒三【道】。　　　　　　　　(唐《貞元新定釋教目錄(三十卷)》)

(30)及縣令謝官日，引入殿庭，問安人策一【道】，試者二百餘人，獨濟策第一，或
　　有不書紙者。　　　　　　　　　　　　　　　　　　　　《舊唐書·卷八十八》
(31)請加試雜文兩【道】，並帖小經。　　　　　　　　　　　　《封氏聞見記·三》

　　此外還有「誦判」、「敕」、「疏」、「狀」、「案」、「密言」等「文書」，也都是用「道」
來稱量的。不過，這一時期，「道」稱量的「文書類」事物，都是由「文書」這一範疇屬
性類化而來的，與其最初的語義來源「經由通道而上傳下達」已相去甚遠，這說明，「道」
的實義正在慢慢消失，開始向著更加虛化的程度發展。
　　唐代時，發展最為迅速的是稱量「長條狀」事物的用法，較為常見的有「光」、「氣」、
「煙」、「虹」、「風」等，如：

(32)千【道】光明遐邇遍照，幾條明焰色如霜。　　　　　《敦煌變文集·十吉祥》
(33)有白氣兩【道】，出於北斗東南，屬地。　　　　　　　《陳書·本紀第三》
(34)三【道】狼煙過磧來，受降城上探旗開。　　　　　　　　（薛逢《狼煙》）
(35)三【道】虹飛，色如朝霞，耿然空望。　　　　　　（唐《續高僧傳（三十卷）》）
(36)如百【道】風各吹多竅。　　　　（唐《大方廣佛華嚴經隨疏演義鈔（九十卷）》）

　　「光」、「氣」、「煙」、「虹」本身呈「長條狀」，「風」是無形的，但因從「竅」中通過，
因而便也被固化為「長條狀」，同時，它們又都有「延展」的「動態」特徵，所以都由「道」
來稱量。
　　有些事物本身形狀並不固定，處於不斷變化的狀態，如果呈現「長條狀」，便也可用
「道」來量，如：

(37)氣含松桂千枝潤，勢畫雲霞一【道】開。　　　　　　　（方幹《石門瀑布》）

　　由這一用法進一步虛化，「道」開始稱量較為抽象的「氣色」：

(38)朕見夫人耳邊，有一【道】氣色，此氣色案於世書圖籍，號曰死文。
　　　　　　　　　　　　　　　　　　　　　　　　《敦煌變文集·歡喜國王緣》

　　不過這一時期，「道」稱量抽象事物的用法還比較少見。
　　「道」的另一較為常見的稱量對象是「水」，包括「江水」、「河水」、「溪水」、「泉水」
以及其他相似之物：

(39)謂彼自見於十指端有十【道】水將欲流出。（唐《阿毘達磨大毘婆沙論（二百卷）》）
(40)明朝若上君山上，一【道】巴江自此來。
　　　　　　　　　　　　　（劉禹錫《酬楊八副使將赴湖南途中見寄一絕》）
(41)層冰塞斷隋朝水，一【道】銀河貫千里。　　　　　　　　（李涉《灘陽行》）
(42)清溪一【道】穿桃李，演漾綠蒲涵白芷。　　　　　（王維《寒食城東即事》）
(43)一【道】甘泉接禦溝，上皇行處不曾秋。　　　　　　　　（長孫翔《宮詞》）
(44)日炙旱雲裂，逬為千【道】血。　　　　　　　　　　　　（司空圖《華下》）
(45)仙人得睹，哽噎不能發言，惆悵自身，眼中千【道】淚落。
　　　　　　　　　　　　　　　　　　　　　　　《敦煌變文集·太子成道變文》

「水」的流經過程為「長條狀」，且「水」具有「延展」的「動態」特徵，這些都滿足「道」稱量「條狀物」的條件。

再進一步發展，「道」擺脫了「動態」語義，開始用於稱量「靜態」「條狀物」了：

(46)茶陵一【道】好長街，兩畔栽柳不栽槐。　　　　（伊用昌《題茶陵縣門》）

(47)秋率眾八萬，圍塹數重，雲梯電車，地突百【道】，皆通於內。

《晉書‧列傳第五十六》

「道」稱量其本義「路」的用法非常少，可見，這不是「道」的主要用法，稱量「道路」的任務是由量詞「條」來擔任的（見「條」）。

(48)具以四【道】繩。　　　　　　（唐《金剛頂瑜伽中略出念誦經（四卷）》）

(49)金銅鈴帶四十八【道】。　　　　　（唐《陀羅尼集經（十二卷）》）

(50)頭有金線一【道】。　　　　　　（唐《陀羅尼集經（十二卷）》）

(51)千般錦繡鋪床座，萬【道】珠幡空裡懸。

《敦煌變文集•大目干連冥間救母變文》

(52)春風野岸名花發，一【道】帆檣畫柳煙。　　　（杜牧《卞人舟行答張祜》）

(53)獄主聞語，扶起青提夫人，拔卻卅九【道】長釘。

《敦煌變文集•大目干連冥間救母變文》

(54)在左跨邊複著一【道】赤色菊華莊裹。　　（唐《陀羅尼集經（十二卷）》）

以上「道」稱量的「繩」、「帶」、「線」、「幡」、「帆檣」、「長釘」等，都是較為典型的「條狀物」；用「道」稱量「裹」（疊穿的衣服）的用法一方面可能與「衣服」的「條狀」有關，另一方面也可能受「條」的影響，「道」和「條」都可用於稱量「布帛類」長條狀事物，「條」早已用於稱量「衣服」，「道」因「聚合同化」便也用於稱量「衣服」。不過這一用法並不多見，只在佛經中出現兩例。

以上稱量的是「長條狀」的「物」，下面就「由物及人」，開始稱量人體了：

(55)眉中有千重碎皺，項上有百【道】粗筋。　　　《敦煌變文集‧八相變》

(56)面上紅顏千【道】皺，眼中冷淚狀如泉。　　　《敦煌變文集‧降魔變文》

(57)脈別……於身前後左右……此八百脈各有一百【道】脈，眷屬相連。

（唐《根本說一切有部毗奈耶雜事（四十卷）》）

唐代「道」還可用於稱量「印跡」：

(58)口云諫議送書信，白絹斜封三【道】印。　　（盧仝《走筆謝孟諫議寄新茶》）

「印跡」與上面的「條狀物」不同，它不是個體事物，而是一種「線條」，是「存在於個體事物上面的痕跡」。

「道」稱量「靜態條狀物」及「痕跡」就只保留了「道路」的形狀特徵，「延展動態」特徵已經消失。從唐代開始，「道」轉變為「長條狀」形狀量詞了。

這一時期，「道」在一些修辭用法中也時有出現，但實指都離不開上述事物，例略。

唐代「道」的各種用法都有所擴大，稱量「起通道作用」的事物，增加了新的稱量對

象；稱量「經由通道的文書」進一步虛化，丟掉了「經由通道」這一方式，只要是「文件」、「詩文」、「符咒」等「與文字相關的材料」均可；稱量「長條狀動態事物」的用法也開始泛化，「長條狀」的「靜態物」、「長條狀」的「痕跡」都可用「道」稱量。唐代「道」的語義發展脈絡為：

【通道作用】	↗	稱量[+起通道作用][+事物]。
【通道作用】	↗	稱量[+經由通道][+文書]。→稱量[+文字材料]。

道，本義：道路。 ⟶ 【虛化】

【道路形狀及延伸動狀】 ↘ 稱量[+長條狀][+動態][+事物]。→稱量[+長條狀][+靜態][+事物]。

→稱量[+長條狀][+痕跡]。

5-3-2 宋元：

宋元時期，量詞「道」在唐的基礎上進一步泛化。

用於稱量「起通道作用的事物」，依然局限於「階」、「梯」、「門」、「橋」、「關口」等。如果「門」、「關」等「通道」是打開的，它當然是起「通道」作用的，一旦「關上」，它所起的便是「阻隔」作用，宋元時也出現了這樣的用法：

(59)昉以為若令不可複閉，即二年前如何閉得，嗣宗等又以為對敵境非便，昉以為二年前有數十【道】堰限，如何敵境不以為言？《續資治通鑑長編·卷二百四十六》

「堰」是擋水的堤壩，具有「阻隔」作用。

用於稱量「文字材料」的用法也新增加了為數眾多的稱量對象，包括「劄」、「詣」、「聖旨」、「表」、「本」、「宣帖」、「詔書」、「批答」、「檄書」、「文字」、「帳」、「官告」、「空名告身」、「誥敕」、「使命」等「官方文書」，也包括科舉考試經常考的「大義」、「經義」、「墨義」、「對義」、「試論」等，由於這些都是考試題目，「道」便開始稱量名詞「題」：

(60)第一場各出題二【道】。　　　　　　　　　《續資治通鑑長編·卷四百二十》

北宋時期四川地區出現了中國最早的紙幣「交子」，它最初是一種「存款憑證」而非「貨幣」，因為得到了官方的承認，並加蓋官印，它的地位等同於「官方文書」，便也可以用「道」稱量，「交子」後改稱「錢引」：

(61)然蜀中交子祖宗時止一百二十余萬【道】。　　《建炎以來系年要錄（181-200）》
(62)四川總領所增印錢引一百萬【道】，以備邊儲。

《建炎以來系年要錄（181-200）》
(63)詔江、浙諸道必以七百七十錢買楮幣一【道】。　　《容齋三筆·卷第十四》

「楮幣」也是宋代發行的紙幣，因為多用楮皮紙製成，所以稱「楮幣」。用「道」稱量「紙幣」是宋代產生的新用法，不過這種用法也是短暫存在的，到元以後就不見了，轉而產生了「茶引」等「經商憑證」。

宋元時期,「道」稱量「條狀物」的用法也有所發展,與「光」、「氣」有關的新出現了「火」:

(64)此日天晚,聞城中鼓響,從西見千【道】火起。　　　　《宋元平話集》

與「水」有關的新出現了「溝」、「渠」等:

(65)今沙河合入潁河處,有古八丈溝一【道】。《續資治通鑑長編・卷四百二十九》
(66)是夕,聞風雨之聲,及明,繞山麓四面,成一【道】石渠,泉水流注,經冬不竭。
　　　　　　　　　　　　　　　　　　　　《太平廣記・卷第二十六》

用於稱量「人體」的名詞,新出現了「眉」:

(67)肌柔膩如粉施,體輕盈稱素衣,曲彎彎兩【道】蛾眉。
　　　　　　　　　（元・史九散人《老莊周一枕蝴蝶夢・第二折》）

用於稱量「印痕」類的名詞如:

(68)下頦上勒一【道】深痕。　　　　（元・關漢卿《救風塵・第三折》）
(69)泥汙了數尺金樑尾,血模糊幾【道】剪刀斑。
　　　　　　　　　　　（元・無名氏《雁門關存孝打虎・第二折》）
(70)最不愛打揉人七八【道】貓煞爪,掐扭的三十馱鬼捏青。
　　　　　　　　　　　（元・關漢卿《金線池・第二折》）

綜合來說,宋元時期量詞「道」是在唐的基礎上的進一步泛化。從用法上來說,稱量「起通道作用」的事物,由於功能的轉變,開始用於稱量「起阻隔作用」的事物,另外還新出現了稱量「紙幣」的用法。從稱量對象上來看,各種用法都有所增加。

5-3-3 明清:

明清仍然是「道」稱量對象的大泛化時期。
用於表示「起阻隔作用」的用法出現了很多新名詞,如:

(71)但是公子是宦門,你我是綠林,隔著一【道】門檻兒呢,如何請到寨裡去得?
　　　　　　　　　　　　　　　　　《兒女英雄傳・第十一回》
(72)院子裡隔著一【道】竹籬,地下擺著大大小小的花盆,種了若干的花。
　　　　　　　　　　　　　　　《官場現形記・第二十四回》
(73)原來婦人臥房與佛堂止隔一【道】板壁。　　《金瓶梅・第八回》
(74)來到山頭看時,團團一【道】土牆,裡面約有二十來間房子。
　　　　　　　　　　　　　　　《水滸傳・第七十三回》
(75)隔這般一【道】梅花嶺,誰見俺偷來?　　（明・湯顯祖《牡丹亭・第四十出》）
(76)正往前走,見一【道】沙崗攔住去路。　　《彭公案・第一百七回》
(77)不要說別事,即如一【道】長城,至今七八百年,外寇不能長驅而入,皆此城保
　　障之功也。　　　　　　　　　　《隋唐演義・第三十四回》
(78)沿邊兩【道】鎖金鎖,叩領連環白玉琮。　　《西遊記・第十二回》

(79)我既入了周宅內院，如闖過幾【道】埋伏，那玉杯就算到我手內。

　　　　　　　　　　　　　　　　　　　　　　　　《彭公案・第三十六回》

「門檻兒」、「竹籬」、「板壁」、「牆」、「嶺」、「崗」、「長城」、「鎖」、「埋伏」等都有「攔截」、「阻隔」的含義，其前面常用的動詞「隔」也說明了這一點。

由於「院子」是分層次的，院落中間有「隔斷」，所以「院子」也可以用「道」來量，如：

(80)柔玉受許多驚嚇，到得林中，見一【道】粉牆小院。　　《金瓶梅傳奇・第十回》

用於稱量「文字材料」的用法，明清又增加了「內科」、「條陳」、「券」、「契本」、「貼」等，還出現了下面的用法：

(81)只因岳老伯在朱仙鎮上，被奸臣秦檜連發十二【道】金牌，召回臨安，將他父子
　　三個害了性命。　　　　　　　　　　　　　　　《說岳全傳・第六十八回》

「道」稱量「文字材料」大多與「官方文書」有關，「金牌」是用來發出「命令」的，也是「官方文書」的一種，由功能類推便也可用「道」來量。

再進一步，「消息」也開始用「道」來量：

(82)不走西邊那個門，少遇好幾【道】消息。　　　　　　《小五義・第四十四回》

這是由「物」及「事」的泛化了。

在「長條狀」事物的用法當中，稱量「動態長條物」的新出現了「閃」：

(83)眼前打了一【道】白閃相似，聽「嘩喇」一響。　　　　《小五義・第七十回》

「閃電」是「長條狀」的，並具有動態延展特徵。

稱量「道路」的出現了新名詞「廊」：

(84)從花樓下一【道】斜廊東去。　　　　　　　　　　　《明珠緣・第三十回》

稱量「靜態長條物」的出現了「絲」、「箍」、「索」等：

(85)我這褲子汗塌兒都是綢子的，總說了罷，算萬【道】絲兒把我裹著呢！

　　　　　　　　　　　　　　　　　　　　　　　《兒女英雄傳・第七回》

(86)李瓶兒抱著，孟玉樓替他戴上道髻兒，套上項牌和兩【道】索。

　　　　　　　　　　　　　　　　　　　　　　　《金瓶梅・第三十九回》

稱量人體的增加了「須」、「胡」：

(87)果然變得有樣範：一雙粉翅，兩【道】銀鬚。　　　　《西遊記・第八十九回》

(88)八字眉，兩個杏子眼；四方口，一【道】落腮鬍。　　《金瓶梅・第六十二回》

稱量「痕跡」的有「口子」、「縫」、「紋」、「影」等：

(89)脖子上帶著兩三【道】血口子，看那樣子像是抓傷的一般。

　　　　　　　　　　　　　　　　　　　　　　　《兒女英雄傳・第五回》

(90)加上鍤一拗，拗了一【道】縫，縫裡骨突突冒出一股氣來。

《聊齋俚曲集・翻魘殃》

(91)那咱爺兩隻手上兩【道】天關紋。　　　《醒世姻緣傳・第四十六回》

(92)就見兩【道】黑影，一個奔西房，一個奔北房，看是一僧一道。

《彭公案・第一百五十八回》

明清量詞「道」再次泛化，稱量對象越來越多，範圍也越來越廣。

5-3-4 現當代

現代漢語中量詞「道」的用法與前代基本相同，只是稱量對象上有所變化。

稱量「文字材料」用法中，由於很多事物本身如「敕」、「詔」、「策」等已經消失，因而這部分用法用於稱量的多為「文件」、「命令」、「試題」等。

稱量「靜態長條物」中的「繩」、「帶」、「絲」、「衣服」等用法在現代漢語中也很少見到，前三者一般用量詞「條」或「根」，「衣服」的量詞一般用「件」。「道」稱量「線」的在現代漢語中還比較常用，但這種「線」或者是有「動態」特徵，如：

(93)鄭姑娘用色筆在元豹鼻樑兩邊畫上兩【道】淺線。（王朔《千萬別把我當人》）

或者是表示「攔截」、「阻隔」作用，如：

(94)到了這時，瑞珏的最後一【道】防線被攻破了。　　　（巴金《家》）

從總體上來說，由於量詞的分工和規範，「道」在現代漢語中稱量的對象範圍縮小了。

5-4 量詞「道」的演變特點

通過對「道」由名詞虛化為量詞並進一步發展演變過程的考察，我們可以發現有以下幾個特點：

第一，「道」本義為「道路」，「道路」具有「通道的作用」，「道」虛化為量詞時不是從「道路」本義出發，而是選取了「通道的作用」作為虛化的理據。正因為如此，「道」虛化為量詞後，用於稱量的事物都是從這一作用義引申而來的，稱量「階、梯、門」，是由於它們「起通道作用」，稱量「文書」是由於它需要「經由通道上傳下達」，即使是稱量「條狀物」也是具有「通行」這一「動態延展」特徵的，這一點與其他「長條狀」量詞有所區別。「道」雖然本義「道路」，但在魏晉南北朝時我們沒有發現「道」用於稱量「路」的用法。我們認為，這主要是由於量詞「條」在兩漢時期就已經用於稱量「路」，同樣的用法不需要再誕生一個新的量詞，這也可以從另一方面證明「道」虛化的理據不是「道路」本義。

第二，「道」虛化為量詞之初具有較強的動態特徵，但隨著發展演變，這種動態特徵越來越微弱，以至於現代漢語中人們已經不再注意它的「動態特徵」了。「道」稱量「文書」是由於它「經由通道上傳下達」，這是它最初產生的語義，動態特徵較強。後來，「道」稱量的「文書類」事物範圍擴大，包括「詩」、「試題」、「符咒」等等，只要是「與文字材料有關的」，都可以由「道」來量，這時「道」的「經由通道」的動態特徵就已經消失，轉而向範疇屬性方面發展了。「道」稱量「起通道作用」的事物自唐代之後就沒有發展，

僅限於「門」、「橋」、「關」、「階梯」等少數名詞,而「起攔截作用」的事物卻在不斷泛化,衍生出了大量的稱量對象,這也是從「動態」到「靜態」的一種傾斜。「道」稱量「長條物」的用法,最初也具有較強的「動態延展」特徵,但到了唐以後,一些「靜態長條物」也開始用「道」稱量,還出現了不是「個體事物」的「印痕」、「痕跡」等。這種演變結果湮沒了「道」的動態特徵,使它混同於一般的「長條類」量詞,眾多學者都曾探討過「道」與「條」、「根」等量詞的用法,但卻沒有人注意到它們之間的這種本質區別。

　　第三,「道」從虛化為量詞開始,發展非常迅速。三國時「道」首次出現量詞用法,用於稱量「起通道作用的事物」,整個魏晉南北朝階段,「道」的其他量詞用法也分別出現,包括稱量「經由通道的文書」、稱量「長條狀動態物」,及動量詞稱量「動作次數」。唐代,「道」進一步發展,又出現了「與文書相關的文字材料」、「靜態長條物」、「印痕」及某些「抽象事物」等用法,宋元時期再次泛化,用於稱量「起攔截作用的事物」,至此,「道」在現代漢語中的各種用法就已全部產生,這在所有形狀量詞中算是發展較為迅速的一個了。明清時期「道」只是在前代基礎上稱量對象的不斷發展和泛化,在用法上沒有產生新的變化,現代漢語是對明清時期的大規模泛化進行了分流和規範,因而在稱量對象上有所縮小,但用法始終保持了唐代的格局。

　　「道」由名詞虛化為量詞,並進一步發展演變的過程可以用下圖表示:

量詞「道」的演變過程

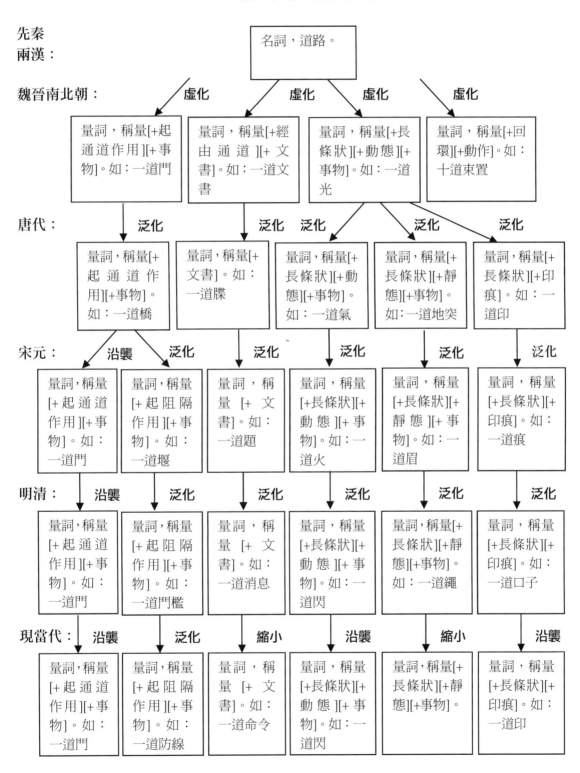

6 · 其他「線狀」量詞的產生及其發展演變

現代漢語形狀量詞中，用於稱量「長條狀」事物的量詞相對來說比較多，較為常用的主要有上面「條」、「根」、「支」、「枝」、「道」等，此外還有一些稱量範圍較窄的「長條類」量詞，如「管」、「杆」、「股」、「絲」、「線」等，這些量詞在現代漢語中用於稱量「長條狀」事物頻率不高，所稱量的「長條狀」事物也很有限，我們把這幾個量詞放在一起來討論。

6-1 量詞「管」的產生及其發展演變

《說文解字》：「管，如篪，六孔，十二月之音，物開地牙，故謂之管。從竹官聲。」

管，本義為一種竹管樂器。劉世儒[1]認為「管」在魏晉南北朝時雖然已經有作量詞的用法，但用例並不多見，僅舉一例為：

> 但將取……筆十管，墨五挺，安我墓裡。（《搜神記》卷二）

同時，他也指出這句例子是出自《搜神記》之類的書，因此，這個量詞「在南北朝是否已經產生，實在還成問題。」

關於《搜神記》的版本，張錫厚[2]認為，敦煌本是五代時期至遲也是北宋初年的手抄寫本，比較接近干寶原作。在敦煌文書的《搜神記》版本，確實也有相似的例子：

> 汝等但買細好紙三百張，筆五管，墨十挺，埋我之時著於我前頭，我自申
> 論。

儘管接近，畢竟也是敦煌寫本，我們也不能確認南北朝時期確實存在。而且，魏晉南北朝時的《魏書》中也有類似的句子，但「筆」的量詞用的是「枚」：

> 我棺中可著百張紙，筆兩枚，吾欲訟顯於地下。《魏書・列傳第三》

由以上原因，我們覺得，「管」在魏晉南北朝時期是否成為量詞尚不確定。

「管」明確作為量詞使用是在唐代，全都用來稱量「筆」：

(1)當辦紙百張筆兩【管】墨一挺以隨吾屍。　　　　　　　　《法苑珠林（一百卷）》

(2)御筆一【管】，當戰勝，量其功伐，即署其名授之，不足者，筆書其身，因命以位。
　　　　　　　　　　　　　　　　　　　　　　《舊唐書・卷一百三十四・列傳八十四》

(3)汝等但買〔細好〕紙三百張，筆五【管】，墨十挺，埋我之時著於我前頭，我自申
　　論。　　　　　　　　　　　　　　　　　《敦煌變文集新書・卷四至八》

(4)江南有僧名蜑光，紫毫一【管】能顛狂。　　　　　　　（吳融《光上人草書歌》）

(5)書功筆禿三千【管】，領節門排十六雙。　　　　　　　（杜牧《寄唐州李玭尚書》）

當時的「筆」是毛筆，筆桿用中空的竹子做成，這種[+中空][+竹製]與「管」的本義「竹管樂器」有相同之處，「管」作量詞正是由形狀加質料虛化而來。

宋元明清時期，「管」的用法變化不大，雖然偶有新的稱量對象出現，也不過只出現

---

[1] 劉世儒，《魏晉南北朝量詞研究》，中華書局，1965 年。

[2] 張錫厚，《敦煌寫本〈搜神記〉考辨》，《文學評論叢刊》1982 年第 16 期。

一兩次而已，使用頻率極低。這段時期，「管」可以稱量的事物最常用的就是「筆」，此外還有「竹」、「笛」、「簫」、「鎖」等等：

(6)岩下作大石槽，以五【管】大竹續處，以麻繩，漆塗之，隨地高下，直入城中。

《蘇軾集‧卷七十七》

(7)鐵銚子一柄，破笛一【管】，一禿黍穰帚而已。 《太平廣記‧卷第三百七十一》

(8)頭籠重，腳籠重，兩【管】鼻涕拖一桶。

（無名氏《蘇子瞻醉寫赤壁賦‧第三折》）

(9)原來是一【管】紫玉簫在地上滑著。 （明‧湯顯祖《紫簫記‧第九出》）

(10)喝將過去，帶一【管】鎖，走出門去，拽上那門，把鎖鎖了。

《清平山堂話本‧簡帖和尚》

(11)那一邊揮寶劍，架一【管】鋼叉，頓長精神。 《警世通言‧第四十卷》

(12)銀釵數【管】，賽過大戟長槍。 （好古主人《趙太祖三下南第一回》）

(13)蘭芬同寶雲要了一【管】尺，將對過一量，三尺二寸。《鏡花緣‧第七十九回》

(14)說著把手在衣袋裡頭一摸，竟摸出一【管】小小的手槍來。《九尾龜‧第七十回》

(15)當下同秀卸了大衫，就躺在碧桃身上，吹了一【管】煙。《花月痕‧第十二回》

「竹」、「笛」、「簫」都是「中空」、「竹製」的，符合「管」稱量對象的特徵。「鼻涕」是從兩個「中空」的「鼻孔」裡流出來的，是運用「比喻」的方式泛化而來，且只出現一例，屬於偶發用法。用「管」稱量「鎖」、「鋼叉」、「銀釵」、「尺」、「手槍」「煙」等事物，主要是從這些事物的「長條」形狀特徵出發，「中空」和「竹製」的語義已經消失了。

現代漢語「管」的稱量對象縮小，只用於少量「長條」狀事物，包括「筆」、「笛子」、「簫」、「煙袋」、「口紅」等，出現頻率更加減少。

「管」自唐代虛化為量詞後，稱量範圍一直局限於「筆」、「笛」、「簫」等少數幾個名詞，沒有發生太大的變化，而且用例也非常有限，偶有幾個新名詞，也沒有保留下來，到現代漢語範圍越來越小。

「管」的量詞用法一直沒有泛化，究其原因，大概是與「管」的實義性有關。當然這種實義性與「根」、「枝」的實義性不同，「根」、「枝」主要是其本義一直占有主要地位，本義的實義性太強，妨礙了作為量詞的進一步發展。「管」的本義在後來慢慢弱化，但名詞義「管子」、動詞義「管理」成為常用義，作為名詞或動詞都可以單用（名詞加一兒），實義性強，而量詞是虛化的用法，「實」與「虛」互相矛盾，作為量詞的用法就會受到影響，很難進一步泛化開來。

另外，從「管」的發展過程來看，量詞的產生和發展一般是按照「先出現先發展」的原則。「管」沒有發生泛化，是因為沒有必要、也沒有空間讓它產生這種演變。同為「長條狀」量詞，「條」和「枝」在兩漢時期就已經出現，「條」在唐代時已非常虛化，可以用於各種長條狀事物。「根」和「支」也在魏晉南北朝時期就已經產生，且發展迅速。而「管」是後起的量詞，按現有的文獻記載來看，最早是在唐代才出現的，用於稱量「筆」，這是由於「管」的本義「竹管樂器」和「毛筆」都具有[+中空][+竹制]的語義特徵，是取「形狀」和「質料」二者的相同之處。「條」和「管」在虛化為量詞之初是有明確分工的。後

來「管」的稱量對象擴展到「笛」、「簫」並一直保留下來，也是由於它們具有同樣的「形狀」和「質料」，甚至「笛」、「簫」同屬「竹管樂器」，與「管」的本義具有相同的屬性範疇。「管」的用法僅止於此，由於在它之前已經有了其他更為常見的「長條狀」量詞，按照語言的經濟原則，它不太可能再泛化出稱量一般條狀物的用法。即使是稱量「鋼叉」、「銀釵」等「長條狀」事物，也都屬於偶發用法，不可能固定下來。從「管」的歷史發展趨勢來看，現代漢語「管」作量詞的用法已經非常之少，「管」的常見稱量對象「筆」、「笛」、「簫」、「口紅」等，也可以用另一長條狀量詞「支」來量，「管」的發展呈逐漸衰退的趨勢。

6-2 量詞「杆」的產生及其發展演變

《說文解字》：「杆，檀木也。」也有說是「柘木」的，《爾雅》：「杆，柘也。」後引申為「細長的木頭或形狀類似細長木頭的東西」。《集韻》：「杆，僵木也。」量詞「杆」就是由這一意義虛化而來。

「杆」作量詞時間較晚，現有的語料顯示，在元曲中出現了「杆」的量詞用法，但都是以「賓白」的形式出現的。「有些研究者認為，流傳至今的元雜劇，曲文是元代作家所寫，而賓白是由演員們在演出時多次改動，到明代才逐漸寫定的，所以賓白不能作為元代的語言資料。」[1]

這樣看來，「杆」明確作為量詞出現是在明代，多用於稱量「槍」：

(16)某使一【杆】方天畫杆戟，萬夫不當之勇。

　　　　　　　　　　　　（元・無名氏《狄青複奪衣襖車・第二折》）

(17)憑吾義勇扶劉主，一【杆】青龍立漢朝。

　　　　　　　　　　　　（元・無名氏《劉玄德醉走黃鶴樓・第四折》）

(18)上面兩【杆】槍交叉挑著個燈籠。　　　　　《金瓶梅・第八十八回》

(19)手執黑纓槍一【杆】，足踏烏皮靴一雙。　　　《西遊記・第十七回》

(20)軍中一將，驟馬當先，兩手搦兩【杆】鋼槍。　《水滸傳・第七十八回》

(21)懸一囊毒藥弓矢，拿一【杆】點鋼大叉。　　　《西遊記・第十三回》

(22)急回頭看處，原來是個小妖兒，搧著一【杆】「令」字旗。《西遊記・第七十四回》

以上「杆」用於稱量「槍」、「戟」、「青龍刀」、「鋼叉」、「旗」等，這些事物本身都有一個細長的「杆狀」物，從整體上來看，是呈「長條狀」特徵的。

清代至現當代，「杆」的稱量對象變化不大，保留了原有的「槍」和「旗」，同時出現了新的名詞「筆」、「煙袋鍋」等：

(23)她在抽屜裡翻了翻，找出一【杆】當時很稀罕的按鍵式雙色圓珠筆遞給我。

　　　　　　　　　　　　　　　　　　　　　　（王朔《動物兇猛》）

(24)男人們大都一人一【杆】旱煙鍋，抽得院子上空雲繞霧繚。

　　　　　　　　　　　　　　　　　　　　　（路遙《平凡的世界・卷一》）

---

[1] 蔣紹愚，《近代漢語研究概況》，北京大學出版社，1994 年。

「杆」用於稱量的事物雖然也是「長條狀」的，但它主要強調事物本身要有一個「長條」的「硬質杆狀」物，這是與其他「長條狀」量詞有所區別的地方。

6-3 量詞「股」的產生及其發展演變

《說文解字》：「股，髀也。」本義為「大腿」，因是「四肢」的一部分，因而引申為「事物的一部分」，包括「事物的分支」、「繩線等的組成部分」等。

魏晉南北朝時「股」出現下面的用法：

(25)冬則兩幅之薄被，上有牽綿與敝絮，撤以三【股】之絲綖，袷以四升之粗布。

（喬道元文，《全宋文·卷五十七》）

劉世儒[1]認為，這裡的「股」是「小量詞」的用法，和一般用法不同，因為這是說由「三股絲」合成的「一條」「絲綖」，不是說「三條絲綖」。

其實這裡的「股」是否為量詞還很難確定，因為「股」本身就有名詞義「繩線等的組成部分」，並且在這裡沒有出現「股」用於稱量的名詞。

唐代，「股」的用法與魏晉時基本相同，與數詞結合仍用於表示「事物的分支」義，沒有出現典型的量詞用法，如：

(26)左手執三【股】金剛杵。　　　　　（唐《不空羂索神變真言經（三十卷）》）
(27)五【股】金剛印。　　　　　（唐《大毘盧遮那成佛神變加持經（七卷）》）
(28)東門內畫三【股】叉守護。　　　　　（唐《大威力烏樞瑟摩明王經（三卷）》）
(29)二羅剎鬼持三【股】戟。　　　　　（唐《金剛頂瑜伽護摩儀軌（一卷）》）
(30)佛言持三【股】杖，以繩繫杖。（唐《根本說一切有部毘奈耶雜事（四十卷）》）
(31)複三【股】合索。　　　　　（唐《蘇悉地羯囉經（三卷）》）
(32)明鏡半邊釵一【股】，此生何處不相逢。　　　　　（杜牧《送人》）
(33)一帶不結心，兩【股】方安髻。　　　　　（李商隱《雜歌謠辭·李夫人歌》）

佛經中出現的「杵」、「叉」、「戟」、「仗」等，上面都有「分支」，一個分支為一股，「五股杵」即為「上面有五個分支的杵」，其他同理。「五股印」是指「形狀像五股杵的印」。「釵一股」與「鏡半邊」相對，指的是「有兩個分支的釵當中的一個分支」，「兩股髻」也是指「由兩股頭髮挽成的髮髻」。

宋元時期，「股」仍主要表示「分支」義，如：

(34)衡岳出仙人條。無根，多生石上。狀如帶，三【股】，色綠。

《太平廣記·卷第四百零八》

(35)更撥沙堤第二口減泄大河漲水，因而二【股】分行，以紓下流之患。

《皇宋通鑑長編紀事本末·卷一百一十三》

但同時，「股」也開始用於稱量確定的名詞：

(36)此三種力如三【股】繩合為大索能牽重物至他方也。（宋《樂邦遺稿（二卷）》）

---

[1] 劉世儒，《魏晉南北朝量詞研究》，中華書局，1965 年。

(37)複次以兜羅綿或麻。合三【股】線絣四方曼拏羅。

（宋《佛說妙吉祥最勝根本大教經（三卷）》）

(38)以兩【股】辮為鬟髻，耳綴珠貝、瑟瑟、虎魄。　《新唐書・列傳第一百四十七》

(39)惠山泉自天飛下九龍涎，走地流為一【股】泉，帶風吹作千尋練。

（元・徐再思《雙調・水仙子・惠山泉》）

「股」用於稱量「繩」、「線」，由動詞「合」可知，「股」本身仍有分支義在裡面；稱量「辮」是將頭髮兩分成為「兩股辮」。雖然這些都是由「分支義」發展而來，但這時已用於稱量具體的名詞，成為典型的量詞了。由於「股」稱量的分支事物一般都具有「長條狀」，因此，「股」在後來的發展過程中，衍生出的稱量對象大都具有這種形狀特徵。

明清時期是量詞「股」大發展的階段，「股」的量詞用法有所增加，稱量範圍也開始擴大。

「股」開始成為稱量「長條狀」事物的量詞，如：

(40)當初裹身有羅衫一件，又有金釵一【股】，如今可在？《警世通言・第十一卷》

(41)次日，陳祈寫了一張黃紙，捧了一對燭，一【股】香，竟望東嶽行宮而來。

《二刻拍案驚奇・第十六卷》

(42)笑書生今日也登壇，看一【股】青萍照眼。　（明・單本《蕉帕記・第三十出》）

(43)雪裡一【股】金簪，後面一首五言絕句。　　　　《續紅樓夢・第一回》

「金釵一股」與「羅衫一件」相對應，這裡「股」應當已作為個體量詞來用，用於稱量「釵」，「青萍」即「青萍劍」。「釵」、「香」、「劍」、「簪」等皆為「長條狀」事物，「股」由稱量「分支」事物量詞轉為稱量「長條狀」事物量詞。

稱量「辮子」的用法進一步發展，開始用於稱量其他「毛髮」類事物：

(44)行者急回，已將兩【股】毫毛燒淨。　　　　　　《西遊記・第五十九回》

(45)原來額下刀傷，將我一【股】髭須，替他塞了刀口。

（明・湯顯祖《邯鄲記・第二十二出》）

由宋元時期稱量「泉」發展而來，明清時，「股」還可稱量其他的「水」，如：

(46)原來他水簾洞本是一【股】瀑布飛泉，遮掛洞門，遠看似一條白布簾兒，近看乃是一【股】水脈，故曰水簾洞。　　　　　　　　《西遊記・第五十八回》

(47)但只見一【股】清溪，兩邊夾岸，岸上有千千萬萬的楊柳，更不知清華莊在於何處。　　　　　　　　　　　　　　　　　《西遊記・第七十九回》

(48)會芳園本是從北拐角牆下引來一【股】活水，今亦無煩再引。《紅樓夢・第十六回》

由「水路」發展到「陸路」，「股」在清代時開始用於稱量「道路」，如：

(49)把路爺請過來：「打這上武昌府有幾【股】道路」？　《小五義・第四十八回》

(50)咱們上寧夏府是兩股道，一股大路，一【股】小路。《彭公案・第二百七十回》

雖然「水路」、「陸路」都是從「河」的「分支義」發展來的，但同時「水路」和「陸

路」也都呈「長條狀」的形狀特徵。

明清時期,「股」變化最大的是開始用於稱量「動態的」或「抽象的」事物,如:

(51)睜眼看時,西北首一【股】亮光射將出來。　　　　《禪真後史・第五十二回》

(52)那木叉按祥雲,收了葫蘆,又只見那骷髏一時解化作九【股】陰風,寂然不見。
　　　　　　　　　　　　　　　　　　　　　　　　　《西遊記・第二十二回》

(53)猛然當中神目看見,西岐一【股】殺氣直沖中軍。　《封神演義・第五十一回》

(54)霎時間,撲天紅焰,紅焰之中冒出一【股】惡煙。　　《西遊記・第七十回》

(55)不料這酒潑在地下,忽然間呼的一聲,冒上一【股】火來。《兒女英雄傳・第五回》

(56)寶玉總未聽見這些話,只聞得一【股】幽香,卻是從黛玉袖中發出,聞之令人醉
　　魂酥骨。　　　　　　　　　　　　　　　　　　　《紅樓夢・第十九回》

(57)忽覺鼻中一【股】酸辣透入囟門,接連打了五六個噴嚏,眼淚鼻涕登時齊流。
　　　　　　　　　　　　　　　　　　　　　　　　　《紅樓夢・第五十二回》

(58)他說我這是從胎裡帶來的一【股】熱毒,幸而先天壯,還不相干。
　　　　　　　　　　　　　　　　　　　　　　　　　《紅樓夢・第七回》

(59)秋痕給癡珠這一問,覺得一【股】悲酸,不知從何處起來。《花月痕・第十八回》

(60)杏靨飛露,櫻口含春,這一【股】迷人光景,險些兒把子和的魂靈兒勾掉。
　　　　　　　　　　　　　　　　　　　　　　　《楊乃武與小白菜・第二十三回》

(61)他這夾棍比那常行的端棍大不相同,端是一【股】悠勁,他這是股猛勁。
　　　　　　　　　　　　　　　　　　　　　　　《續濟公傳・第二百一十五回》

「股」明代最初稱量的是「動態」的「光」、「風」、「氣」、「煙」等,這些事物從視覺上來看,具有「長條狀」的形態,是由稱量「長條狀」事物的用法發展而來。至清代時,沒有任何形態的抽象事物「香」、「熱毒」、「悲酸」、「光景」、「勁」等,也開始用「股」來量,這是由「視覺」到「味覺」、「知覺」等的一種轉喻。「股」的這種用法在明清時期的用例中占絕大多數,成為主流量詞用法。

從「股」的各種量詞用法可以看出,雖然它的不同用法是從不同的支脈發展而來,但各種稱量對象都具有「長條狀」特徵,這是「股」稱量事物的共同特點。

現當代時期,「股」作量詞仍主要用於稱量「動態的」或「抽象的」事物,如「風」、「火」、「煙」、「味」、「氣」、「勁」等,並且越來越抽象:

(62)琴的臉上泛起紅色,但是一【股】喜悅的光輝籠罩著它。　　　　（巴金《秋》）

(63)他不顧得去想自己的危險,一【股】怒火燃燒著他的心。
　　　　　　　　　　　　　　　　　　　　　　　　（老舍《四世同堂・偷生》）

(64)他想好好盤算盤算,可是,一【股】透心涼的寒氣,逼得他沒法集中思想。
　　　　　　　　　　　　　　　　　　　　　　　　（老舍《四世同堂・饑荒》）

(65)他看見一【股】力量把淑英拖著一步一步地走近了深淵。　　（巴金《春》）

(66)她心頭即刻湧上一【股】說不清的滋味。　　（路遙《平凡的世界・卷三》）

(67)讓女人清清楚楚地看見了一【股】孩子氣。　　　　（劉恒《伏羲伏羲》）

　　上面用例中的「光」、「火」、「氣」、「味」等，都不是真實的事物本身，而轉為一種比喻用法，「股」稱量的事物越來越虛化。

　　與此相反，「股」的其他量詞用法保留下來的有「繩」、「線」、「水」、「道」等少數幾個名詞，稱量對象的範圍「縮小」了。

　　量詞「股」在宋元時期成為典型量詞，用於稱量具有「分支義」的事物，同時這種事物也具有「長條」形狀；明清時期，「股」迅速發展，可稱量的事物較多，一部分可用於稱量「長條狀」具體事物，在這基礎上發展開始用於稱量「長條狀」「動態」或「抽象」事物，這是量詞「股」的主流用法；一部分用於稱量「毛髮類」事物；一部分用於稱量「水路」及「陸路」。現當代時期，「股」仍主要用於稱量「長條狀」的「動態」或「抽象」事物，並且越來越虛化，其他量詞用法有所縮小。

6-4 量詞「絲」的產生及其發展演變

　　《說文解字》：「絲，蠶所吐也。」本義為「蠶絲」。

　　西漢時，「絲」開始用作度量衡量詞，如：

　　(68)玉厚六分，白藻三【絲】。　　　　　　　　　　　　　　　《春秋繁露‧卷第七》

　　《漢語大字典》：「一種計算長度、容量和重量的單位。千分之一分為一絲。」「絲」的這種度量衡用法一直延續到現代漢語。

　　唐代時，「絲」開始作為個體量詞使用，由其本義虛化而來，用於稱量「絲線狀」的事物，由於「絲」本身非常纖細，因而「絲」稱量的事物也都帶有「纖細」的含義。如：

　　(69)五【絲】繩系出牆遲，力盡才矉見鄰圍。　　　　　　　　　　（韓偓《秋千》）
　　(70)冷色初澄一帶煙，幽聲遙瀉十【絲】弦。　　　　　　　　　　（薛濤《秋泉》）
　　(71)更被夕陽江岸上，斷腸煙柳一【絲】【絲】。　　　　　　　　（韋莊《江外思鄉》）

　　「繩」、「弦」、「柳」都是「長條狀」事物，用「絲」稱量是取這些事物的「纖細」的「絲線」形狀。

　　上面稱量的還只是「靜態」事物，進一步發展便到「動態」事物了，如：

　　(72)臥病匡床香屢添，夜深猶有一【絲】煙。　　　　（佚名《鳳凰台怪和歌四首》）
　　(73)萬【絲】春雨眠時亂，一片濃萍浴處開。　　　　　（吳融《池上雙鳧二首》）

　　「煙」、「雨」是動態的，在動態中呈現「絲線」形狀，因而也便用「絲」來量。同樣，用「絲」來量也突出強調「煙」「雨」的「纖細」狀。

　　再向前發展，「絲」的稱量對象便由「具體」到「抽象」了，如：

　　(74)豪貴大堆酬曲徹，可憐辛苦一【絲】【絲】。　　　　　　　（秦韜玉《織錦婦》）

　　「辛苦」是一種「知覺」，本沒有任何形狀，這裡用「絲」來量主要是強調其「極少」義，與表示「些少」義的「一點」很像，數詞大多只能為「一」。不過，「絲」在表達「些少」義的同時，也將無形無狀的「辛苦」具象化為一種「絲線狀」的形態，成為了讓人可以感知的東西。

　　宋元明清一直到現當代時期，「絲」的量詞用法基本沿襲了唐代的用法，一方面用於稱量「絲線狀」事物，如：

(75)雅志念湖海，小艇一【絲】竿。　　　　　　　　　　（宋・呂渭老《水調歌頭》）

(76)澤國千【絲】煙雨暗，江城一帶雲山遠。　　　　　　（宋・趙善括《滿江紅》）

(77)天涯倚樓新恨，楊柳幾【絲】碧。　　　　　　　　　（宋・晏幾道《六么令》）

(78)搖曳萬【絲】風。輕染煙濃。鵝黃初褪綠茸茸。　（宋・趙師俠《浪淘沙・柳》）

(79)蛛蛛絲一【絲】【絲】又被風吹去，杜宇聲一聲聲喚不住，鴛鴦對一對對分飛不
　　　趁逐，感起我一弄兒嗟籲。　　　　　　（元・徐琰《南呂・一枝花・間阻》）

(80)拆上幾【絲】雞肉，加上酸筍韭菜，和成一大碗香噴噴餛飩湯來。
　　　　　　　　　　　　　　　　　　　　　　　　　　《金瓶梅・第七十六回》

(81)你看，有極細一【絲】黑線，在那天水交界的地方，那不就是船身嗎？
　　　　　　　　　　　　　　　　　　　　　　　　　　《老殘遊記・第一回》

(82)煙草萋萋，小樓西，兩行疏柳，一【絲】殘照，數點鴉棲。（明・劉基《眼兒媚》）

(83)此黑暗之愁城中，幾不復有一【絲】天日之光矣。　　　《玉梨魂・第十回》

(84)惻惻輕寒早掩門，一【絲】殘淚閣黃昏。　　　　　　　《玉梨魂・第十一回》

(85)金太太扶起筷子，向清燉鴨子的大碗裡，挑了一【絲】鴨肉起來吃。
　　　　　　　　　　　　　　　　　　　　　　　　　　（張恨水《金粉世家》）

(86)一碟子生四川泡菜，上面還鋪著幾【絲】紅椒。　　　（張恨水《金粉世家》）

　　另一方面，用於稱量表示「極少」或「極小」的事物，如：

(87)丹青閒展小屏山。香爐一【絲】寒。　　　　　　　　（宋・方千里《少年游》）

(88)一【絲】好氣沿途創，閣淚汪汪。　（元・劉時中《正宮・端正好・上高監司》）

(89)好似沒有一【絲】氣力的一般。　　　　　　　　　　《九尾龜・第一百四十六回》

(90)卻說那安公子此時已是魂飛魄散，背了過去，昏不知人，只剩得悠悠的一【絲】
　　　氣兒在喉間流連。　　　　　　　　　　　　　　《兒女英雄傳・第六回》

(91)惹得滿屋子的人無不大笑，只有安老爺合張親家太太繃的連一【絲】兒笑容兒也
　　　沒有。　　　　　　　　　　　　　　　　　　　《兒女英雄傳・第四十回》

(92)如今傾盡家產與他，不知他險惡心中，可曾生出一【絲】善念。
　　　　　　　　　　　　　　　　　　　　　　　　　《金瓶梅傳奇・第十八回》

(93)老人沒回答，又把眼睛閉上，臉上浮起一【絲】笑容。（老舍《四世同堂・饑荒》）

(94)清秋新產之後，又沒有一【絲】事情得罪他，要說模樣兒，性格兒，學問，哪樣
　　　又配不上老七呢？　　　　　　　　　　　　　　　（張恨水《金粉世家》）

(95)恰是綠紗窗子裡，透出一【絲】安息香的氣味來。　　（張恨水《金粉世家》）

(96)黑白臉上露出一【絲】藝術家的憂傷。　　　　　　　（路遙《平凡的世界・卷二》）

(97)被陰謀暗暗侵蝕的楊金山竟然沒有一【絲】挑剔。　　（劉恒《伏羲伏羲》）

(98)他按照父親的吩咐洗臉、刷牙、吃飯，然後背著書包去學校交檢查了，沒有一【絲】
　　　抗拒，不滿和有意拖延。　　　　　　　　　　　　（王朔《我是你爸爸》）

「絲」的這兩種用法，隨著時代的發展，呈兩種相反的趨勢。稱量「絲線狀」事物的用法在宋詞元曲這些較為書面用語的文學作品中，還可見一些，至明清以口語為主體的小說中就較為少見了，現當代更是極少出現，呈現出一種漸漸衰退的趨勢。而稱量表示「極少」、「極小」義事物的用法則隨著時代的發展越來越多，到現當代已經成為「絲」的主流量詞用法。「絲」不但可以稱量名詞，甚至可以與一些動詞搭配，如上面的「挑剔」、「抗拒，不滿和有意拖延」，這說明，「絲」的用法更加虛化。不過，「絲」的這種表示「極少」或「極小」的用法，帶有較強的書面語色彩，這大概與「絲」一直以來稱量「絲線狀」事物的語體色彩有關。

6-5 量詞「線」的產生及其發展演變

《說文解字》：「線，縷也。」本義為「用絲、棉、麻或金屬等製成的細長物。」如：絲線、棉線、毛線等。

唐代時，「線」開始用作量詞，用來稱量「細長」的「線狀」事物。如：

(99)中院不為門，內外八【線】道。　　　　　　　《金剛頂降三世大儀軌（一卷）》

(100)三峽一【線】天，三峽萬繩泉。　　　　　　　　　　　（孟郊《峽哀》）

(101)應是一【線】淚，入此春木心。　　　　　　　　　　　（孟郊《杏殤九首》）

(102)一日日，恨重重，淚界蓮腮兩【線】紅。　　　　　　　（韋莊《天仙子》）

「道」是細長狀的，「天」只露出一條縫隙，也是細長的，「淚」流下來，呈一條線的形狀，「線」稱量「道」、「天」、「淚」都是取這些事物的「細長」形狀，是從「線」的本義「細長物」虛化而來的。

唐代還有下面的用法，但不是量詞，如：

才經冬至陽生後，今日工夫一【線】多。（和凝《宮詞百首》）

何人錯憶窮愁日，愁日愁隨一【線】長。（杜甫《至日遣興，奉寄北省舊閣老兩院故人二首》）

「工夫一線」是指「刺繡時用一根線的工夫」，「線」為名詞。「一線長」中「線」也是名詞，形容「愁長如線」。

宋元時期，「線」一部分繼續用於稱量「細長狀」事物，如：

(103)煙中一【線】來時路，極目送、幽人去。　　　　　（宋·黃庭堅《青玉案》）

(104)一【線】碧煙縈藻井。　　　　　　　　　　　　　　（宋·秦觀《蝶戀花》）

(105)雁風吹裂雲痕，小樓一【線】斜陽影。　　　　　　　（宋·丁宥《水龍吟》）

(106)萬家歌舞豐年樂，未費烏龍一【線】雲。　　　　　　　（宋·陸游《喜雨》）

(107)知是使君初睡起，清香一【線】透疏簾。（宋·陸遊《假中閉戶終日偶得絕句》）

(108)一【線】蘇堤，兩點高峰，四面湖山。　　（元·胡存善《上小樓·西湖宴飲》）

這裡「路」、「煙」、「陽」、「雲」、「香」、「堤」用「線」來量，都是取這些事物的「細長」形狀特徵。

由於「線」是非常「纖細」的，因而，量詞「線」也用來稱量具有「極少」義的「抽

象事物」，如：

(109)但一【線】才思，半星心力。　　　　　　　　　（宋·張鎡《蘭陵王》）
(110)讀書是自家讀書，為學是自家為學，不幹別人一【線】事，別人助自家不得。
　　　　　　　　　　　　　　　　　　　　　　　《朱子語類·卷一百一十九》

明清時期，「線」稱量「細長狀」事物的用法，主要側重於具體或抽象的「路」、「光」等，偶有用於「隙」、「鋼絲」等「細長物」的，但出現極少，稱量的範圍較前代有所縮小，如：

(111)階下萬竿修竹，綠蔭森森，僅有一【線】羊腸曲徑。《海上話列傳·第三十八回》
(112)望總兵法外施仁，開此一【線】生路。　　　　　《封神演義·第三十四回》
(113)馬知縣哭告說犯官如今懊悔不盡，都是聽錯了衙役的話，望大老爺留一【線】
　　　生路。　　　　　　　　　　　　　　《聊齋俚曲集·磨難曲·第十四回》
(114)咽喉間有了一【線】之隙，這點氣回復透出，便不致於死。
　　　　　　　　　　　　　　　　　　　　　　　《醒世恒言·第三十六卷》
(115)像一【線】鋼絲拋入天際，不禁暗暗叫絕。　　　《老殘遊記·第二回》
(116)走夠有數百步遠，忽見有一【線】亮光透入。　《二刻拍案驚奇·第二十四卷》
(117)其夜晴明，船艙內一【線】月光，射進朱簾。　　《警世通言·第一卷》
(118)正在危急，只見遠遠的閃出一【線】燈光。　　　《明珠緣·第六回》
(119)始而洞內發一【線】幽光。　　　　　　　　　　《繡雲閣·第二十八回》
(120)至村雞亂唱，一【線】曙光自篷隙透入。　　　　《玉梨魂·第十六回》

用於表示「極少」義的量詞「線」，稱量的大多為「抽象事物」，如「氣」、「希望」、「光明」、「恩」、「感悟」等：

(121)仙家若有一【線】陰氣未盡，逢此罡氣，即行羽化。
　　　　　　　　　　　　　　　　　　　　　　　《綠野仙蹤·第九十三回》
(122)如今卻尚有一【線】希望，你且安定一回，我們得細細商議一個辦法才好。
　　　　　　　　　　　　　　　　　　　　　《楊乃武與小白菜·第三十六回》
(123)這般一想，在黑暗之中，又生了一【線】光明。《楊乃武與小白菜·第四十二回》
(124)現已自知犯法，但求大人開一【線】之恩，俯念敕賜的寺院。
　　　　　　　　　　　　　　　　　　　　　　　《狄公案·第四十五回》
(125)是時七竅之心，若有一【線】感悟。　　　　　《繡雲閣·第四十四回》

到現代漢語中，稱量「細長狀」事物的用法只用於書面語中，多用來稱量「光」，稱量「路」和其他「細長狀」事物的用法消失了；而表示「極少」義的用法也有所縮小，稱量「氣」、「恩」用法已不見，「線」大多用於稱量「光明」、「希望」、「生機」等，可與「線」搭配的名詞越來越少，而且也是主要用於書面用語當中，口語中很少使用。

「管」、「杆」、「股」、「絲」和「線」五個量詞在用於稱量「長條狀」事物用法上面都非常受限，大多呈漸漸衰退的趨勢，其最主要原因是這些詞大多數一直到現在還可單獨使用，有時做名詞或動詞，有時做量詞，虛化為量詞的程度不高，還沒有完成從名詞向量詞的完全質變。

第四章　現代漢語「面狀」量詞的源流演變

1・量詞「張」的產生及其發展演變

1-1 已有研究成果概述

　　「張」作量詞在先秦時期就已經出現了，是漢語中產生時間較早的幾個個體量詞之一。關於「張」的來源及其演變，學者先賢們已有一些較為細緻的論述。

　　王力[1]認為「張」可以用來說明平面的東西，如「幄幕九張」、「罽十張」。但是，因為「張」本義是「張弓」，所以弓弩也以「張」為單位詞。「琴」稱「張」是因為「琴弦」和「弓弦」有相同之點。而「紙」稱張是後起的現象，以唐詩「千載功名紙半張」為例，並且認為紙稱「張」也是由於它的功用是在它的平面。事實上，紙稱「張」在南北朝時期就出現了，不是後起現象。而且，這裡只是舉例似地指出了幾種用「張」作量詞的情況，沒有闡述量詞「張」語義出現的先後順序及邏輯關係。

　　劉世儒[2]認為「張」稱量弓弩是由「張」的本義發展來的，並進而類推到琴，這一點與王力一致。同時，他還進一步指明了「張」的語義發展脈絡，我們根據他的表述做出了下面的圖示：

　　動詞：施弓弦（本義）　→　量詞：有弦可張（弓、琴）→　無弦可張（包括兩種）

　┌可撐張開（幕、幬、傘等）　→　詞義縮小

　└可鋪張開（罽、氈、紙等）　→　詞義擴大

　　劉世儒認為「張」就是這樣一步一步發展而來的，如果是這樣，「張」作量詞最先稱量的應為「弓弩」，可就目前的語料來看，先秦並未發現「張」量「弓弩」的用例，最早發現的量詞「張」稱量的是「幄幕」：

　　　　子產以幄幕九【張】行。《左傳・昭公十三年》

　　「這樣看來是先用於『幕』，然後才發展到『弓』的。但若就『張』的詞義看，這樣發展似不可能。但『張』量『弓』更早的例子現在既然還看不到，這裡就只好存疑了。」

　　劉世儒對「張」的產生演變過程論述細緻縝密，語料詳實。後來學者談到這一問題時，都直接採用他的論述，沒有再進一步發展。他在探討量詞虛化的過程時，以本義為出發點沒錯，但他完全局限於詞的本義，沒有充分考慮到量詞虛化的其他理據。另外，由於其主要集中於魏晉南北朝這一歷史時期的量詞研究，從歷時層面的考察著力不多，這樣就難免會產生上面的疑問。如果能聯繫前後各個時期「張」的使用情況，就不會產生「存疑」的問題了。

---

[1] 王力，《漢語史稿》，中華書局，1980 年。
[2] 劉世儒，《魏晉南北朝量詞研究》，中華書局，1965 年。

1-2 量詞「張」的產生及其時代

《說文解字》:「張,施弓弦也。從弓,長聲。」

「張」的本義為「把弦繃在弓上」,也就是「拉弓弦,開弓」。

先秦時期,語料中出現的「弓」很多是用其本義的:

(1)天之道其猶【張】弓乎?高者抑之,下者舉之。　　　《道德經・第七十七章》
(2)既【張】我弓,既挾我矢。　　　《詩經・小雅・吉日》

但是「張」很快產生了引申義,不僅僅表示「張弓」,而是泛指一切「張開」:

(3)笙竽具而不和,琴瑟【張】而不均。　　　《荀子・禮論第十九》

此為「張」琴瑟。

(4)用貧求富,用饑求飽,虛腹【張】口,來歸我食。　　　《荀子・議兵第十五》

此為「張」口。

(5)【張】傘以向之,則已矣。　　　《睡虎地秦墓竹簡》

此為「張」傘。

(6)譬之如【張】羅者,張於無鳥之所,則終日無所得矣。　　　《戰國策・東周》

此為「張」羅網。

(7)王曰:「合謀也,【張】幕矣。」曰:「虔卜於先君也,徹幕矣。」
　　　《左傳・成公十六年》

此為「張」幕。

(8)故曰:「將欲翕之,必固【張】之;將欲弱之,必固強之。」　　　《韓非子・喻老》

此為「張開」。

「張」可以用來表示一切用以「張開」的事物,先秦時期的「張」主要是指「拉張開」或「撐張開」,如「弓」、「琴瑟」、「口」、「傘」、「幕」等等,至於「張開」之後是否形成一個平面不是要表達的語義重點。

由於「張」已經引申為「張開」義,「張」由動詞虛化為量詞的第一步用以稱量可以「張開」的事物完全合情合理,「幕」是可以「張開」的,而且「張幕」這一說法也已經出現,所以先秦時出現了:

(9)子產以幄幕九【張】行。　　　《左傳・昭公十三年》

幄,也作「楃」。《說文解字》:「楃,木帳也。」《釋名・釋床帳》:「幄,屋也。以帛衣板,施之形如屋也。」幕,《說文解字》:「帷在上曰幕。」

這是我們見到的「張」作量詞的最早用例。

劉世儒對量詞「張」最早稱量的不是「弓」而是「幕」表示疑問,認為這不符合語義

演變的途徑。但是，就目前所能掌握的先秦材料來看，確實沒有出現量「弓」的量詞「張」。我們認為，這主要是以下兩方面原因造成的。

第一，「張」從動詞虛化為量詞時的語義來源影響了量詞「張」稱量對象的範圍。

王力和劉世儒都認為，「張」的本義是「張弓」，「張」虛化為量詞時理所應當地首先稱量「弓」，這是從「張」的本義出發得出的結論。實際上，「張」的本義很早就開始泛化，引申到泛指所有的「張開」動作，不限於「張弓」。正是在其引申義的基礎上，「張」虛化為量詞，當然也可以廣泛稱量其他可以「張開」的事物。最早擔當「張」稱量對象的不一定非「弓」不可，這就可以解釋為什麼我們看到的最早的用例是「幄幕」。如果是別的可以「張開」的事物，如「弓」、「琴」、「傘」等等，也是可以理解的。

第二，「張」由動詞虛化為量詞時選擇的特徵屬性是「張開」義。

王力認為，「張」量「幄幕」是用於說明平面的東西。如果單從現代漢語共時層面來看，「張」的確多用於表示二維平面的事物，但如果從「張」的語義發展脈絡來看，表示「二維平面」不是「張」最初的語義側重點。已有的語料顯示，「張」最初出現的稱量對象，基本上都曾經或者一直有做動詞「張」賓語的用法，用公式來表示就是：

張（動詞）＋O（可張開事物）→O（可張開事物）＋Num.（數）＋張（量詞）

如前面已經出現的：「王曰：『合謀也，【張】幕矣。』」與「子產以幄幕九【張】行。」兩漢至魏晉南北朝時期還出現了：

(10)後日，未央宮置酒，內者令為傅太后【張】幄坐於太皇太后坐旁。

《漢書・王莽傳》

(11)其城門上【張】大幃幕，事事嚴飾。　　（東晉《佛國記》）

(12)古則【張】幕，今也房省。　　《南齊書・志第一禮上》

(13)百子帳十八具，黃布幕六【張】。　　《魏書・列傳第九十一》

其他可「張開」的事物，後來也都出現了用「張」作量詞的用法，包括「一張弓」、「一張琴」、「一張瑟」、「一張傘」、「一張口」、「一張網」等等。由此我們可以推斷，「張」從動詞虛化為量詞，選擇的特徵屬性不是「平面」語義，而是「張開」這一動作義。至於「張開」的結果是否成為一個平面並不重要，只要是具有這一動作義，就可以作為量詞「張」的稱量對象。「弓」和「幄幕」都可以「張開」，哪一個都可以作為「張」稱量的事物先出現，它們都是「張」這一動作轉為量詞時稱量的對象，而不是劉世儒所認為的用「張」量「幄幕」是由量「弓」發展來的。

需要說明的是，量詞「張」稱量的事物有做動詞「張」賓語的用法，是指「張」表示「張開」義而言的。如果不是「張開」義，則不適用於上面的公式。如下面的用例：

是故【張】軍而不能戰。《管子・七法》

我【張】吾三軍，而被吾甲兵。《左傳・季梁諫追楚師》

未煩一兵，未【張】一士。《戰國策・卷三》

　　　　將軍瞋目【張】膽。《史記・卷八十九》

　　這些「張」為「增強、擴大」義，所以「張」的賓語不會成為量詞「張」的稱量對象。

　　「張」的這種虛化方式與「條」虛化為量詞的方式有相似之處，二者雖然是分別從動詞、名詞兩種不同詞性虛化成的量詞，但虛化時的語義特徵都沒有完全從本義出發。「條」本義「小枝」，虛化為稱量「條狀物」的量詞時，最早稱量的事物不是與其本義息息相關的「樹木」類名詞，而是「細長狀」事物，「條」虛化為量詞時選擇的特徵屬性不是質料屬性「樹木」，而是形狀屬性「細長」。這說明，漢語量詞產生的理據多種多樣，不一定完全與詞的本義有關，也可能採用其他較為典型的特徵作為虛化為量詞的理據。

　　綜上所述，「幄幕九張」中的量詞「張」，並不是從「一張弓」的「張」發展而來的，二者是同時從「張」的引申義「張開」並行向下發展而來的，先出現「一張弓」或先出現「一張幄幕」都是正常的。至此，劉世儒的這個存疑就可以得到很好的解釋了。

　　當然，這只是在已有史料的基礎上對「張」的語義發展做出的推斷，我們也不能完全否定劉世儒論證的「張」的語義發展軌跡。這是因為：

　　第一，雖然在先秦時期沒有出現「張」量「弓」的語料，但這有可能只是目前發現的史料不夠完全，我們不能斷然地說肯定沒有，隨著先秦文獻的不斷發現，不排除有一天發現這種用例的可能。

　　第二，「張」最早稱量的「幄幕」只有一例，而且兩漢時期量詞「張」量的都是「弓弩」，沒有發現量「幄幕」的用法，直到魏晉南北朝時期才又出現，是什麼原因使這種用法出現了斷層？目前還無法解釋。

　　第三，「張」量「弓」一直是量詞「張」用法的主流，直到現代漢語中也還保留著這種用法，而「張」量「幄幕」的用例不多，很可能只是偶爾出現的用法，是「張」用法的一個支流。

　　以上是我們對這一問題的推論。就目前已發現的史料來說，我們還是認為量詞「張」產生方式是：

　　　　　　　　【引申】　　　　　【虛化】

　　本義：（動詞）把弓張開 → 引申義：張開 → 量詞，稱量[+可張開][+事物]。

1-3 量詞「張」的發展演變

1-3-1 兩漢時期：

　　兩漢時期，量詞「張」稱量的事物僅限於「弓」「弩」。

　　(14)承五月餘官弩二【張】，箭八十八枚，釜一口，碻二合。　　　《居延漢簡 128.1》
　　(15)承六年十二月餘官弩二【張】，箭八十八枚，釜一口。　　　　《居延漢簡 128.1》
　　(16)赤弩一【張】，力四石，木關。　　　　　　　　　　　　　　《居延漢簡 128.1》
　　(17)賜以冠帶衣裳、黃金璽戾綬、玉具劍、佩刀、弓一【張】、矢四發。《漢書・匈奴傳》
　　(18)即選精兵騎弩四十【張】。　　　　　　　　　　　　《漢紀・前漢孝成皇帝紀》

在我們所查找的兩漢時期的語料中，量詞「張」共出現 22 次，有 20 例集中出現於《居延漢簡》「永元兵物簿」（128.1）部分，屬於「出入關」時向上級報告的文書。

「西北地方出土的文書大多是下級向上級呈報的簿冊，由其完整或比較完整的簡冊可知，這類文書大體包括標題、正文、呈報三部分。」[1]

《居延漢簡》其他部分出現的「弩」則無一例使用量詞「張」，如：

六石具弩一完。《居延漢簡 56.11》

這有可能是與其正式的文書體例有關。

「張」做量詞在其他漢代語料中只出現兩次，一次量「弓」，一次量「弩」，語例見上。此外還有兩例出現在《敦煌漢簡》中，如：

(19)□五張□　　　　　　　　　　　　　　　　　　　　　《敦煌漢簡》

因缺損較多，只剩下「五張」字樣，不好確定是否為量詞，不計在內。

「張」在兩漢時期稱量的事物僅限於「弓」、「弩」，排除《居延漢簡》集中出現的「文書」部分，使用情況並不普遍，這說明這一時期「張」作為量詞使用仍不是普遍現象。

1-3-2 魏晉南北朝時期（包括隋）

魏晉南北朝時期是量詞「張」飛速發展的階段，這一方面表現為量詞「張」使用次數的增加，另一方面表現為「張」所量事物範圍的擴大。

這一時期，「張」除用以稱量「弓」、「弩」和「幕」之外，還出現了新的稱量對象，如：

(20)潛不解音聲，而畜素琴一【張】，無弦。　　　　　《宋書‧列傳第五十三》
(21)女郎乘四望車，錦步障數十【張】，婢子八人夾車前。　　（南朝‧宋《幽明錄》）
(22)奉教，垂賚紫騮馬，並銀釘乘具，紫油傘一【張】。（庾信《謝趙王賚馬並傘啟》）
(23)今貺烏紗蚊幬一【張】。　　　　　　　　　　　　　　（楊堅《與智顗書》）

「琴」、「步障」（古代的一種用來遮擋風塵、視線的螢幕）、「傘」和「蚊幬」均為「可張開」之物，前兩者為「可拉張開」，後兩者為「可撐張開」，這一組用例再次證明，「張」最初所量的事物，語義側重點在於「可張開」，而非「平面」。

(24)取一【張】氎。　　　　　　　　　　　　　　　　　　《撰集百緣經》
(25)又特賜汝紺地句文錦三匹、細班華罽五【張】、白絹五十匹。

　　　　　　　　　　　　　　　　　　　　　　　　　　《三國志‧卷三十》
(26)我棺中可著百【張】紙，筆兩枚，吾欲訟顯於地下。　《魏書‧列傳第三》

「氎」為「細毛布、細棉布」，「罽」為「細密毛織物」，從質地上來說，這些均為布料，但它們與「紙」有一個共同的特點，就是「可張開」，這種「張開」與上面的「拉張開」、「撐張開」不同，屬於「可鋪張開」之義。同理，「皮」「鋪張開」後做成鼓，也可用「張」量：

---

[1] 李天虹，《漢簡「致籍」考辨——讀張家山漢簡《津關令》劄記》，《文史》2004 年第 2 期。

(27)神兵四臨，天綱宏掩，衡翼千里，金鼓萬【張】。　　　《宋書・列傳第十二》

這一時期「張」量「紙」還僅限於「紙」本身，並沒有類及以「紙」為依附的文字內容。劉世儒認為這時已出現這種用法，舉例如：

> 今運數既出，汝宣吾新科，清整道教，應除去三【張】偽法，租米錢稅，
> 及男女合氣之術。《魏書・釋老志》

並說「因為『偽法』是寫在『紙』上的，所以也可以這麼量」。[1]但這裡的「三張」是指「張陵、張衡、張魯」三人，「張」不是量詞。

下面一組的意義又有所不同。

(28)輒簡選其差可者，奉獻金鈴大戟五十【張】。　　　（晉・陶侃《全晉文》）
(29)戟二枝，槊五【張】。　　　《洛陽伽藍記・卷五》
(30)超石初行，別齎大錘並千余【張】稍。　　　《宋書・列傳第八》
(31)今致朱漆鉇三十【張】。　　　（晉・庾翼《全晉文》）

劉世儒認為，「張」量「戟」是因為戟上分出的小枝，取的是張開義。而量「槊」等則是因為同屬武器，連類而及。這種說法未免有些牽強。量「戟」完全沒有「張開」這一動作，只是「戟」這種武器有分枝而已，其實「槊」的頂部也是有很多分枝的，但他並沒有把「槊」也歸入「張開」義。

從西漢到魏晉南北朝，「張」的稱量對象主要是「弓弩」，從類別屬性來說，「弓弩」屬於武器，「張」便進一步類化擴大到稱量其他武器。「稍」和「鉇」都是「槊」的異體字，義為「長矛」，同「戟」一樣，都是當時常用的武器。這是「張」從性能上分化出來的一個分支體系，與「張開」的動作義無關。

從另一個角度來看，張開「弓弩」時，「弦」起到了重要作用，「弦」是一種繩狀物，其性狀特徵也影響到了「張」的稱量對象，所以這一時期「張」還出現了下面這種用法：

> (32)牢治其船，令有七重，候風以至，推著海中，以七【張】大索，繫於岸邊。
>
> 《賢愚經》

「弦」是繩狀物，「索」為「大繩子」，以「張」量「索」應該也屬於類化用法。這種用法在唐代也出現了少數幾例，但在唐以後就消失了。究其原因，應該是「動作特徵」產生出來的量詞「張」讓位於「形狀特徵」產生出來的量詞「條」了。「條」從一開始就是由其「形狀特徵」虛化成量詞的，用於稱量具有「條狀特徵」的名詞，唐代時，「條」已開始用於稱量「索」。而「張」是從「動作特徵」虛化為量詞的，不是以量「條狀物」為其重點。「張」、「條」在稱量「索」這一事物上的分流，說明人們在使用量詞時，主要還是選用事物最主要的形態特點。

---

[1] 劉世儒，《魏晉南北朝量詞研究》，中華書局，1965 年。

魏晉南北朝時期，量詞「張」語義進一步泛化，稱量範圍擴大，其發展脈絡為：

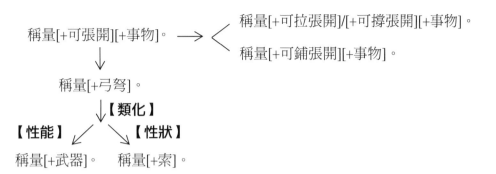

這一時期，「張」無論是「拉張開」、「撐張開」還是「鋪張開」，表示「張開」的動作義還是比較明顯的，尚未發現用於稱量「作用在於平面的事物」。劉世儒先生曾舉「璧」為例來證明魏晉時期已有這種用法：

> 男子張伯除堂下草，土中得玉璧七枚，伯懷其一，以六枚白意。……孔子
> 寢堂床首有懸甕，……發之，中得素書，文曰：……璧有七張，伯藏其一，
> 意即召問，伯果服焉。(《水經注》卷25)

經複查，「璧有七張，伯藏其一」斷句有誤，應為：「璧有七，張伯藏其一」。「張伯」為人名，不是量詞。

1-3-3 唐代：

唐代量詞「張」在表示「撐張開」或「拉張開」這一用法上，基本上都是用於稱量「拉張開」的事物，量「撐張開」的比較少見了。這是由於唐代產生了新的稱量「撐張開」事物的量詞「頂」，取代了原有的「張」，如「一頂賬子」。

表示「鋪張開」之義的用法在稱量對象上有所擴大，稱量可「鋪張開」的「皮」、「錦羅」、「被」等等，在「張」量「紙」的基礎上衍生出來，以「紙」為依附的「文字內容」也開始用「張」量了：

(33)仍彈一滴水，更讀兩【張】經。　　　　　　　　　　（唐求《和舒上人山居即事》）

這種用法從唐代開始出現，至後代出現了大量同類性質的名詞，極具能產性。

這一時期還出現了以「張」量「床」和「綾機」的用例：

(34)且喜閉門無俗物，四肢安穩一【張】床。　　　　　　　　（盧仝《客淮南病》）
(35)貲財巨萬，家有綾機五百【張】。　　　　　　　　　　（唐《朝野僉載·卷三》）

這是量詞「張」的語義發展過程中，從「動作」義轉向「平面」義的重要標誌。與「紙」、「皮」、「被」等事物不同，「床」、「機」本身並不需要「鋪張開」這一動作，而是已經「鋪張開」之後形成的「平面」，是「鋪張開」的結果。以「張」量「床」和「機」表示量詞「張」進一步虛化，開始稱量「非動作義」的「平面」。

(36)鍬一【張】，馬鉤一。　　　　《敦煌契約文書》

(37)鏵一孔，鐮兩【張】。　　　　《敦煌契約文書》

(38)匙廿【張】。　　　　《吐魯番出土文書》

這三例以「張」量「鍬」、「鐮」和「匙」，是「張」稱量武器後進一步類化的結果。「戟」、「槊」等與「鍬」、「鐮」、「匙」，在形狀或質地上都有一定的相似之處，所不同的只是前者屬於武器，後者屬於一般器具。具體說來，「鍬」、「鐮」屬於農用器具，「匙」屬於餐用器具。從具體到抽象，從個別到一般，「類化」起到了重要作用，這也是漢語常見的語義發展方式。

唐代量詞「張」的語義發展脈絡：

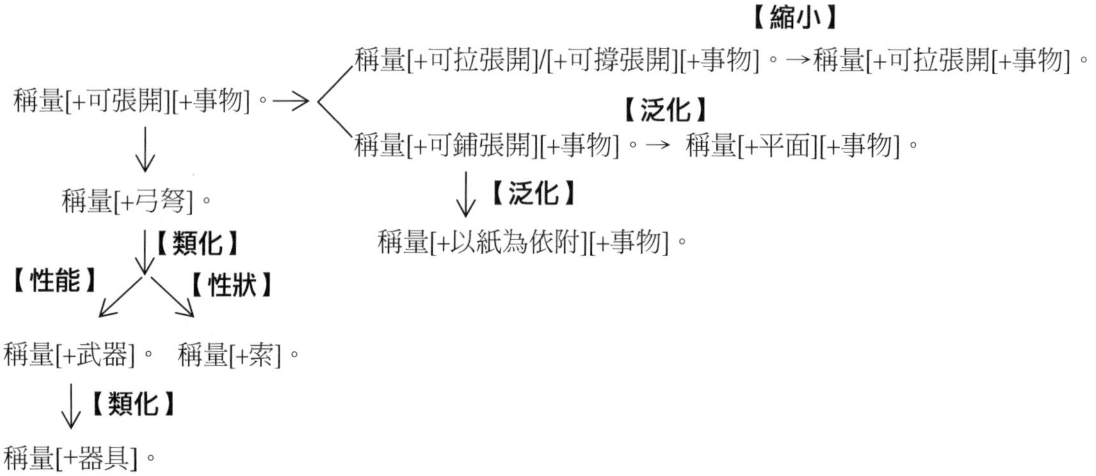

1-3-4 宋元：

宋元時期「張」的用法變化不大。宋代，表「拉張開」之義的量詞「張」增加了新的稱量對象「口」：

(39)我有一【張】口。　　　　《古尊宿語錄・卷第二十》

(40)贏得一【張】口。　　　　《古尊宿語錄・卷第二十》

「張」量「口」也是取「張開」這一動作義，這是從「拉張開」層面泛化出來的新用法。

元代量詞「張」的用法延襲前代，只是由「弓弩」類化而來，用以稱量一般武器的量詞「張」在元代開始消失，經檢索，這一時期的「槊」、「戟」類武器已改由量詞「枝」稱量。而由武器類化而來的一般器具這一分支，卻出現了新的稱量對象「鍁」、「鋤」和「犁」，與前代出現的「鍬」、「鐮」一樣，「鍁」、「鋤」和「犁」都是農用器具，根據類推的思維方式，也可以用「張」稱量。

1-3-5 明清：

明代表示「拉張開」之義的量詞「張」還可用於稱量「嘴」和「網」，這都是需要「張開」使用的。

表示「鋪張開」之義的量詞「張」稱量對象有所變化，一方面，稱量「紙」及「紙質」的文書字畫類的大量增加，另一方面，稱量「布帛類」的如「布」、「錦」、「被」等等都消失了。其他還有用於量「皮」、「膏藥」、「席子」的。「張」在唐代就已經用於稱量動物的毛皮，到明代時，不僅用於稱量一般的動物毛皮，還可以稱量較為特殊的人皮，再到具體部位的臉皮，進一步虛化後，便有了以「張」量「臉」、「面孔」的用法，這種用法在明代開始出現，一直保留至今。

(41)張青便引武松到人肉作坊裡；看時，見壁上繃著幾【張】人皮。

《水滸傳·第二十六回》

(42)這玉姝也動了興，兩隻眼睛一【張】臉皮都火紅了。（明《龍陽逸史·第十一回》）

(43)早被二娘一閃，倒往外邊跑了出來，一【張】臉紅漲了大怒。

（明《歡喜冤家·第一回》）

(44)一【張】面孔，生得筍尖樣嫩，真個是一指捏得破的。（明《龍陽逸史·第十九回》）

明代用於表示「平面」類的事物大幅增加，新出現了「桌」、「椅」、「凳」、「杌」、「幾」、「坐器」、「座位」等「平面」類對象，不僅如此，還由此以類推及，擴大到其他非平面類事物也可以用「張」量，如「櫃」、「抽屜」、「衣架」等等，這些都不是平面類對象，但也都用「張」來量，主要是因為表示平面義時，「張」量的對象大多是「傢俱擺設」類的，由類而及，便擴大到其他的傢俱擺設上了。

「張」表示「平面」義這一分支發展到這裡，又出現了新的引申用法：

(45)只見那上面有四【張】素桌面，都是吃一看十的筵席；前面有一【張】葷桌面，也是吃一看十的珍饈。　　　　《西遊記·第六十九回》

(46)西門慶那日也教吳月娘辦了一【張】桌席，與他山頭祭奠。

《金瓶梅詞話·第十四回》

上面兩例中的「桌面」、「桌席」表示的是「桌子上擺設的酒菜」，也就是「酒席」、「筵席」的意思，「張」在這裡不是量具有「平面義」的「桌子」本身，而是量這個「平面」上擺設的東西，「張」的用法再一次泛化。

清代量詞「張」的用法與明代基本相同，只是使用範圍上略有縮小，稱量一般器具這一分支，餐用器具「匙」消失了。

明清時期「張」的語義脈絡為：

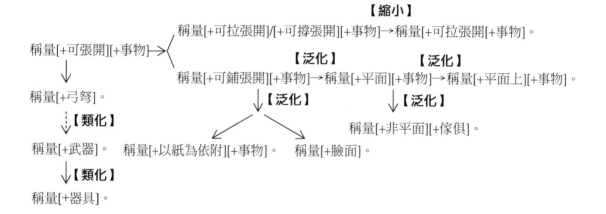

1-3-6 現當代

　　現當代時期，量詞「張」的用法與前代基本一致，只是在稱量範圍上又進一步縮小了。「可拉張開」的「琴」在現代已不用「張」量；「非平面類傢俱擺設」中的「櫃」等也更換為其他量詞，稱量「平面上的事物」這一分支消失了，「平面上的事物」的量詞變成了臨時量詞「桌」；「一般器具」只剩下了「犁」這一個可以稱量的事物。總體來說，現代漢語量詞「張」的變化不是很大，這說明「張」在明代時已經基本定型了。

1-4 量詞「張」的演變特點

　　通過對「張」由動詞虛化為量詞並進一步發展演變過程的考察，我們可以發現有以下幾個特點：

　　第一，量詞「張」最初表示的是「張開」這一動作義，這也是「張」虛化為量詞的語義來源，發展至唐代時，「張」開始稱量具有平面義特徵的事物，從唐宋以後，「張」的發展軌跡發生了變化，其「平面義」越來越明顯，「動作義」越來越微弱，以至於原來由「動作」或「武器」衍生出來的稱量對象，大多數改由其他量詞稱量了。例如「武器」類名詞，從元代開始，除「弓弩」外，已經沒有用「張」稱量的了。「工具」類名詞，餐用器具「匙」從唐代產生以後，沒有進一步類化，宋元明三代還有少數幾例用來量「匙」，到清代就完全消失了。稱量農用器具的用法，一直延續至明清兩代，但到了現代漢語也只剩下了「一張犁」的用法。相反，表示「平面義」的名詞在唐宋以後迅速發展壯大，逐漸成了量詞「張」稱量對象的主流。這也是現代漢語中將「張」列入「二維平面」量詞的原因。不過這只是量詞「張」發展演變的結果，並不是其最初的語義。

　　第二，量詞「張」在歷代發展過程中，有幾個時期發展較為明顯，分別是：魏晉南北朝、唐代和明代。魏晉南北朝時期，「張」新產生了稱量「鋪張開」之義的事物，從那時起，「張」從「拉張開」和「鋪張開」兩條線發展，而「鋪張開」這一條線最後成為了量詞「張」的主線。唐代，「張」開始稱量「平面」類事物，這是量詞「張」從動作義到平面義的一個轉折，唐宋以後，「張」便開始轉為主要稱量平面類事物了。明代，「面龐類」

成了「張」的稱量對象,現代漢語量詞「張」的用法在明代全部產生。從「張」本身來看,魏晉南北朝是它的發展期,唐代是它的完善期,明代則是它的定型期。

第三,從量詞「張」的發展脈絡來看,漢語量詞不是嚴格按照「範疇」來對名詞進行邏輯歸類,更側重於按照名詞本身的「形狀」、「動狀」、「性能」等外在屬性來劃分。以「張」量「鋪張開」之義的事物時,其稱量對象有「布帛類」、「紙質類」、「皮質類」等,這些從屬於不同「範疇」的名詞,因為有了一個共同的「動狀」-「鋪張開」,就都成了「張」的稱量對象。而「張」同時還可以稱量「武器類」、「工具類」事物,這只是由於它們與「弓弩」在「性能」上的類似。從量詞的語義發展脈絡中,再一次證明了漢民族具有強勢的具象思維方式。

「張」由動詞虛化為量詞,並進一步發展演變的過程可以用下圖表示:

量詞「張」的演變過程

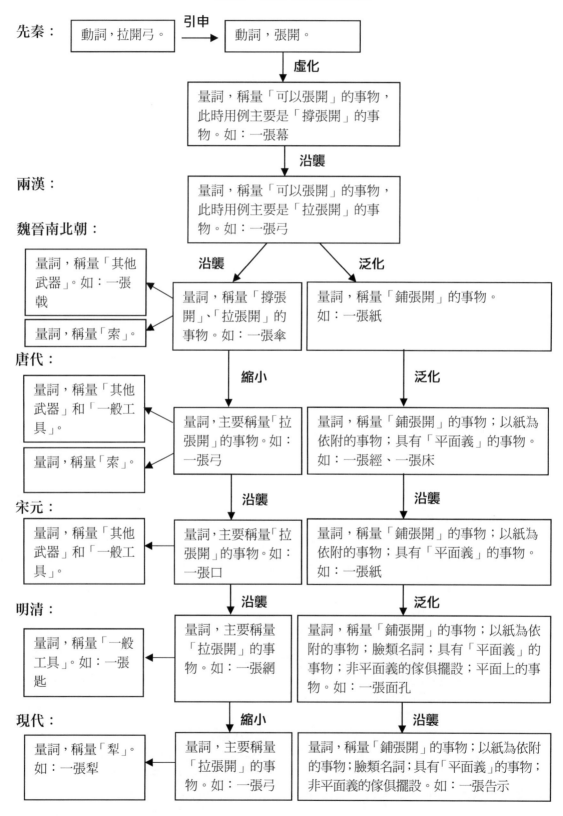

2・量詞「片」的產生及其發展演變

2-1 已有研究成果概述

　　「片」是一個較為複雜的量詞，在現代漢語中，它有多重量詞身份，用以稱量的事物眾多，範圍較廣。以往曾有多位學者從不同角度討論過「片」的來源及發展演變，主要的研究成果包括：

　　王力[1]曾以唐代岑參的詩「對酒雲數片，捲簾花萬重」為例，說明「片」在唐代就已經作量詞使用。

　　劉世儒[2]對「片」的考察較為詳細和充分，認為「片」本義是「木片兒」，引申用以稱量一切分成片兒的東西，然後可以用以稱量「小而薄」的事物，可以用於稱量「平面片形」的事物，還可以稱量連綴成片的東西，最虛化的用法是用作表示「些少」的量詞。綜合這些用法，劉世儒在《魏晉南北朝量詞研究》中得出的結論是：

> 「片」的發展是向著兩個相反的方向移動的：一個是由「薄而小」出發，
> 這就發展成泛表「些少」的用法，但這種用法後來被「點」字代替了，沒
> 有得到繼承；另一個是由「連綴成片」出發，這就發展成泛表「多夥」的
> 用法，這種用法後來特別得到發展，例如現代語不但「一片雨」可說，連
> 「一片人」也可以說了。

　　量詞的專書斷代研究中也有一些曾經探討過「片」的源流演變問題，如《敦煌吐魯番文書中之量詞研究》、[3]《蘇軾作品量詞研究》，[4]這些作品大多以劉世儒的研究成果為依據，對所研究時代的量詞加以分類。

　　杜豔[5]認為「片」首先作為個體量詞使用，促動了部分量詞的產生，它是個體量詞和部分量詞的綜合體。從認知角度出發，「片」的用法涉及「視覺、聽覺和心理」三個認知域，這三個認知域的排序是依據人類由表及裡，由具體到抽象的普遍認知規律，並構擬了「片」的語義擴展脈絡：從「片」的名詞本義出發，虛化為量詞後，逐漸由具體到抽象地稱量視覺域範圍內的事物，這是視覺域發展的脈絡；然後以視覺域為原點，再發散向外分化出聽覺域和心理域。作者認為「片」的語義擴展方式是集輻射和連鎖的綜合型。但同時作者也承認：「這一構擬是共時平面上從認知的角度分析出來的，是否完全符合該詞語義演變的順序，還需要歷時的研究來加以驗證。」

　　專書斷代研究可以考察一個時代的量詞發展狀況，但由於受到時代或語料的限制，往往無法追其本源，劉世儒的研究應該說是非常見功力的，但也沒有脫離這種局限，沒有弄清楚「片」的本義及其演變軌跡，他指出「片」是向著兩個相反的方向移動的，但是怎樣移動的，為什麼會這樣移動，這些都沒有闡釋清楚。而單純站在現代漢語共時層面上的研

---

[1] 王力，《漢語史稿》，中華書局，1980 年。

[2] 劉世儒，《魏晉南北朝量詞研究》，中華書局，1965 年。

[3] 洪藝芳，《敦煌吐魯番文書中之量詞研究》，文津出版社，2005 年。

[4] 陳穎，《蘇軾作品量詞研究》，巴蜀書社，2003 年。

[5] 杜豔，《現代漢語平面類量詞的認知研究》，南開大學碩士論文，2006 年。

究，因為沒有史料為基礎，也很難正確地理順量詞的發展脈絡。

2-2 量詞「片」的產生及其時代

《說文解字》「片，判木也，從半木。」對這句話的理解有些分歧。段玉裁《說文解字注》：「謂一分為二之木片」，按這種解釋，「片」本義應為名詞，即「分成兩半的木片」。劉世儒也認為「片」的本義是「木片兒」。現代研究者也多持這種看法。但我們從上古漢語語料中檢索到的用例卻不支持這一觀點，上古漢語「片」沒有做名詞「木片兒」的用法，常見的是作動詞和形容詞，如：

(1)大公調曰：「陰陽相照相蓋相治，四時相代相生相殺，欲惡去就於是橋起，雌雄【片】
　合於是庸有。」　　　　　　　　　　　　　　　　　《莊子‧雜篇‧則陽》
(2)子曰：「【片】言可以折獄者，其由也與？」　　　　　《論語‧顏淵篇第十二》

前一例「片」做動詞，義為「分開」，後一例「片」可看作形容詞，義為「單方的」、「偏面的」。

《漢語大字典》「片」字條引用了許慎《說文解字》的原文，沒有說明意義。字條下面列出了 12 個義項，沒有「木片兒」這一義項，第一義項為「剖開、分開」，也是動詞。

這種理解上的歧義，關鍵在於「判木」是什麼結構，是「定中結構」為名詞，是「動賓結構」為動詞，我們又檢索了「判木」一詞，出現了下面的句子：

其中多玄魚，其狀如龜而鳥首虺尾，其名曰旋龜，其音如判木，佩之不聾，
可以為底。《山海經‧南山經第一》

「其音如判木」，這句應理解為「它（這種動物）的叫聲就像劈木頭的聲音」，依此我們判斷「判木」為動賓結構，「從半木」是表示這一動作的結果，那麼「片」的本義應為動詞，義為「將樹木劈成兩半」。

「片」的這種動詞義一直保留到現代漢語裡，《現漢》「片」就有動詞義項，義為「切削成薄的形狀」，這也是「片」動詞本義在今天的存留。

由這一本義向下引申發展，「片」有了「分開」的意思，如例(1)，「分開」的結果是把整體分成了部分，可能是兩部分，也可能是多個部分，那麼「分開的部分」就用「片」來稱量了，由此「片」從動詞虛化為了量詞。與整體相比，分開的部分形體比整體「小」、「薄」，具有一個分開時留下的「平面」，這些都是「部分」事物具有的附加性語義特徵。所以「片」做量詞用以稱量「從整體上分離出來的事物」，這種事物具有[+小][+薄][+平面][+部分]的語義特徵，當然這幾個語義特徵不一定同時具備，有時只是側重其中的一種或幾種。

東漢時出現了「片」做量詞的用法：

(3)令軍士人持三升糒，一【片】冰，令各散去。　　　　　　　　　　《前漢紀》
(4)田家老母，到市買數【片】餌，暑熱行疲，頓息石人下小瞑，遺一【片】餌去，
　忽不自覺。　　　　　　　　　　　　　　　　　　　　　　　《風俗通義》

例(3)是李陵兵敗時遣散軍士的描述。《漢書‧李陵傳》寫作：

「令軍士人持二升糒，一【半】冰，令各散去。」

> 如淳曰「半讀曰片，或曰五升曰半。」師古曰「半讀曰判。判、大片也。時冬寒有冰。持之以備渴。」黈曰「倉卒之際，人各持冰一片以備渴。若曰人須五升。此甚無理。顏以半為判。謂判為大片。亦太繳繞。半字從片音讀為是。」（李冶《敬齋古今黈卷五》）

李冶的說法是有道理的。這裡的「一片冰」是指從大的「冰塊」上分離下來的「一小部分」，用「片」稱量，強調其「部分」義，「片」為部分量詞。

例(4)「餌」義為「粉餅」、「糕餅」，是用「米粉」做成的一種食品。從「片」的語義來源看，最初的「片」應該與「分開成部分」有關，是用來稱量「從整體上分離出來的部分」，所以這裡的「餌」應該也是取其「部分」義，當然也不排除取其[+小][+薄]這兩方面的語義特徵。

這裡的兩個用例，「片」所量的分別是「吃的」和「喝的」，並不是與「木」相關的事物，可見，「片」最開始稱量的是「分開成部分的事物」，與動詞引申義「分開」有關，是從這一引申義虛化作量詞的，由「片」這種分離動作還同時產生了[+小][+薄][+平面]的附加義。

「片」的產生時間不晚於東漢，其產生方式為：

【引申】
本義：動詞，判木。→ 動詞，分開。

【虛化】
→ 量詞，稱量[+小][+薄][+平面][+部分][+事物]。

2-3 量詞「片」的發展演變

2-3-1 魏晉南北朝時期（包括隋）

「片」於東漢虛化成為量詞後，發展迅速，魏晉南北朝時期已經可以稱量為數眾多的事物，包括食物、木材、石材等等。「片」用來稱量從這些事物整體上「分開的部分」，如：

(5)老病家貧，不能得肉，日買豬肝一【片】，屠者或不肯與，安邑令聞，敕吏常給焉。

《後漢書‧卷五十三》

(6)碎石【片】片，皆能照人，而質方一丈，則重一兩。 《拾遺記》

(7)生資皆平均，惟堂前一株紫荊樹，共議欲破三【片】。明日，就截之，其樹即枯死、狀如火然。 《續齊諧記》

例(5)「豬肝一片」是將「豬肝」分開後其中的一小部分，從「屠者或不肯與」來看，這片「豬肝」應當是指非常「小而薄」的了。例(6)「碎石片片」的形狀「方一丈」，而「重一兩」，由此可以推斷，這裡的「片」應該也是很「薄」的。但也不儘然，例(7)中的「破三片」、「就截之」顯示，「截斷」的東西也可用「片」稱量，這裡凸顯的就只是「部分」

義了。

下面的用例則不同，它不是側重於「部分」與「整體」的關係，而是側重於「小而薄」的語義特徵：

(8)慈門數【片】葉，道樹一林花。　　　　　　　（何處士《春日從將軍游山寺》）

例(5)至(7)中，「片」稱量的是從整體上「分離」下來的「部分」，或者是從更大的事物上分離下來的較小事物，「整體」與「部分」在圖形或質料上具有相似形態，即具有「自相似性」，[1]「片」是部分量詞；而例(8)中「片」稱量的「葉」雖然也是樹的一個部分，但與「樹」這個「整體」本身沒有「自相似性」，它不是從「整體」上分離下來的較小「部分」，而已經成為了一個獨立的個體，所以，用「片」稱量「葉」主要不是取其「部分」義，而是側重於[+小][+薄]的語義特徵，稱量單獨的個體，「片」屬於個體量詞。

這一時期，「雲」也可用「片」來量，如：

(9)瑞雲一【片】，仙童兩人。　　　　　　　　　　　　　　《六朝文絜》

「雲」雖然本身是各種形狀的，但從人的視覺角度來看，看到的還是「平面」的雲形。所以用「片」量「雲」取的是[+平面]義。

再如：

(10)此蓋指論金陵地肺。一【片】地能如此耳。　　　《真誥卷・稽神樞第一》
(11)光如一【片】水，影照兩邊人。　　　　　　　　（北周・庾信《詠境》）

這兩句用例，「片」用來稱量「地」、「水」。就人所感受的「地面」、「水面」而言，二者都是一個「平面」。同「雲」一樣，用「片」來稱量「地」和「水」也是取其「平面」的意義。所不同的是，由於「地」和「水」都是沒有確定邊界的、面積較大的地域，不是離散性的個體，因而從認知的角度，我們把它們看成是一個「整體」，所以「片」量「地」和「水」可以認為是取其[+平面][+整體]義。

魏晉南北朝時，「片」還衍生出了下面的用法：

(12)澗底百重花，山根一【片】雨。　　　　　　　（北周・庾信《遊山詩》）
(13)何勞一【片】雨，喚作陽台神。　　　　　　　（北周・庾信《詠畫屏風詩》）

這裡「片」稱量的是具有同質或同類性的連綴成片的事物，同質或同類的事物組合在一起構成一個整體，用「片」來稱量，這是就這「片」事物的「整體」性而言的。

具有「整體」義的事物，有時是面積較大的地域或空間，有時是同質或同類性的連綴而成的事物，二者都不是單獨的個體，用「片」稱量這類具有「整體」義的事物，「片」屬於集合量詞。

下面的用法則更加虛化：

---

[1] 儲澤祥、魏紅，《漢語量詞「片」及其自相似性表現》，《語言科學》2005 年第 2 期。

(14)吾兄弟自幼及老，衣服飲食未曾一【片】不同，至於兒女官婚榮利之事，未嘗不
　　先以推弟。　　　　　　　　　　　　　　　　　　　　　　《魏書·列傳第五十四》

　　劉世儒認為，這裡的「片」是用作表示「些少」的量詞，我們贊同這一看法，「片」
本身就有「很少」的意思，如：

(15)其餘雖親至者，在事秉勢，與洪無惜者，終不以【片】言半字少累之也。
　　　　　　　　　　　　　　　　　　　　　　　　　　　　　《抱樸子外篇自敘》

　　這是從「片」的本義「分開」衍生而來的，分開的「部分」自然比「整體」「小」、「少」。
魏晉南北朝時，表示「些少」的「點」還沒有滋生，所以「片」就暫時表示這一意義了。[1]
　　綜觀上述用法可以看出，魏晉南北朝時期，「片」是一個具有多重量詞身份的綜合量詞。
　　側重於[+部分]義，「片」用於稱量「從整體上分離出來的部分」，該「部分」與「整
體」具有自相似性，這個「片」是部分量詞，這是這一時期「片」做量詞的主要用法，量
詞前面的數詞不限。
　　側重於[+小][+薄]義，「片」用於稱量「小而薄」的事物，該類事物並不是「整體」中
有自相似性的一部分，而是單獨的個體，這個「片」是個體量詞，量詞前面的數詞不限。
　　側重於[+平面]義，「片」用於稱量[+平面]事物，有些平面事物本身並不是離散的個體，
而是沒有確定邊界的「地域」或「水域」，是由連續不斷的「地」或「水」延展而成的，
形成一個整體，這樣「片」便可以稱量[+平面][+整體]事物，在這基礎上又進一步泛化，
使「平面」義脫落，產生了只表示「整體」義的量詞。這個「片」是集合量詞，量詞前的
數詞大多為「一」。
　　側重於[+小]義，「片」衍生為表示「些少」的量詞，這個「片」是不定量詞，量詞前
的數詞僅限於「一」。
　　魏晉南北朝時期量詞「片」的語義發展脈絡為：

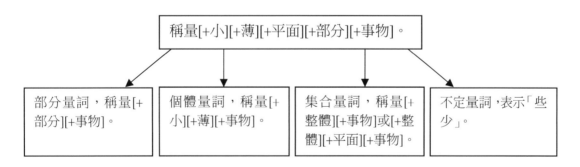

　　可見，魏晉南北朝時，「片」成為了一個集「部分量詞」「個體量詞」「集合量詞」和
「不定量詞」於一身的綜合量詞，後面我們將按照「片」的這幾種量詞用法分別闡述。

---

[1] 劉世儒，《魏晉南北朝量詞研究》，中華書局，1965年。

2-3-2 唐代：

一、「片」做部分量詞：

唐代時，「片」做部分量詞仍是其主要用法，用於稱量「從整體中分離出的部分」，如：

(16)刀剜骨肉【片】【片】破，劍割肝腸寸寸斷。

《敦煌變文集・大目乾連冥間救母變文》

(17)人有於石傍鑿取一【片】將出。　　　　　《法苑珠林・卷第三十八》

二、「片」做個體量詞：

唐代時，「片」做個體量詞，用於稱量「小而薄」的事物，如：

(18)上無【片】瓦可亭居，自長身來一物無。　　《敦煌變文集・解座文二首》

(19)師曰：「你道親近來，更用動兩【片】皮作什麼？」　　《祖堂集・卷五》

「兩片皮」義為「嘴」，因為常常一起出現，可以作為一個詞來看待。元代開始出現的「兩片嘴」便是由此而來。

三、「片」做集合量詞：

這一時期，表示「整體」義的集合量詞「片」有所發展，可以稱量「地」、「光」等大面積的具體事物，還開始用於稱量抽象事物，如：

(20)望吳邦兮不可到，思帝鄉兮懷恨深，儻值明主得邅達，施展英雄一【片】心。

《敦煌變文集・伍子胥變文》

(21)倏忽絲綸安大國，滂沱雨露灑諸侯；垂衣端拱深宮裡，一【片】慈心蓋九州。

《敦煌變文集・長興四年中興殿應聖節講經文》

這裡的「心」是虛指，義為「心意」、「心腸」、「心志」，漢民族喜歡「一心一意」，不喜歡「三心二意」，為了表示「全部」的心意，所以把「心」當作一個整體來看，於是出現了「一片心」，這是由「片」的「整體」義虛化發展而來的，用以表示「全部」。集合量詞「片」稱量這類抽象事物時，前面的數詞僅限於「一」。

四、「片」做不定量詞：

唐代時表示「些少」的不定量詞「片」不見了，因為這一時期產生了新的不定量詞「點」，取代了「片」的這種用法，如：

好行未曾行一【點】，不依公道望千春。《敦煌變文集・角座文》

魏晉南北朝時，「片」是一個具有四重身份的量詞，而如果一個量詞具有多重用法，就會使本身的語義負擔過重，甚至有時還可能產生歧義，從語言自身的調節與平衡的角度來看也不允許長時間地存在這種現象，解決的辦法便是由另一個詞分擔出去一部分意義和用法。「點」本義為「小的黑點兒」，虛化為量詞時，用以稱量「小而圓」的事物。（見「點」）到唐代時衍生出了新的表示「些少」的用法，起到了分擔「片」不定量詞用法的作用，所以唐代時，「片」的不定量詞身份消失了。

2-3-3 宋元：

宋元也是「片」的大發展時期，稱量的種類越來越多，範圍越來越大。

一、「片」做部分量詞：

1、用於從整體分離開來的具體事物：

這是與「片」本義最直接相關的用法，也是宋元時「片」稱量的主體，如：

(22)只以一幅紙截作三【片】，作小榜遍貼雲，本廳取幾日點追甚鄉分稅，仰人戶鄉
　　司主人頭知委。　　　　　　　　　　　　　　　　《朱子語類・卷一百零六》

當「紙」表示「整體」時，用量詞「幅」，表示「部分」時，用量詞「片」。

2、用於從整體分離開來的抽象事物：

(23)義是一柄利刀，凡事到面前，便割成兩【片】，所以精之。《朱子語類・卷五十八》

「事」分開後用「片」來量，是取「片」的動作「分開、剖開」義。這一用法只在宋
代出現，後代沒有發現這種例句。

二、「片」做個體量詞：

1、用於平而薄的事物：

(24)卦，分明是將一【片】木畫掛於壁上，所以為卦。　　　《朱子語類・卷七十六》

2、用於小而平的事物：

(25)師曰：「十字街頭一【片】磚。」　　　　　　　　　　　《五燈會元・卷十七》

3、用於小而薄的事物：

(26)西風一陣來，落葉兩三【片】。　　　　　　　　　　（宋・釋可湘《偈頌》）

因為「片」虛化為量詞時附加的語義特徵較多，而在具體運用時可能只是側重於其中
的一種或幾種，側重不同的語義特徵，「片」稱量的事物也就不同，這也是「片」稱量對
象較為複雜的原因。

三、「片」做集合量詞：

1、用於面積較大的地域：

(27)山前一【片】閒田地。　　　　　　　　　　　　　《古尊宿語錄・卷第三十二》

2、用於心意：

(28)及聞夫子之言，乃知只是這一【片】實心所為。　　　《朱子語類・卷二十七》

3、用於語言：

(29)程子答或人之問，說一大【片】，末梢只有這一句是緊要處。

《朱子語類・卷一百一十八》

　　用「片」稱量「語言」是宋代開始的用法,語言本應該是一句一句的,但眾多的「句」構成一整段來表達同一個意義,或具有同一種功效,這時的語言便用「片」來量了,這也是取「片」的整體義。

4、用於色彩(包括光、色):

(30)萬里蟾光都一【片】。　　　　　　　　　　　　　《古尊宿語錄・卷第二十二》
(31)因說「進德居業」「進」字、「居」字曰:「今看文字未熟,所以鶻突,都只見成
　　一【片】黑淬淬地。」　　　　　　　　　　　　　　　　《朱子語類・卷十》

　　用「片」量「光」在唐代就已經產生了,但用「片」量「顏色」卻是宋代開始的新用法,同一種顏色因同質性而連綴在一起,形成一個整體,所以也用「片」來量,取其整體義。

5、用於景象:

(32)一【片】秋光對草堂。　　　　　　　　　　　　　《古尊宿語錄・卷第二十二》

　　「秋光」當指「秋天的光景」,「片」量「景象」始於宋代,在當時主要用於稱量「景色」,是由「片」的整體義發展而來的。

6、用於聲音:

(33)泛畫船,列綺筵,笙簫一【片】,人都在水晶宮殿。

　　　　　　　　　　　　　　　　　　　　　　(元・吳仁卿《上小樓・西湖泛舟》)
(34)稻花香裡說豐年,聽取蛙聲一【片】。(宋・辛棄疾《西江月・夜行黃沙道中》)
(35)姮娥面,天寶年,鬧漁陽鼓聲一【片】。　　(元・張可久《落梅風・天寶補遺》)

　　用「片」稱量「聲音」,強調這聲音不止一種,而是由多種聲音交織在一起產生的,如例(33)就是由兩種樂器「笙」和「簫」混合在一起發出的聲音。當然也可以是同一種聲音,但數量較多,聲音交匯在一起,如例(34)「蛙聲」和(35)「鼓聲」。
　　元代時「片」作集合量詞,新增加了用於「情感」的用法,如:

(36)客風流玉友溫柔,一【片】離情,萬里清秋。　(元・張可久《折桂令・送別》)
(37)百年故侯,千鐘美酒,一【片】閒愁。(元・張可久《普天樂・胡容齋使君席間》)

　　「情感」應該是與「心意」一脈相承的,都屬於人的「心理」,也都是不可分割的整體。
　　當然「片」與數詞「一」相結合組成的「一片」也不都是做量詞,宋代就出現了這樣的用法:

(38)講論一篇書,須是理會得透。把這一篇書與自家羈作一【片】,方是。

　　　　　　　　　　　　　　　　　　　　　　　　　　　　　　《朱子語類・卷十》
(39)曰:「如金石絲竹,匏土革木,雖是有許多,卻打成一【片】。清濁高下,長短大
　　小,更唱迭和,皆相應,渾成一【片】,有自然底和氣。」《朱子語類・卷三十五》

　　「V作一片」、「V成一片」是宋代常用的一種結構,但是這裡的「片」不是量詞,它不稱量任何事物,「一片」組合在一起,做V的補語,表示「結合在一起」的意思。究其

來源，也是從「片」的整體義而來的。因為「片」表示整體，作量詞時前面的數詞多限於用「一」，時間長了，「一片」便緊密結合，形成了一個固定的詞，共同表示一個整體義。這種用法在宋代開始出現，一直延續至今。

宋元時期，集合量詞的抽象用法再次增加以後，現代漢語中量詞「片」的各項用法基本都已經具備了。

2-3-4 明清：

明清時期，「片」基本上是延襲了宋元時期的各項用法，但部分量詞和個體量詞所稱量的名詞卻較元代有所縮小，有一部分在明代以前用「片」來稱量的事物，明清時均已不見，改用其他量詞了，如「石」、「旗」、「帆」等等，與「石」相關的「石板」還可以用「片」來量，但取的卻是「板」的「平面薄狀」義。

集合量詞「片」再次泛化，在原來只用以表示較大面積的「整體」義基礎上，具有同質性連綴而成的較小面積的事物也可以用「片」來量了，如：

(40)晁蓋把燈那人臉時，紫黑闊臉，鬢邊一搭朱砂記，上面生一【片】黑黃毛。

《水滸傳·第十三回》

(41)只見鄧九公未從說話，兩眼一酸，那眼淚早泉湧一般落得滿衣襟都是，連那白須上也沾了一【片】淚痕。 《兒女英雄傳·第十六回》

無論面積大小，只要是「同質或同類性連綴而成的整體」，都可以用「片」來量，這是明清時集合量詞「片」的一個新發展，也是取其「整體」義。

2-3-5 現當代

現當代時期，「片」的用法延襲前代，依然分為三大類：部分量詞、個體量詞和集合量詞。

部分量詞和個體量詞種類不變，但稱量範圍大大縮小，特別是個體量詞，前代可以用「片」來量的，包括「板」、「磚」、「門」、「席」等，現代都已消失，不再用「片」來量，現在用於個體量詞的只有「刀片」、「瓦」、「葉」、「藥」等少數事物了。

相對而言，現代漢語中「片」做集合量詞的用法得到了空前的發展，使用範圍最廣，頻率最高，是「片」的最常見的用法。前代已產生的幾種類型：稱量「地域或空間」（無論大小）、「同質或同類性連綴而成的事物」、「心意」、「情感」、「色彩」、「語言」、「聲音」、「景象」等等，現代漢語全都出現了，而且所搭配的名詞種類也非常之多，例如「聲音」，既可以稱量「有聲」的「聲音」，也可以稱量「無聲」的「沈寂」、「死寂」、「寂靜」、「沈默」等等。此外，現代漢語中還出現了用於稱量「神情」的用法，如：

(42)他頭髮亂蓬蓬的，像沒有睡足覺，目光裡一【片】呆滯。 （劉恒《白渦》）

現代漢語中，「片」的這三種量詞用法，集合量詞占四分之三左右，是「片」的主要用法。

2-4 量詞「片」的演變特點

綜合以上各個時期的情況來看，量詞「片」主要有以下幾方面特徵：

　　第一，「片」是一個集「個體量詞」、「部分量詞」和「集合量詞」於一身的綜合量詞，在魏晉南北朝時期還具有「不定量詞」的屬性。以往提到「片」的量詞屬性時，會產生爭議，劉世儒把「片」分為兩類，一類是「個體量詞」，一類是「集合量詞」；趙元任、[1]朱德熙[2]都不把「片」看作個體量詞；馬慶株[3]把可以用「個」替換的「片」看作個體量詞，不能用「個」替換的「片」看作範圍量詞；俞士汶等[4]把「片」分成兩個，一個是個體量詞，如「三片藥」，一個是成形量詞，如「一片雲」；郭先珍[5]將「片」的用法分為五種，分別為「計量平而薄的東西」，「計量較大範圍的面積、空間」，「計量景象、氣象」，「計量彙集在一起的聲音」，「計量語言、心情、神情」，將這五種重新歸類可以發現，其實也是將「片」分為兩大類，一類是「個體量詞」，一類是「集合量詞」；儲澤祥等[6]根據「片」所稱量的事物類別，將「片」看作是從「個體量詞」到「範圍量詞」的一個連續性的序列。對「片」的量詞屬性的不同理解，反映了「片」的複雜性。通過我們對量詞「片」的語義發展過程的梳理，可以看出，「片」可以用來稱量的事物大體可以歸入三大類。第一類是用於稱量從整體上分離下來的事物，這部分事物與整體具有「自相似性」，如「花瓣」、「麵包」等，這種量詞我們把它歸入「部分量詞」，量詞前的數詞不限；第二類是用於稱量「平面、小、薄狀」的事物，如「葉」、「瓦」、「刀片」等，它們本身是單獨的個體，不是從更大的整體上分離下來的一部分，這種量詞我們把它歸入「個體量詞」，量詞前的數詞不限；第三類是用於表示「整體」義的事物，這類事物內部又可以分成兩種，一種是具體的，如「天空」、「水面」、「雨」、「樹」，前兩者是表示較大面積的地域或空間，後兩者是表示具有同質性的連綴而片的事物，量詞前的數詞大多為「一」；一種是抽象的，如「心意」、「聲音」、「情感」等，這是取「片」的整體義，從具體事物泛化而來的，表示「整體」、「全部」的意思，量詞前的數詞僅限於「一」。這樣，我們就把量詞「片」區分開了。至於「片」做「不定量詞」，表示「些少」義，這只在魏晉南北朝這一歷史時期出現，至唐代產生了「點」，取代了「片」的這一用法，所以「不定量詞」的用法只是短暫一現，我們不把它歸入上面的分類當中。

　　第二，「片」的三種量詞用法的產生及發展演變是不同步的。從這三種量詞的出現順序來看，最早出現的應該是部分量詞，因為部分量詞與「片」的來源義「分開」關係最近，「分開」的部分就由「片」來稱量了，如「一片冰」，這種用法在東漢時期就已經產生了。而後，「分開」的事物不再受整體的制約，成為獨立的個體，「片」便發展為個體量詞，所以，個體量詞與部分量詞的關係非常密切，很多個體量詞也是整體的一部分，只是沒有分離出來，如「葉」。再後來，由於一些平面狀事物本身面積較大，或者是由同質性連綴而成的大面積事物，「片」便開始表示「整體」義，所以集合量詞是最後產生的。三種量詞

[1]　趙元任，《漢語口語語法》，商務印書館，1979 年。
[2]　朱德熙，《語法講義》，商務印書館，1982 年。
[3]　馬慶株，《數詞、量詞的語義成分和數量結構的語法功能》，《中國語文》1990 年第 3 期。
[4]　俞士汶，《現代漢語語法資訊詞典詳解》，清華大學出版社，廣西科學技術出版社，1998 年。
[5]　郭先珍，《現代漢語量詞用法詞典》，語文出版社，2002 年。
[6]　儲澤祥、魏紅，《漢語量詞「片」及其自相似性表現》，《語言科學》2005 年第 2 期。

屬性在魏晉時期都出現了，但後來發展演變的過程不盡相同。宋代以前，部分量詞一直是「片」的使用主體，不斷泛化增加，在宋代還產生了用以稱量「抽象事物」的用法，發展到了極致，從元代以後逐漸縮小，表現為稱量的事物範圍減少了；個體量詞產生之後不斷發展壯大，直到元代還增加了大量新的稱量事物，但到了明清以後，這種量詞的使用範圍也漸漸縮小了；只有集合量詞，從產生起便一直泛化，不斷增加新的類型，從具體到抽象，從視覺到心理到聽覺，一直到現代漢語中還在增加使用類型，成為了現代漢語量詞「片」的使用主體。

第三，「片」的語義從整體來看內涵逐漸縮小，外延逐漸擴大。「片」從動詞虛化為量詞時，具有[+小][+薄][+平面][+部分]的語義特徵。而在以後的發展過程中，「片」的各個語義特徵並非同時存在，有時只取[+部分]義，有時只取[+小][+薄]義，有時只取[+平面][+薄]義，有時只取[+平面]義，因為有些平面面積較大，是非離散性的個體，因而有時取[+平面][+整體]義，再後來，稱量具有同質或同類性的連綴成片的事物，就只剩[+整體]義了。由於「片」的語義內涵不斷縮小，其外延便不斷擴大，「片」可以稱量的事物一直泛化、增加，形成了現在的使用狀況。但就「片」做個體量詞用法來說，則正好相反。其內涵逐漸擴大，外延逐漸縮小。「片」最初的[+小][+薄]是「部分」相對於「整體」來說的，自然而然地具有「小而薄」的附加語義，但發展到後來，「小而薄」不僅僅是相對於「整體」來說的附加特徵，而是要真正具有[+小][+薄]義，所以原有的「石」、「磚」、「木板」等事物都不能再用「片」稱量，這是「片」從明清時期開始的演變，這種演變一直延續到現代漢語。所以現代漢語將「片」作個體量詞劃入「小而薄的平面」形狀量詞，這是「片」語義發展至今的結果，但不是「片」最初的語義內涵。

第四，「片」是一個發展迅速、成熟和穩定較早的量詞。東漢時期「片」才開始從動詞虛化為量詞，而魏晉南北朝這三百多年的時間，「片」已經發展成為集「個體量詞」、「部分量詞」、「集合量詞」和「不定量詞」四種類型於一身的量詞，其中的三種量詞用法一直延續至今，應該說魏晉南北朝時期是量詞「片」的大發展時期。而宋元時增加了「集合量詞」的其他幾種新用法後，「片」在現當代的用法已經基本出現，這是其他量詞所不多見的，所以我們說「片」是一個發展迅速的量詞。明清兩代，「片」的發展開始出現委縮，用以稱量的名詞範圍縮小，到現當代，「片」三種類型的用法開始出現傾斜，作「個體量詞」和「部分量詞」進一步縮小，而作「集合量詞」的「片」快速發展，占了現代漢語量詞用法的四分之三左右，是現當代最主要的用法。

「片」由名詞虛化為量詞，並進一步發展演變的過程可以用下圖表示：

量詞「片」的演變過程

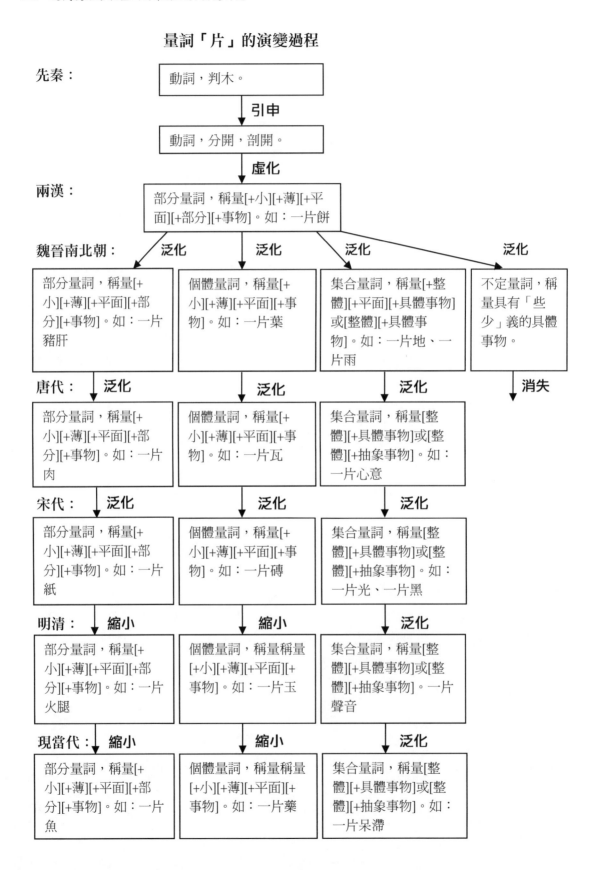

3．量詞「幅」的產生及其發展演變

3-1 已有研究成果概述

以往對量詞「幅」的研究不多,根據我們所查找到的資料,只有少數學者曾經探討過它的來源及演變問題。

劉世儒[1]認為,「幅」的本義是指「布帛」的幅度,作量詞後就用以稱量「布帛」,這透露著「幅」的本義,但也可以用於「紙」,這就只在取其平面作用,「幅」的本義從此就不顯了。

在這裡,劉世儒說明了魏晉時期「幅」就已經作為量詞使用,但並沒有具體說明「幅」虛化為量詞的時代。而且,可能是受語料所限,劉世儒對「幅」的演變過程描寫得太過簡單,事實上,「幅」還有另一重身份:度量量詞,這是劉世儒沒有考察到的。

陳穎[2]也認為,由於布帛的平面和紙張的平面具有相似關係,「幅」從稱量布發展到了稱量紙。由於其本義所指為布帛,所以作量詞時稱量的事物是軟質的,可以卷疊的。

陳穎也只是指明了稱量對象「布帛」和「紙張」的關係,至於「幅」所量事物應為「軟質的、可以卷疊的」並不是「幅」作量詞的重點,這是從「布帛、紙張」等這些名詞歸納出來的,是稱量對象本身的特點,不是量詞「幅」的特點。

杜豔[3]從認知的角度對「幅」的語義進行分析,並構擬出它的語義擴展路徑:

　　　　　隱喻　　　　　接近原則　　　　轉喻
　名詞「幅」→ 量詞「幅」→ 計量布帛 → 計量布幔、旗子等物體

　　　　　　　　轉喻　　　　　　　　　　　　　　　　隱喻
　　　→ 計量書畫作品、地圖、標語等突顯畫面的事物 → 修飾景象

杜豔從認知角度考察量詞的發展演變是值得稱讚的,但其語義構擬完全是從共時層面出發,將現代漢語中「幅」的幾種語義進行排列,沒有從歷時角度來驗證,其構擬的發展路徑違背了「幅」真實的歷史發展過程。

其他學者提到量詞「幅」時,基本上都採用劉世儒的觀點,簡單地介紹一下其所稱量的對象,一筆帶過。

3-2 量詞「幅」的產生及其時代

《說文解字》:「幅,布帛廣也。從巾,畐聲。」

「幅」的本義為「布帛的寬度」。以下用例即為「幅」的本義:

(1)布袤八尺,【幅】廣二尺五寸。　　　　　　　　　　　　《睡虎地秦墓竹簡》

---

[1] 劉世儒,《魏晉南北朝量詞研究》,中華書局,1965 年。
[2] 陳穎,《蘇軾作品量詞研究》,巴蜀書社,2003 年。
[3] 杜豔,《現代漢語平面類量詞的認知研究》,南開大學碩士論文,2006 年。

(2)黃鐘之律修九寸，物以三生，三九二十七，故【幅】廣二尺七寸。

《淮南子・天文訓》

(3)任城國亢父縑一匹【幅】廣二尺二寸長四丈重廿五兩直錢六百。

《敦煌漢簡釋文》

「幅」最初指「布帛」的寬度，因為「布帛」的寬度不同，所以有「幅廣二尺五寸」、「幅廣二尺七寸」、「幅廣二尺二寸」等多種尺寸。為統一這種差別，先秦就曾經專門制定法律，以「二尺二寸」為「幅」的標準量度，其後也一直延用這種標準：

(4)太公為周立九府圜法：黃金方寸而重一斤；錢圜函方，輕重以銖；布、帛廣二尺
　　二寸為【幅】，長四丈為匹。　　　　　《漢書・卷二十四下・食貨志第四下》

(5)販賣繒布【幅】不盈二尺二寸者，沒入之。　　　《張家山247號墓漢簡》

因為有了規定的標準量，以後說到「一幅」，就知道是「二尺二寸的寬度」，所以「幅」轉變為了度量衡量詞。

(6)亭尉各為幟，竿長二丈五，帛長丈五、廣半【幅】者大。

《墨子・卷十五・旗幟第六十九》

這裡「幅」是指用在「旗幟」上的「帛」的寬度，「廣半幅」按當時的度量標準，應為「寬一尺一寸」。這是目前我們發現的最早的「幅」做量詞的用法。先秦時期，「幅」只做「度量量詞」，我們沒有發現「幅」做個體量詞的用例，可見，「幅」首先是從名詞「布帛的寬度」虛化為「度量量詞」，虛化的方式是人們對「幅」進行約定，將其固定為「二尺二寸」這一寬度，這種虛化方式不是「幅」自身發展出來的，而是人為干預的，干預的結果便是「幅」由名詞轉化為度量量詞，這一過程在先秦就已經完成了。只是到目前為止，沒有人把「幅」的這種用法指出來，這是對「幅」作度量量詞的忽略。

按《漢書・食貨志》所記載，「太公為周立九府圜法」，這應該是西周時期發生的事情，時代很早，那麼「幅」是否本義就是「二尺二寸」的度量量詞呢？我們認為不是。從詞義的發展演變順序來看，「量詞本身都是從名詞或動詞演變而成的」。[1]從「幅」本身的意義來看，名詞義「布帛的寬度」顯然比度量量詞義「二尺二寸」意義更實在。所以，「幅」最初的意義應為名詞「布帛的寬度」，然後才由人為約定，轉變為度量量詞「布帛的標準寬度二尺二寸」，這符合詞義發展的一般特點。

「幅」由名詞轉變為量詞（度量量詞）的時代不晚於先秦。從產生原因來看，這是人為約定的，不是詞義本身發展的結果，但從其語義演變結果來看，度量量詞的詞義不如名詞詞義實在，仍可歸為虛化的方式：

【虛化】
　　本義：名詞，布帛的寬度。　→　度量量詞，計量布帛的寬度，二尺二寸。

---

[1]　王力，《漢語史稿》，中華書局，1980年。

3-3 量詞「幅」的發展演變

3-3-1 兩漢時期：

「幅」在兩漢時期仍然是做「度量量詞」：

(7)廣長半【幅】，幡廣□□，長三尺，翼廣長□……。 《孫家寨馬良墓漢簡》

(8)……廣半【幅】，長立尺二寸，翼……。 《孫家寨馬良墓漢簡》

因為「幅」的數量已定，所以只要說「半幅」就知道具體數量，這裡的「幅」主要還是量「幡」等旗幟類物品，用法與先秦相同。

東漢時期也有這樣的用法：

(9)死必連纂組以罩吾目，恐其不蔽，願復重羅繡三【幅】，以為掩明，生不昭我，死勿見我形，吾何可哉？ 《吳越春秋》

這裡的「三幅」可以有兩種解釋，一種是度量量詞，即「幅的三倍」，另一種是個體量詞，指「三塊羅繡」。同樣這件事，東漢時代的《越絕書》是這樣寫的：「聞命矣。以三寸之帛，幎吾兩目，使死者有知，吾慚見伍子胥、公孫聖，以為無知，吾恥生。」 兩相對比，雖然後者「三寸之帛」與前者「三幅」在「尺寸」上有差異，但二者應同為度量量詞，此處的「幅」應當視為度量量詞。兩漢時期，「幅」仍沒有虛化為個體量詞。

3-3-2 魏晉南北朝時期（包括隋）

魏晉南北朝時期，「幅」有了進一步的發展。一方面，「幅」仍作為度量量詞使用，如：

(10)衣皂上絳下，裳前三【幅】，後四【幅】。 《南齊書·志第九·輿服》

(11)驅使寒人不得用四【幅】傘，大存儉約。 《南齊書·本紀第六·明帝》

「四幅傘」是指用「四幅布」做成的「傘」，「幅」為度量量詞。
劉世儒曾舉例：

氣絕剔被，取三幅布以覆屍。（沈麟士文《全梁文》卷四十）

無憐四幅錦，何須辟惡香。（劉緩《寒閨》）

認為這兩句用例是「幅」做個體量詞，但通過複檢我們發現事實並非如此。前一例的原文為：

氣絕剔被，取三幅布以覆屍。及斂，仍移布於屍下，以為斂服。反被左右
兩際以周上，不複製覆被。

通過考察前後文語義，我們認為，這裡用於「覆屍」的應該是「一塊大布」，這樣才能「反被左右兩際以周上」。「三幅布」不是「三塊布」，是指「布」的寬度為「三幅」，是用來做度量量詞的。

後一例的全文為：

> 不堪寒夜久，夜夜守空床。
> 衣裾逐坐襵，釵影近燈長。
> 無憐四幅錦，何須辟惡香。

這裡的「四幅錦」當指「四幅寬的錦被」，不是「四床錦被」，所以「幅」也是度量量詞。當然這裡的「三幅」、「四幅」不一定是確指的數量，也可能只是表示大約「三幅」「四幅」的寬度。

這一時期，「幅」做個體量詞的用法也出現了：

(12)魏國之幡過半矣。……唯有一【幅】，觀其年號，是姚秦時幡。

《洛陽伽藍記・卷五》

此處「幅」明顯為個體量詞，稱量「幡」，「幡」是布帛類事物，與「幅」的本義有關。下面這一用例也應該理解為個體量詞：

(13)武陵武陽縣有石帆山，若數百【幅】幌。　　　　　（晉・盛弘之《荊州記》）

山一般多為連綿起伏狀，「數百幅幌」有形容山峰多之意，所以也應該是個體量詞。

「幅」作個體量詞是怎麼發展來的？是從「幅」的名詞本義直接虛化而來的還是從度量量詞「幅」虛化來的？我們覺得應該是從度量量詞虛化來的。「幅」虛化為度量量詞後，出現了「三幅布」「四幅錦」等用法，這時候「三幅」「四幅」的語義可能已經不僅僅指精確的寬度，還有表示「幅度較寬」的含義。從這個角度發展演變下去，「一幅」也不一定指確切的量度了，轉而指寬度在「一幅」左右的事物，這是「幅」從度量量詞轉向個體量詞的過渡。在魏晉南北朝時期就有這樣的句子：

(14)峰上有泉飛流。如一【幅】絹，分映青林，直注山下。（晉・盛弘之《荊州記》）

這裡的「幅」可以認為是度量量詞，表示泉的寬度，也可以認為是個體量詞，僅表示有一定寬度的個體數量，這可以看作是「幅」由度量量詞向個體量詞過渡的形式。實際上，這句話中的「幅」的度量義已經不明顯了，因為人們關心的不是「泉」的寬度是多少，而是有一定寬度這層含義。正是在這種情況的基礎上，度量量詞「幅」又進一步泛化，成為只表示「有一定寬度」的個體量詞。

這一時期，「幅」還可以用來量「紙」：

(15)忽見有白紙一【幅】，長尺餘，標蠻女頭，乃起扳取。（南朝宋・劉敬叔《異苑》）
(16)其家度忽求黃紙兩【幅】作書。　　　　　　　　　　　《高僧傳・卷第十》
(17)蜜香紙……大秦獻三萬【幅】。帝以萬【幅】賜陣南大將軍當陽侯杜預令寫所撰
　　《春秋釋例》及《經傳集解》以進。　　　　　　　　　　　《南方草木狀》

「幅」是「布帛」的標準寬度，但紙沒有這種度量標準，所以用「幅」量「紙」取的是其個體量詞的意義。例(15)雖然「幅」、「長」都出現了，但其中的「幅」不會是指度量，

因為後面有「長尺余」，如果長度只有「尺餘」，那麼寬度肯定不會是表示「二尺二寸」的「幅」，所以此處的「幅」是個體量詞。例(17)中，前面出現「三萬幅」，後面出現「萬幅」，很明顯指的也是「紙」的個體。

從量「布帛」發展到量「紙」，這是個體量詞「幅」的第一次泛化。自古以來，「布帛」和「紙」的關係非常密切。《說文解字》「紙，絮一苫也。從糸氏聲。」「絮，敝綿也。」「苫，潎絮簀也。」「潎，於水中擊絮也。」《漢語大字典》紙「本指漂洗蠶繭時附著於筐上的絮渣，呈方形。後指以絲為原料的縑帛。」可見，最早的「紙」就是漂洗絲棉時在竹簾上留下的絮狀物，晾乾後形成一張薄片，人們經過加工後用以書寫，這便是早期的「絲絮紙」。後來以絲為原料的縑帛也稱為「紙」。《後漢書・蔡倫傳》記載：

> 自古書契，多編以竹簡；其用縑帛者，謂之為紙。縑貴而簡重，並不便於
> 人。倫乃造意，用樹膚、麻頭及敝布、魚網以為紙。

早期的「紙」也是屬於「布帛」類的，所以才會「從糸」。直到東漢蔡倫革新造紙法，紙的原料才有所改變，成為植物纖維紙。在植物纖維「紙」發明以前，人們以「帛」為「紙」，出現了「帛書」。在「紙」發明以後，人們的書畫作品仍然大多採用「帛」和「紙」這兩種材質，尤其是繪畫，「至宋代及宋以前，中國的繪畫就多以絲絹為載體。」[1]從「布帛」和「紙」的形狀來看，二者都有「長」和「寬」二維特徵。正是因為「布帛」與「紙」有這樣的相關性和相似性，「幅」稱量的對象很快就從「布帛」自然發展到了「紙」，二者都是在魏晉南北朝時期形成的。

魏晉南北朝時期，「幅」既可以做度量量詞，也可以做個體量詞。其語義演變如下：

【虛化】 【泛化】

幅，名詞，布帛的寬度。→度量量詞 → 個體量詞，稱量[+有寬度][+布帛類] [+事物]。

【泛化】

→ 個體量詞，稱量[+紙]。

3-3-3 唐代：

魏晉南北朝時期，「幅」有了雙重量詞身份，其後來的發展便一直沿著這兩種量詞用法分兩條線路進行著。

唐代，度量量詞「幅」仍繼續延用。如：

(18)畫像須好絹用白氎三【幅】高一丈。　　（唐《佛頂尊勝陀羅尼別法（一卷）》）
(19)以半【幅】八丈素反覆書之。　　　　　　《法苑珠林（一百卷）》
(20)可用絹布一【幅】半長六尺許。（唐《根本說一切有部毘奈耶雜事（四十卷）》）

以上三例是比較明顯的度量量詞，分別指出了「幅寬」和「長度」，這裡的「幅」是精確的度量。所稱量的事物是「氎」、「素」、「絹布」等「布帛」。

---

[1] 網址 http://www.sinovision.net/index.php?module=newspaper&act=details&news_id=19118

以下幾例單獨看「幅」很難確定是哪種量詞，但根據前後文或其他史料可以證明，它們也都是度量量詞。

(21)之高以其縱誕，乃為狹被蔬食以激勵之。之橫歎曰：「大丈夫富貴，必作百【幅】
　　被。」　　　　　　　　　　　　　　　　　　　　　《梁書·列傳第二十二》

前一句有「狹被」一詞，後面「百幅被」當指「幅面非常寬的被」，「百」可能只是虛指，極言其大，不一定是指精確的數量。

(22)十三【幅】裙可為常服。　　　　　　　　　　（唐《續高僧傳（三十卷）》）

「常服」是指「通常之服」，那麼「十三幅裙」應該不是「十三條裙」，「幅」當為度量量詞。唐代這種用法很多，如：

六【幅】羅裙窣地，微行曳碧波。（孫光憲《思帝鄉》）

應用四【幅】洗裙。遮身可愛。（唐《南海寄歸內法傳（四卷）》）

渾身錦繡，變成兩【幅】布裙，頭上梳釵，變作一團亂蛇。《敦煌變文集·
破魔變》

這些都是用「幅寬」來指稱不同種類的「裙」。

(23)愛長波兮數數，一【幅】巾兮無縷可濯。　　　（陸龜蒙《迎潮送潮辭·送潮》）

「一幅巾」是指用「一幅布」做成的「巾」。這種巾在魏晉時期就頗為流行，所以衍生了「幅巾」一詞。在唐代李賢注的《後漢書》中，對這一用法做了解釋。

融【幅巾】奮袖，談辭如雲，[二]曆每捧手歎息。

注[二]幅巾者，以一【幅】為之也。李賢注《後漢書》

下面這句用例，也可以證明，「一幅巾」中「幅」為度量量詞：

輕紗一【幅】巾，小簟六尺床。（白居易《竹窗》）

「一幅巾」與「六尺床」對仗，「幅」當指度量衡。

(24)連天一水浸吳東，十【幅】帆飛二月風。　　　（杜荀鶴《贈友人罷舉赴辟命》）

如果單獨看這一句，不好確定這裡的「幅」是指「度量」還是「數量」，但有其他史料補證：

揚子、錢塘二江者，則乘兩潮發棹，舟船之盛，盡於江西，編蒲為帆，大
者或數十幅，自白沙沂流而上，常待東北風，謂之潮信。《唐國史補·卷下》

「數十幅」是言「帆」大，所以「幅」當為度量量詞。當然「十幅帆飛」中「十幅」也不一定就是確指的數量，可能只是指「帆」的寬度大而已。

唐代用來做度量量詞的「幅」所稱量的都是「布帛」類事物，所稱量的事物包括「被」、「裙」、「帆」、「布」等，用度量量詞「幅」來稱量這些事物的用法在後代一直延用，而且

基本上都限於這幾個較為固定的名詞，只是使用頻率越來越低，到現當代所見極少。

「幅」的另一條發展線路是做個體量詞，這一時期，「幅」做個體量詞的數量也增加了，用以稱量「布帛類」事物的有：

(25)以細好絹兩【幅】。或三【幅】亦任意用。高下闊狹必須相稱。

（唐《陀羅尼集經（12 卷）》）

(26)賜時服一【幅】。　　　　　　　　《舊唐書‧卷一百八十九下‧列傳第一百三十九》

(27)廿二日，令永昌坊王惠始畫金剛界大曼荼羅四【幅】。《入唐求法巡禮行記‧第三》

以上幾例，分別量「絹」、「服」、「畫」等事物，根據句義本身或前後文語義，可以斷定這些「幅」是做個體量詞。

這一時期，也還有一些量「布帛」類事物的「幅」，不好確定是度量量詞還是個體量詞的，我們把它另作一類，如：

(28)一【幅】輕綃寄海濱，越姑長感昔時恩。　　　　　　　　（徐鉉《代鐘答》）

「一幅輕綃」既可以指度量，也可以指數量，單獨從句義上很難確定量詞的種類。

唐朝時，用「幅」量「紙」類事物的也大為增加，除了「紙」本身以外，還有以「紙」為載體的名詞：

(29)時元載方執國政，寧與載善，書遺甚多，聞崔之言，懼其連坐，因命親吏齎五百金，略載左右，盡購得其收百餘【幅】，皆焚之。　　　　（唐《宣室志‧崔君》）

(30)巴箋兩三【幅】，滿寫承恩字。　　　　　　　　　　　（李商隱《宮中曲》）

(31)勉為新詩章，月寄三四【幅】。　　　　（韓愈《送諸葛覺往隨州讀書》）

仔細觀察可以發現，「幅」用於稱量的「紙」類事物絕大多數為「書信」，少數為「書畫」、「詩文」類，這一點與「張」稱量「紙」是各有側重的。另外，用於量「紙」類事物的「幅」都是個體量詞。可見，「幅」做度量量詞僅止於「布帛」，沒有進一步泛化到其他事物。

綜觀唐代「幅」的用法，一方面可做度量量詞，量「布帛」，一方面可做個體量詞，量「布帛類」和「紙類」事物。從數量上來看，「幅」做度量量詞和做個體量詞出現的比例大體相當，做度量量詞全部是稱量「布帛」，做個體量詞則稱量「紙類」事物比較常用，稱量「布帛類」事物的用例較少，當然，稱量「布帛類」的「幅」還存在一些介於個體量詞和度量量詞之間的模糊狀態，很難確定是屬於哪一類量詞。

3-3-4 宋元：

宋元時期「幅」仍然是雙重量詞身份，一方面做度量量詞，主要是用於指明「布」、「被」、「裙」、「帆」等布帛類事物的寬幅，另一方面做個體量詞，仍用於稱量「布帛類」、「紙類」及以其為載體的事物，出現了新的稱量名詞「詔書」、「圖」、「像」。從形狀上來看，這些事物與「書畫作品」所用的載體形狀基本相同，應該都是屬於有一定寬度的、可鋪展開的「布帛」或「紙」，所以這些事物也都用「幅」來量。

宋代還出現了下面的用法：

(32)澹色煙昏，濃光清曉，一【幅】閒情。　　（宋・柳梢青《題錢得閒四時圖畫》）

根據詞的題目及前後文語境可以得知，這是用來描繪「四時圖畫」的詞，「閒情」可以理解為「閒適的情景」。

景象就好像是我們眼睛裡看到的客觀世界中的一幅幅或靜或動的畫面，人們利用隱喻這個工具來進行推理，即找到新認識的抽象概念與已認知的事物之間的相似點：在視覺感覺上景象如同豐富的畫面內容，從而用對畫面的認識來處理、對待、表達景象的概念，於是產生了兩個認知域——具體概念域和抽象概念域之間的投射，發展了語義範疇的抽象意義。用「幅」修飾這些抽象概念，突出了該類事物的畫面性特徵，從而使得它們更具形象感。[1]

此處的「閒情」便是從「圖畫」通過隱喻的方式發展而來的，由真實的「圖畫」到抽象的「情景」，「幅」的語義進一步虛化了。

3-3-5 明清：

明清時期，雖然「幅」仍然是做雙重量詞，但在兩種量詞的比重上發生了明顯的傾斜，做度量量詞的有所減少，只用來稱量一些需要說明「幅寬」的「布」、「帷」、「帆」、「裙」等較為固定的事物，而且有些是從前代延用下來的引用典故的用法，所以這一時期，度量量詞的用法衰退了。

相對而言，個體量詞卻有了較大發展，除了前面提到的幾個較為固定的用於度量量詞的名詞，其他的布帛類事物基本上都是用個體量詞的用法。如：

(33)薛舉令婦人站開，將褥子扯作二【幅】，令婦人身上圍了。

《禪真逸史・第二十一回》

(34)小姐亦出羅帕半幅與張生，……遂命春香縫作一【幅】。《禪真逸史・第三十六回》

用以量「紙類」事物的仍然全部都是個體量詞，這類事物也出現了新的名詞，包括「對聯」、「遺囑」、「稿」、「祭文」等等。

從稱量事物的類別來看，明清時，「幅」做個體量詞稱量「布帛類」事物的用法不多，而是主要側重於稱量「書法字畫」、「書信」、「詩文」等類的名詞，新出現的名詞也基本上沒有超出這幾類範疇，如「對聯」屬於「書法」，「遺囑」屬於「書信」，「稿」「祭文」屬於「文章」，「繡」從材質上來看是屬於「布帛」類的，但其實是側重於「所繡的圖案」，即「繡像」、「繡花」，同「照」一樣，都是屬於「圖畫」、「圖像」範疇。即使所搭配的名詞是「紙」，那「紙」的功用也是用於「書畫」、「信箋」或「詩文」一類的，如：

(35)學士翻看桌上書籍，見書內有紙一【幅】，題詩八句，讀之，即壁上之詩也。

《警世通言・第二十六卷》

(36)宋江那裡肯接，隨即取一【幅】紙來，借酒家筆硯，備細寫了一封回書與劉唐收在包內。　　　　　　　　　　　　　　　　《水滸傳・第十九回》

「幅」稱量「紙類」事物的傾向性可見一斑。

---

[1] 杜豔，《現代漢語平面類量詞的認知研究》，南開大學碩士論文，2006 年。

清代出現了下面的用法：

(37)一【幅】頑皮不覺羞，桃僵李代馬為牛。　　　　　　　《鳳凰池・第六回》

(38)大凡小人見正人，有兩【幅】面孔：當全盛時，他的氣象是倨傲的，言語是放肆的，極不欲正人在座；當頹敗時，他的面貌是踡躇的，神態是齷齪的，又只欲自己起身。　　　　　　　　　　　　　　　　　　　《歧路燈・第九十回》

(39)馬二先生身子又長，戴一頂高方巾，一【幅】烏黑的臉，腆著大肚子，穿著一雙厚底破靴，橫著身子亂跑，只管在人窩子裡撞。　　《儒林外史・第十四回》

例(37)「頑皮」應為「頑皮的樣子」，從視覺角度來說，這也是一幅畫面，所以可以用「幅」來稱量。

例(38)和(39)用「幅」稱量「面孔」和「臉」，這是前代所沒有的，而且在現代漢語裡，這是屬於量詞「副」的用法。因此，我們檢索了「副」在各個時期的用例，發現早在明代時「副」便開始用以稱量「嘴臉」一類的名詞了，因此，此處的「幅」有可能應該為量詞「副」。

通過檢索我們發現，清代時期，「幅」與「副」的用法非常混亂，一些本來用於「幅」的事物，如「帖」、「對聯」、「字」、「圖」、「照」、「畫像」等等，這一時期也開始用「副」稱量，而縱觀「副」的發展脈絡，「副」從虛化為量詞以來，主要用於稱量「成套」的事物，如「一副鞍馬」、「一副披掛」、「一副弓箭」等等，到明代出現了「一副嘴臉」的用法，這也是從「成套」的語義發展而來的，除此之外，「副」沒有再衍生出其他的用法。清代時，「副」所稱量的「書法字畫」類事物，本來都是「幅」的用法。《廣韻》「副，敷救切。」為去聲字。「幅，方六切。」為入聲字。明代之後入聲韻母混同。由於「幅」與「副」在字音與字形上的相似，人們才將二者混用。這其中，用於稱量「對聯」的用法頗多，這是因為，明代「幅」開始用於稱量「對聯」時，主要是側重於其「書法」性質，但「對聯」本身又是「成套」的，清代時人們用「副」來稱量「對聯」，主要是取其「成套」義，這也是有理據可尋的。可以說，由於「副」的衝擊，「幅」在清代經歷了一次小小的動盪，「副」開始與「幅」競爭，稱量一些本屬於「幅」的用法，如前面所說的「書法字畫」類事物，競爭的結果便是在現代漢語中，「副」分擔了稱量「對聯」的職能，從原本的「一幅對聯」變成了「一副對聯」，其他「書法字畫」仍歸「幅」稱量。這說明，漢語的量詞隨著時間的遷移，其語義越來越虛化，離本義也越來越遠。

3-3-6 現當代

現當代時期，「幅」做度量量詞的用法消失了，只做個體量詞，跟前代一樣仍稱量「布帛」和「紙質」兩大範疇，但具體稱量的事物範圍縮小了，「布帛類」只剩下「絹」、「簾」、「被」、「繡」等事物，不再用於稱量「衣服」、「帕」等，「紙質類」也只剩下「書法」、「圖畫」、「照片」、「圖像」等，原有的「紙」、「信箋」、「詩文」等都不見了，需要提及的是，現當代時期，仍有「一幅對聯」的說法，數量不多，這應該是近代漢語的殘留，或者是「一副對聯」的誤用，但從規範的角度來說，現代漢語中已經沒有「一幅對聯」的用法了。

這一時期，「幅」出現了新的稱量對象：

(40)大家都想跑出去看看，勝利是怎樣一【幅】情景，都想張開嘴，痛痛快快喊一聲「中華民族萬歲！」連祁老人也忘了他原來打算幹什麼，呆呆地，一會兒瞧瞧這個，一會兒瞧瞧那個。　　　　　　　　　　　　　　　（老舍《四世同堂‧饑荒》）

(41)老朋友給他描繪了一【幅】多麼可怕的圖景！　　（路遙《平凡的世界‧卷二》）

(42)洪水峪眾鄉親看到了一【幅】無比和諧充滿人性的動人景象，天青的憨厚和仁義幾乎可以豎碑了。　　　　　　　　　　　　　　　　（劉恒《伏義伏義》）

現當代時期出現的「情景」、「圖景」、「景象」，與宋代的「閒情」、清代的「頑皮」基本上是一脈相承發展下來的，因為這些與「圖畫」一樣，都是呈現在人們面前的「畫面」形象，所以都用「幅」來稱量。

3-4 量詞「幅」的演變特點

量詞「幅」是由名詞本義虛化而來的，最初做度量衡量詞，計量布帛的寬度，這是人為約定的結果，在先秦時期就已經出現。魏晉南北朝時，「幅」由度量量詞轉變為個體量詞，開始同時兼有度量量詞和個體量詞兩種量詞屬性，後來的發展演變也都分別從度量量詞和個體量詞兩條線進行。魏晉南北朝時，兩種量詞屬性的比重大致相當。明清時期，度量量詞用法明顯縮小，個體量詞比重相對增加，到現當代，度量量詞的用法已基本消失，個體量詞也有縮小的趨勢。再從「幅」稱量的對象來看，「幅」做度量量詞一直限於稱量布帛，做個體量詞的用法，魏晉南北朝泛化出稱量布帛類和紙類兩類事物，從這一時期開始，「幅」做個體量詞的稱量對象一直限於這兩種事物，沒有再次擴大，到現當代，「幅」的稱量對象還有所減少。這些都說明，量詞「幅」是一個不太活躍的量詞，虛化和泛化的程度較低。

「幅」由名詞虛化為量詞，並進一步發展演變的過程可以用下圖表示：

量詞「幅」的演變過程

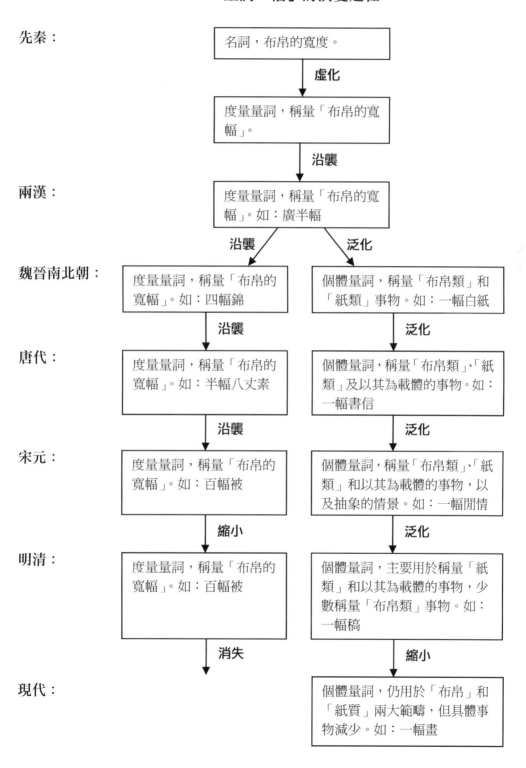

4·量詞「面」的產生及其發展演變

4-1 已有研究成果概述

量詞「面」不是一個高頻量詞，以往對量詞「面」的探討不多，主要有：

王力[1]以蘇軾詩「腰鼓百面如春雷，打徹涼州花自開」為例，說明宋代已有「面」作量詞的用法。但是，這並不是「面」做量詞的最早用例。

劉世儒[2]指出，「面」本義為「臉面」，由此引申，凡作用在平面的大都就可以用它來做量詞。並舉例說明，在魏晉南北朝時，「面」就已經做量詞使用了。

劉世儒的這種解釋在後來的一些學者中得到繼承，但沒有發展，洪藝芳[3]指出「『面』之本義指人的臉面，由此引申，作用在空間中即為一平面，故凡平面之物，大多可用『面』稱量之」。原文「作用在空間中即為一平面」應該也是指「作用在平面」。

杜豔[4]從認知角度對「面」虛化為量詞的過程作了解釋：「以臉為人外表最重要的部分比喻物體特徵，隱喻派生出物體的正面義（正面是有平面的物體外表最重要的部分），這是人們『近取諸身』的隱喻認知方式的體現。」認為「面」可計量的對象分為兩類，一類是以物體的主要功能是物體的正面為突顯特徵，一類是物體的功能是平面為突顯方面。

以上幾方面的論述都說明了量詞「面」是從名詞本義引申演變來的，但沒有提到具體的演變過程，下面我們將以大量語料為基礎，探討「面」的來源及其演變，以及「面」所稱量事物的屬性範圍。

4-2 量詞「面」的產生及其時代

「面」本義是名詞「臉面」。《說文解字》：「面，顏前也。」下面即用的本義：

(1)昔者衛靈公有臣曰公孫呂，身長七尺，【面】長三尺，焉廣三寸，鼻目耳具，而名動天下。　　　　　　　　　　　　　　　　　　　　　《荀子·非相第五》

由人的「臉面」引申出來「物體的表面」義，如：

(2)方之一【面】非方也，方木之面方木也。　　　　　　　　　　《墨子·卷十一》

此用例指「方體」的一個「表面」。

魏晉南北朝時，「面」表示「表面」義的用法越來越多：

(3)此一扇之名也，薄打純金如蟬翼，二【面】彩漆，畫列仙、奇鳥、異獸。
　　　　　　　　　　　　　　　　　　　　　　　　　　（晉·陸翽《鄴中記》）

(4)弟子靜深等立碑墓側。陳郡謝舉蘭陵蕭子雲並為制文刻於兩【面】。
　　　　　　　　　　　　　　　　　　　　　　　　　　《高僧傳·卷第八》

---

[1] 王力，《漢語史稿》，中華書局，1980 年。
[2] 劉世儒，《魏晉南北朝量詞研究》，中華書局，1965 年。
[3] 洪藝芳，《敦煌吐魯番文書中之量詞研究》，文津出版社，2005 年。
[4] 杜豔，《現代漢語平面類量詞的認知研究》，南開大學碩士論文，2006 年。

(5)變乃開視君異棺中，但見一帛，一【面】畫作人形，一【面】丹書符。

《神仙傳》

(6)孝武帝大明七年六月，江夏蒲圻獲銅路鼓，四【面】獨足。 《宋書・志第十九》

「扇」、「碑」、「帛」和「鼓」等物體的「表面」從形狀上來說都是「平」的，前三者主要側重於兩個面，具有扁平狀特徵，例(6)「四面鼓」是比較特殊的鼓的類型，所以單獨命名為「路鼓」。如「鼓及鞉之四【面】者曰路鼓、路鞉。(《宋書・志第九・樂一》)」量詞「面」便是由其「表面」的形狀特徵「平面」義虛化而來。事物可能有多個「表面」，但「面」所稱量的事物只強調兩個「表面」，可能是「前面與後面」，可能是「正面和反面」，即使該事物有多個「表面」，但最突出、最明顯的仍是這兩個表面，突出「兩個表面」的事物自然具有「扁平」狀特徵，因此「面」便開始用以稱量具有「扁平狀」特徵的事物，如：

(7)雲酈縣有故城一【面】，未詳裡數，號為長城。 《水經注・卷三十一》
(8)承天又能彈箏，上又賜銀裝箏一【面】。 《宋書・列傳第二十四》
(9)今故齎爾大硯一【面】，紙筆一副之，可以臨文寫字，對真授言。

《全梁文・卷四十六》

「城」是指「城牆」，「銀裝箏」即「以銀為裝飾的古箏」，「面」做量詞用以稱量「城牆」、「箏」和「硯」，這幾種事物具有一個共同特點：具有扁平狀。

魏晉南北朝時期，「面」由其引申義「物體的表面」虛化為量詞，用以稱量「扁平」狀事物。其演變的過程為：

　　　　　【引申】　　　　　　　　【虛化】

本義：臉面。→　名詞，物體的表面。→　量詞，稱量[+扁平][+事物]。

4-3 量詞「面」的發展演變

4-3-1 唐代：

唐代，「面」做量詞依然用於稱量具有「扁平」狀的事物，只是稱量的事物範圍有所擴大，如：

(10)奉獻家中一【面】瑟[琴]，送君安置多人處。 《敦煌變文集・雙恩記》
(11)力士奏曰：「臣擬蕭牆之內，掘地道打五百【面】鼓。」《敦煌變文集・葉淨能詩》
(12)請金盤一【面】，寶珠一棵，令壯士驚行，直至佛前便禮。

《敦煌變文集・悉達太子修道因緣》
(13)女與學生一【面】銅鏡巾櫛各一。 《法苑珠林・卷第七十五》

此外「面」還可以用來稱量「鐃」、「扇」、「鞍」、「印」等等，綜觀「面」所稱量的事物，有些表面是「純平」的，如「鼓」、「鏡」、「印」，有些好像多少帶有一些弧度，如「盤」、「鞍」等，但從整體形狀來看，都具有較強的扁平特徵，所以都可以用「面」來稱量。

唐代還出現了下面的用法：

(14)寒影墜高簷，鈎垂一【面】簾。　　　　　　　　（孫光憲《菩薩蠻》）

前面「面」稱量的都是有一定硬度和厚度的事物，這裡「面」開始用於軟質較薄的事物了，這也是「面」的一個新發展。

4-3-2 宋元明清：

宋元明清時期「面」的用法與唐代一樣，用於稱量具有「扁平」狀的事物，在稱量對象方面，宋元明三代呈遞增趨勢，每個朝代都比前代有所增加，當然在具體的稱量事物上會有少許變動。清代時，在稱量事物上則有所收縮。

宋元明時期，除了前面已出現的「牆」、「鏡」、「鼓」等事物之外，「圖」、「鑼」、「璽」、「碁盤」、「牌」、「屏」、「枷」等事物也都可以用「面」稱量，如：

(15)一年之間，持仗入庫，前後盜銅鑼十二【面】。　　（《蘇軾集‧卷六十四》）

(16)至立德坊南古岸，得玉璽一【面】上進。　　　《冊府元龜‧卷二十五》

(17)孝順名標入千秋萬古忠良傳，與媳婦兒立一【面】九烈三貞賢孝牌。

《元刊雜劇三十種‧小張屠焚兒救母》

(18)也不索一條粗鐵索，也不索兩【面】死囚枷。　　（元《布袋和尚忍字記‧第二折》

承接唐代的「一面簾」，宋代出現了稱量軟質布帛事物的「一面旗」的用法。

(19)一【面】旗不寫著甚人。　　　　　　　　　　　（宋《張協狀元》）

(20)孫子再撥變了二十四【面】雜彩旗，中間一【面】黑旗白月。

《全相平話五種‧七國春秋平話》

「旗」、「簾」雖屬軟質布帛類事物，用「面」稱量同樣是取其「扁平狀」的形狀特徵，這種用法自宋代出現後便極為常用，一直保留至今。

明代是「面」稱量事物最多的時期，一些扁平的玉器也可以用「面」稱量，如：

(21)胸前掛一【面】對月明，舞清風，雜寶珠，攢翠玉的砌香環佩。

《西遊記‧第十二回》

(22)有一萬頃碧澄澄掩映琉璃，列三千【面】青娜娜參差翡翠。

《水滸傳‧第一百一十四回》

也有用於只具有「水平表面」的事物，並不強調「扁平」狀的如：

(23)那山中有一【面】清水深潭，潭邊有一座石碣。　　《西遊記‧第六十回》

不過這只是偶然為之的用法，並不能否定「面」的扁平狀特徵。

清代「面」的稱量對象略有減少，有些原來用「面」稱量的改用其他量詞了，如「印」，唐宋元明四個朝代都用「面」來量，但到清代，這種用法消失，「印」的量詞變為「顆」：

這顆印必在這殿階石下面。（清《續濟公傳‧第六十七回》）

金銀銅印一百顆。（清《明史‧卷三百二十七》）

另外，明代用於量玉器的用法也不見了。

從整體上來看,「面」作量詞的用法從產生以來就一直變化不大,所稱量的事物也比較有限,但其發展演變的總趨勢是越來越向著「扁平」形狀發展。唐代出現的「鞍」由於不具有這種典型形狀,在宋代就被「面」淘汰了。「印」就其關鍵部分說是有字的一面,但其整體的「扁平」形狀並不突出,最終在清代更換了量詞,這樣的稱量更加科學。後來相繼出現的由「面」稱量的事物均具有典型的「扁平狀」形狀特徵。

4-3-3 現當代

現代漢語中「面」的稱量範圍進一步縮小,原有的「盆」、「盤」、「枷」等事物都不再用「面」稱量,只剩下「牆」、「鼓」、「鏡」、「旗」等少數一些稱量對象。

4-4 量詞「面」的演變特點

綜合以上各個時期的情況來看,量詞「面」主要有以下幾方面特點:

第一,「面」由其引申義「物體的表面」虛化而來,用於稱量具有「正反兩個突出平面」的「扁平」狀事物。劉世儒認為,「面」作量詞由其本義「臉面」而來,因此凡作用在平面的大都就可以用它來作量詞。但從我們對「面」在各個歷史時期稱量對象的梳理可以發現,這種論述有些偏頗。如「硯」有正反兩個平面,只有正面才有作用;而「城牆」的作用是用於禦敵,起作用的不是其表面,而是整個牆體。所以說「面」是用於作用在表面的事物不太合適。量詞「面」所稱量的事物具有一個共同的形狀特點,該事物不管形狀如何,有兩個相對的表面特別突顯,所以該事物從整體來看呈現為「扁平」狀特徵,「面」用於整體具有「扁平」形狀的事物。

第二,「面」從產生發展到現在,在用法上沒有太大變化,只是在稱量的對象上有所變化,可見,「面」是一個不太活躍的量詞。魏晉南北朝時期,「面」由名詞虛化為量詞,用以稱量具有「扁平」形狀的事物,如「硯」、「牆」、「箏」等,都是有一定厚度的硬質物體。唐代在此基礎上衍生出了「一面簾」的用法,開始用於軟質布帛類。宋元明清至現當代一直都是兩種用法並存。其實從形狀上來看,軟質布帛類的「簾」、「旗」、「窗紗」等事物也是呈「扁平」狀的。在稱量的具體事物上,魏晉南北朝至明代,「面」的用法都有所泛化,稱量的名詞不斷增加,但從清代開始,「面」的稱量範圍開始縮小,現當代「面」的用法則更加有限,只剩下「牆」、「鼓」、「鏡」、「旗」等少數幾個名詞,「面」的發展呈現萎縮趨勢,活躍度不強。

第三,「面」的發展演變有兩方面的趨勢。一方面,從形狀特徵來看,「面」所稱量的事物越來越向著典型「扁平」形狀發展。「面」最初稱量的「鞍」、「印」等事物,後來由於「扁平」形狀不明顯,被其他量詞所取代。這也可以說是量詞「面」的詞義更加科學化了。另一方面,從「面」所稱量的事物的位置來看,「面」的稱量對象越來越向著「豎直」方面發展。「面」原來稱量的事物,主要側重於扁平形狀,可以是水平方面的扁平狀,如「硯」、「盤」、「枷」,可以是豎直方面的扁平狀,如「牆」、「鏡」、「旗」,但到現當代,水平方面的扁平狀事物都不再用「面」來量了,剩下的都是豎直方面的扁平狀事物。這說明量詞「面」在發展過程中,逐漸丟棄了本身原有的一些屬性,只保留了其中的一部分屬性,這便是「面」稱量事物縮小的原因。

「面」由名詞虛化為量詞,並進一步發展演變的過程可以用下圖表示:

量詞「面」的發展過程

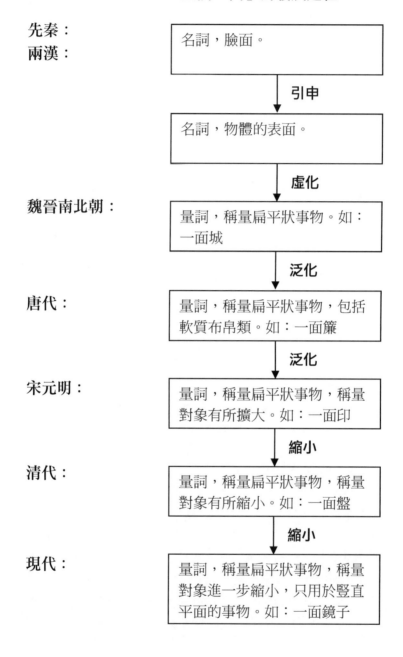

先秦：
兩漢：

名詞，臉面。

引申

名詞，物體的表面。

虛化

魏晉南北朝：

量詞，稱量扁平狀事物。如：一面城

泛化

唐代：

量詞，稱量扁平狀事物，包括軟質布帛類。如：一面簾

泛化

宋元明：

量詞，稱量扁平狀事物，稱量對象有所擴大。如：一面印

縮小

清代：

量詞，稱量扁平狀事物，稱量對象有所縮小。如：一面盤

縮小

現代：

量詞，稱量扁平狀事物，稱量對象進一步縮小，只用於豎直平面的事物。如：一面鏡子

第五章　現代漢語「體狀」量詞的源流演變

1．量詞「塊」的產生及其發展演變

1-1 已有研究成果概述

量詞的專書斷代研究中，唐代以前的量詞研究提及「塊」的並不多。

王力 [1] 在討論量詞的產生時也覺得「塊」做量詞「還找不到較早的例子」，只是通過《顏氏家訓‧書證篇》的注釋「北土通呼物一凷改為一顆。凷即塊字。」來推測量詞「塊」在南北朝已通行於北方。

劉世儒 [2] 認為，「塊」本義是土塊，作為量詞，最初應當用於稱量「土壤」，後來則發展為可廣泛適用一切「塊狀」之物。他也同樣引用了《顏氏家訓‧書證篇》中的注釋「北土通呼物一凷改為一顆，蒜顆是俗間常語耳。」並認為，「既說『通呼』，這就可見它在當時北方通行之廣。」但劉世儒所舉的魏晉南北朝時期的用例僅有一例，這並不符合「通行之廣」的闡述。

洪藝芳 [3] 考察的是東晉至唐五代時期敦煌吐魯番文書中的量詞，其中僅個體量詞就有八十六個，數量已經不少，但卻沒有出現量詞「塊」。這有可能是受「文書」內容所限，但同時也反映出，「塊」在唐五代時期仍不是一個「通行」的量詞。

其他還有一些斷代專書研究，列舉了「塊」在所研究時代用於搭配的名詞，但沒有涉及到其演變過程。

關於「塊」所稱量名詞的範圍，石毓智 [4] 指出，「塊」是一個三維空間的形狀量詞，假如物體的三維分別用 X、Y、Z 來表示，那麼「假定 X 和 Y 的值接近，當函數 Z/X 或者 Z/Y 的值接近 1 時，有關的物體用『塊』量度。」

事實上，現代漢語中，「塊」稱量的事物並非僅限於「三維」的「塊狀」，它同時也可用於稱量「片狀」事物。《現漢》「圖用於塊狀或某些片狀的東西」，《用法詞典》「計量塊狀或片狀的東西」都指出了這種用法。

那麼「塊」是如何從本義虛化為量詞，並一步步虛化成為可稱量「塊狀」、「片狀」事物的？下面我們以大量語料為基礎，考察「塊」的產生及其演變過程。

1-2 量詞「塊」的產生及其時代

《說文解字》：「凷，墣也。從土，一屈象形。」凷為象形字，「凵象盛土之器，而土在其中也。」本義為「土塊」。下面即為「塊」的本義用法：

(1)野人舉【塊】以與之，公子怒，將鞭之。　　　　　　　　　《國語‧卷十》

---

[1] 王力，《漢語史稿》，中華書局，1980 年。

[2] 劉世儒，《魏晉南北朝量詞研究》，中華書局，1965 年。

[3] 洪藝芳，《敦煌吐魯番文書中之量詞研究》，文津出版社，2005 年。

[4] 石毓智，《表物體形狀的量詞的認知基礎》，《語言教學與研究》2001 年第 1 期。

(2)齊衰、苴杖、居廬、食粥、席薪、枕【塊】,所以為至痛飾也。

《荀子·禮論第十九》

西漢時,「塊」出現了量詞的用法,用於稱量「土」:

(3)今為一人言施一人,猶為一【塊】土下兩也,土亦不生之矣。　《說苑·卷六》

「塊」本義「土塊」,虛化為量詞用於稱量「土」,「土」即「土塊」,量詞「塊」最早用於稱量的事物與其本義相同,這說明「塊」是由其本義直接虛化為量詞的。由「塊」的本義決定,「塊」稱量的「土」具有「小的、塊狀」的語義特徵。這一時期「塊」做量詞的用法很少,我們所檢索到的用例僅一例。

漢代還出現了下面的用法:

(4)春秋治渠各一通出【塊】糞三百柒。　　　　　　　　　《敦煌漢簡釋文》

有人認為這也是「塊」的量詞用法 [1]（原文「柒」作「柒」）。按照量詞的語法功能,量詞要跟數詞搭配在一起構成數量詞組共同修飾名詞,但這裡「塊」的前面並沒有出現數詞。由於兩漢時期仍存在「名+數」的表達方式,因此,這裡的「塊糞」是作為一個詞組作「三百柒」修飾的名詞,「塊」義為「塊狀」,不是量詞。

「塊」由名詞虛化為量詞不晚於西漢時期,由名詞本義直接虛化而來,用於稱量「小的、塊狀的土」。

【虛化】

塊,本義:土塊。→　量詞,稱量[+小][+塊狀][+土]。

1-3 量詞「塊」的發展演變

1-3-1 魏晉南北朝時期（包括隋）

王力和劉世儒都認為,「塊」在魏晉南北朝時期「通行於北方」,其證據便是:

(5)北土通呼物一【凷】改為一顆,蒜顆是俗間常語耳。　　《顏氏家訓·書證篇》

但前面討論「顆」的時候,我們曾聯繫這句話的上下文,認為這裡的「蒜顆」並非「蒜塊」義（見「顆」）。而且既是「通行」,所用例句應該不少,但劉世儒僅舉一例。我們檢索了這一時期的大量文獻資料,也沒有找到其他新的用例。這不免有些讓人感到奇怪,從用例數量的多少方面,很難證明這種「通呼」的存在。

魏晉南北朝時期「塊」作量詞用於稱量「壞」:

(6)戮力破魏,豈得徒勞無一【塊】壞?　　　　　　《吳志·魯肅傳》注引《吳書》

這裡的「壞」可有兩種解釋,一種可理解為「土塊」,如果是這樣,「塊」稱量「壞」與上面例(3)稱量「土」的性質相同,稱量的事物與其本義具有相同的屬性和形狀,沒有

---

[1] 肖從禮,《從漢簡看兩漢時期量詞的發展》,《敦煌研究》2008 年第 4 期。

進一步發展泛化，還屬於「塊」作量詞的早期階段。

　　另一種解釋是把「壤」理解為「土壤」「土地」，如果是這種理解，「塊」稱量的對象就不再是事物個體，而是變為「整體」事物，「塊」也由個體量詞發展為集合量詞，相當於「片」。

　　一種語言現象的演變不是突發性的，它往往要經過較長時間的發展，由量變到質變，而一種語言現象一旦產生，也不會無緣無故地突然消失。在魏晉南北朝之前，「塊」稱量「土塊」的用法還很少，在其後的時代，包括唐宋元很長一段時間，都沒有發現「塊」稱量「土地」、「土壤」的用法，由此，我們大致推測，這裡的「塊」仍用於稱量「土塊」，在這裡是極言其小的意思。

1-3-2 唐代：

　　唐代時，量詞「塊」仍主要用於稱量「土塊」：

(7)持土十五【塊】。　　　　　　　　（唐《根本說一切有部百一羯磨（十卷）》）
(8)咒土四【塊】鎮之即去。　　（唐《七佛俱胝佛母心大准提陀羅尼法（一卷）》）

　　由稱量「土塊」進一步擴展，開始用於稱量其他的「小的、立體的」事物：

(9)枕一【塊】白石而臥，了不相眄。　　　　　　　　《南史・卷七十五》
(10)上元末，複有李氏家不信太歲，掘之，得一【塊】肉。《廣異記・卷一百四十七》
(11)後人寺側獲金一【塊】。　　　　　　　　《法苑珠林・卷第十四》
(12)投之一【塊】骨，相與哇喋爭。　　　　　　　《寒山子詩集・一卷》
(13)須臾，巫吐痰涎至多，有一【塊】物如栗。　　　　《玄怪錄・輯佚》

　　以上出現的「石」、「肉」、「金」、「骨」、「物」等屬於不同的事物範疇，但都可以用同一個量詞「塊」來稱量，主要是由於它們都具有[+小][+塊狀]這種形狀特徵。這說明，「塊」從稱量「土塊」進一步擴展用於稱量其他物體時，選用的是「形狀屬性」特徵，與「範疇屬性」無關。

　　唐代「塊」偶爾也用於稱量非典型的「塊狀」事物：

(14)結成一【塊】紫金丸，變化飛騰天地久。　　　　　（呂岩《敲爻歌》）
(15)若有籌片兩【塊】。　　　　　（唐《根本薩婆多部律攝（十四卷）》）

　　「丸」為「球狀」，「球狀」雖然不使用「長、寬、高」的表述方法，但也是「小的、立體」的形狀；「籌片」為「細長狀」，「長與寬」的比例相差很大，但也是有「厚度」的，具備「小的、立體的」這種特性，因而，這兩例中都採用了「塊」來稱量，因為只出現兩例，數量較少，可以看做「塊」的特殊用法。

　　有人認為「塊」可以稱量「雨」，[1]舉例為：

(16)【塊】雨條風符聖化，嘉禾看卻報新秋。　　　　　（和凝《宮詞百首》）

---

[1] 游黎，《唐五代量詞研究》，四川大學碩士論文，2002年。

這裡的「塊雨」來源於「風不鳴條，雨不破塊」，義為「風調雨順」，原文為：

(17)言其風翔、甘露，風不鳴條、雨不破【塊】，可也；言其五日一風、十日一雨，
　　褒之也。　　　　　　　　　　　　　　　　　　　　　　　《論衡・卷十七》

「塊」為本義「土塊」，不是量詞。

唐代，「塊」出現了一種新的用法，它與數詞「一」結合成為「一塊」，在動詞的後面作補語，即「V成一塊」，從字面上來看，它是指「成為一個塊狀物」，實義表示「成為一個整體」，義為「一起」，如：

(18)第五一乘圓教者謂即此師子情盡體露之法渾成一【塊】。

　　　　　　　　　　　　　　　　　　　　（唐《大方廣佛華嚴經金師子章》）

(19)融圓成一【塊】。　　　　　　　　（唐《華嚴遊心法界記（一卷）》）

這裡的「塊」顯然不是量詞，它不用於稱量任何事物，只是起到補充說明動詞結果的作用。在這種表達的基礎上，明清時期，又出現了「一塊」用在動詞後面的用法，表示「一起」義，這一用法一直延續到現代漢語。

唐代時，「塊」的語義發展脈絡為：

【虛化】

塊，本義：土塊。→　量詞，稱量[+小][+塊狀][+土]。

【泛化】

　　　　→量詞，稱量[+小][+塊狀][+物體]。

「塊」產生較早，但唐之前發展緩慢，即使到了唐代，用於稱量的仍是「小的、立體的」具體事物，並未擴展到抽象事物，稱量的範圍較為狹窄。究其原因，主要是唐之前，「塊」的實義性較強，大量的「塊」仍表示「土塊」及「塊狀物」，較強的實義性限制了其作為量詞的發展。

1-3-3 宋元：

宋元時期，量詞「塊」的用法有所發展，稱量的「塊狀物」也有所增加，包括「泥土類」如「土」、「泥」等；「玉石類」如「寶珠」、「玉」、「紫礦」等；「金屬類」如「金」、「銀」、「銅」、「鐵」等；「木質類」如「炭」等；「食物類」如「肉」、「豆腐」、「雄黃」、「生薑」、「砂糖」、「餳」等以及其他不便歸類的「乳香」等。除「寶珠」、「砂糖」、「乳香」外，其他事物都具有典型的[+小][+塊狀]的語義特徵：

(20)如一【塊】黃泥，既把來做個彈子了，卻依前歸一塊裡面去，又做個彈子出來。

　　　　　　　　　　　　　　　　　　　　　《朱子語類・卷一百二十六》

(21)火傘飛空熔不透，一【塊】玲瓏冰玉。　　　　（宋・鄭域《念奴嬌》）

(22)如一【塊】銀，更無銅鉛，便是通透好銀。　　《朱子語類・卷九十四》

(23)向僧房中明窗下，擁數【塊】熟炭。　　　　　《蘇軾集・卷九十二》

(24)三個胡桃兩【塊】錫。　　　　　　　　　　　　　《古尊宿語錄・卷第三十八》

有些「塊」稱量的名詞只用了「物、物事」來表示，但聯繫上下文來看，也是指具體的「東西」：

(25)譬如一【塊】物，外面是銀，裡面是鐵，便是自欺。　　　《朱子語類・卷十六》

(26)如一【塊】潔白物事，上面只著一點黑，便不得為白矣。　《朱子語類・卷六十》

宋代時，「塊」可用於稱量「錢幣」，但用法較為特殊：

(27)但痛自節儉，日用不得過百五十，每月朔便取四千五百錢，斷為三十【塊】，掛屋樑上，平旦用畫叉挑取一【塊】，即藏去叉，仍以大竹筒別貯用不盡者，以待賓客，此賈耘老法也。　　　　　　　　　　　　　《蘇軾集・卷七十四》

陳穎[1]認為，這裡「塊」的用法類似於「分」。其實，這裡的「塊」是用於稱量將「整體」斷開形成的「分體」，當然每一個「分體」也是佔有一定體積的「塊狀」物（宋代「錢」是用繩子串起來的）。「塊」的這種用法是由[+小][+塊狀]這種語義特徵發展而來的。相對於「整體」而言，「分體」當然是「小的」，將「整體」分開成「分體」後，這種[+小][+塊狀]的「分體」便由「塊」來稱量。「塊」稱量「錢串」的這種用法並不常見，因為這是蘇軾特有的省錢方法，除了蘇軾集之外，沒有再見到這種用錢方式。但「塊」稱量「分塊」事物的用法在後來卻得到了發展。

這種用法還出現在下面的用例中：

(28)一月有錢三十【塊】，何苦抽身不早。　　　　　　　（宋・宋自遜《賀新郎》）

這是作者仿蘇軾的表達方式寫成的句子，「三十塊」與上面的意義相同，並不是指真實的「錢數」。因此，「現代『一元錢』稱『一塊錢』可能來源於此。」[2]這種推測並不成立。

宋代「塊」還有下面的用法：

(29)先生嘗言，心不是這一【塊】。某竊謂，滿體皆心也，此特其樞紐耳。
　　　　　　　　　　　　　　　　　　　　　　　　　《朱子語類・卷五》

(30)「善問者，如攻堅木，先其易者，後其節目。」此說甚好。且如中央一【塊】堅硬，四邊軟，不先就四邊攻其軟，便要去中央攻那硬處。《朱子語類・卷四十九》

從語義上來看，這兩例中「塊」所稱量的對象有些模糊，它可以表示「一塊心」、「一塊木」，因為「心」和「木」都是占有一定體積的，同時也可以認為它表示的是一個「處所」或者「地方」。特別是後一例，提及「堅木」的「中央」和「四邊」，這裡的「中央一塊」相當於「中央的一塊地方」，這是「塊」由稱量「塊狀」的個體事物向稱量「相對於整體的局部小塊地方」這一用法的過渡，不過，這時候的「塊」表示的「局部小塊地方」，其形狀仍然是「塊狀」的，與「塊」的本義仍有密切關係。

---

[1] 陳穎，《蘇軾作品量詞研究》，巴蜀書社，2003 年。
[2] 趙中方，《宋元個體量詞的發展》，《揚州大學學報》1989 年第 1 期。

1-3-4 明代：

明代時「塊」發展迅速。前代已有的用於稱量「泥土」、「玉石」、「金屬」、「木質」、「食物」的用法仍然是這一時期量詞「塊」的主流用法，從稱量的名詞來看，「石頭」、「玉」、「肉」、「磚」、「銀子」是這一時期出現頻率較高的名詞，這些事物的「小、塊狀」形狀非常明顯，符合「塊」稱量事物的語義特徵。「塊」也可用於稱量一些「非典型」的「塊狀物」，如：

(31)拾起來看，卻是一【塊】瓦片。　　　　　　　　　　　《初刻拍案驚奇‧卷十二》

(32)只有一個人得了一【塊】船板，浮起不死，虧漁船上救了，回來報信。

　　　　　　　　　　　　　　　　　　　　　　　　　　《醒世恒言‧第十八卷》

(33)笑嘻嘻且向房中取出下來【塊】小木板，遞與夫人。《二刻拍案驚奇‧第三十四卷》

「瓦片」、「船板」、「木板」這些事物已經有些向「扁平狀」發展了，這說明，「塊」稱量的「塊狀物」範圍越來越大，已經不再局限於「典型」的「塊狀」特徵。不過，這種「扁平狀」事物都具有「體積小」、「扁方」的形狀特徵。

在此基礎上進一步發展，宋代時，「塊」開始用於稱量「平面」類事物，這是前代都不曾出現過的，如：

(34)從那虎腹上挑開皮，往下一剝，剝下個囫圇皮來，剁去了爪甲，割下頭來，割個四四方方一【塊】虎皮。　　　　　　　　　　　　　　《西遊記‧第十四回》

(35)引孫道：「侄兒無錢，只乞化得三杯酒，一【塊】紙，略表表做子孫的心。」

　　　　　　　　　　　　　　　　　　　　　　　　　　《初刻拍案驚奇‧卷三十八》

(36)我落得一【塊】花緞兒相送，好拿去做個荷包。(明‧孫仁孺《東郭記‧第四十出》)

(37)跳出一個小孩兒來，滿地紅光，面如傅粉，右手套一金鐲，肚腹上圍著一【塊】紅綾，金光射目。　　　　　　　　　　　　　　　　《封神演義‧第十二回》

(38)玉皇戴破的頭巾要三【塊】。　　　　　　　　　　　《西遊記‧第六十九回》

(39)當時清一見山門外松樹根雪地上，一【塊】破席，放一個小孩兒在那裡。

　　　　　　　　　　　　　　　　　　　　　　　　　　《喻世明言‧第三十卷》

上面幾例「塊」稱量的對象有「紙」、「皮」、「布帛」、「席」等，這些都是「平面」類事物，稱量「平面」類事物本來就有平面量詞如「張」、「片」、「幅」、「面」，但這裡為什麼用「塊」而不是上述「平面類」量詞？仔細觀察上面的例句可以發現，這裡出現的「平面」事物，從整體形狀來看，都有兩方面的特徵：一是面積較小，二是形狀呈「類方形」。

「塊」稱量的事物具有[+小][+塊狀]的語義特徵，這裡的「塊狀」可以是較為典型的「四方體」，即事物的「長、寬、高」三者比例大致為 1，如「豆腐」，也可能是非典型的「扁方體」，即事物的「長、寬」比例大體相等，而「高」數值較小，如「木板」，如果「扁方體」中的「高」無限縮小，「扁方體」就成為「類方形」的平面了，所以，「塊」稱量「平面」，可以理解為「塊狀」中的特殊類型，即用於稱量[+小][+類方形]的事物。

由此進一步類化，「塊」便可用於稱量「平面」的「土地」，如：

(40)你可念母子親情，買口好棺術盛殮，後日擇【塊】墳地殯葬，也見得你一片孝心。

《初刻拍案驚奇·卷十三》

(41)他聽信了一個風水先生，看中了一【塊】陰地，當出大貴之子。

《水滸傳·第一百零一回》

(42)已暮煙橫渚水中之小【塊】陸地，不辨江城燈火矣。《徐霞客遊記·江右遊日記》

(43)正議間，只見那城門外，有一【塊】沙灘空地，攢簇了許多和尚，在那裡扯車兒哩。

《西遊記·第四十四回》

仔細觀察可以發現，「塊」稱量的「土地」仍具有較為「實在」的「地面」意義，有一多半是用於表示「墳地」，「墳地」由使用功能決定，其占地面積不會很大，還有少部分用於「空地」或其他「地面」，如上面的「小塊陸地」和「沙灘空地」，無論是哪一種「地」，其表示的占地面積都不算很大，屬於[+小][+類方形]的平面事物。

宋代開始產生的「塊」用於稱量「分體」事物的用法，在明代得到了新的發展，很多相對於「整體」而言的「分體」，不論實際形狀大小，都可用「塊」稱量，因為相對於「整體」來說，「分體」就是「小的」：

(44)把武榮抓在空中，望下一摔，一腳踏住大腿，兩隻手端定一隻腿，一撕兩【塊】。

《封神演義·第六十回》

(45)不想心中氣悶，不曾照管得，腳下絆上一交，把鍋子打做千百來【塊】，將王屠就恨入骨髓。

《醒世恒言·第二十九卷》

(46)口內銜著一個丸子……祝罷，又拜，將丸子放於石上，提起鐵錘，隨手擊下，只聽的括地一聲響，丸子分為三【塊】。

《禪真後史·第五十三回》

(47)有碧霄急來救時，楊戩又放起哮天犬，把碧霄肩膀上一口，連皮帶服扯了一【塊】下來。

《封神演義·第五十回》

例(44)將「人」一分為二，從體積上來看應該是不小的，但因為是「分體」，所以用「塊」來量。例(45)是把「鍋子」打破，「塊」稱量的是「鍋」打破之後的「分體」，例(46)中「丸子」是用量詞「個」稱量的，但將「丸子」砸碎之後的「分體」就用「塊」來稱量了。這三例中的「分體」還都具有「塊狀」義，例(47)中的「皮」和「服」都是「平面狀」的，這裡就只是強調「分體義」，當然在一定程度上也還是有「小」的意義。

「塊」稱量「分體」事物的用法與稱量「個體」事物的用法完全不同。「塊」可以與個體事物直接搭配，「一塊石頭」、「一塊船板」、「一塊磚」都沒問題，突出的是個體事物的「小、塊狀」的外形特徵；但「塊」一般不能直接與分體事物相搭配，不能說「一塊人」、「一塊鍋」、「一塊丸子」、「一塊衣服」（可說「一塊皮」），只能說「一撕兩塊」、「打做千百來塊」、「分為三塊」、「扯了一塊下來」。因為「人」、「鍋」、「丸子」、「衣服」本身並不是「小的、塊狀」的東西，作為整體來說，它有自身特定的量詞，只是當它變成分體之後，它的每個部分才用「塊」來量，這時「塊」所強調的主要是「小」的「分體」義，至於是否具有「塊狀」的形狀特徵並不重要。

宋代時，「塊」開始用於稱量事物的「相對於整體的局部地方」，這與上面稱量「相對

於整體的分體事物」並不相同。「分體」是從整體分離下來的，「局部」則仍屬於整體事物，只是佔據整體事物的某一個地方，這種用法在明代也有了新的發展：

(48)於是把個李瓶兒羞的臉上一【塊】紅、一【塊】白，站又站不得，坐又坐不住，半日回房去了。　　　　　　　　　　　　　　　　　《金瓶梅・第二十回》

(49)又尋了一領又藍又青，一【塊】新一【塊】舊的海青，抖去些氣，穿上了。
　　　　　　　　　　　　　　　　　　　　　　　　《型世言・第二十三回》

「一塊紅」、「一塊白」可理解為「整張臉」上面「一塊地方紅」、「一塊地方白」，「一塊新」、「一塊舊」可理解為「整件海青」（即古代的一種「大袍」）上面「一塊地方新」、「一塊地方舊」，這裡的「塊」都是用於稱量「整體當中的局部」，這「局部」並沒有從「整體」上分離下來，仍從屬於「整體」，與「整體」相比，它的「面積」比較「小」，並且具有一定的「平面形狀」特點。

明代時，「塊」還可以與一些較為特殊的動態事物相搭配，如：

(50)龍吉公主只見火勢沖天，烈煙捲起，正欲念咒救火，又見一【塊】金光奔至面前。
　　　　　　　　　　　　　　　　　　　　　　　《封神演義・第七十一回》

(51)雲彩繚繞，從中間卷出一【塊】火來，如栲栳之形，直滾下虛皇壇來。
　　　　　　　　　　　　　　　　　　　　　　　　《水滸傳・第七十回》

(52)隨發一個雷聲，振開萬仙陣，一【塊】煙霧撤開，現出萬仙陣來。
　　　　　　　　　　　　　　　　　　　　　　　《封神演義・第八十二回》

與前面「塊」稱量的事物不同，「金光」、「火」、「煙霧」並不是有固定外形的塊狀物體，而且由於它們是動態的，無法確定它們的外形特徵。不過有一點可以確定，就是這些「金光」、「火」、「煙霧」等事物雖然處於動態之中，但其整體上仍是成為「一體」的，並沒有呈「分散」的狀態。從這一點來說，這些事物本身也是「塊狀」的，因而也便用「塊」來稱量。不過這種用例並不多，可以作為一種特殊的用法來看待。

明代時，「塊」的用法已基本形成，其語義發展脈絡為：

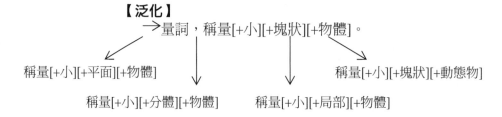

【虛化】
塊，本義：土塊。　→　量詞，稱量[+小][+塊狀][+土]。

【泛化】
　　　　　　→量詞，稱量[+小][+塊狀][+物體]。

稱量[+小][+平面][+物體]　　　　　　　　稱量[+小][+塊狀][+動態物]

稱量[+小][+分體][+物體]　　稱量[+小][+局部][+物體]

1-3-5 清代：

清代繼承和發展了前代「塊」的各種用法。

　　用於稱量[+小][+塊狀][+物體]這一用法占「塊」做量詞用法的二分之一，仍然是這一時期的主流用法，其稱量的名詞也越來越多，既有「典型」的「塊狀」事物，也有「非典型」的「扁平狀」事物，出現了「權杖」、「招牌」、「石匾」、「玻璃」、「月餅」、「果子」、「麵包」等等眾多新的稱量對象。

　　用於稱量[+小][+平面][+物體]的用法仍然可用於各類「紙」、「皮」、「布帛」類事物及「土地」類名詞，不過這一時期，「塊」稱量「土地」的用法又有所泛化，它雖然仍主要用於稱量「平地」、「墳地」、「空地」、「宅地」等這一類「地面」義，但也有部分可以用於較為「抽象」的「地方」，而不一定實指「地面」，如：

(53)誰知那演說的人，斂了許多錢去，找了一【塊】眾人傷害不著的地方，立住了腳。
　　　　　　　　　　　　　　　　　　　　　　　　　《老殘遊記・第一回》
(54)又把現在的大房子回掉，另外借人家一【塊】地方，但求掛塊招牌，存其名目而已。
　　　　　　　　　　　　　　　　　　　　　　　《官場現形記・第五十二回》
(55)你順著我的手瞧，西沿子那個大村兒叫金家村，這東邊兒的叫青村，正北上一攢子樹那一【塊】兒，那是黑家窩鋪。　　　《兒女英雄傳・第十四回》
(56)要是百花嶺，咱們這【塊】兒還有親戚呢。　　《小五義・第六十一回》

　　前兩例「塊」用於稱量明確的「地方」，後兩例「塊」後面沒有稱量的名詞，仍可以表示「地方」義。這幾例中「塊」稱量的「地方」不僅僅指「地面」部分，它實際上所指的是「地面上的空間」，是虛化了的「地方」。

　　用於稱量「分體」和「局部」的用法與明代基本相同，不再舉例。

　　用於稱量「動態事物」如「火」、「光」、「氣」等的用法也還存在，不過數量較少，此外，這一時期，「塊」還可用於稱量較為「抽象」的名詞，如：

(57)明日把炕箱內那個東西扔了，就去我心中一【塊】大病。《彭公案・第十四回》
(58)園裡去採花戴，惹的心中愁一【塊】：花兒雖好要當時，顏色敗了誰人愛？
　　　　　　　　　　　　　　　　　　　　　　　　　《聊齋俚曲集・琴瑟樂》
(59)一天歡喜，化成一【塊】疑團，橫梗胸臆，不能放下。　　《玉梨魂・第九回》

　　與「動態事物」不同，「心病」、「愁」、「疑團」是看不見、摸不到的抽象事物，抽象事物是「無界」的，它沒有外在的形狀特徵，按說是無法用形狀量詞來稱量的，但通過隱喻，人們可以把這些抽象事物轉化為可以感知的具體形象。「心病」、「愁」、「疑團」都是人「心中」的情感，這些情感「聚集」在「心中」，成為「團塊」，成為「一體」，從而也便用「塊」來稱量。

　　清代時，「塊」還產生了另外一種全新的用法，用於稱量「錢」，這種用法一直延續到現代漢語中。如：

(60)此刻一【塊】洋錢兒一千零二十文銅錢，我出了一千二百文。
　　　　　　　　　　　　　　　　　　　　　　《二十年目睹之怪現狀・第九十九回》
(61)這位門生齊巧身邊有兩【塊】洋錢，一【塊】鷹洋，一【塊】龍元，便取出來。
　　　　　　　　　　　　　　　　　　　　　　　《官場現形記・第四十六回》

(62)把乃武所給的三十【塊】錢，取了二十五【塊】，用手中包著，餘下五元，仍塞
在枕底。　　　　　　　　　　　　　　　　　　《楊乃武與小白菜・第十回》

(63)一共七十【塊】錢的鈔票，內中六十八【塊】是點戲的錢，至於桌子的錢，今天
並沒有照會你們預定檯子，你們也沒有地方，多的兩【塊】錢，就算賞了你罷。
　　　　　　　　　　　　　　　　　　　　　　《九尾龜・第三回》

　　用「塊」稱量「錢」、「洋錢」、「鈔票」是清代產生的新用法，這種用法在清代出現的
頻率已經非常之高，但出處卻僅限於以上幾部作品，這些作品的寫作時代均為晚清，清初
及清中期的文獻作品中都沒有出現這種用法。從這一點可以看出，「塊」稱量「錢」的用法
是在晚清才有的，它的產生與清末的社會背景、經濟背景有密切關係。清朝中後期，隨著
國門的打開，外國的「洋錢」即「銀元」開始進入中國市場，這種「洋錢」不像「金、銀」
那樣按重量計算，而是按「個數」計算，使用起來非常方便，因而受到大家的歡迎，與清
朝的「銀子」、「銅錢」同時並用，後來清朝也開始鑄制「銀元」。這種「銀元」是「圓」的，
因而一個稱為「一圓」，「圓」也寫作「元」，這是從它的外形輪廓來說的；後來，也可稱為
「一塊」，這是從它占有一定的體積角度來分類的，這是「圓」、「塊」作為「錢幣」量詞產
生之初的理據。一旦「圓」、「塊」固定下來成為貨幣的基本單位，它的「外形特徵」就被
漸漸淡化，以至於後來，無論是銀制的「錢幣」還是紙制的「鈔票」，都可用「圓」、「塊」
來稱量，這時，「圓」、「塊」都已經轉化為「貨幣」單位，與其真正的外形特徵無關了。

1-3-6 現當代

　　現代漢語中，「塊」的用法與清代基本相同，稱量「動態物」如「火」、「氣」、「煙」
等的用法消失，稱量「抽象」事物的用法也有所縮小，常用的只有「心病」一詞。另外，
由於舊有事物的消失以及新生事物的出現，量詞「塊」在具體名詞的搭配方面略有差異，
此處不再贅述。

1-4 量詞「塊」的演變特點

　　通過對「塊」由名詞虛化為量詞並進一步發展演變過程的考察，我們可以發現有以下
幾個特點：

　　第一，從量詞「塊」的產生和發展過程來看，它雖然產生較早，西漢時就已虛化為量
詞，但在唐之前一直發展緩慢，宋之後才開始逐漸發展。「塊」本義為「土塊」，西漢時開
始作為量詞使用，用於稱量「土塊」，這與「塊」的本義相一致。魏晉南北朝時期，「塊」
只出現了一例，仍用於稱量「土」，沒有產生新的用法，這一點較為奇怪。按劉世儒[1]的說
法：「名量詞在南北朝特別得到發展，其詞量的豐富，分工的細密，規範的明確，都不是
這個時代以前任何一個時代所可比擬的。漢語名量詞發展到這一階段，可以說基本上已經
進入成熟時期了。」而「塊」在這一時期的停滯與其他形狀量詞的發展演變形成較大的反
差。這是什麼原因造成的？我們仔細觀察了兩漢、魏晉南北朝時期的語料，發現這兩個時
期「塊」的主流用法仍為其名詞本義「土塊」，由於「塊」本身一直具有較強的實義性，
阻礙了「塊」的進一步泛化，使得「塊」一直拘泥於稱量具有相同屬性範疇的「土塊」。

---

[1] 劉世儒，《魏晉南北朝量詞研究》，中華書局，1965 年。

唐代時，「塊」的名詞本義才開始有所弱化，量詞也開始從「土塊」擴大至其他「塊狀」物體，邁出了泛化的第一步。宋以後「塊」的名詞本義用法越來越少，量詞的屬性越來越多，至明清時期，現代漢語中「塊」的量詞用法已全部產生。因而，唐代是量詞「塊」發展的一個分水嶺，之前發展緩慢，之後迅速發展，這與「塊」的實義性密不可分。

　　第二，量詞「塊」具有多重量詞屬性。用於稱量[+小][+塊狀][+土]的「塊」是「個體量詞」，產生於西漢，這是量詞「塊」最初的用法，後來泛化為稱量[+小][+塊狀][+物體]，這一直是它的主流用法，直到現代漢語也是如此。用於稱量[+小][+塊狀][+分體]的「塊」與用於稱量[+小][+塊狀][+局部]的「塊」均為「部分量詞」，這兩種量詞用法產生於宋代，主要是分從「小」這一語義特徵出發而產生的。用於稱量[+小][+平面][+物體]的「塊」也是「個體量詞」，它是從稱量[+小][+塊狀][+物體]的用法中發展分離出來的。「塊狀」有「典型」與「非典型」之分，長、寬、高比例相差不大，為「典型」的「塊狀」，隨著「高度」的縮小，「塊狀」可變為「扁平狀」，這也是「塊狀」的一種，只是較為特殊。一旦「高度」無限縮小，變為無法測量的數值時，就成為了「平面狀」。因此，稱量[+小][+平面][+物體]的用法是從稱量[+小][+塊狀][+物體]用法發展而來，是從一般到特殊的演變結果。用於稱量「錢」的「塊」為「度量衡量詞」，產生於清代，這與當時貨幣自身的變化有直接關係。

　　第三，與「面狀」量詞稱量「平面類」事物有所不同，量詞「塊」稱量「平面類」事物主要側重於「小」這一語義特徵。「塊」和「片」都可稱量名詞「地」，「塊」、「張」都可稱量名詞「紙」和「皮」，「塊」、「幅」都可稱量名詞「布」，但在語義的側重方面則有所不同，如：

　　　　一片地　　　　一塊地
　　　　一張紙　　　　一塊紙
　　　　一張皮　　　　一塊皮
　　　　一幅布　　　　一塊布

　　「一片地」側重指「地」的整體概念，指「地」的面積大，「一塊地」側重指「地」的占地面積小；「一張紙」、「一張皮」側重指「紙」和「皮」的整體，「一塊紙」、「一塊皮」側重指「紙」和「皮」的面積較小，可能是整體，也可能只是其中的一部分。例如：

　　手上在茶几上撿了一【張】報紙，搭訕著，一【塊】兒一【塊】兒地撕，撕得粉碎。（張恨水《金粉世家》）

　　可見，同樣是「報紙」，用「張」和「塊」所指的大小明顯不同。同樣，「一幅布」的面積遠遠大於「一塊布」的面積。所以「塊」用於稱量「平面類」事物，與「面狀」量詞稱量這些事物的語義側重點不同，「塊」強調的是該事物的「小面積」，這與「塊」稱量「塊狀」事物的用法是一致的。

　　「塊」由名詞虛化為量詞，並進一步發展演變的過程可以用下圖表示：

量詞「塊」的發展過程

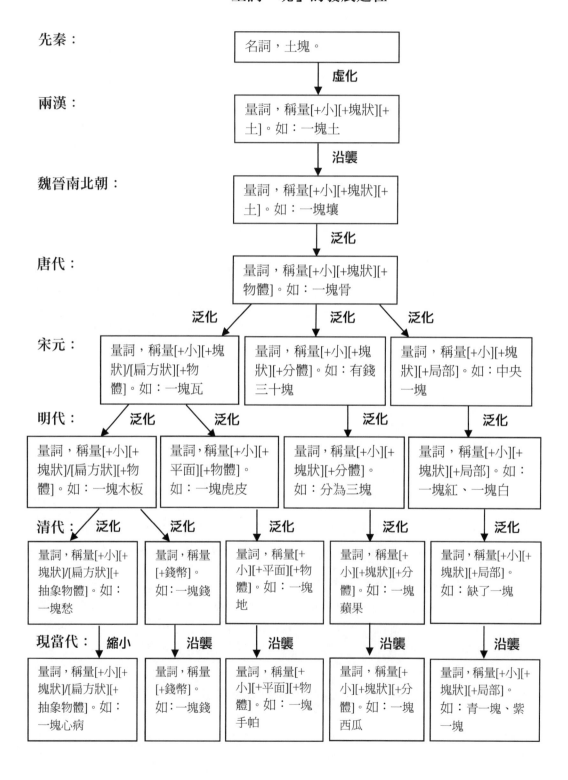

2‧量詞「團」的產生及其發展演變

2-1 已有研究成果概述

「團」作為量詞，出現頻率不高，因而對它進行的研究也較少。

劉世儒在《魏晉南北朝量詞研究》中沒有提及量詞「團」，因此，趙中方、[1]游黎、[2]陳穎 [3]等都認為「團」在魏晉時期沒有出現，一直到唐代才作為量詞使用。並且認為「團」在唐代時就已經相當成熟。

下面我們將以大量語料為基礎，考察「團」的產生時代，並探討「團」如何從本義虛化為量詞，以及它的發展演變過程。

2-2 量詞「團」的產生及其時代

《說文解字》：「團，圜也。」《玉篇‧口部》：「團，圓也。」「團」本義為形容詞「圓，圓形」，下麵是其本義用法：

(1)鑒【團】景一。 《墨子‧卷十》

孫詒讓《墨子間詁》：「蓋謂鑒正圜則光聚於一。」

由「團」的本義虛化，魏晉南北朝時期，「團」開始作為量詞使用，用以稱量「團狀」事物，如：

(2)元嘉中，高平平邱孝婦懷妊，生一【團】冰，得日便消液成水。

（南朝宋‧劉敬叔《異苑》）

(3)作乾酪法……涅涅時作團，大如梨許……亦有全擲一【團】著湯中，嘗有酪味，還漉取曝乾。 《齊民要術‧卷第六》

上面用例中，「冰」、「乾酪團」都是「團狀」物，這時的「團狀物」還只限於具體的事物。魏晉南北朝時，「團」就已經虛化為量詞，並非唐代才產生。其產生的方式為：

【虛化】

團，本義：圓，圓形。→ 量詞，稱量[+團狀][+具體事物]。

2-3 量詞「團」的發展演變

2-3-1 唐代：

唐代時，量詞「團」發展較快，可用於稱量的「團狀」事物也有所擴大，既有靜態事物，如：

(4)如似一【團】鐵。 《祖堂集‧卷六》

---

[1] 趙中方，《唐五代個體量詞的發展》，《揚州大學學報》1991 年第 4 期。

[2] 游黎，《唐五代量詞研究》，四川大學碩士論文，2002 年。

[3] 陳穎，《蘇軾作品量詞研究》，巴蜀書社，2003 年。

(5)若一【團】泥用塗像前。　　　　　　　　　　　　　《法苑珠林・卷第三十六》

(6)一【團】乾飯不將難,如何便得生天杲(果)。《敦煌變文集・佛說阿彌陀經講經文》

(7)取犢子糞一百八【團】。　　　　　　　　　　　（唐《末利支提婆華鬘經（一卷）》）

(8)尋有一【團】紙落。　　　　　　　　　　　　　　　（戴孚《廣異記・李蓁》）

(9)要須四【團】糖。　　　　　　　（唐《根本說一切有部毘奈耶藥事（十八卷）》）

(10)遂捧一【團】繩,計百餘尺。　　　　　　　　　　　　（皇甫氏《原化記》）

(11)一【團】香絮枕,倚坐穩於人。　　　　　　　　　　　（白居易《能無愧》）

(12)萬顆真珠輕觸破,一【團】甘露軟含消。　　　　（盧延讓《謝楊尚書惠櫻桃》）

(13)譬如一【團】水銀分散諸處。　　　　　　（唐《黃蘗斷際禪師宛陵錄（一卷）》）

(14)毛寒一【團】雪,鬆薄萬條絲。

　　　　　（白居易《有小白馬乘馭多時奉使東行至稠桑驛溘然而斃…題二十韻》）

(15)牙床舒卷鴛鴦共,正值窗櫳月一【團】。　　　　　　（史鳳《鮫紅被》）

也有動態事物,如:

(16)山榴逼砌栽,山火一【團】開。　　　　　　　　　（李郢《雨中看山榴落花》）

(17)來如霹靂急,去似一【團】風。　　　　　　　　《敦煌變文集新書・卷四至八》

(18)頭上梳釵,變作一【團】亂蛇。　　　　　　　　　《敦煌變文集・破魔變》

　　無論是靜態事物還是動態事物,大多呈現出形態上的「團狀」（除「月」呈「平面的圓形」外）,在此基礎上進一步發展,「團」開始用於稱量「抽象事物」,如:

(19)柳底花陰壓露塵,醉煙輕罩一【團】春。　　　　　　（李山甫《公子家二首》）

(20)松柏樓窗楠木板,暖風吹過一【團】香。　　　　　　（花蕊夫人《宮詞》）

(21)未有長錢求鄴錦,且令裁取一【團】嬌。　（段成式《柔卿解籍戲呈飛卿三首》）

(22)一【團】青翠色,雲是子陵家。　　　　　（戎昱《閏春宴花溪嚴侍禦莊》）

　　「春」、「香」、「嬌」、「色」都不是具體的「物」,沒有任何形狀,是不能用形狀量詞來稱量的,這裡運用修辭手法,用「團」來稱量它們,就把這些無形狀的抽象物具象化,成為人們可以感知的事物了。

　　唐代,「團」與數詞結合,還產生了另外兩種用法。一種是用於表示「軍隊編制單位」,如:

(23)凡衛士,三百人為一【團】,以校尉領之。　　　　　　《舊唐書・卷四十四》

另一種是與數詞「一」結合,構成「一團」,表示「團在一起」義,如:

(24)後宮宮女無多少,盡向園中笑一【團】。　　　　　　　（王建《宮詞》）

這兩種形式中,「團」雖然與數詞「一」結合,但沒有具體的稱量對象,不能算作量詞,後文不再談及。

　　唐代時,「團」的發展較快,這是在魏晉南北朝量詞「團」基礎上的進一步發展,其語義發展脈絡為:

【虛化】

團，本義：圓，圓形。→ 量詞，稱量[+團狀][+具體事物]。

【泛化】

→量詞，稱量[+團狀][+抽象事物]。

2-3-2 宋元：

宋元時期，量詞「團」仍主要用於稱量「團狀」物，除唐代已有的稱量對象外，還增加了很多新事物，如：

(25)西州回鶻遣都督來朝貢，玉大小六【團】，一【團】碧琥珀，九斤。

《冊府元龜·卷九百七十二》

(26)廣州城東門外有一【團】石。 （宋·《景德傳燈錄（三十卷）》）

(27)赤肉一【團】。 （宋·《宏智禪師廣錄（九卷）》）

(28)川公服一段，茶兩【團】，酒二壺，蜀紙三百幅。 （宋·蘇軾《與錢穆父》）

(29)鸞鷺飛入碧波中，抖擻一【團】銀繡線。 《五燈會元·卷十八》

(30)攪擾身心一【團】麻線。 《古尊宿語錄·卷第二十一》

(31)今京兆府兩稅青苗錢，市草百萬【團】，送苑中。

《太平廣記·卷第二百三十九》

(32)春深桃李爭時節，千【團】紅雲萬堆雪。 （宋·陸遊《暮春歎》）

(33)遊絲萬丈天外飛，落絮千【團】風裡飄。 （元·王修甫《仙呂·八聲甘州》）

(34)天地與吾身共只是一【團】物事。 《朱子語類·卷九十八》

(35)一【團】煙霧足龍行。 （宋·《汾陽無德禪師語錄（三卷）》）

(36)昔人有以合子合得一【團】光。 《朱子語類·卷一百二十六》

以上「團」稱量的「玉」、「石」、「肉」、「茶」（此處為團茶）、「線」、「草」、「雲」、「物事」均為靜態事物，而「煙霧」、「光」則為動態事物。這些事物基本上都呈「團狀」，即「圓球形」。

「團」用於稱量「抽象事物」的用法，在宋元時期，特別是元代，增加了很多，一些表現事物「色彩」、「景象」，表達人「情感」、「氛圍」、「姿態」等的名詞或形容詞都可用「團」來稱量，如：

(37)雲生也四壁模糊，雲定也一【團】翁鬱。 （元·湯舜民《題支巢》）

(38)暮鴉木末，落鳧天際，都是一【團】秋意。 （宋·吳潛《鵲橋仙·扁舟昨泊》）

(39)細細一【團】愁緒。 （宋·黃機《謁金門》）

(40)鞞鳳翹，泣鮫綃，一【團】愁吃洴在心上了。 （元·張可久《寨兒令·春愁》）

(41)一【團】罪業黑漫漫。 （宋·《如淨和尚語錄（二卷）》）

(42)看縱橫才美，雍容談笑，一【團】和氣。 （宋·楊無咎《選冠子·海上樓台》）

(43)席上詠妓萬種嬌嬈，一【團】俊俏，十分妙。 （元·趙彥暉《點絳唇·省悟》）

(44)一【團】兒旖旎，百倍兒精神。 （元·無名氏《越調·鬥鵪鶉·元宵》）

宋元時期，「團」稱量具體事物和抽象事物的用法都有了進一步的發展。

2-3-3 明清：

明清時期，「團」的用法進一步發展。稱量「團狀」具體事物的稱量對象又有所增加，如：

(45)只殺得一【團】白骨見青天。　　　　　　　　　　　《封神演義・第六十四回》

(46)想我老孫雖小，頗結實，皮裏一【團】筋哩。　　　　《西遊記・第二十回》

(47)一【團】金作棟，千片玉為街。　　　　　　　　　　《醒世恒言・第四十卷》

(48)心裡暗暗想著，那手上正然捏了一【團】粉麵，在那裡做餅。

　　　　　　　　　　　　　　　　　　　　　　　　　　《續濟公傳・第一百九十回》

(49)解開來，只見一【團】綿裹著寸許大一顆夜明珠，光彩奪目。

　　　　　　　　　　　　　　　　　　　　　　　　　　《初刻拍案驚奇・卷一》

(50)發髻蓬鬆，一【團】鬍鬚如亂草一般。　　　　　　　《濟公全傳・第十九回》

(51)一【團】毛圍在嘴上，象個刺蝟似的。　　　　　　　《官場現形記・第二十九回》

(52)依蹤尋到井邊，便不見女兒鞋跡，只有一【團】血灑在地上。

　　　　　　　　　　　　　　　　　　　　　　　　　　《初刻拍案驚奇・卷三十六》

(53)筆底下一【團】墨浸，直印到卷底。　　　　　　　　《品花寶鑑・第二回》

(54)更有一【團】黑氣，把李逵等五百餘人罩住。　　　　《水滸傳・第九十四回》

(55)提調查到大廳上面，看見角子上一【團】黑影。

　　　　　　　　　　　　　　　　　　　　　　　　　　《二十年目睹之怪現狀・第六十二回》

稱量「抽象事物」的用法也有所發展，出現了眾多的「氣」、「意」等表示「神情」、「心意」、「性格」、「情感」、「狀態」等意義的詞，如：

(56)許多文墨上臉，一【團】秀氣包身。　　　　（明・汪延訥《種玉記・第五出》）

(57)一【團】殺氣，擺一川鐵馬兵戈。　　　　　　　　　《封神演義・第七十一回》

(58)身上一【團】孩子氣，獨聳孤陽；腰間一道木樨香，合成眾唾。

　　　　　　　　　　　　　　　　　　　　　　　　　　《二刻拍案驚奇・第十四卷》

(59)紳筱庵望了一個空，一【團】悶氣，無可發洩。　　《官場現形記・第五十八回》

(60)只眼觀鼻鼻觀心的滿臉一【團】正氣。　　　　　　　《兒女英雄傳・第四十回》

(61)那秀童要取壺酒與阿爹散悶，是一【團】孝順之心。　《警世通言・第十五卷》

(62)只是他一【團】美意，將何推託？　　　　　　　　　《警世通言・第二十五卷》

(63)這是我們二叔合我父親一片苦心，一【團】誠意！　《兒女英雄傳・第十九回》

(64)這番他把那一【團】奸詐藏在標緻顏色裡邊。　　　　《型世言・第三十回》

(65)琴言心上一【團】酸楚，正難發洩，聽到此便生了氣。《品花寶鑑・第二十一回》

(66)弄得彼此所問非所答，直鬧得一【團】糟了。　　　　《品花寶鑑・第二十三回》

2-3-4 現當代

現當代時期，「團」稱量具體事物和抽象事物的用法都有所縮小，具體事物中，「金」、「玉」、「石」及「液體」等均不再用「團」稱量；抽象事物中，表示「心意」、「情感」的「心」、「意」、「酸楚」等的量詞也不再用「團」。無論是從稱量對象的範圍還是從使用的

頻率來看，現當代時期，「團」都呈漸漸衰退的趨勢。

2-4 量詞「團」的演變特點

通過對「團」由形容詞虛化為量詞並進一步發展演變過程的考察，我們可以發現：「團」自魏晉南北朝虛化為量詞後，經歷了先擴大再縮小的發展過程。魏晉南北朝時期，「團」只用於稱量具體事物，唐代時，「團」開始泛化，用於稱量「具體事物」的名詞增加，同時開始稱量「抽象事物」。宋元明清時期，沿襲了唐代的這兩種用法，在稱量範圍上都有所擴大，但在現當代時期，「團」的兩種用法都呈縮小趨勢，稱量範圍縮小，使用頻率降低。分析這其中的原因，主要有兩方面：一是由於「團」本身仍具有較強的實義性。從古代漢語一直到現代漢語「團」本身都同時具有名詞和動詞詞性，「團」單獨出現時，除了具有量詞詞性外，還可作名詞或動詞，這就使得「團」作為量詞的發展受到限制，很難進一步泛化發展；二是由於現當代時期是量詞調整和規範的階段。明清時期的大發展，導致了量詞的極度興盛，同時也帶來了負面效應，即名詞與量詞的搭配呈現出各種態勢，「一名多量」和「一量多名」現象增多，這不利於語言的運用。如明清時期，「團」用於稱量「心意」的有「一團孝心」、「一團美意」，但同時，還有量詞「片」也可用於稱量「心意」。在語言內部，這種現象的存在不會太久，語言本身就會產生競爭，競爭的結果是淘汰和分流，現當代時期，表示「心意」的量詞由「片」來擔任，「團」的量詞用法縮小。

「團」由形容詞虛化為量詞，並進一步發展演變的過程可以用下圖表示：

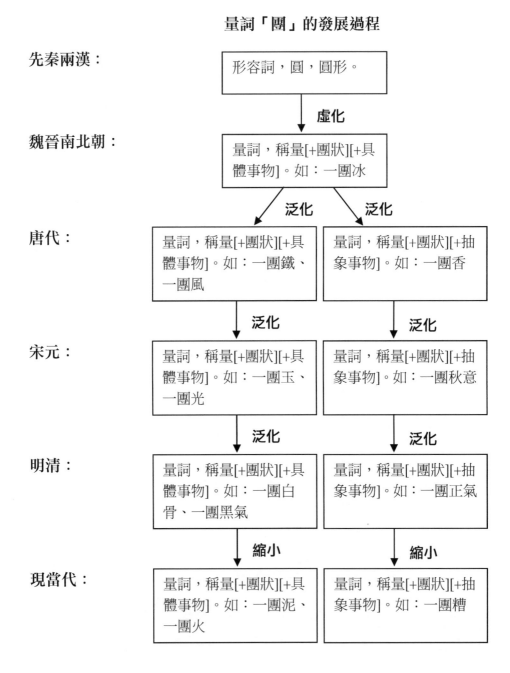

量詞「團」的發展過程

先秦兩漢：　形容詞，圓，圓形。

↓ 虛化

魏晉南北朝：　量詞，稱量[+團狀][+具體事物]。如：一團冰

↓ 泛化　　泛化

唐代：
量詞，稱量[+團狀][+具體事物]。如：一團鐵、一團風
量詞，稱量[+團狀][+抽象事物]。如：一團香

↓ 泛化　　泛化

宋元：
量詞，稱量[+團狀][+具體事物]。如：一團玉、一團光
量詞，稱量[+團狀][+抽象事物]。如：一團秋意

↓ 泛化　　泛化

明清：
量詞，稱量[+團狀][+具體事物]。如：一團白骨、一團黑氣
量詞，稱量[+團狀][+抽象事物]。如：一團正氣

↓ 縮小　　縮小

現當代：
量詞，稱量[+團狀][+具體事物]。如：一團泥、一團火
量詞，稱量[+團狀][+抽象事物]。如：一團糟

第六章　現代漢語形狀量詞的發展規律

1・現代漢語形狀量詞的歷史分期

「歷史分期」主要是指形狀量詞在各個歷史時期的發展過程。形狀量詞是漢語量詞當中最具代表性、同時也是最能體現量詞發展演變特點的一個小類，通過考察形狀量詞的歷史分期，可以發現其在不同歷史時期的發展進程，找出不同歷史時期和歷史背景對量詞發展產生的影響，並由形狀量詞的發展階段窺探漢語史的歷史分期。

關於量詞的發展階段，前賢們已有一些論述。

黃載君[1]根據量詞從無到有，從少到多發展的規律，把整個漢語量詞發展分為五個階段：

①不用量詞階段：完全用數詞表示。

②量詞萌芽階段：量詞很少，用數詞直接表示數量仍占絕對優勢。

③量詞興起階段：量詞漸多，但尚未完備，應用量詞表示與用數詞表示並行，兩者勢均力敵。

④量詞成熟階段：絕大部分量詞皆已產生，用數詞直接表示已處劣勢，量詞以用為常，不用為變。

⑤量詞完備階段：量詞數量發展已達頂峰，量詞應用為不可缺少；直接用數詞表示，在實際語言中已處於衰亡階段，偶爾有之，其意義或情況有時都比較特殊，或有一定的條件，不能代表一般的或正常的使用情況。

劉世儒指出量詞在魏晉南北朝時期，「其詞量的豐富，分工的細密，規範的明確，都不是這個時代以前任何一個時代所可以比擬的。漢語名量詞發展到這一階段，可以說基本上已經進入成熟時期」。[2]按劉世儒的看法，魏晉南北朝時期，量詞是必須使用的表達方式，正式成為漢語確定的語法範疇，這是量詞成熟的一個重要標誌。

蔣穎[3]將名量詞的起源及發展大致分為三個階段：一是先秦時期（西元前3世紀以前），稱為名量詞的萌芽期，總體特點是：詞性上有兼類性（兼名詞和量詞功能），用法上無強制性（量詞可用可不用），名量詞總數少，個體量詞義項少、搭配範圍窄，沒有出現通用個體量詞。二是兩漢時期（西元前2世紀至西元3世紀），為名量詞的過渡期，總體特點是名量詞在總數目上有較大的增長，反響型量詞消失，產生大量性狀量詞，出現通用個體量詞。三是魏晉南北朝時期（西元3至6世紀），為名量詞的成熟期，特點是名量詞的內部類別、句法作用、語序特徵等，都延續到了近現代漢語時期。

高佳[4]對漢語量詞的劃分參考了黃載君的分類方式，把甲金文時期看作是量詞的萌芽階段，量詞數量和類別都很少，名詞可用可不用。春秋、戰國、兩漢時期為過渡階段，量

---

[1] 黃載君，《從甲骨文、金文量詞的應用，考察漢語量詞的起源與發展》，《中國語文》1964年第6期。

[2] 劉世儒，《魏晉南北朝量詞研究》，中華書局，1965年。

[3] 蔣穎，《漢藏語系名量詞研究》，中央民族大學博士論文，2006年。

[4] 高佳，《漢語服裝量詞的形成及演變研究》，四川大學博士論文，2007年。

詞數量有所增加。魏晉南北朝為成熟階段，名量詞進一步分工，個體量詞大量出現，量詞自身成為一個完備的體系，數量詞結構成為普遍形式。唐宋以後為量詞完善階段，這一階段沒有下限，主要是量詞成員的產生、發展和演變，量詞之間的分工也在繼續進行。

　　上面對量詞發展階段的劃分基本上都是從以下幾個方面來考慮的：一是量詞的種類和數量；二是量詞是否為必要手段；三是「數」、「量」、「名」的語序。這是對整個量詞系統，包括所有量詞種類的一種劃分方法，應該說具有一定的科學性。但是沒有人從量詞所稱量名詞的語義和義類歸併的角度來劃分演變的階段。我們就以形狀量詞為對象，探討從名詞語義演變的角度來劃分的形狀量詞的歷史分期。

1-1 從語義搭配看形狀量詞的歷史分期

　　從語義搭配角度看形狀量詞，主要是從三個方面考慮：一是量詞的用法是單一還是跨類，二是量詞稱量對象範圍的寬窄，三是量詞稱量對象數量的多少。根據這三個方面，我們將前面所考察的形狀量詞的發展過程大致分為五個階段，分別為：興起階段、發展階段、完善階段、定型階段和規範階段。這幾個階段內部又各有自己的發展特點，下面分別敘述這幾個階段的時代及特點。

1-1-1 興起階段

　　興起階段主要是指先秦兩漢時期。這一階段的特點是：形狀量詞開始出現，但用法較為單一，一般只用於稱量與其本義相同或相關屬性的事物，量詞稱量對象的範圍狹窄，稱量名詞的數量也非常少。應該說這是形狀量詞的初生階段。

　　以量詞「顆」為例，「顆」於先秦就已經出現，是產生較早的個體量詞，但在先秦兩漢時期，「顆」僅用於稱量「植物的果實」，同時附帶「小而圓」的形狀特點，這些都與「顆」本義有關。「顆」稱量的名詞非常少，只有「奈」、「薑」、「附子」、「烏喙」、「雷尾矢」等少數幾個，除「奈」之外，都是藥方中出現的中藥名詞。再來看量詞「張」，也是在先秦就已經產生，用於稱量「幕」，到兩漢時期，「張」也只能用來稱量「弓」和「弩」。「弓」、「弩」和「幕」的性質相同，都是從「張」的「可張開」義發展來的，因而從用法上來說，先秦兩漢時期「張」的用法都較為單一。「張」所搭配的名詞僅限於上面的三個，數量很少。先秦時期出現的另一個量詞「丸」，一直到兩漢時期，都只用於稱量同一個事物「艾丸」，並且也只發現了四例。兩漢時期出現的形狀量詞也是如此，基本上都只用於稱量與其本義相同屬性的事物。如「塊」本義「土塊」，虛化為量詞只用於稱量「土塊」。「枝」本義「枝條」，虛化為量詞只用於稱量「枝條」。「支」本義「枝條」，引申為「分支」，虛化為量詞就只用於稱量具有「分支」義的事物。並且這些量詞稱量的名詞數量也非常少。

　　以上這些都說明，先秦兩漢時期，形狀量詞都處於剛剛興起的初級階段，並且發展得較為緩慢。

1-1-2 發展階段

　　劉世儒認為量詞作為一種語法範疇是在魏晉南北朝時期形成的，這一階段量詞的詞量豐富，分工明確，可稱為「成熟期」。這是從量詞整體來考慮的。從語義發展的角度來看，我們把魏晉南北朝稱為形狀量詞的發展階段。這一階段的特點是：形狀量詞大量出現，量

詞的用法發展迅速，不再稱量單一範疇事物，出現跨類稱量，不過這種跨類一般也都還限於具體事物，即量詞同時稱量兩類以上的具體事物，稱量的名詞範圍擴大，數量增加。

幾乎所有的形狀量詞都在魏晉南北朝時期加快了演變的步伐。量詞「張」在先秦兩漢時期只能用於稱量表示「撐張開」的「弓」、「弩」等，且用量不多，而到了這一時期，泛化出了用於表示「鋪張開」之義的用法，並且由稱量「弓弩」等武器類化到稱量「戟」、「槊」等其他武器，由「弓弩」的線性特點類化到稱量具有同樣性狀的「索」。量詞的用法不再單一，開始跨類稱量。從量詞「張」稱量名詞的範圍來看，表示「撐張開」的，新出現了「琴」、「步障」、「傘」、「蚊帳」等，表示「鋪張開」的，出現了「氈」、「罽」、「紙」、「鼓」等，數量都有所增加。再如量詞「片」在兩漢時期才剛剛出現，僅能作為「部分量詞」使用，而魏晉南北朝時期一下子泛化出包括「部分量詞」、「個體量詞」、「集合量詞」和「不定量詞」在內的四種量詞用法，達到了「片」作量詞的高峰期。從「片」稱量事物的範圍來看，兩漢時期只限於「食品」和「飲品」，這一時期發展到了包括：木材、石材、雲彩、樹葉、地面、水面以及雨等多種範圍，搭配名詞的數量較多。量詞「幅」在兩漢時期還只用於作度量衡量詞，到魏晉南北朝就虛化出作個體量詞的用法了。量詞「根」與「道」都是魏晉南北朝才產生的，應該說產生時間不算早，可一經產生就迅速發展。量詞「根」分別經由「借代」、「引申」和「類化」等泛化方式，用於稱量「有根有生命的植物」、「無根無生命的木質類」和「有根有生命的毛髮類」等多種用法。量詞「道」憑藉「通道作用」的理據，泛化出了稱量「起通道作用的事物」、稱量「經由通道的文書」、稱量「長條狀動態事物」，以及稱量「回環動作」的動量詞等四種用法。這些都說明，魏晉南北朝時期是形狀量詞從稱量單一範疇到跨類範疇的重要階段，稱量名詞的範圍擴大，數量增加，是形狀量詞的發展階段。

1-1-3 完善階段

高佳[1]等人把魏晉南北朝以後的時期都稱為「完善期」，從表述角度來說不能算錯，因為量詞的每一步發展，無論是泛化的還是縮小的，都可以稱之為完善。同是完善，唐代、宋元、明清、現當代完善的程度還是有所不同。根據前面形狀量詞的發展狀況，我們把唐代和宋元放在一起，稱為完善階段。把明清和現當代分離出去，各成為一個單獨的階段。之所以這樣劃分是因為，與唐宋元相比，明清和現當代時期量詞的用法仍存在一定的差異，從中分離開來，有助於更好地認識量詞的發展脈絡。

完善階段的特點是：量詞的用法不僅跨類，並且還產生了性質上的轉折，這種性質上的轉折主要是指量詞的稱量對象或「由動作到形狀」，或「由靜態到動態」，或「由具體到抽象」，或「由無生命到有生命」，或「由物到人」，等等，簡單說是從一個認知域轉向另一個認知域。這種變化不是暫時的，它的產生決定了量詞後來的發展走向。並且量詞稱量的事物範圍進一步擴大，數量急劇增加。

以「張」為例，魏晉南北朝時「張」的「撐張開」和「鋪張開」用法，都與「動作」有一定關係，有較強的動作性。而到了唐代，「張」由「鋪張開」泛化產生了用於稱量「鋪

---

[1] 高佳，《漢語服裝量詞的形成及演變研究》，四川大學博士論文，2007 年。

張開後形成的平面事物」的用法,這是「張」在量詞性質上的轉型。從唐代起,「張」便從一個表動狀為主的量詞轉變成為一個表形狀為主的量詞,在後來的發展過程中,「形狀」特徵越來越強,「動狀」特徵越來越弱,至明清及現當代時期則成為典型的「二維平面」量詞。從「張」的稱量對象來看,唐代「張」稱量「鋪張開」的事物新出現了「皮」、「錦羅」、「被」等;稱量「器具」的新增加了「鍬」、「鐮」、「匙」等,稱量的名詞範圍有所擴大。再如量詞「條」,魏晉南北朝時期用於稱量「地理類」和「布帛類」,這兩類都只是靜態的具體事物,唐代時,由靜態到動態,發展出了「氣」、「焰」、「電」等事物;由無生命到有生命,發展出了「動物類」,由物到人,發展出了「人體類」。宋元時期,再由具體到抽象,發展出了「正路、門路」等抽象用法。稱量的名詞範圍也越來越大,除了上述幾類事物外,還可稱量「木質類」、「金屬類」等,稱量的名詞數量非常多。量詞「片」的發展過程也是如此。雖然魏晉南北朝時,「片」有四種量詞用法,但所稱量的都僅限於具體事物,而到了唐代,「片」做集合量詞時開始用於稱量抽象的「心意」,宋元時期這種用法進一步發展,擴展到了抽象的「語言」、「色彩」、「景象」、「情感」、「聲音」等。稱量的名詞數量大幅增加。

從整體來看,雖然我們把唐代和宋元都列入完善期,但事實上,唐與宋元也還有一定差別。唐代發展較為迅速,宋元時期在唐代基礎上有進一步推進,但發展的速度較慢。除少數量詞如「片」、「條」等是在用法上的擴大,其他量詞都只是稱量範圍上的變化,量詞用法方面基本上都是沿襲唐代,所以宋元時期形狀量詞在用法方面的發展變化較小,屬於稱量對象泛化的時代。

1-1-4 定型階段

所謂「定型」是相對於現代漢語來說的,這一階段的特點是:形狀量詞在用法和稱量事物的範圍方面都與現代漢語基本相同,已經具備了現代漢語的各種用法和功能。明清時期是形狀量詞的定型階段。

以量詞「張」為例,明代時,「張」泛化出用於稱量「面孔」的用法之後,「張」的現代漢語量詞用法就全部產生,餘下的只是稱量對象的差異而已。再如「根」,明清時期分別從「木質類」和「毛髮類」泛化出[+硬質][+無彈性][+長條狀][+圓柱體]事物以及[+軟質][±纖細][+長條狀][+圓柱體]事物兩大類,這也便生成了現代漢語量詞「根」的全部用法。量詞「塊」也是如此,明代新增了用於稱量「面積較小的平面物體」,清代又新產生了用於計量「錢幣」的用法,至此,現代漢語量詞「塊」的格局全部形成。這是從用法上來看的,從稱量對象上來看,明清時期,形狀量詞的稱量對象基本上都有擴大,特別是明代,基本上可以算做量詞稱量對象的最大泛化期,數量多、範圍廣。那些新產生的名詞有很多一直保留到現當代時期,因而現代漢語中量詞的用法及稱量對象,在明清時期就已經基本定型,現當代時期更多的是沿襲或縮小。

關於這一點,葉桂郴[1]在探討明代漢語量詞時已經提及,他認為明代量詞的特點主要有三方面:一是明代量詞基本接近現代漢語;二是明代是量詞稱量對象的重要演變時期;

---

[1] 葉桂郴,《〈六十種曲〉和明代文獻的量詞》,湖南師範大學博士論文,2005 年。

三是名量詞基本完成。這與我們所說的「明清時期」為形狀量詞的定型階段是一致的。

　　不過，儘管我們把「明清時期」稱為量詞的「定型階段」，它與現代漢語形狀量詞在稱量對象上也還有一定的差別，這種差別主要表現為明清時期量詞稱量對象的「多元化」。明清時期，「一量多名」和「一名多量」現象過於普遍。應該說，「一量多名」和「一名多量」伴隨著量詞的整個發展過程，直到現代漢語也還存在，這種現象的存在符合語言的經濟原則。但明清時期這種現象發展得有些過頭。如前面所提到的量詞「張」，明清時期，可用於稱量的名詞非常之多，如「桌面」、「座位」、「櫃」、「抽屜」、「衣架」、「匙」等等，這是「一量多名」；再如名詞「刀」，明代時可以說「一條刀」、「一把刀」、「一柄刀」等，這是「一名多量」。雖然我們可以從上述稱量關係中找到理據，但畢竟量詞和名詞的稱量關係過於複雜，不利於語言的使用和交流。

　　明清時期出現的這種多元化現象，與口語和書面語的競爭有一定關係。先秦時期的口語和書面語相差不大，兩漢之後，各種書面語形成了穩定的語言系統和表達方式。唐宋以來，這種書面表達系統仍占統治地位，白話始終被認為是不登大雅之堂的俚俗之作。[1]因而唐、宋、元時期最為輝煌的文學形式分別為：唐詩、宋詞和元曲。而到了明清時期，在宋元話本的基礎上迅速興起了白話小說並與傳統的文言為主的書面語形成了競爭，出現了白話篇章漸漸壓倒書面語的態勢，在這種情況下，明清時期語言使用上較為通俗化，也形成了語料中量詞用法上的多元化。

　　明清時期量詞和名詞選擇關係上的「多元化」與明清時期的文獻語料也有一定關係。元之前的文獻語料大部分是以北方方言為主，明清時期的語料有一部分是用南方方言寫成的，如《六十種曲》、《海上花列傳》等，這種南北方語言的差異導致了明清時期「一名多量」和「一量多名」現象的頻發。但這種現象並沒有一直延續下去，到現當代時期就有所收斂，那種偶爾出現在方言作品中的「名量搭配」，儘管有理據可循，但最終也很難進入到現代漢語普通話的量詞系統，這說明現代漢語的量詞體系是在北方方言的基礎上形成的。

1-1-5 規範階段

　　我們把現當代稱為形狀量詞的「規範階段」，這種「規範」有兩重含義，一重含義是指語言內部自身的調節，一重含義是指社會對量詞進行的人為調整。這一階段的特點是：量詞的用法與明清時期基本一致，屬於沿襲繼承，但量詞稱量的名詞範圍有所縮小，是量詞之間競爭與分流的階段，也是人為規定的階段。

　　量詞自先秦兩漢開始出現，後經不斷發展泛化，到明清時期已經基本定型，但「一名多量」和「一量多名」的現象過於普遍，影響了語言的運用，在這種情況下，語言內部就會自我調節。「一名多量」的現象，不同量詞之間開始競爭，競爭的結果是，取得勝利的量詞繼續承擔該量詞的用法，其他的量詞則會分流出去，用於稱量其他的事物，如「刀」在現代漢語中只保留了「一把刀」的用法。「一量多名」的現象，量詞稱量的名詞數量龐大，而量詞本身又具有一定的「形狀」特徵，那些不具備形狀特徵的事物就有可能由其他不具形狀特徵的量詞分流出去，從而保證形狀量詞的特點。如「張」稱量「不具平面義」的「櫃」、「抽屜」、「衣架」等到現代漢語裡就全都消失了，這就是量詞分流後，量詞與名

---

[1] 李如龍，《漢語應用研究》，中國傳媒大學出版社，2004 年。

詞重新選擇的結果。

　　量詞的規範還包括社會對量詞的人為調整。20 世紀五〇年代國家成立了文字改革委員會，八〇年代更名為國家語言文字工作委員會，主要任務是擬定語言文字工作的方針、政策，制定語言文字標準，發佈語言文字管理辦法，促進語言的規範化和標準化。這是從法令的角度來規範語言文字。另一方面，20 世紀三〇年代出版了第一部規範性詞典《國語辭典》，它「注意注音和定詞，重視現代口語，是我國第一部現代語言描寫性規範性辭書」。[1]詞典的出現進一步促進了量詞使用上的「規範」。「一名多量」和「一量多名」現象有所調整。從量詞的發展脈絡來看，量詞在「明清」之前一直都處於不斷泛化狀態，而到了「現當代」則基本上都呈現出「縮小」的趨勢（有很少部分量詞的縮小趨勢是從明代或清代開始的），這種趨勢是「語言自身」及「社會」雙重規範的結果。

1-2 從形狀量詞的歷史分期看漢語史的分期

　　關於漢語史的分期，王力提出四分法，即上古期（西元三世紀以前）、中古期（西元四世紀到十二世紀）、近代（西元十三世紀到十九世紀）、現代（二十世紀）。[2]呂叔湘提出二分法，即「以晚唐五代為界，把漢語歷史分為古代漢語和近代漢語兩個大的階段」，而現代漢語只是「近代漢語內部的一個分期」。[3]蔣紹愚提出三分法，即古代、近代（唐初至清初）和現代。[4]

　　這些關於漢語史的分期之所以有些差異，主要是劃分的標準不同。王力主要是從語音角度、兼及語法來劃分的。呂叔湘則以口語為主的「白話」篇章的出現為分水嶺，將漢語史分為「文言」和「白話」兩大系統，實際上是從詞彙和語法的角度劃分。蔣紹愚首先主張把現代漢語分出來，與古代、近代三足鼎立，並主要從語法角度兼及語音劃分出三個階段。因為語音、詞彙、語法發展不同步，才產生了不同的漢語史分期。

　　上一節我們從語義搭配角度將形狀量詞的歷史分期劃分為「興起階段（先秦兩漢）」、「發展階段」（魏晉南北朝）、「完善階段」（唐宋元）、「定型階段」（明清）和「規範階段」（現當代）。與漢語史的分期相對照，我們發現，形狀量詞歷史分期與漢語史的分期在一定程度上有一致性。

　　從量詞發展的過程來看，形狀量詞興起於先秦兩漢，這是漢語史分期中的「上古期」或稱為「古代漢語」，這一階段，形狀量詞的用法非常單一，主要用於稱量與本義具有相同相關屬性的事物，稱量的範圍狹窄，出現的用例也非常之少。另外，有三個形狀量詞「張」、「顆」、「丸」是產生於先秦的，由先秦到兩漢的幾百年時間裡，這三個量詞仍然只稱量單一事物，沒有進一步發展，這說明先秦兩漢時期，形狀量詞發展的速度非常緩慢。從這幾個方面來看，古代漢語形狀量詞還處於量詞發展的初級階段。

　　關於近代漢語的分期，上、下限一般都界定在唐代和清代。呂叔湘認為近代漢語始於晚唐五代一直到現代，沒有必要單獨分出一個現代漢語；蔣紹愚認為近代漢語是唐初到清

[1] 陳慶武、林玉山，《20 世紀的中國辭書》，《辭書研究》2001 年第 1 期。
[2] 王力，《漢語史稿》，中華書局，1980 年。
[3] 呂叔湘，《近代漢語指代詞・序》，《近代漢語指代詞》，學林出版社，1985 年。
[4] 蔣紹愚，《近代漢語研究概況》，北京大學出版社，1994 年。

初的一段時間；胡明揚 [1]認為上限不晚於隋末唐初，下限不晚於《紅樓夢》以前，即清中期。王力 [2]採用四分法，單獨分出一個「中古期」，因而近代漢語的上限推至十三世紀，即南宋的後半段，晚於唐代，下限定在十九世紀鴉片戰爭時期，這已經屬於清末期。

　　從我們對形狀量詞的語義考察來看，魏晉南北朝時期發展迅速，量詞用法不再單一，出現跨類現象，同時可稱量幾種屬性範疇。量詞稱量對象的範圍擴大，數量增加。可以說魏晉南北朝是形狀量詞的發展階段。之後的唐宋元三代，形狀量詞不斷完善，一些量詞的性質發生了轉型，出現了認知域的轉變。至明清時期定型，用法與現代漢語基本一致，形成了現代漢語形狀量詞的格局。因而，從形狀量詞語義發展演變的角度來看，將魏晉南北朝、唐宋元、明清這三個歷史分期，包括「發展期」、「完善期」和「定型期」都可列入近代漢語的時間段。

　　兩相比較可以發現，從語義角度劃分的形狀量詞歷史分期對近代時間段的界定與漢語史分期的上限有所不同。上述學者大多是把唐代作為近代漢語的上限，而我們的分期則是從魏晉南北朝就已經進入近代漢語了。這種分期上的差異主要有兩方面的原因。一是歷史分期採用的角度不同。漢語史分期一般是從語音或詞彙語法角度出發，包括某種語音特點或某種語法形式是否出現等等。而我們對形狀量詞的分期，主要是從量詞所稱量名詞的語義角度來劃分的。分期角度不同，造成了近代漢語上限的差異。另一個是魏晉南北朝階段本身的原因。汪維輝 [3]認為漢語常用詞新舊更替首次發生大規模的顯著變化是在魏晉南北朝，但這種變化的源頭往往可以上推到東漢。從詞彙角度，應該把東漢—隋這一階段作為漢語史上一個相對獨立的時期，並把它稱為「中古漢語」以對應「上古漢語」和「近代漢語」。他還援引了柳士鎮對魏晉南北朝語法斷代研究的結果：「同先秦兩漢語法相比，此期的總體特徵是新舊語法形式的交替。」可見，魏晉南北朝本身就是從上古漢語到近代漢語的過渡階段。因而，漢語史分期時或者將這一時期獨立出來，稱為「中古漢語」，或者將這一時期向前一時間段靠近，歸入「古代漢語」。而從形狀量詞語義演變的角度來看，可以將其歸入「近代漢語」。這是從形式和意義角度出發劃分結果的不同。

　　至於現當代時期，形狀量詞的用法基本上都是沿襲明清時期的量詞格局，只是在稱量對象上有所變化，絕大多數形狀量詞稱量對象的範圍有所縮小，這是量詞發展到一定階段，不同量詞之間競爭和分流而導致的量詞自身內部調整的結果，當然，與社會對語言進行人為規範也有一定的關係。呂叔湘把「現代漢語」看作「近代漢語」的一個分期，認為：「現代漢語只是近代漢語的一個階段，它的語法是近代漢語的語法，它的常用詞彙是近代漢語的常用詞彙，只是在這個基礎上加以發展而已。」[4]從我們對形狀量詞的考察來看，這種看法有一定的道理。

　　語言是一個複雜而完整的系統，不同時期的漢語有質的差異，這種質的論定必須體現系統的完整性；而且，不同質的語言的演變不可能是一朝一夕的突變，而是經過時間積累

---

[1]　胡明揚，〈近代漢語的上下限和分期問題〉，《近代漢語研究》，商務印書館，1992 年。

[2]　王力，《漢語史稿》，中華書局，1980 年。

[3]　汪維輝，《東漢——隋常用詞演變研究》，南京大學出版社，2000 年。

[4]　呂叔湘，《近代漢語讀本·序》，《近代漢語讀本》，上海教育出版社，1985 年。

的。文言與白話是漢語史上全面對立的明確質變。宋元白話與現代白話已經是同質現象，因此可以把魏晉南北朝作為古代漢語與現代漢語的過渡階段，而唐宋口語和明清之後可以作為現代漢語的前期和後期，或稱為近現代漢語。

蔣穎認為，量詞萌芽、發展於漢語史的上古期，成熟於中古期的前期。所以得出的結論是：單從量詞的角度來看，漢語史和名量詞發展史的分期並不一致。[1]這是從量詞的語法形式劃分歷史分期得到的結論。從形狀量詞所搭配名詞的語義演變的過程來考察，我們認為，量詞的歷史分期與漢語史的分期相對來說還是比較一致的。

2・現代漢語形狀量詞生成與發展的若干特點

2-1 形狀量詞的演變過程

漢語的量詞不是與生俱來的語法範疇，是從無到有，從少到多逐漸發展起來的。量詞的演變過程也是量詞的語法化過程。語法化通常指語言中意義實在的詞轉化為無實在意義、表語法功能的成分這樣一種過程或現象。量詞本身都是從名詞、動詞「語法化」而來的，經歷了複雜的歷史演變過程。量詞的語法化過程涉及兩個方面：量詞短語結構的變化和量詞的語義演變。[2]我們主要討論的是後者。從形狀量詞的語義演變過程我們發現，形狀量詞經歷了從「虛化」到「泛化」再到「逆泛化」的過程。

2-1-1 量詞的虛化

量詞演變的第一步表現為實詞意義的虛化。「詞義的虛化，就是一個實詞由表示詞彙意義向表示語法意義（或主要表示語法意義）的轉化。」[3]量詞的虛化則是由表實在意義的名詞、動詞虛化為表稱量作用的量詞。現代漢語在詞類劃分時，將量詞列入實詞一類，因而說量詞「虛化」會產生一定的爭議。量詞雖然是實詞，但其所表達的實義卻並不具體，而是為同類事物歸納的語法範疇。在很大程度上，量詞所起的是將「數詞」和「名詞」連接起來並把所稱量名詞範疇化的作用。

李宗江[4]將量詞稱為「類虛詞」，認為量詞與虛詞具有類似的特點，包括：（1）詞義虛化。（2）不作句子成分，主要起將數詞和名詞連結起來的中介詞的作用，在數詞和名詞中間去掉量詞不改變語義，但使得結構失去合法性。（3）是粘著成分，不能單說，也不能被指代和提問。（4）是定位的成分，語法位置一般在數詞或指示代詞之後，是後附的。（5）出現在數詞之後或指示代詞之後的常規位置時，一般是輕讀的成分。（6）使用頻率很高，屬於基本詞彙範圍。（7）詞長較短。漢語詞彙的雙音化或者說漢語詞長的增加對虛詞的影響較小，主要虛詞，如介詞、連詞、助詞和語氣詞基本上是單音節的，量詞，特別是個體量詞也主要是單音節的。

李宗江的這種看法很有道理，我們也認為量詞具有虛詞的特點，從名詞、動詞等源出

---

[1] 蔣穎，《漢藏語系名量詞研究》，中央民族大學博士論文，2006 年。

[2] 金福芬　陳國華，《漢語量詞的語法化》，《清華大學學報》2002 年增刊。

[3] 解惠全，《談實詞的虛化》，《語言研究論叢（第四輯）》，南開大學出版社，1987 年。

[4] 李宗江，《語法化的逆過程：漢語量詞的實義化》，《古漢語研究》2004 年第 4 期。

之詞到量詞的演變過程可以稱之為詞義的虛化，這是量詞語法化的第一步。

2-1-2 量詞的泛化

　　量詞從名詞、動詞等源出之詞虛化而來之後，語法化的腳步並沒有停止。事實上，量詞在其後的發展過程中，詞義仍處於不斷虛化的過程中，這種虛化不涉及詞性的變化，都是在量詞的詞性範圍內，只是語義向更加抽象化的方向延伸，為與前面的虛化相區別，我們採用「泛化」來表示這一過程。「泛化是一個實詞的語義成素部分消失，從而造成自身適用的範圍擴大。」[1]量詞「泛化」的過程一方面是量詞不斷向更虛的語義發展的過程，另一方面也是量詞對名詞的選擇範圍逐漸擴大的過程。

　　就形狀量詞而言，每一次量詞用法的增加、量詞稱量範圍的擴大都是泛化的結果。量詞用於稱量的對象從具體到抽象，從無生命到有生命，從物到人，這是語義從實到虛的發展。原本用於稱量具體事物的量詞，開始轉向稱量具有與該事物相同形狀特點的其他事物，這是從概念到形象的發展。原本只用於稱量一類事物中的某個個體，後來開始稱量這一類事物，這是從個別到一般的發展。所有這些都是泛化機制在起作用。

2-1-3 量詞的逆泛化

　　漢語語法化有一個「單向性原則」，即語法化的演變過程是由實到虛、由虛到更虛的這種特定方向進行的。但是這一原則不是絕對的。吳福祥認為「要承認單向性有反例，因此單向性只能是一種強烈的傾向而非絕對的原則。……假若我們將單向性看做形態句法演變的一種普遍規律，那麼規律的含義只是『非任意』而非『無例外』。」[2]漢語量詞的語法化過程中就存在著這種「例外」。李宗江提出了「語法化的逆過程—量詞的實義化」，[3]舉例為「件」、「只」、「個」等。在形狀量詞的考察中，我們發現，也存在這種逆過程，不過形狀量詞的逆過程不涉及量詞的實義化，主要是指量詞的逆泛化。

　　逆泛化指的是量詞在發展過程中，稱量的名詞範圍縮小。詞義泛化是一般詞義虛化的規律，符合人類認知過程。但逆泛化就不太好理解。如量詞「顆」在唐代時發展到了最大化，可稱量「植物果實」，或「小圓狀物體」，或「大圓狀物體」，或「小方狀物體」，或「小孩兒」，可是宋元以後稱量「小孩兒」的用法消失了，稱量「植物果實」的開始減少，稱量「大圓狀物體」的也不多見了。從「顆」的稱量對象來看，它的語義內涵擴大，外延縮小，所以可搭配的名詞範圍也開始變小。逆泛化一般包括兩方面原因：一是外因，由於時代發展，一些原有的事物現在已經消失，所以量詞的稱量對象減少，範圍縮小，這不是最主要的。另一個是內因，語言自身發展到一定階段，量詞之間的用法需要重新調整和分工，在競爭和分流之後，一部分量詞用於稱量的名詞縮小，這是量詞逆泛化的主要原因。逆泛化與實義化不同，它仍屬於虛化，只是虛化途中的一種回流，虛化的程度不如從前。另外，逆泛化的過程一般涉及的都是量詞稱量的「具體名詞」，在「抽象名詞」方面，很少發生「逆泛化」的現象。

　　量詞演變過程中還有一種現象，即部分量詞定型後，由於常與數詞「一」相結合，構

---

[1] 沈家煊，《實詞虛化的機制——〈演化而來的語法〉評介》，《當代語言學》1998 年第 3 期。

[2] 吳福祥，《語法化與漢語歷史語法研究》，安徽教育出版社，2006 年。

[3] 李宗江，《語法化的逆過程：漢語量詞的實義化》，《古漢語研究》2004 年第 4 期。

成「一+量」的形式，高頻常用，後漸漸變成非量詞，表示其他的語法意義。如量詞「片」，在魏晉南北朝產生了表示「整體」義的量詞用法，之後這一用法不斷擴大，用於稱量的對象越來越多，由於表示「整體」義的量詞「片」大多是與數詞「一」結合使用，「一片」越來越常用，逐漸具有了非量詞的功能。宋代「一片」開始與「動詞」組合，構成「V 成一片」或「V 作一片」的結構，共同表示一個整體義，這一用法一直延續至今。不過這種現象並不多，有一些「一+量」的非量詞形式並不是由量詞轉化而來的，如「我們一道走」中的「一道」也有「一塊」義，但這裡的「道」是由本義「道路」來的，「一個道路上」引申為「一起」。其他如「一面」、「一塊」等的非量詞用法也都是從其名詞本義發展來的。「一點」雖然也可以與形容詞（也有少數動詞）組合使用，構成「大一點」、「快一點」的形式，但這裡「點」仍為量詞，詞性沒有變化。漢語中有一些量詞可以與形容詞組合，有學者將之稱為「形量詞」，如黎錦熙等認為「附加於形容詞，就叫『形量詞』，這就作了『副附』（或足語），如……『好一點兒』等。」[1]郭紹虞也將形量單獨分立出來，「凡以形容詞或形化的詞為主，計量事物的形狀程度之數量的是形量詞。」[2]「形容詞+一點」主要用於比較句，表示差量。

2-2 形狀量詞的演變特點

通過前面的考察，我們發現形狀量詞的演變過程主要有以下一些特點：

2-2-1 量詞由源出的實詞虛化而來，並與源出實詞本義保持一定的關係

Hopper 曾列出語法化的五條原則，其中之一為「保持原則」。[3]即實詞虛化為語法成分以後，多少還保持原來實詞的一些特點。虛詞的來源往往就是以這些殘留的特點為線索考求出來的，殘存的特點也對虛詞的具體用法施加一定的限制。

由名詞、動詞等虛化為量詞，是量詞語法化的第一步。形狀量詞虛化的方式較為直接，絕大多數虛化後的量詞用於稱量的都是其源詞的本義或者與本義相同範疇的事物，這是形狀量詞虛化的一般方式，也是「保持原則」的最好體現。如：「塊」本義「土塊」，虛化為量詞後用於稱量「土塊」；「枝」本義「枝條」，虛化為量詞後用於稱量「枝條」；「粒」本義「米粒」，虛化為量詞用於稱量「米粒大小的穀物」；「根」本義「植物的根」，虛化為量詞用於稱量「有根的植物」。這類量詞的稱量對象與其本義直接相關，是量詞最簡單、最普通的虛化方式。

但也有部分量詞的虛化方式不同，有些由源出實詞虛化為量詞時選擇的理據不一定是本義，而是由本義延伸出來的引申義。如：「張」本義是「拉弓」，引申為「拉開，張開」，量詞「張」是在其引申義「拉開，張開」的基礎上虛化而來的，用於稱量能夠「拉張開」的事物。再如「條」，本義為「小枝」，後引申為「長」，虛化為量詞時取的是其「長條狀」的形狀義，用於稱量「長條狀」的事物，與其本義「小枝」沒有直接的關係。「片」本義「分開」，虛化為量詞時選擇的是「分開後成為的部分」這一意義，由「動作」轉為「動

---

[1] 黎錦熙、劉世儒，《漢語語法教材》，商務印書館，1959 年。

[2] 郭紹虞，《漢語語法修辭新探》，商務印書館，1979 年。

[3] 轉引沈家煊，《「語法化」研究綜觀》，《外語教學與研究》1994 年第 4 期。

作的結果」了。儘管如此，我們不能說量詞「張」、「條」、「片」與本義沒有關係，它們是由本義發展出來的引申義與量詞義建立關係，與源出實詞本義有密切的關係。

2-2-2 量詞的源出實詞大多是與早期人類生產生活相關的常用詞語

　　就我們所考察的二十一個形狀量詞而言，大多是與古代勞動人民生產生活相關的常用詞語虛化演變而來。古代勞動人民以農耕為主，農耕離不開糧食、樹木、土地，因而一些與之相關的詞便成為了虛化為量詞的源出之詞。

　　如「粒」，指「米粒」，後虛化為量詞稱量「穀物」。「米粒」是人們的糧食，「民以食為先」，生產生活離不開糧食，這是日常生活接觸最多、最為常見的詞語。再如「塊」，本義指「土塊」，後虛化為量詞後稱量「土塊」，土地是萬物生長之源，古代人民農耕勞作與土地有非常濃厚的感情。樹木類的詞語就更多，「枝」本義「枝條」，「根」本義「植物的根」，「枝」和「根」虛化為量詞後都用於稱量木本或草本「植物」，這與古代人民以農業生產為主的生活方式有關，古代農業百科全書《齊民要術》中「根」與「枝」作量詞的用法大量出現，也說明二者與農業生產的關係密切。還有「條」本義「小枝」，「顆」雖然本義是「小頭」，也與「植物的果實」有關，這些都是從植物範疇虛化而來的量詞。量詞「片」其實也與樹木有關，它本義是動詞，是「把樹木劈成兩半」，由此引申為「分開」，並虛化為量詞的。

　　與人們生產生活密切相關的詞語一般來說都是高頻詞，按照語法化的「頻率原則」，實詞的使用頻率越高，就越容易虛化。但是，使用頻率高的常用詞語有很多，並不是所有的高頻常用詞都會虛化，也就是說使用頻率不是語法化的唯一原因。[1]

2-2-3 量詞演變過程中，源出實詞（大多為名詞或動詞）虛化的越徹底，量詞的適用性就越強；相反，如果源出實詞仍保留較強的實義性，則會阻礙量詞的進一步發展

　　源出之詞虛化程度的徹底與否，與它虛化為量詞時選取的理據有很大關係。如果虛化為量詞時選擇的是「概念義」，則後來發展中虛化的程度會受一定影響，如果選擇的是「形態義」，則虛化的程度會更高。以「線狀」量詞為例，「條」、「根」、「枝」等都可用於稱量「條狀事物」。其中「條」虛化為量詞時取的是「長」這一引申義，虛化理據是「長條形狀」，「根」和「枝」虛化為量詞的理據是其概念本義「植物的根」和「植物的枝條」。從量詞的理據來源來看，「根」和「枝」的概念本義明顯要比「條」形態義更加具體和實在，因而在後來的演變過程中，後者比前者虛化的程度更高，量詞的適用性更廣。再以「顆」和「粒」為例，「顆」虛化為量詞時採用的理據是「小頭」這一形狀義，而「粒」採用的是其概念本義「米粒」，「形態義」當然比「概念義」抽象，從這一點來看，從源出實詞虛化為量詞時採用的理據關係到量詞虛化的程度。

　　量詞泛化的次數與源出實詞虛化的程度成正比。量詞泛化的次數越多，源出實詞的實義性就越弱，量詞的虛化也就越徹底。以「張」為例，先秦時虛化為量詞，稱量「可拉張開的事物」，魏晉南北朝開始第一次泛化，用於稱量「可拉張開」和「可鋪張開」的事物，這時，「張」的源詞詞義「拉」的動作義消失。至唐代時，「張」再一次泛化，用於稱量「鋪

---

[1] 沈家煊，《「語法化」研究綜觀》，《外語教學與研究》1994 年第 4 期。

張開的平面」以及以「平面」為依託的「文字內容」，這時，「張」徹底丟掉了「動作義」，轉而成為一個「二維平面」量詞，「張」的虛化程度更高。至明清時期，「張」第三次泛化，開始用於稱量「面孔」類名詞，這是在「張」丟棄了動詞義之後，再次由「物類」向「人類」延伸，經過幾輪泛化，量詞「張」的本義漸漸弱化，虛化程度非常之高，稱量對象範圍非常之廣，「張」已經成為一個高頻的常用量詞了。相反，同為二維平面的形狀量詞如「面」，魏晉南北朝時虛化為量詞用於稱量「扁平狀」的硬質事物，之後只在唐代有了一次泛化，開始稱量軟質「布帛」類如「窗紗」、「簾子」等，宋元明清至現當代都一直沿襲唐代的用法，沒有再次泛化，甚至到清代和現當代稱量對象還有縮小的趨勢。由於泛化的次數少，「面」的虛化程度底，其本義「臉面」一直保留，具有較強的實義性。

2-2-4 量詞演變的過程體現「先產生先發展」的原則

　　量詞的產生時間與量詞虛化和泛化的程度有一定關係。這一點通過下面三組量詞的對比可以看出。

　　根據各形狀量詞產生時間的不同，我們把形狀量詞分為三組，先秦兩漢產生的「張」、「片」、「幅」、「條」、「支」、「枝」、「顆」、「丸」和「塊」作為第一組，魏晉南北朝產生的「面」、「根」、「道」、「粒」、「點」、「滴」和「團」作為第二組，唐代和唐代以後產生的「管」、「絲」、「線」、「股」和「杆」作為第三組。仔細觀察可以發現，這三組量詞不僅產生的時間有早晚的不同，而且成為量詞以後，其發展演變也有很大差異。

　　第一組量詞產生時間最早，其中大部分量詞的虛化和泛化的程度也最高。如「張」、「片」、「條」、「支」、「顆」、「塊」這幾個量詞，自虛化為量詞後，一直處於不斷泛化的狀態，稱量的事物越來越多，範圍越來越大。在現代漢語中，它們都已成為使用頻率較高的量詞，屬於《HSK 大綱》的甲級詞（除「顆」）。另外，從量詞及其本義的關係來看，這幾個量詞原來的名詞或動詞「本義」在今天已經不單獨使用或者使用頻率極少，單獨出現時都是量詞身份，而量詞用於稱量的對象與其「本義」也沒有太大關係，這也是這些量詞虛化程度高的一個表現。

　　第二組量詞產生於魏晉南北朝，這是量詞的發展階段，出現了很多個體量詞，劉世儒《魏晉南北朝量詞研究》一書中就有一百二十三個，所以這一階段出現的量詞從時間上來看不能算早的，相應地，這些量詞的虛化和泛化程度也就不如第一組量詞。這其中「道」、「根」和「點」也屬於《HSK》中的甲級詞，但「點」是作為表示「些少」的「不定量詞」收錄的，只有「根」和「道」算是發展變化較快、使用頻率較高的量詞。而其他四個「面」、「粒」、「滴」、「團」都只屬於《HSK》中的乙級詞，這四個量詞從稱量對象來看，產生之後就沒有太大變化，稱量範圍都較為有限，而且除了「團」之外，都沒有用於抽象事物的用法。從量詞及其本義的關係來看，這七個量詞中「根」、「道」、「面」仍保留其名詞本義，「滴」仍保留其動詞本義，「團」在一定程度上仍保留其形容詞本義，這些本義的存在是阻礙量詞進一步虛化的重要原因。

　　第三組量詞分別產生於唐代、宋代和明代，這五個都是「長條類」形狀當中處於次要位置的量詞，自產生以來都沒有發生太大變化，「管」只稱量「中空」的杆狀物，「絲」和「線」只稱量少量的「絲線狀」事物和表示「微少」，「股」用於稱量「長條狀」的具體和

抽象事物,「杆」只稱量帶有「杆狀物」的事物。這些量詞在現代漢語中的使用頻率也很低,其中「股」屬於《HSK》中的丙級詞,其他四個量詞都未收入《HSK》大綱。從量詞及其本義的關係來看,「絲」和「線」都保留較強的本義,「管」的本義雖已不用,但它的名詞「管子」義、動詞「管理」義是高頻常用詞。這從另一個角度說明這些量詞的虛化程度較差,不是漢語中的主要量詞。

由上面的比較,我們可以得出結論「量詞演變體現著先產生先發展」的原則。當然,這裡指的是絕大多數,有少數幾個量詞,由於受到其他方面的影響,在後來的發展中放慢了腳步,但這不影響整體趨勢。

先秦兩漢時期,量詞的數量還十分有限,而量詞作為一種語法手段已經開始萌芽,數詞、名詞連接時需要量詞來填補這一空位。如果某種事物沒有現成的量詞來搭配,就只有兩種方法,一種是借用已有的、用法相似的量詞,賦予該量詞新的用法;一種是重新創造一個新的量詞。就這兩種方法來看,顯然前者會更省時省力。「言語活動中存在著從內部促使語言運動發展的力量,這種力量可以歸結為人的交際和表達的需要與人在生理上(體力上)和精神上(智力上)的自然惰性之間的基本衝突,交際和表達的需要始終在發展、變化,促使人們採用更多、更新、更複雜、更具有特定作用的語言單位,而人們在各方面表現出來的惰性則要求,在言語活動中盡可能減少力量的消耗,使用比較少的、省力的或者具有較大普遍性的語言單位。」[1]這就是語言的「經濟原則」。

從另一個角度來說,語言是一個具有「自我調節」能力的系統,新產生的詞與原有的詞必須達到平衡有序。如果一種語言系統中已經存在某個具有某種語法功能或詞彙意義的詞,就沒有必要再產生一個具有相同功能、相同意義的詞,除非後產生的詞具有前者不具備的其他條件,或者後產生的量詞重新選擇前者不具備的新的虛化理據。

以「條狀」量詞「枝」、「條」、「道」為例,「枝」西漢時虛化為量詞,用於稱量「枝條」,「條」是東漢時才用作量詞的,產生時間比「枝」晚,由於稱量「枝條」的功能已經被「枝」佔據,「條」成為量詞之初就不可能再行使同樣的功能,因而我們在「條」作量詞初期找不到稱量「枝條」的用例。「條」另闢蹊徑,從「枝條」的形狀義出發,虛化為用於稱量「長條狀」事物的量詞,包括「長條狀」的「道路」。而「道」本義「道路」,按說,「道」虛化為量詞最直接的方式就是稱量「道路」,可是「道」魏晉南北朝時才虛化為量詞,出現的時間比「條」晚,量詞系統中稱量「道路」的位置已經被「路」佔據,於是,「道」也轉換角度,不從本義出發,而是從「道路」的作用層面出發,用於稱量「具有通道作用」的事物。後來,「條」的虛化程度要遠遠高於「道」,這與「條」虛化和泛化的時間早不無關係。而「枝」因為一直保留本義,實義性太強,阻礙了它的進一步虛化。可見量詞的演變要同時受多方面因素的影響。

---

[1] 馮志偉,《現代語言學流派》,陝西人民出版社,1987 年。

2-2-5 量詞演變過程中，每一次泛化都是不同形式的「類推」，包括「形狀類推」、「屬性類推」、「功能類推」、「形態類推」、「動狀類推」等等，前三種是形狀量詞最重要的泛化方式

　　以量詞「顆」為例，「顆」最早虛化為量詞用於稱量「小而圓」的植物果實，這與「顆」本義仍有一定關係。在此基礎上，魏晉南北朝時期「顆」採用「形狀類推」方式第一次泛化，丟掉了「植物果實」的義素，擴大了稱量範圍，可適用於其他「小而圓」的物體。「顆」的第二次泛化是在唐代，這一次仍採用了「形狀類推」，丟掉了「圓」的義素，只要是「小」的物體都可以用「顆」來量。「顆」的「類推」模式是較為簡單的。量詞「張」的發展更複雜。「張」最初作量詞稱量「可拉張開」的事物，魏晉南北朝時第一次泛化，分別採用了三種類推方式，一是「動狀類推」，由「可拉張開」類推到「可鋪張開」；二是「功能類推」，由「弓箭」類推到「其他武器」，三是「性狀類推」，由「弓弦」類推到「索」。唐代第二次泛化，「張」開始用於稱量「平面義」事物，之後凡是具有「平面義」的事物都用「張」來稱量，這是「形狀類推」的結果。這一時期還採用了「功能類推」，由「武器」類推到「一般工具」。明清時期的第三次泛化，較為典型的是採用了「屬性類推」，由「具有平面義的傢俱」類推到其他的「非平面義的傢俱擺設」。「張」便是由這些不同方式的類推一步一步泛化發展起來的。

　　在形狀量詞的「類推」過程中，「形狀類推」較之「屬性類推」更為常用，這說明，漢語的量詞更多的是從「形狀」而不是從「範疇」為事物分類的。

2-2-6 從動詞虛化而來的量詞有兩種演變結果，或者由於具有較強的動作性，在後來的泛化過程中受到限制；或者擺脫動作性，轉為其他性狀量詞，從而不斷擴大發展

　　在二十一個形狀量詞當中，有三個是從動詞虛化來的，分別是「張」、「片」和「滴」。量詞「滴」本義是「水一點一點地落下」，虛化為量詞時，還保留了較強的「動態特徵」，因而在量詞「滴」的前後常常會出現動詞「落」、「墜」、「垂」、「掉」等。由於形狀量詞是用來給名詞分類的，因而具有動作性的量詞不適應這種稱量名詞的功能，在其後的發展演變中，「滴」始終局限於「液體」，沒有進一步發展。而另外兩個量詞「張」和「片」雖然是從動作發展而來，但在後來的發展過程中，逐漸丟棄了「動態特徵」，開始向其他方面發展。如「張」，唐代開始從動作義向平面義轉折，之後在平面義方面發展迅速，成為了典型的平面量詞。而「片」一開始就丟掉了「分開」的動作性，選取了「分開的結果」作為虛化量詞的理據，因而能在出現之後快速發展，魏晉南北朝時產生四種量詞用法。所以，從動詞虛化而來的量詞，在後來的演變過程中出現了兩種截然不同的結果：保持動作性的量詞發展受到很大局限；擺脫動作性的量詞則毫無牽絆地迅速發展。動作性有阻礙量詞發展的消極作用，這應該也是量詞大多來源於名詞的重要原因。

2-2-7 大部分量詞的發展都經歷了不斷泛化至最大、再漸漸縮小的發展軌跡，如果用圖形來表示，它是一個不太規則的拋物線

　　量詞與名詞的組合能力及分佈範圍的決定因素主要有兩方面：一是量詞自身的義項擴充及其表義的準確性，這是內因；二是社會發展中不斷湧現的各類需要稱量的物體，這是

外因。內因和外因結合，決定了量詞的發展軌跡。量詞從源出實詞虛化以後，都經歷了不同程度的發展。從量詞自身來說，其用法從單一到跨類，從具體到抽象，再加上社會發展過程中新生事物不斷出現，因而量詞的用法增加，搭配範圍擴大，這是詞義發展的一般規律。少數低頻量詞如「滴」、「丸」、「管」等泛化次數少，在魏晉南北朝或唐代就達到了適用範圍的最大化，之後或沿襲或縮小。其他大部分量詞經歷了多次泛化之後，一般是在明清時期到達量詞用法的最高峰。這時，量詞的各種用法已經基本形成，量詞稱量的名詞範圍也非常廣泛。但是，語言的發展不是無限制的擴大，泛化到一定程度就會出現一些問題。明清時期「一名多量」和「一量多名」現象非常普遍，容易導致人們言語交際的混亂。量詞發展到這種程度，就需要語言自身進行調整以達到系統的平衡。具有相同稱量作用的量詞通過競爭、分流和淘汰等方式重新選擇各自的搭配對象。如量詞「幅」從「書法作品」角度出發，在清代之前一直用於稱量「對聯」，但清代時，出現了不少用量詞「副」稱量「對聯」的現象，這是取「對聯」的「組合成套」意義，二者在清代同時並存。而現當代時期的語料顯示，稱量「對聯」的量詞明顯向「副」傾斜，這說明在這一用法上，量詞「幅」失去了優勢。再如「一量多名」的量詞「張」，明代時，「張」可稱量的事物範圍極廣，包括「紙」、「皮」、「床」、「桌」、「櫃」、「抽屜」、「匙」等，這些事物分別從「形狀」、「屬性」、「功能」等方面類推而來，但類推過多，就失去了「張」本身的形狀特徵，像「櫃」、「抽屜」是從「傢俱擺設」類推來的，「匙」是從「功能」類推來的，與「張」的「平面」義特徵相差太遠，到清代時就開始慢慢消失了。現當代時期，量詞的各項用法與明清時期基本一致，除個別量詞外，都沒有太大變化。但量詞稱量的範圍卻有所縮小。儘管現當代也出現了不少新事物、新名詞，但與此同時，舊有事物也在漸漸消失，這就使得量詞的稱量對象沒有一直呈上升趨勢。更重要的是，由於語言自身調整以及社會人為的制約，量詞的用法漸漸規範起來，大部分量詞的用法都有漸漸縮小的趨勢，當然「一名多量」和「一量多名」的現象也仍然存在，這並不影響語言的規範和使用。因為這些現象都是「語言系統在相對穩定的狀態下所提供的能正確表達而又為絕大多數人所接受的語言形式」，[1]是正常的語言現象。

3・從現代漢語形狀量詞看語言與認知的關係

認知（cognition）是指人獲得知識或學習的過程。「認知語言學對認知的理解是廣義的，包括感知覺、知識表徵、概念形成、範疇化、思維在內的大腦對客觀世界及其關係進行處理從而能動地認知世界的過程，是通過心智活動將對客觀世界的經驗進行組織，將其概念化和結構化的過程。」[2]

不同的客觀事物，人們選用不同的量詞來稱量，這其中反映出人類對客觀事物的思維方式和認知方式，人類的認知與量詞的形成及演變都有重要的關係。

3-1 範疇與形狀量詞的關係

客觀世界中存在的事物形態萬千，種類各樣，但每種事物都會有自身的特點，如果把

---

[1] 呂冀平，《當前我國語言文字的規範化問題》，上海教育出版社，2002 年。
[2] 趙豔芳，《認知語言學概論》，上海外語教育出版社，2001 年。

握了這些特點，識別和記憶這些事物就事半功倍了。「人類通過對客觀事物的觀察、分析之後，經過人腦的認知和加工，把客觀事物進行分類、歸類和定位，從而達到更好更快地認識世界的目的。這種通過主觀認知對客觀事物進行分類的結果就是認知範疇。所以，簡單地說，範疇就是指事物在認知中的歸類。人類對世界萬物進行分類，進而形成概念的過程和能力，認知研究中稱為「範疇化」（categorization）。」[1]語言形式的意義形成及人們對它的認識正是人們對所處的世界進行範疇化的結果。

　　量詞，也叫分類詞或類別詞，從本質上說，它是人們從不同角度、按不同方式對客觀事物進行觀察分類的結果。研究表明，「漢語的量詞的類別和數目的設立，遠非隨意的，而是深刻反映了漢民族的範疇化特徵。」[2]

　　從我們對形狀量詞的考察來看，有不少形狀量詞在後來的發展演變過程中虛化得非常徹底，如「張」、「片」、「條」、「支」等，成為現代漢語常用高頻的專職形狀量詞，這說明人類對客觀事物的分類時，很大程度上是從「形狀」角度來劃分的，把具有相同或相似形狀的事物歸為一類，選用能夠代表這一類事物的形狀量詞來稱量，漢民族就是通過事物在「形狀」方面的差異來對客觀事物進行歸類的。另一方面，從形狀量詞的演變過程來看，雖然出現了各種不同方式的「類推」，但「形狀類推」始終是占主導地位的，而最應該成為歸類原因的「屬性範疇」則只起到邊緣作用，從這一點可以看出，漢民族的認知方式更多的是以「具象思維」為主，過多重視「形態」、「形狀」方面的特徵，對「屬性範疇」關心程度較差。這可能也與漢語量詞的表達功能有關。司徒允昌[3]認為漢語個體量詞具有獨特的表形性，即形象性。其中包括：第一，運用個體量詞可以突出表現事物的主要特徵；第二，運用不同的個體量詞可以表現同一事物不同方面的形態特徵；第三，運用不同的量詞，可以藉助其表形作用來區分那些本質相同而外部形態不同的事物；第四，運用某些個體量詞，還能給人以動感。葉桂郴[4]提出了「集合量詞表量，個體量詞表形」的觀點，認為漢語量詞的表形性決定於漢民族認知方式和範疇化的特點，即漢語的命名重形象而輕理性，這種特性要求與之相匹配的量詞、形容詞和動詞也注重形象性。

　　但是，需要補充的是，人類對客觀事物從外形方面的分類不是形狀量詞產生之初就有的，而是發展到一定階段才產生出來的功能。在緒論中探討個體量詞的起源時，很多學者都認為量詞的起源與量詞可以表形有重要的關係，但從形狀量詞的產生及演變過程來看，這種看法並不準確。

　　二十一個形狀量詞中，有九個產生於先秦兩漢，其中只有「條」和「丸」是純粹表形的。而其他七個量詞，從源出實詞虛化而來時，稱量的都是與其本義或引申義相關的事物。如「枝」用於稱量「樹枝」，「支」用於稱量「具有分支義的事物」，「顆」用於稱量「植物果實」，「塊」用於稱量「土塊」，「幅」用於稱量「布寬」，「片」用於稱量「部分事物」，「張」用於稱量「可拉張開的事物」。這說明，量詞產生之初最主要的功能不是表示事物的外形

---

[1] 張敏，《認知語言學與漢語名詞短語》，中國社會科學出版社，1998 年。

[2] 石毓智，《表物體形狀的量詞的認知基礎》，《語言教學與研究》2001 年第 1 期。

[3] 司徒允昌，《論漢語個體量詞的表達功能》，《汕頭大學學報》1991 年第 1 期。

[4] 葉桂郴，《〈六十種曲〉和明代文獻的量詞》，湖南師範大學博士論文，2005 年。

特點，而是起個體標記的作用。戴浩一[1]認為，漢語中的名詞都是指物質的，語義是不可數的。要記數物質一定要把物質量化或離散成類似物體的個體才可數。數詞後的這個標記正是起到個化前一個名詞所指的作用，也就是說量詞標記表達的是數的概念，起個體標記的作用。這種說法有一定的科學性。形狀量詞按外形特點來為客觀事物分類，是量詞發展到一定階段才出現的。在量詞產生之初，主要作用是將不可數的物質離散成可數的物體來計量，因而量詞稱量的都是具有相同屬性範疇的事物。量詞的分類功能則是從魏晉南北朝時期開始的，產生於先秦兩漢的形狀量詞在這一時期大都開始表示事物的形狀義。而這一時期新出現的另外七個形狀量詞，從一出現就具有了表形功能，這都說明，魏晉南北朝開始，量詞的表形作用得到了充分的體現。現代漢語形狀量詞就是個體標記和表形功能雙重作用的結果。

3-2 人類認知模式與形狀量詞演變的關係

　　Lakoff 認為，認知模式是人與外部世界互動的基礎上形成的認知方式，是對我們的知識進行組織和表徵的方式，不是客觀存在的，而是人類創造的，也稱為理念化的認知模式（idealized cognitive models）。[2]與量詞演變有關的認知模式主要包括「隱喻」和「轉喻」。

　　「隱喻是把一個領域的概念映射到另一個領域，或者說是從一個認知域（來源域）向另一個認知域（目標域）『投射』的認知方式。它是人類的一種普遍的語言表達現象和認知現象」。[3]形狀量詞演變過程中，大多數情況下都是運用「隱喻」的認知模式。比較典型的如量詞「片」作集合量詞時，魏晉南北朝用於稱量的是「水」、「地」等面積較大的具有「整體義」的事物，這些還是具體可見的，屬於「視覺域」。到唐代時，「片」開始稱量「心意」「心志」，由具體到抽象，也從「視覺域」投射到「心理域」。宋元時期，「片」泛化出稱量「聲音」的用法，這便又映射到「聽覺域」。「片」做集合量詞便是通過隱喻，從一個認知域向另一個認知域不斷投射擴大的結果。再如量詞「條」，最初做量詞用於稱量長條狀事物包括「路」，至宋代時，「條」稱量的「路」包括「門路」、「正路」、「活路」、「自新之路」等等，這也是人類隱喻認知的表現。當人類思維發展到一定階段，除了要認識具體的事物外，還要表達一些抽象的概念，於是便通過聯想，將具有「相似性」的抽象概念與具體概念連接起來，這便產生了兩個認知域的投射。

　　從形狀量詞的演變可以看出，隱喻是量詞虛化和泛化的重要途徑。隱喻之所以能利用一種概念來表達另一種概念，是由於兩種概念具有某種相似性，這種「相似性」成為了認知域轉化的內在聯繫，也是人類得以發揮聯想的條件，人類認知容易將具有某種相同特性的事物歸為一類，從而能夠不斷地將稱量的對象通過聯想思維一步步抽象化。

　　轉喻也是人類認知客觀世界的一種方式，它是在同一認知域內用易感知、易辨認、較為突顯的部分代替整體或整體的其他部分。客觀事物千差萬別，具備各種屬性，而人類最容易注意、最容易記得的往往是該事物較為顯著的方面。

---

[1] 戴浩一，《概念結構與非自主性語法：漢語語法概念系統初探》，《當代語言學》2002 年第 2 期。

[2] 轉引趙豔芳，《認知語言學概論》，上海外語教育出版社，2001 年。

[3] 胡壯麟，《認知隱喻學》，北京大學出版社，2004 年。

　　沈家煊[1]曾提出轉喻的認知模型為：（1）在某個語境中，為了某種目的，需要指稱一個「目標」B。（2）概念 A 指代 B，A 和 B 須同在一個「認知框架」內。（3）在同一「認知框架」內，A 和 B 密切相關，由於 A 的啟動，B（一般只有 B）會被附帶啟動。（4）A 附帶啟動 B，A 在認知上的「顯著度」必定高於 B。（5）轉喻的認知模型是 A 和 B 在某一「認知框架」內相關聯的模型，這種關聯可叫做從 A 到 B 的函數關係。形狀量詞的演變過程中，轉喻也起到了重要作用。如量詞「根」，本義為「植物的根」，「根」是植物的重要組成部分，是植物的生命之源，沒有「根」，植物就不可能生存。於是「根」虛化為量詞時就用「部分」代替「整體」，用於稱量「植物」。量詞「枝」與「根」相似，虛化為量詞時還只用於稱量「枝條」，但進一步泛化時，就運用轉喻的方式以「部分」代「整體」，用於稱量「整株植物」了。

3-3 從形狀量詞看漢民族對形狀認知的敏感度

　　前面我們分別探討了「點狀」、「線狀」、「面狀」和「體狀」四種形狀量詞，四種形狀量詞的數量以及各自的虛化程度都不相同，從這裡也可以看出漢民族對各種形狀認知的敏感程度。

　　四種形狀量詞當中，「線狀」量詞數量最多，常用的量詞就有九個，其中「條」、「支」、「道」的虛化程度比較高。「條」從虛化為量詞後，發展迅速，到唐代時就可以稱量「地理類」、「布帛類」、「木質類」、「金屬類」、「動物類」和「人體類」等，「條」稱量的事物之多，範圍之廣，是一般量詞少有的。「支」也是一個用法廣泛的量詞，既可以稱量「條狀物」，也可以稱量具有「分支」義的事物，還可以稱量「植物的枝條」以及「歌曲」。「道」稱量的範圍也很廣，包括「條狀物」、「條狀印痕」、「起通道作用的事物」、「起阻隔作用的事物」以及「文書」。「枝」受其本義影響，虛化程度較弱。形狀量詞中，產生於唐代之後的五個量詞有四個是「條狀」量詞，而且是在前面已經有五個比較高頻的條狀量詞的前提下產生的。這些現象說明，人類在認識客觀事物並通過分析、加工給客觀事物分類時，對「長條」形狀的感知能力很強，「長條狀」是漢民族最為敏感的一種形狀。

　　位於第二位的是「面狀」量詞，「面狀」量詞主要有四個，與為數眾多的「線狀」量詞不能相比。但是，「面狀」量詞中的「張」和「片」虛化程度非常高，尤其是「張」，在現代漢語中已經成為典型的「平面」量詞。「片」則有「個體量詞」、「部分量詞」、「集合量詞」等多種量詞用法，也是常用高頻詞。「幅」和「面」雖然虛化程度和量詞用法不如前兩個，但也較為常見。

　　「體狀」量詞也不多，「塊」是其中最為常用的，虛化程度也最高，現當代可用於稱量「小塊狀物體」、「小的平面物體」、「小塊狀分體」、「小塊狀局部」以及「錢幣」。「團」自魏晉南北朝虛化為量詞，用於稱量「團狀」事物，後唐宋元明清都處於泛化狀態，但到現當代稱量範圍縮小。可見漢民族對「體積」較大的事物不敏感，對這類事物的歸類程度較差。

　　「點狀」量詞從數量上來看好像不少，但如果結合其發展過程、量詞用法及稱量對象

---

[1]　沈家煊，1999，《轉指和轉喻》，《當代語言學》1999 年第 1 期。

範圍來看，漢民族對「點狀」量詞的關注度是最差的。魏晉南北朝時「點狀」量詞還有「點」「滴」「丸」等，可是這幾個「點狀」量詞都沒有發展起來，「點」後來逐漸向「部分量詞」發展，「點狀」義越來越少。「滴」始終停留在「液體」範圍，而且所搭配的數詞非常有限。「丸」魏晉南北朝經歷了一個泛化期，稱量的事物範圍有所擴大，但其後就沒再發展，到現當代時期已經縮小到成為一個專用於「丸藥」的量詞了。再來看另兩個較為高頻的「點狀」量詞「粒」和「顆」。「粒」自虛化為量詞後，先用於稱量「穀類」，後泛化至稱量「小而圓」事物，不過「粒」的用法始終局限於此，沒有進一步抽象化。到現當代時期，只有「體積」非常小的事物才用「粒」來稱量，稱量對象有所縮小。「顆」的稱量對象曾經泛化得較廣，唐代時，「顆」可用於稱量「類圓形」物體，甚至「人」也可用「顆」來量。宋元明清到現當代，雖然「顆」增加了很多稱量對象，也有一些抽象事物如「頭腦」、「靈魂」、「新星」等，但「顆」用於稱量「小而圓」的事物如稱量「中藥」、「植物果實」等的用法都消失了，相對於前代來說，「顆」的這一用法實際上是縮小了。

　　四種形狀量詞的發展演變，顯示出了人們在認知敏感度上的差異性。「有關研究也顯示分類詞使用的語義參項的差別在心理世界中也存在著。各類可視的參項在現代視覺理論中有如下序列：一維> 二維（平面的）> 二維（彎曲的）> 三維（常規物體）。這可解釋為什麼名詞分類系統中基於一維和二維形狀的區別比三維的多，因為一維、二維比三維先被感知到。」[1]這裡從整個人類對客觀事物的認知角度，將不同形狀的事物在人們心理上的差別加以區別開來，這種序列與漢民族對形狀量詞的認知敏感差異基本一致。「線狀」事物是「一維」的，也是人們心理最容易感知的形狀。「面狀」事物是「二維」的。「體狀」事物是「三維」的，從感知角度來看，不如前兩者。但這裡並沒有提及「點狀」事物，從維度角度來說，「點狀」因為其形體「微小」，近似於一個「點」，可以說是沒有「維度」的，如果套用上面的公式，這種「零維」的「點狀」在現代視覺理論中的順序應該是排在「三維」的後面，是非常不受關注的一種形狀特徵。

---

[1] 張赬，《〈分類詞──名詞分類系統的類型〉介紹》，《當代語言學》2009 年第 3 期。

後　記

本書是在我的博士學位論文的基礎上修改和完善而成的。

2006 年，我師從李如龍先生攻讀漢語言文字學博士學位，當時我對漢語常用詞的演變比較感興趣，論文選題時，跟李先生商量做常用量詞的演變研究，得到了先生的支持。量詞是一個封閉的詞類，在論文寫作之初，我本想對所有量詞做一個較為全面的描寫，梳理出現代漢語量詞系統的演變過程。但隨著寫作的深入，發現這個工作量非常大。量詞的演變研究需要以大量的歷時語料為基礎，檢索並整理這些語料需要花費大量時間，並且需要非常認真而細緻地人工干預，每一條語料都要反覆核對、仔細斟酌。在三年左右的時間內對所有量詞進行較為深入的考察，恐怕很難完成。論文開題的時候，中文系李無未教授和林寒生教授也表示最好縮小研究範圍，將論文做精做細。考慮到量詞的功能是為名詞進行分類，而分類則常常以事物本身的形狀為依據，形狀量詞是個體量詞中最為常用的高頻量詞，因而最後論文將個體量詞的範圍縮小至形狀量詞。

題目定好之後，我對現有的量詞研究成果先進行綜合整理，然後試著做了幾篇形狀量詞個案分析的文章，發現量詞的演變有很多有價值的東西可以挖掘。李先生對我前期所作的論文也頗為認可，幫我加工潤色，其中《量詞「張」的產生及其歷史演變》、《量詞「片」的語法化》、《量詞「條」的產生及其歷史演變》、《從歷時角度看量詞「幅」屬性的演變》、《論量詞「根」的演變》以及《量詞「面」的語法化》等幾篇文章以個人或與導師合作的形式，分別發表在《中國語文》、《語言研究》、《寧夏大學學報》、《漢字文化》、《國際漢語學報》、《海外華文教育》等刊物上。

本書的寫作，始終是在導師李如龍先生的指導和關心下進行的。論文寫作過程中，李先生在文章的理論提升、結構安排以及例句選擇等方面都給予了悉心的指導。書稿完成之後，先生又再次審閱，並惠賜序言。從李先生那裡，我學到了做學問一定要嚴謹、樸實，要擅於從現象中看本質，要開闊思維，從聯繫和比較中發現問題。李先生學識淵博、視界高遠，他希望我在研究量詞時能將方言量詞一併納入進去，做到貫穿古今，打通南北，無奈本人能力不足，對方言的瞭解十分有限，最終未能達到先生的意願，頗為慚愧。

本書的完成還要感謝很多人，感謝張雙慶教授、施其生教授、汪維輝教授、李佐豐教授、李無未教授和陳榮嵐教授，他們在論文評審和答辯中，給予了熱情的鼓勵，並提出了很多中肯的意見，這些都有助於文章的進一步修改和完善。還要感謝我的家人，多年來，為了讓我安心工作和學習，我的公婆任勞任怨地承擔了所有家務，並一直細心照顧著我的女兒，我的父母和姐姐雖遠在家鄉，但也時時關心我的學習，我的愛人在我論文寫作過程中也一直給我指導和幫助，女兒更是乖巧懂事，從不讓我操心，我生活在這樣一個大家庭中，倍感幸福。

在本書的寫作過程中，參考並援引了很多學者先賢的研究成果，這些研究成果給了我

很多教益。為行文方便，書中大多省略了「先生」的稱呼而直呼其名，但本人心中對他們充滿了景仰之情。

　　本書的出版緣於政治大學舉辦的第一屆「思源人文社會科學博士論文獎」。為鼓勵人文社科領域的中文創作，促進兩岸四地青年學術交流，畢業於政治大學、現任泛太平洋集團總裁潘思源先生在政治大學設立「思源人文社會科學博士論文獎」。2011 年，第一屆「思源人文社會科學博士論文獎」由政大出版社承辦，承蒙論文評審專家的厚愛，本文榮獲「文學學門」首獎，並由政大出版社協助出版。在此，感謝潘思源先生為後輩青年提供這樣一個學術平台，感謝政治大學校領導以及此次論文評選委員會召集人的辛苦工作，感謝匿名評審專家對本文的認可，感謝政大出版社的出版支持！

　　限於本人的學識和能力，本書一定會存在很多缺點和不足，希望各位專家學者給予批評指正。

2012 年 5 月 1 日
於廈門浪琴苑

引用文獻

一、先秦：

1. 國語　　　　　　　　　　　　　　　　　　　　　北京：商務印書館 1958
2. 荀子　　　　　　　　　　　　　　　　北京：中華書局 1980 十三經注疏本
3. 老子校釋　　　　　　　　　　　　　　北京：中華書局 1984 朱謙之校釋
4. 莊子　　　　　　　　　　　　　　　　　　　　　　北京：中華書局 1982
5. 墨子　　　　　　　　　　　　　　　　北京：中華書局 2007 李小龍譯注
6. 孟子　　　　　　　　　　　　　　　　北京：中華書局 1980 十三經注疏本
7. 尚書　　　　　　　　　　　　　　　　北京：中華書局 1980 十三經注疏本
8. 韓非子　　　　　　　　　　　　　　　　　　　　　北京：中華書局 1998
9. 論語　　　　　　　　　　　　　　　　北京：中華書局 1980 十三經注疏本
10. 詩經　　　　　　　　　　　　　　　　北京：中華書局 1980 十三經注疏本
11. 商君書　　　　　　　　　　　　　　　　　　　　　北京：中華書局 1974
12. 逸周書　　　　　　　　　　　　　　　　　　　　　北京：中華書局 1985
13. 晏子春秋　　　　　　　　　　　　　　　　　　　　北京：中華書局 1985
14. 呂氏春秋　　　　　　　　　　　　　　北京：中華書局 2007 張雙棣等譯注
15. 左傳　　　　　　　　　　　　　　　　北京：中華書局 1980 十三經注疏本
16. 戰國策　　　　　　　　　　　　　　　　　　　　　北京：中華書局 1985
17. 包山楚簡　　　　　　　　　　　　　　　　　　　　北京：文物出版社 1991
18. 病方　　　　　　　　　　　　　　　　　　　　　　北京：文物出版社 1979
19. 馬王堆漢墓帛書　　　　　　　　　　　　　　　　　北京：文物出版社 1980
20. 睡虎地秦墓竹簡　　　　　　　　　　　　　　　　　北京：文物出版社 1978

二、兩漢：

1. 史記　　　　　　　　　　　　　　　　　　　　　　北京：中華書局 1959
2. 淮南子　　　　　　　　　　　　　　　　　　　　　長沙：嶽麓書社 1989
3. 說苑　　　　　　　　　　　　　　　　　　　北京：北京圖書館出版社 2003
4. 新序　　　　　　　　　　　　　　　　　　　　　　北京：中華書局 1985
5. 新書　　　　　　　　　　　　　　　　　　　　　　北京：中華書局 1985
6. 列女傳　　　　　　　　　　　　　　　　　南京：江蘇古籍出版社 2003
7. 春秋繁露　　　　　　　　　　　　　　　　　　　　北京：中華書局 1991
8. 韓詩外傳集釋　　　　　　　　　　　　　　　　　　北京：中華書局 1980
9. 鹽鐵論　　　　　　　　　　　　　　　　　上海：上海人民出版社 1974
10. 白虎通　　　　　　　　　　　　　　　　　　　　　北京：中華書局 1985
11. 漢書　　　　　　　　　　北京：中華書局　1962　　中華書局點校本二十四史
12. 論衡校釋　　　　　　　　　　　　　　北京：中華書局　1996　黃暉校釋
13. 風俗通義　　　　　　　　　　　　　　　　　　　　北京：中華書局 1985
14. 四庫全書-前漢紀　　　　　　　　　　　　　　　　臺灣：商務印書館 1986
15. 四庫全書-吳越春秋　　　　　　　　　　　　　　　臺灣：商務印書館 1986
16. 太平經合校　　　　　　　　　　　　　　　　　　　北京：中華書局 1960
17. 越絕書：附劄記　　　　　　　　　　　　　　　　　北京：中華書局 1985
18. 延漢簡釋文合校　　　　　　　　　　　　　　　　　北京：文物出版社 1987
19. 敦煌漢簡　　　　　　　　　　　　　　　　　　　　北京：中華書局 1991
20. 武威漢代醫簡　　　　　　　　　　　　　　　　　　北京：文物出版社 1975

21. 張家山漢墓竹簡：二四七號墓　　　　　　　　　　　　　　　　北京：文物出版社 2006
22. 佛說太子慕魄經　乾隆大藏經　　　　　　　　　　　　　　　　北京：文物出版社 1978
23. 雜譬喻經　乾隆大藏經　　　　　　　　　　　　　　　　　　　北京：文物出版社 1978
24. 大方便佛報恩經　乾隆大藏經　　　　　　　　　　　　　　　　北京：文物出版社 1978

三、魏晉南北朝及隋：

1. 高僧傳　　　　　　　　　　　　　　　　　　　　　　　　　　北京：中華書局 1992
2. 三國志　　　　　　　　　　　　北京：中華書局　1959　中華書局點校本二十四史
3. 齊民要術　　　　　　　　　　　　　　　　　　　　　　　　　北京：中華書局 1956
4. 後漢書　　　　　　　　　　　　北京：中華書局　1962　中華書局點校本二十四史
5. 世說新語　　　　　　　　　　　　　　　　　　　　　　　　　北京：中華書局 1984
6. 抱樸子　　　　　　　　　　　　　　　　　　　　　　　　　　北京：中華書局 1985
7. 洛陽伽藍記　　　　　　　　　　　　　　　　　　　　　　　　北京：中華書局 1991
8. 水經注　　　　　　　　　　　　　　　　　　　　　　　　　　北京：中華書局 1985
9. 南齊書　　　　　　　　　　　　　　　　　　　　　　　　　　北京：中華書局 1972
10. 魏書　　　　　　　　　　　　　　　　　　　　　　　　　　　北京：中華書局 1974
11. 宋書　　　　　　　　　　　　　　　　　　　　　　　　　　　北京：中華書局 1974
12. 顏氏家訓　　　　　　　　　　　　　　　　　　　　　　　　　北京：中華書局 1985
13. 文心雕龍　　　　　　　　　　　　　　　　　　　　　　　　　北京：中華書局 1962
14. 詩品　　　　　　　　　　　　　　　　　　　　　　　　　　　北京：中華書局 1985
15. 搜神記　　　　　　　　　　　　　　　　　　　　　　　　　　北京：中華書局 1985
16. 搜神後記　　　　　　　　　　　　　　　　　　　　　　　　　北京：中華書局 1981
17. 拾遺記　　　　　　　　　　　　　　　　　　　　　　　　　　北京：中華書局 1981
18. 鄴中記　　　　　　　　　　　　　　　　　　　　　　　　　　北京：中華書局 1985
19. 晉陽秋輯本　　　　　　　　　　　　　　　　　　　　　　　　北京：中華書局 1985
20. 嶺表錄異-始興記　　　　　　　　　　　　　　　　　　　　　北京：中華書局 1985
21. 緬述-交州記　　　　　　　　　　　　　　　　　　　　　　　北京：中華書局 1985
22. 高士傳　　　　　　　　　　　　　　　　　　　　　　　　　　北京：中華書局 1985
23. 佛國記　　　　　　　　　　　　　　　　　　　　　　　　　　北京：中華書局 1985
24. 博物志　　　　　　　　　　　　　　　　　　　　　　　　　　北京：中華書局 1985
25. 漢武帝別國洞冥記　　　　　　　　　　　　　　　　　　　　　北京：中華書局 1991
26. 神仙傳　　　　　　　　　　　　　　　　　　　　　　　　　　北京：中華書局 1991
27. 荊楚歲時記　　　　　　　　　　　　　　　　　　　　　　　　北京：中華書局 1991
28. 殷芸小說　　　　　　　　　　　　　　　　　　　　　上海：上海古籍出版社 1984
29. 荊州記九種　　　　　　　　　　　　　　　　　　　武漢：湖北人民出版社 1999
30 漢宮春色　　　　　　　　　　　　　　　　　　內蒙古：內蒙古人民出版社 2001
31. 四庫全書-異苑　　　　　　　　　　　　　　　　　　　　臺灣：商務印書館 1986
32. 四庫全書-續齊諧記　　　　　　　　　　　　　　　　　　臺灣：商務印書館 1986
33. 四庫全書-集異記　　　　　　　　　　　　　　　　　　　臺灣：商務印書館 1986
34. 佛說九色鹿經　乾隆大藏經　　　　　　　　　　　　　　　　北京：文物出版社 1978
35. 佛說太子瑞應本起經　乾隆大藏經　　　　　　　　　　　　　北京：文物出版社 1978
36. 佛說義足經　乾隆大藏經　　　　　　　　　　　　　　　　　北京：文物出版社 1978
37. 舊雜譬喻經　乾隆大藏經　　　　　　　　　　　　　　　　　北京：文物出版社 1978
38. 集經　乾隆大藏經　　　　　　　　　　　　　　　　　　　　北京：文物出版社 1978
39. 菩薩本緣經　乾隆大藏經　　　　　　　　　　　　　　　　　北京：文物出版社 1978
40 撰集百緣經　乾隆大藏經　　　　　　　　　　　　　　　　　北京：文物出版社 1978

41. 佛說菩薩投身飴餓虎起塔因緣經　乾隆大藏經　　　　　　　北京：文物出版社 1978
42. 佛說大魚事經　乾隆大藏經　　　　　　　　　　　　　　　北京：文物出版社 1978
43. 佛說十二遊經　乾隆大藏經　　　　　　　　　　　　　　　北京：文物出版社 1978
44. 睒子經　乾隆大藏經　　　　　　　　　　　　　　　　　　北京：文物出版社 1978
45. 長壽王經　乾隆大藏經　　　　　　　　　　　　　　　　　北京：文物出版社 1978
46. 佛說菩薩本行經　乾隆大藏經　　　　　　　　　　　　　　北京：文物出版社 1978
47. 法句譬喻經　乾隆大藏經　　　　　　　　　　　　　　　　北京：文物出版社 1978
48. 經撰雜譬喻　乾隆大藏經　　　　　　　　　　　　　　　　北京：文物出版社 1978
49. 百喻經　乾隆大藏經　　　　　　　　　　　　　　　　　　北京：文物出版社 1978
50. 六度集經　乾隆大藏經　　　　　　　　　　　　　　　　　北京：文物出版社 1978
51. 雜寶藏經　乾隆大藏經　　　　　　　　　　　　　　　　　北京：文物出版社 1978

四、唐代：

1. 敦煌變文集　　　　　　　　　　　　　　　　　　　　　北京：人民文學出版社 1957
2. 祖堂集　　　　　　　　　　　　　　　　　　　　　　　長沙：嶽麓書社 1996
3. 法苑珠林　　　　　　　　　　　　　　上海：上海書店　1989　四部叢刊初編
4. 入唐求法巡禮行記　　　　　　　　　　　　　上海：上海古籍出版社　1986
5. 北齊書　　　　　　　　　　　　　　　　　　　　　　　北京：中華書局 1972
6. 北史　　　　　　　　　　　　　　　　　　　　　　　　北京：中華書局 1974
7. 周書　　　　　　　　　　　　　　　　　　　　　　　　北京：中華書局 1971
8. 陳書　　　　　　　　　　　　　　　　　　　　　　　　北京：中華書局 1974
9. 晉書　　　　　　　　　　　　　　　　　　　　　　　　北京：中華書局 1974
10. 梁書　　　　　　　　　　　　　　　　　　　　　　　　北京：中華書局 1983
11. 隋書　　　　　　　　　　　　　　　　　　　　　　　　北京：中華書局 1982
12. 隋唐嘉話　　　　　　　　　　　　　　　　　　　　　　北京：中華書局 1979
13. 舊唐書　　　　　　　　　　　　　　　　　　　　　　　北京：中華書局 1975
14. 南史　　　　　　　　　　　　　　　　　　　　　　　　北京：中華書局 1975
15. 大唐創業起居注：附考異　　　　　　　　　　　　　　　北京：中華書局 1985
16. 大唐西域記　　　　　　　　　　　　　　　　　　　　　北京：中華書局 1985
17. 大唐新語　　　　　　　　　　　　　　　　　　　　　　北京：中華書局 1984
18. 法書要錄　　　　　　　　　　　　　　　　　　　　　　北京：中華書局 1985
19. 藝文類聚　　　　　　　　　　　　　　　　　　　　　　北京：中華書局 1965
20. 政要　　　　　　　　　　　　　　　　　　　　　　　　上海：上海書店 1984
21. 唐國史補　　　　　　　　　　　　　　　　　上海：上海古籍出版社 1979
22. 唐闕史　四庫全書　　　　　　　　　　　　　　臺灣：商務印書館 1986
23. 唐摭言　　　　　　　　　　　　　　　　　　上海：上海古籍出版社 1978
24. 鄭公諫錄　　　　　　　　　　　　　　　　　　　　　　北京：中華書局 1985
25. 大唐傳載　　　　　　　　　　　　　　　　　　　　　　北京：中華書局 1958
26. 次柳氏舊聞　明皇雜錄　　　　　　　　　　　　　　　　北京：中華書局 1985
27. 開天傳信記　明皇雜錄　　　　　　　　　　　　　　　　北京：中華書局 1985
28. 明皇雜錄　明皇雜錄　　　　　　　　　　　　　　　　　北京：中華書局 1985
29. 大業拾遺記　唐代筆記小說　　　　　　　　　北京：河北教育出版社 1994
30. 異志　　　　　　　　　　　　　　　　　　　　　　　　北京：中華書局 1985
31. 奉天錄　　　　　　　　　　　　　　　　　　　　　　　北京：中華書局 1985
32. 廣異記　　　　　　　　　　　　　　　　　　　　　　　北京：中華書局 1992
33. 桂苑叢談　　　　　　　　　　　　　　　　　　　　　　北京：中華書局 1985

34. 兼明書　　　　　　　　　　　　　　　　　　　　　　　　　北京：中華書局 1985
35. 李娃傳　　　　　　　　　　　　　　　　　　　　　　　　　北京：中華書局 1991
36. 靈應傳　五恭伯傳　　　　　　　　　　　　　　　　　　　　北京：中華書局 1991
37. 冥報記　　　　　　　　　　　　　　　　　　　　　　　　　北京：中華書局 1992
38. 南嶽小錄　　　　　　　　　　　　　　　　　　　　上海：上海古籍出版社 1993
39. 篋中集　四庫全書　　　　　　　　　　　　　　　　　　臺灣：商務印書館 1986
40. 宣室志　　　　　　　　　　　　　　　　　　　　　　　　　北京：中華書局 1985
41. 玄怪錄　　　　　　　　　　　　　　　　　　　　　　　　　北京：中華書局 1982
42. 朝野僉載　　　　　　　　　　　　　　　　　　　　　　　　北京：中華書局 1985
43. 茶經　　　　　　　　　　　　　　　　　　　　　　　　　　北京：中華書局 1991
44. 全唐詩　　　　　　　　　　　　　　　　　　　　　　　　　北京：中華書局 1960
45. 大寶積經　乾隆大藏經　　　　　　　　　　　　　　　　　北京：文物出版社 1978
46. 大方廣佛華嚴經金師子章　乾隆大藏經　　　　　　　　　　北京：文物出版社 1978
47. 華嚴經明法品內立三寶章　乾隆大藏經　　　　　　　　　　北京：文物出版社 1978
48. 華嚴經內章門等離孔目章　乾隆大藏經　　　　　　　　　　北京：文物出版社 1978
49. 華嚴一乘教義分齊章　乾隆大藏經　　　　　　　　　　　　北京：文物出版社 1978
50. 教誡新學比丘行護律儀　乾隆大藏經　　　　　　　　　　　北京：文物出版社 1978
51. 解迷顯智成悲十明論　乾隆大藏經　　　　　　　　　　　　北京：文物出版社 1978
52. 大寶廣博樓閣善住秘密陀羅尼經 乾隆大藏經　　　　　　　北京：文物出版社 1978
53. 大乘瑜伽金剛性海曼殊室利千臂千鉢大教王經　乾隆大藏經　北京：文物出版社 1978
54. 大佛頂如來放光悉怛多鉢怛囉陀羅尼　乾隆大藏經　　　　　北京：文物出版社 1978
55. 佛說大孔雀明王畫像壇場儀軌　乾隆大藏經　　　　　　　　北京：文物出版社 1978
56. 佛說文殊師利法寶藏陀羅尼經　乾隆大藏經　　　　　　　　北京：文物出版社 1978
57. 黃檗山斷際禪師傳心法要　乾隆大藏經　　　　　　　　　　北京：文物出版社 1978
58. 金剛頂勝初瑜伽經中略出大樂金剛薩埵念誦儀　　　北京：乾隆大藏經　文物出版社 1978
59. 金剛壽命陀羅尼經法　乾隆大藏經　　　　　　　　　　　　北京：文物出版社 1978
60. 摩尼光佛教法儀略　乾隆大藏經　　　　　　　　　　　　　北京：文物出版社 1978
61. 千手千眼觀世音菩薩大身咒本 乾隆大藏經　　　　　　　　北京：文物出版社 1978
62. 聖賀野紇哩縛大威怒王立成大神驗供養念誦儀軌法品 乾隆大藏經　北京：文物出版社 1978
63. 藥師如來念誦儀軌　乾隆大藏經　　　　　　　　　　　　　北京：文物出版社 1978
64. 一字頂輪王念誦儀軌　乾隆大藏經　　　　　　　　　　　　北京：文物出版社 1978
65. 黃檗斷際禪師宛陵錄　乾隆大藏經　　　　　　　　　　　　北京：文物出版社 1978
66. 金剛壽命陀羅尼經　乾隆大藏經　　　　　　　　　　　　　北京：文物出版社 1978
67. 胎藏金剛教法名號　乾隆大藏經　　　　　　　　　　　　　北京：文物出版社 1978
68. 童子經念誦法　乾隆大藏經　　　　　　　　　　　　　　　北京：文物出版社 1978
69. 文殊師利寶藏陀羅尼經　乾隆大藏經　　　　　　　　　　　北京：文物出版社 1978
70. 藥師如來念誦儀軌　乾隆大藏經　　　　　　　　　　　　　北京：文物出版社 1978
71. 加句靈驗佛頂尊勝陀羅尼記　乾隆大藏經　　　　　　　　　北京：文物出版社 1978
72. 佛頂尊勝陀羅尼注義　乾隆大藏經　　　　　　　　　　　　北京：文物出版社 1978
73. 佛頂尊勝陀羅尼別法　乾隆大藏經　　　　　　　　　　　　北京：文物出版社 1978
74. 阿閦如來念誦供養法　乾隆大藏經　　　　　　　　　　　　北京：文物出版社 1978
75. 阿唎多羅陀羅尼阿嚕力經　乾隆大藏經　　　　　　　　　　北京：文物出版社 1978
76. 阿彌陀經疏　乾隆大藏經　　　　　　　　　　　　　　　　北京：文物出版社 1978
77. 阿彌陀經通贊疏　乾隆大藏經　　　　　　　　　　　　　　北京：文物出版社 1978
78. 阿彌陀經義述　乾隆大藏經　　　　　　　　　　　　　　　北京：文物出版社 1978
79. 阿毘達磨藏顯宗論　乾隆大藏經　　　　　　　　　　　　　北京：文物出版社 1978

80. 阿毘達磨大毘婆沙論　乾隆大藏經　　　　　　　　　　　　　　北京：文物出版社 1978
81. 阿毘達磨發智論　乾隆大藏經　　　　　　　　　　　　　　　　北京：文物出版社 1978
82. 阿毘達磨法蘊足論　乾隆大藏經　　　　　　　　　　　　　　　北京：文物出版社 1978
83. 阿毘達磨集異門足論　乾隆大藏經　　　　　　　　　　　　　　北京：文物出版社 1978
84. 阿毘達磨界身足論　乾隆大藏經　　　　　　　　　　　　　　　北京：文物出版社 1978
85. 阿毘達磨俱舍論　乾隆大藏經　　　　　　　　　　　　　　　　北京：文物出版社 1978
86. 阿毘達磨俱舍論本頌　乾隆大藏經　　　　　　　　　　　　　　北京：文物出版社 1978
87. 阿毘達磨品類足論　乾隆大藏經　　　　　　　　　　　　　　　北京：文物出版社 1978
88. 阿毘達磨順正理論　乾隆大藏經　　　　　　　　　　　　　　　北京：文物出版社 1978
89. 阿吒薄俱元帥大將上佛陀羅尼經修行儀軌　乾隆大藏經　　　　　北京：文物出版社 1978
90. 安樂集　乾隆大藏經　　　　　　　　　　　　　　　　　　　　北京：文物出版社 1978
91. 八大菩薩曼荼羅經　乾隆大藏經　　　　　　　　　　　　　　　北京：文物出版社 1978
92. 八名普密陀羅尼經　乾隆大藏經　　　　　　　　　　　　　　　北京：文物出版社 1978
93. 拔濟苦難陀羅尼經　乾隆大藏經　　　　　　　　　　　　　　　北京：文物出版社 1978
94. 百千頌大集經地藏菩薩請問法身贊　乾隆大藏經　　　　　　　　北京：文物出版社 1978
95. 百千印陀羅尼經　乾隆大藏經　　　　　　　　　　　　　　　　北京：文物出版社 1978
96. 般若波羅蜜多心經　乾隆大藏經　　　　　　　　　　　　　　　北京：文物出版社 1978
97. 般若波羅蜜多心經略疏　乾隆大藏經　　　　　　　　　　　　　北京：文物出版社 1978
98. 般若波羅蜜多心經幽贊　乾隆大藏經　　　　　　　　　　　　　北京：文物出版社 1978
99. 般若燈論釋　乾隆大藏經　　　　　　　　　　　　　　　　　　北京：文物出版社 1978
100. 般若守護十六善神王形體　乾隆大藏經　　　　　　　　　　　　北京：文物出版社 1978
101. 寶悉地成佛陀羅尼經　乾隆大藏經　　　　　　　　　　　　　　北京：文物出版社 1978
102. 寶星陀羅尼經　乾隆大藏經　　　　　　　　　　　　　　　　　北京：文物出版社 1978
103. 北斗七星護摩法　乾隆大藏經　　　　　　　　　　　　　　　　北京：文物出版社 1978
104. 北斗七星護摩秘要儀軌　乾隆大藏經　　　　　　　　　　　　　北京：文物出版社 1978
105. 北斗七星念誦儀軌　乾隆大藏經　　　　　　　　　　　　　　　北京：文物出版社 1978
106. 北方毘沙門多聞寶藏天王神妙陀羅尼別行儀軌　乾隆大藏經　　　北京：文物出版社 1978
107. 北方毘沙門天王隨軍護法儀軌　乾隆大藏經　　　　　　　　　　北京：文物出版社 1978
108. 北方毘沙門天王隨軍護法真言　乾隆大藏經　　　　　　　　　　北京：文物出版社 1978
109. 北門錄　乾隆大藏經　　　　　　　　　　　　　　　　　　　　北京：文物出版社 1978
110. 不動使者陀羅尼秘密法　乾隆大藏經　　　　　　　　　　　　　北京：文物出版社 1978
111. 不空羂索毘盧遮那佛大灌頂光真言　乾隆大藏經　　　　　　　　北京：文物出版社 1978
112. 不空羂索神變真言經　乾隆大藏經　　　　　　　　　　　　　　北京：文物出版社 1978
113. 不空羂索神咒心經　乾隆大藏經　　　　　　　　　　　　　　　北京：文物出版社 1978
114. 不空羂索陀羅尼經　乾隆大藏經　　　　　　　　　　　　　　　北京：文物出版社 1978
115. 不空羂索陀羅尼自在王咒經　乾隆大藏經　　　　　　　　　　　北京：文物出版社 1978
116. 不空羂索咒心經　乾隆大藏經　　　　　　　　　　　　　　　　北京：文物出版社 1978
117. 稱讚大乘功德經　乾隆大藏經　　　　　　　　　　　　　　　　北京：文物出版社 1978
118. 成就妙法蓮華經王瑜伽觀智儀軌　乾隆大藏經　　　　　　　　　北京：文物出版社 1978
119. 成唯識寶生論　乾隆大藏經　　　　　　　　　　　　　　　　　北京：文物出版社 1978
120. 世陀羅尼經　乾隆大藏經　　　　　　　　　　　　　　　　　　北京：文物出版社 1978
121. 出生無邊門陀羅尼經　乾隆大藏經　　　　　　　　　　　　　　北京：文物出版社 1978
122. 大般若波羅蜜多經　乾隆大藏經　　　　　　　　　　　　　　　北京：文物出版社 1978
123. 大乘阿毘達磨集論　乾隆大藏經　　　　　　　　　　　　　　　北京：文物出版社 1978
124. 大乘百法明門論疏　乾隆大藏經　　　　　　　　　　　　　　　北京：文物出版社 1978
125. 大乘百福相經　乾隆大藏經　　　　　　　　　　　　　　　　　北京：文物出版社 1978

126. 本生心地觀經　乾隆大藏經　　　　　　　　　　　　　　　　　北京：文物出版社　1978
127. 大乘遍照光明藏無字法門經　乾隆大藏經　　　　　　　　　　　北京：文物出版社　1978
128. 大乘成業論　乾隆大藏經　　　　　　　　　　　　　　　　　　北京：文物出版社　1978
129. 大乘大集地藏十輪經　乾隆大藏經　　　　　　　　　　　　　　北京：文物出版社　1978
130. 大乘伽耶山頂經　乾隆大藏經　　　　　　　　　　　　　　　　北京：文物出版社　1978
131. 大乘廣百論釋論　乾隆大藏經　　　　　　　　　　　　　　　　北京：文物出版社　1978
132. 大乘開心顯性頓悟真宗論　乾隆大藏經　　　　　　　　　　　　北京：文物出版社　1978
133. 離文字普光明藏經　乾隆大藏經　　　　　　　　　　　　　　　北京：文物出版社　1978
134. 大乘理趣六波羅蜜多經　乾隆大藏經　　　　　　　　　　　　　北京：文物出版社　1978
135. 大乘密嚴經　乾隆大藏經　　　　　　　　　　　　　　　　　　北京：文物出版社　1978
136. 入楞伽經　乾隆大藏經　　　　　　　　　　　　　　　　　　　北京：文物出版社　1978
137. 大乘顯識經　乾隆大藏經　　　　　　　　　　　　　　　　　　北京：文物出版社　1978
138. 修行菩薩行門諸經要集　乾隆大藏經　　　　　　　　　　　　　北京：文物出版社　1978
139. 大乘緣生論　乾隆大藏經　　　　　　　　　　　　　　　　　　北京：文物出版社　1978
140. 莊嚴經論　乾隆大藏經　　　　　　　　　　　　　　　　　　　北京：文物出版社　1978
141. 大方廣佛花嚴經修慈分　乾隆大藏經　　　　　　　　　　　　　北京：文物出版社　1978
142. 大方廣佛華嚴經　乾隆大藏經　　　　　　　　　　　　　　　　北京：文物出版社　1978
143. 大方廣佛華嚴經入法界品四十二字觀門　乾隆大藏經　　　　　　北京：文物出版社　1978
144. 大方廣佛華嚴經疏　乾隆大藏經　　　　　　　　　　　　　　　北京：文物出版社　1978
145. 大方廣佛華嚴經搜玄分齊通智方軌　乾隆大藏經　　　　　　　　北京：文物出版社　1978
146. 大方廣佛華嚴經隨疏演義鈔　乾隆大藏經　　　　　　　　　　　北京：文物出版社　1978
147. 大方廣佛華嚴經願行觀門骨目　乾隆大藏經　　　　　　　　　　北京：文物出版社　1978
148. 大方廣佛嚴經中卷卷大意略敘　乾隆大藏經　　　　　　　　　　北京：文物出版社　1978
149. 廣佛圓覺修多羅了義經　乾隆大藏經　　　　　　　　　　　　　北京：文物出版社　1978
150. 大方廣華嚴經不思議佛境界分　乾隆大藏經　　　　　　　　　　北京：文物出版社　1978
151. 大方廣菩薩藏經中文殊師利根本一字陀羅尼經　乾隆大藏經　　　北京：文物出版社　1978
152. 大方廣普賢所說經　乾隆大藏經　　　　　　　　　　　　　　　北京：文物出版社　1978
153. 大方廣如來不思議境界經　乾隆大藏經　　　　　　　　　　　　北京：文物出版社　1978
154. 大方廣如來藏經　乾隆大藏經　　　　　　　　　　　　　　　　北京：文物出版社　1978
155. 大方廣入如來智德不思議經　乾隆大藏經　　　　　　　　　　　北京：文物出版社　1978
156. 大方廣圓覺修多羅了義經略疏注　乾隆大藏經　　　　　　　　　北京：文物出版社　1978
157. 佛頂如來密因修證了義諸菩薩萬行首楞嚴經　乾隆大藏經　　　　北京：文物出版社　1978
158. 大樂金剛不空真實三昧耶經般若波羅蜜多理趣釋　乾隆大藏經　　北京：文物出版社　1978
159. 大毘盧遮那成佛經疏　乾隆大藏經　　　　　　　　　　　　　　北京：文物出版社　1978
160. 大毘盧遮那佛說要略念誦經　乾隆大藏經　　　　　　　　　　　北京：文物出版社　1978
161. 大毘盧遮那佛眼修行儀軌　乾隆大藏經　　　　　　　　　　　　北京：文物出版社　1978
162. 大毘盧遮那經廣大儀軌　乾隆大藏經　　　　　　　　　　　　　北京：文物出版社　1978
163. 大勝金剛佛頂念誦儀軌　乾隆大藏經　　　　　　　　　　　　　北京：文物出版社　1978
164. 大聖歡喜雙身大自在天毘那夜迦王歸依念誦供養法　乾隆大藏經　北京：文物出版社　1978
165. 聖歡喜雙身毘那夜迦天形像品儀軌　乾隆大藏經　　　　　　　　北京：文物出版社　1978
166. 大聖天歡喜雙身毘那夜迦法　乾隆大藏經　　　　　　　　　　　北京：文物出版社　1978
167. 大聖文殊師利菩薩佛刹功德莊嚴經　乾隆大藏經　　　　　　　　北京：文物出版社　1978
168. 大聖文殊師利菩薩贊佛法身禮　乾隆大藏經　　　　　　　　　　北京：文物出版社　1978
169. 大唐貞元續開元釋教錄　乾隆大藏經　　　　　　　　　　　　　北京：文物出版社　1978
170. 大陀羅尼末法中一字心咒經　乾隆大藏經　　　　　　　　　　　北京：文物出版社　1978
171. 大虛空藏菩薩念誦法　乾隆大藏經　　　　　　　　　　　　　　北京：文物出版社　1978

172. 大藥叉女歡喜母並愛子成就法　乾隆大藏經　　　　　　　　　　　北京：文物出版社　1978
173. 代宗朝贈司空大辯正廣智三藏和上表制集　乾隆大藏經　　　　　　　北京：文物出版社　1978
174. 地藏菩薩本願經　乾隆大藏經　　　　　　　　　　　　　　　　　　北京：文物出版社　1978
175. 頂輪王大曼荼羅灌頂儀軌　乾隆大藏經　　　　　　　　　　　　　　北京：文物出版社　1978
176. 法華曼荼羅威儀形色法經　乾隆大藏經　　　　　　　　　　　　　　北京：文物出版社　1978
177. 法門名義集　乾隆大藏經　　　　　　　　　　　　　　　　　　　　北京：文物出版社　1978
178. 方廣大莊嚴經　乾隆大藏經　　　　　　　　　　　　　　　　　　　北京：文物出版社　1978
179. 分別緣起初勝法門經　乾隆大藏經　　　　　　　　　　　　　　　　北京：文物出版社　1978
180. 佛地經論　乾隆大藏經　　　　　　　　　　　　　　　　　　　　　北京：文物出版社　1978
181. 佛頂最勝陀羅尼經　乾隆大藏經　　　　　　　　　　　　　　　　　北京：文物出版社　1978
182. 佛說般若波羅蜜多心經贊　乾隆大藏經　　　　　　　　　　　　　　北京：文物出版社　1978
183. 佛說寶雨經　乾隆大藏經　　　　　　　　　　　　　　　　　　　　北京：文物出版社　1978
184. 佛說不空羂索陀羅尼儀軌經　乾隆大藏經　　　　　　　　　　　　　北京：文物出版社　1978
185. 佛說佛頂尊勝陀羅尼經　乾隆大藏經　　　　　　　　　　　　　　　北京：文物出版社　1978
186. 佛說觀自在菩薩如意心陀羅尼咒經　乾隆大藏經　　　　　　　　　　北京：文物出版社　1978
187. 佛說摩利支天菩薩陀羅尼經　乾隆大藏經　　　　　　　　　　　　　北京：文物出版社　1978
188. 佛說能斷金剛般若波羅蜜多經　乾隆大藏經　　　　　　　　　　　　北京：文物出版社　1978
189. 佛說譬喻經　乾隆大藏經　　　　　　　　　　　　　　　　　　　　北京：文物出版社　1978
190. 佛說菩薩修行四法經　乾隆大藏經　　　　　　　　　　　　　　　　北京：文物出版社　1978
191. 佛說隨求即得大自在陀羅尼神咒經　乾隆大藏經　　　　　　　　　　北京：文物出版社　1978
192. 佛說無常經　乾隆大藏經　　　　　　　　　　　　　　　　　　　　北京：文物出版社　1978
193. 佛說五蘊皆空經　乾隆大藏經　　　　　　　　　　　　　　　　　　北京：文物出版社　1978
194. 佛說一髻尊陀羅尼經　乾隆大藏經　　　　　　　　　　　　　　　　北京：文物出版社　1978
195. 佛說一切功德莊嚴王經　乾隆大藏經　　　　　　　　　　　　　　　北京：文物出版社　1978
196. 佛說一切如來金剛壽命陀羅尼經　乾隆大藏經　　　　　　　　　　　北京：文物出版社　1978
197. 佛說莊嚴王陀羅尼咒經　乾隆大藏經　　　　　　　　　　　　　　　北京：文物出版社　1978
198. 甘露軍荼利菩薩供養念誦成就儀軌　乾隆大藏經　　　　　　　　　　北京：文物出版社　1978
199. 根本薩婆多部律攝　乾隆大藏經　　　　　　　　　　　　　　　　　北京：文物出版社　1978
200. 根本說一切有部百一羯磨　乾隆大藏經　　　　　　　　　　　　　　北京：文物出版社　1978
201. 根本說一切有部毘奈耶　乾隆大藏經　　　　　　　　　　　　　　　北京：文物出版社　1978
202. 根本說一切有部毘奈耶雜事　乾隆大藏經　　　　　　　　　　　　　北京：文物出版社　1978
203. 觀世音菩薩秘密藏如意輪陀羅尼神咒經　乾隆大藏經　　　　　　　　北京：文物出版社　1978
204. 觀自在菩薩如意輪念誦儀軌　乾隆大藏經　　　　　　　　　　　　　北京：文物出版社　1978
205. 觀自在菩薩說普賢陀羅尼經　乾隆大藏經　　　　　　　　　　　　　北京：文物出版社　1978
206. 廣百論疏卷第一　乾隆大藏經　　　　　　　　　　　　　　　　　　北京：文物出版社　1978
207. 廣弘明集　乾隆大藏經　　　　　　　　　　　　　　　　　　　　　北京：文物出版社　1978
208. 華嚴經問答　乾隆大藏經　　　　　　　　　　　　　　　　　　　　北京：文物出版社　1978
209. 金剛頂經多羅菩薩念誦法　乾隆大藏經　　　　　　　　　　　　　　北京：文物出版社　1978
210. 金剛頂經瑜伽文殊師利菩薩供養儀軌　乾隆大藏經　　　　　　　　　北京：文物出版社　1978
211. 金剛頂瑜伽念珠經　乾隆大藏經　　　　　　　　　　　　　　　　　北京：文物出版社　1978
212. 六門陀羅尼經　乾隆大藏經　　　　　　　　　　　　　　　　　　　北京：文物出版社　1978
213. 六祖大師法寶壇經　乾隆大藏經　　　　　　　　　　　　　　　　　北京：文物出版社　1978
214. 曼殊師利菩薩咒藏中一字咒王經　乾隆大藏經　　　　　　　　　　　北京：文物出版社　1978
215. 冥報記　乾隆大藏經　　　　　　　　　　　　　　　　　　　　　　北京：文物出版社　1978
216. 入阿毘達磨論　乾隆大藏經　　　　　　　　　　　　　　　　　　　北京：文物出版社　1978
217. 聖觀自在菩薩心真言瑜伽觀行儀軌　乾隆大藏經　　　　　　　　　　北京：文物出版社　1978

218. 實相般若波羅蜜經　乾隆大藏經　　　　　　　　　　　　　　　　北京：文物出版社 1978
219. 陀羅尼集經　乾隆大藏經　　　　　　　　　　　　　　　　　　　北京：文物出版社 1978
220. 文殊師利菩薩及諸仙所說吉凶時日善惡宿曜經　乾隆大藏經　　　　北京：文物出版社 1978
221. 藥師如來觀行儀軌法　乾隆大藏經　　　　　　　　　　　　　　　北京：文物出版社 1978
222. 一切經音義　乾隆大藏經　　　　　　　　　　　　　　　　　　　北京：文物出版社 1978
223. 緣起聖道經　乾隆大藏經　　　　　　　　　　　　　　　　　　　北京：文物出版社 1978
224. 諸佛集會陀羅尼經　乾隆大藏經　　　　　　　　　　　　　　　　北京：文物出版社 1978
225. 諸佛心陀羅尼經　乾隆大藏經　　　　　　　　　　　　　　　　　北京：文物出版社 1978
226. 諸經要集　乾隆大藏經　　　　　　　　　　　　　　　　　　　　北京：文物出版社 1978
227. 注華嚴法界觀門　乾隆大藏經　　　　　　　　　　　　　　　　　北京：文物出版社 1978
228. 最勝佛頂陀羅尼淨除業障咒經　乾隆大藏經　　　　　　　　　　　北京：文物出版社 1978
229. 尊勝佛頂修瑜伽法軌儀　乾隆大藏經　　　　　　　　　　　　　　北京：文物出版社 1978
230. 止觀輔行傳弘決　乾隆大藏經　　　　　　　　　　　　　　　　　北京：文物出版社 1978

五、宋代：

1. 朱子語類　　　　　　　　　　　　　　　　　　　　　　　　　　北京：中華書局 1986
2. 古尊宿語錄　　　　　　　　　　　　　　　　　　　　　　　　　北京：中華書局 1994
3. 五燈會元　　　　　　　　　　　　　　　　　　　　　　　　　　北京：中華書局 1984
4. 夢溪筆談　　　　　　　　　　　　　　　　　　　　　　　　　　北京：中華書局 1985
5. 容齋隨筆　　　　　　　　　　　　　　　　　　　　　　　　　　上海：上海書店 1984
6. 包孝肅奏議　四庫全書　　　　　　　　　　　　　　　　　　　　臺灣：商務印書館 1986
7. 冊府元龜　四庫全書　　　　　　　　　　　　　　　　　　　　　臺灣：商務印書館 1986
8. 皇宋通鑑長編紀事本末　繼修四庫全書　　　　　　　　　　　　　上海：上海古籍出版社 1995
9. 建炎以來系年要錄　　　　　　　　　　　　　　　　　　　　　　北京：中華書局 1985
10. 契丹國志　　　　　　　　　　　　　　　　　　　　　　　　　上海：上海古籍出版社 1985
11. 新唐書　　　　　　　　　　　　　　　　　　　　　　　　　　北京：中華書局 1975
12. 新五代史　　　　　　　　　　　　　　　　　　　　　　　　　北京：中華書局 1974
13. 舊五代史　　　　　　　　　　　　　　　　　　　　　　　　　北京：中華書局 1976
14. 五代史補　四庫全書　　　　　　　　　　　　　　　　　　　　臺灣：商務印書館 1986
15. 太平廣記　　　　　　　　　　　　　　　　　　　　　　　　　北京：中華書局 1961
16. 太平御覽　　　　　　　　　　　　　　　　　　　　　　　　　北京：中華書局 1960
17. 資治通鑑　四庫全書　　　　　　　　　　　　　　　　　　　　臺灣：商務印書館 1986
18. 續資治通鑑長編　四庫全書　　　　　　　　　　　　　　　　　臺灣：商務印書館 1986
19. 江南野史　四庫全書　　　　　　　　　　　　　　　　　　　　臺灣：商務印書館 1986
20. 林間錄　四庫全書　　　　　　　　　　　　　　　　　　　　　臺灣：商務印書館 1986
21. 欒城集　　　　　　　　　　　　　　　　　　　　　　　　　　臺灣：商務印書館 1936
22. 益州名畫錄　　　　　　　　　　　　　　　　　　　　　　　　北京：中華書局 1991
23. 中吳紀聞　　　　　　　　　　　　　　　　　　　　　　　　　北京：中華書局 1985
24. 全宋詞　　　　　　　　　　　　　　　　　　　　　　　　　　北京：中華書局 1965
25. 觀世音菩薩消伏毒害陀羅尼三昧儀　乾隆大藏經　　　　　　　　北京：文物出版社 1978
26. 大慧普覺禪師語錄　乾隆大藏經　　　　　　　　　　　　　　　北京：文物出版社 1978
27. 佛說大乘八大曼拏羅經　乾隆大藏經　　　　　　　　　　　　　北京：文物出版社 1978
28. 邦文類　乾隆大藏經　　　　　　　　　　　　　　　　　　　　北京：文物出版社 1978
29. 如淨和尚語錄　乾隆大藏經　　　　　　　　　　　　　　　　　北京：文物出版社 1978
30. 楊岐方會和尚語錄　乾隆大藏經　　　　　　　　　　　　　　　北京：文物出版社 1978
31. 最勝佛頂陀羅尼經　乾隆大藏經　　　　　　　　　　　　　　　北京：文物出版社 1978

32. 大慧普覺禪師宗門武庫　乾隆大藏經　　　　　　　　　　　　北京：文物出版社　1978
33. 樂邦遺稿　乾隆大藏經　　　　　　　　　　　　　　　　　　北京：文物出版社　1978
34. 天童山景德寺如淨禪師續語錄　乾隆大藏經　　　　　　　　　北京：文物出版社　1978
35. 八大靈塔梵贊　乾隆大藏經　　　　　　　　　　　　　　　　北京：文物出版社　1978
36. 般若心經略疏連珠記　乾隆大藏經　　　　　　　　　　　　　北京：文物出版社　1978
37. 寶授菩薩菩提行經　乾隆大藏經　　　　　　　　　　　　　　北京：文物出版社　1978
38. 禪林寶訓　乾隆大藏經　　　　　　　　　　　　　　　　　　北京：文物出版社　1978
39. 熾盛光道場念誦儀　乾隆大藏經　　　　　　　　　　　　　　北京：文物出版社　1978
40. 傳法正宗定祖圖　乾隆大藏經　　　　　　　　　　　　　　　北京：文物出版社　1978
41. 傳法正宗記　乾隆大藏經　　　　　　　　　　　　　　　　　北京：文物出版社　1978
42. 傳法正宗論　乾隆大藏經　　　　　　　　　　　　　　　　　北京：文物出版社　1978
43. 大般涅盤經　乾隆大藏經　　　　　　　　　　　　　　　　　北京：文物出版社　1978
44. 大乘寶要義論　乾隆大藏經　　　　　　　　　　　　　　　　北京：文物出版社　1978
45. 大乘寶月童子問法經　乾隆大藏經　　　　　　　　　　　　　北京：文物出版社　1978
46. 大乘二十頌論　乾隆大藏經　　　　　　　　　　　　　　　　北京：文物出版社　1978
47. 大乘集菩薩學論　乾隆大藏經　　　　　　　　　　　　　　　北京：文物出版社　1978
48. 大乘破有論　乾隆大藏經　　　　　　　　　　　　　　　　　北京：文物出版社　1978
49. 大方廣菩薩藏文殊師利根本儀軌經　乾隆大藏經　　　　　　　北京：文物出版社　1978
50. 大方廣總持寶光明經　乾隆大藏經　　　　　　　　　　　　　北京：文物出版社　1978
51. 大金剛妙高山樓閣陀羅尼　乾隆大藏經　　　　　　　　　　　北京：文物出版社　1978
52. 法集要頌經　乾隆大藏經　　　　　　　　　　　　　　　　　北京：文物出版社　1978
53. 法演禪師語錄　乾隆大藏經　　　　　　　　　　　　　　　　北京：文物出版社　1978
54. 汾陽無德禪師語錄　乾隆大藏經　　　　　　　　　　　　　　北京：文物出版社　1978
55. 佛本行經　乾隆大藏經　　　　　　　　　　　　　　　　　　北京：文物出版社　1978
56. 佛頂放無垢光明入普門觀察一切如來心陀羅尼經　乾隆大藏經　北京：文物出版社　1978
57. 佛果圜悟禪師碧岩錄　乾隆大藏經　　　　　　　　　　　　　北京：文物出版社　1978
58. 佛母般若波羅蜜多圓集要義論　乾隆大藏經　　　　　　　　　北京：文物出版社　1978
59. 佛說阿羅漢具德經　乾隆大藏經　　　　　　　　　　　　　　北京：文物出版社　1978
60. 佛說阿彌陀經疏　乾隆大藏經　　　　　　　　　　　　　　　北京：文物出版社　1978
61. 佛說八大菩薩經　乾隆大藏經　　　　　　　　　　　　　　　北京：文物出版社　1978
62. 佛說寶藏神大明曼拏羅儀軌經　乾隆大藏經　　　　　　　　　北京：文物出版社　1978
63. 佛說寶帶陀羅尼經　乾隆大藏經　　　　　　　　　　　　　　北京：文物出版社　1978
64. 佛說辟除諸惡陀羅尼經　乾隆大藏經　　　　　　　　　　　　北京：文物出版社　1978
65. 佛說遍照般若波羅蜜經　乾隆大藏經　　　　　　　　　　　　北京：文物出版社　1978
66. 佛說持明藏瑜伽大教尊那菩薩大明成就儀軌經　乾隆大藏經　　北京：文物出版社　1978
67. 佛說出生一切如來法眼遍照大力明王經　乾隆大藏經　　　　　北京：文物出版社　1978
68. 佛說除蓋障菩薩所問經　乾隆大藏經　　　　　　　　　　　　北京：文物出版社　1978
69. 佛說慈氏菩薩誓願陀羅尼經　乾隆大藏經　　　　　　　　　　北京：文物出版社　1978
70. 佛說慈氏菩薩陀羅尼　乾隆大藏經　　　　　　　　　　　　　北京：文物出版社　1978
71. 佛說大愛陀羅尼經　乾隆大藏經　　　　　　　　　　　　　　北京：文物出版社　1978
72. 佛說大悲空智金剛大教王儀軌經　乾隆大藏經　　　　　　　　北京：文物出版社　1978
73. 佛說大乘不思議神通境界經　乾隆大藏經　北京：文物出版社 1978
74. 佛說大乘大方廣佛冠經　乾隆大藏經　　　　　　　　　　　　北京：文物出版社　1978
75. 佛說大乘觀想曼拏羅淨諸惡趣經　乾隆大藏經　　　　　　　　北京：文物出版社　1978
76. 佛說大乘戒經　乾隆大藏經　　　　　　　　　　　　　　　　北京：文物出版社　1978
77. 佛說大乘菩薩藏正法經　乾隆大藏經　　　　　　　　　　　　北京：文物出版社　1978

78. 佛說大乘日子王所問經　乾隆大藏經　　　　　　　　　　　北京：文物出版社　1978
79. 佛說大乘入諸佛境界智光明莊嚴經　乾隆大藏經　　　　　　北京：文物出版社　1978
80. 佛說大乘善見變化文殊師利問法經　乾隆大藏經　　　　　　北京：文物出版社　1978
81. 佛說大乘聖吉祥持世陀羅尼經　乾隆大藏經　　　　　　　　北京：文物出版社　1978
82. 佛說大乘聖無量壽決定光明王如來陀羅尼經　乾隆大藏經　　北京：文物出版社　1978
83. 佛說大乘隨轉宣說諸法經　乾隆大藏經　　　　　　　　　　北京：文物出版社　1978
84. 佛說大乘無量壽莊嚴經　乾隆大藏經　　　　　　　　　　　北京：文物出版社　1978
85. 佛說大乘智印經　乾隆大藏經　　　　　　　　　　　　　　北京：文物出版社　1978
86. 佛說大乘莊嚴寶王經　乾隆大藏經　　　　　　　　　　　　北京：文物出版社　1978
87. 佛說大吉祥陀羅尼經　乾隆大藏經　　　　　　　　　　　　北京：文物出版社　1978
88. 佛說大集法門經　乾隆大藏經　　　　　　　　　　　　　　北京：文物出版社　1978
89. 佛說大迦葉問大寶積正法經　乾隆大藏經　　　　　　　　　北京：文物出版社　1978
90. 佛說帝釋般若波羅蜜多心經　乾隆大藏經　　　　　　　　　北京：文物出版社　1978
91. 佛說帝釋所問經　乾隆大藏經　　　　　　　　　　　　　　北京：文物出版社　1978
92. 佛說帝釋岩秘密成就儀軌　乾隆大藏經　　　　　　　　　　北京：文物出版社　1978
93. 佛說頂王因緣經　乾隆大藏經　　　　　　　　　　　　　　北京：文物出版社　1978
94. 佛說發菩提心破諸魔經　乾隆大藏經　　　　　　　　　　　北京：文物出版社　1978
95. 佛說法乘義決定經　乾隆大藏經　　　　　　　　　　　　　北京：文物出版社　1978
96. 佛說法集名數經　乾隆大藏經　　　　　　　　　　　　　　北京：文物出版社　1978
97. 佛說法身經　乾隆大藏經　　　　　　　　　　　　　　　　北京：文物出版社　1978
98. 佛說分別緣生經　乾隆大藏經　　　　　　　　　　　　　　北京：文物出版社　1978
99. 佛說分佈施經　乾隆大藏經　　　　　　　　　　　　　　　北京：文物出版社　1978
100. 佛說佛母般若波羅蜜多大明觀想儀軌　乾隆大藏經　　　　北京：文物出版社　1978
101. 佛說佛母寶德藏般若波羅蜜經　乾隆大藏經　　　　　　　北京：文物出版社　1978
102. 佛說佛母出生三法藏般若波羅蜜多經　乾隆大藏經　　　　北京：文物出版社　1978
103. 佛說福力太子因緣經　乾隆大藏經　　　　　　　　　　　北京：文物出版社　1978
104. 佛說觀想佛母般若波羅蜜多菩薩經　乾隆大藏經　　　　　北京：文物出版社　1978
105. 佛說觀自在菩薩母陀羅尼經　乾隆大藏經　　　　　　　　北京：文物出版社　1978
106. 佛說灌頂王喻經　乾隆大藏經　　　　　　　　　　　　　北京：文物出版社　1978
107. 佛說海意菩薩所問淨印法門經　乾隆大藏經　　　　　　　北京：文物出版社　1978
108. 佛說護國經　乾隆大藏經　　　　　　　　　　　　　　　北京：文物出版社　1978
109. 佛說護國尊者所問大乘經　乾隆大藏經　　　　　　　　　北京：文物出版社　1978
110. 佛說花積樓閣陀羅尼經　乾隆大藏經　　　　　　　　　　北京：文物出版社　1978
111. 佛說迦葉禁戒經　乾隆大藏經　　　　　　　　　　　　　北京：文物出版社　1978
112. 佛說較量一切佛剎功德經　乾隆大藏經　　　　　　　　　北京：文物出版社　1978
113. 佛說金剛場莊嚴般若波羅蜜多教中一分　乾隆大藏經　　　北京：文物出版社　1978
114. 佛說金剛手菩薩降伏一切部多大教王經　乾隆大藏經　　　北京：文物出版社　1978
115. 佛說金剛香菩薩大明成就儀軌經　乾隆大藏經　　　　　　北京：文物出版社　1978
116. 佛說金身陀羅尼經　乾隆大藏經　　　　　　　　　　　　北京：文物出版社　1978
117. 佛說金耀童子經　乾隆大藏經　　　　　　　　　　　　　北京：文物出版社　1978
118. 佛說淨意優婆塞所問經　乾隆大藏經　　　　　　　　　　北京：文物出版社　1978
119. 佛說舊城喻經　乾隆大藏經　　　　　　　　　　　　　　北京：文物出版社　1978
120. 佛說俱枳羅陀尼經　乾隆大藏經　　　　　　　　　　　　北京：文物出版社　1978
121. 佛說決定義經　乾隆大藏經　　　　　　　　　　　　　　北京：文物出版社　1978
122. 佛說開覺自性般若波羅蜜多經　乾隆大藏經　　　　　　　北京：文物出版社　1978
123. 佛說蓮華眼陀羅尼經　乾隆大藏經　　　　　　　　　　　北京：文物出版社　1978

124. 佛說了義般若波羅蜜多經　乾隆大藏經　　　　　　　　　　　北京：文物出版社　1978
125. 佛說六道伽陀經　乾隆大藏經　　　　　　　　　　　　　　　北京：文物出版社　1978
126. 佛說樓閣正法甘露鼓經　乾隆大藏經　　　　　　　　　　　　北京：文物出版社　1978
127. 佛說妙吉祥菩薩陀羅尼　乾隆大藏經　　　　　　　　　　　　北京：文物出版社　1978
128. 佛說妙色陀羅尼經　乾隆大藏經　　　　　　　　　　　　　　北京：文物出版社　1978
129. 佛說滅除五逆罪大陀羅尼經　乾隆大藏經　　　　　　　　　　北京：文物出版社　1978
130. 佛說目連所問經　乾隆大藏經　　　　　　　　　　　　　　　北京：文物出版社　1978
131. 佛說尼拘陀梵志經　乾隆大藏經　　　　　　　　　　　　　　北京：文物出版社　1978
132. 佛說毘沙門天王經　乾隆大藏經　　　　　　　　　　　　　　北京：文物出版社　1978
133. 佛說菩薩內戒經　乾隆大藏經　　　　　　　　　　　　　　　北京：文物出版社　1978
134. 佛說普賢曼拏羅經　乾隆大藏經　　　　　　　　　　　　　　北京：文物出版社　1978
135. 佛說普賢菩薩陀羅尼經　乾隆大藏經　　　　　　　　　　　　北京：文物出版社　1978
136. 佛說七佛經　乾隆大藏經　　　　　　　　　　　　　　　　　北京：文物出版社　1978
137. 佛說清淨心經　乾隆大藏經　　　　　　　　　　　　　　　　北京：文物出版社　1978
138. 佛說仁王護國般波羅蜜經疏神寶記　乾隆大藏經　　　　　　　北京：文物出版社　1978
139. 佛說如幻三摩地無量印法門經　乾隆大藏經　　　　　　　　　北京：文物出版社　1978
140. 佛說如來不思議秘密大乘經　乾隆大藏經　　　　　　　　　　北京：文物出版社　1978
141. 佛說如意寶總持王經　乾隆大藏經　　　　　　　　　　　　　北京：文物出版社　1978
142. 佛說如意輪蓮華心如來修行觀門儀　乾隆大藏經　　　　　　　北京：文物出版社　1978
143. 佛說如意摩尼陀羅尼經　乾隆大藏經　　　　　　　　　　　　北京：文物出版社　1978
144. 佛說沙彌十戒儀則經　乾隆大藏經　　　　　　　　　　　　　北京：文物出版社　1978
145. 佛說善樂長者經　乾隆大藏經　　　　　　　　　　　　　　　北京：文物出版社　1978
146. 佛說勝幡瓔珞陀羅尼經　乾隆大藏經　　　　　　　　　　　　北京：文物出版社　1978
147. 佛說勝軍王所問經　乾隆大藏經　　　　　　　　　　　　　　北京：文物出版社　1978
148. 佛說勝義空經　乾隆大藏經　　　　　　　　　　　　　　　　北京：文物出版社　1978
149. 佛說聖寶藏神儀軌經　乾隆大藏經　　　　　　　　　　　　　北京：文物出版社　1978
150. 佛說聖大總持王經　乾隆大藏經　　　　　　　　　　　　　　北京：文物出版社　1978
151. 佛說聖多羅菩薩經　乾隆大藏經　　　　　　　　　　　　　　北京：文物出版社　1978
152. 佛說聖佛母般若波羅蜜多經　乾隆大藏經　　　　　　　　　　北京：文物出版社　1978
153. 佛說聖佛母小字般若波多羅蜜經　乾隆大藏經　　　　　　　　北京：文物出版社　1978
154. 佛說聖觀自在菩薩不空王秘密心陀羅尼經　乾隆大藏經　　　　北京：文物出版社　1978
155. 佛說聖觀自在菩薩梵贊　乾隆大藏經　　　　　　　　　　　　北京：文物出版社　1978
156. 佛說聖六字大明王陀羅尼經　乾隆大藏經　　　　　　　　　　北京：文物出版社　1978
157. 佛說聖莊嚴陀羅尼經　乾隆大藏經　　　　　　　　　　　　　北京：文物出版社　1978
158. 佛說十八臂陀羅尼經　乾隆大藏經　　　　　　　　　　　　　北京：文物出版社　1978
159. 佛說四無所畏經　乾隆大藏經　　　　　　　　　　　　　　　北京：文物出版社　1978
160. 佛說宿命智陀羅尼　乾隆大藏經　　　　　　　　　　　　　　北京：文物出版社　1978
161. 佛說隨勇尊者經　乾隆大藏經　　　　　　　　　　　　　　　北京：文物出版社　1978
162. 佛說未曾有正法經　乾隆大藏經　　　　　　　　　　　　　　北京：文物出版社　1978
163. 佛說無能勝大明王陀羅尼經　乾隆大藏經　　　　　　　　　　北京：文物出版社　1978
164. 佛說無能勝幡王如來莊嚴陀羅尼經　乾隆大藏經　　　　　　　北京：文物出版社　1978
165. 佛說無畏陀羅尼經　乾隆大藏經　　　　　　　　　　　　　　北京：文物出版社　1978
166. 佛說五十頌聖般若波羅蜜經　乾隆大藏經　　　　　　　　　　北京：文物出版社　1978
167. 佛說消除一切災障寶髻陀羅尼經　乾隆大藏經　　　　　　　　北京：文物出版社　1978
168. 佛說醫喻經　乾隆大藏經　　　　　　　　　　　　　　　　　北京：文物出版社　1978
169. 佛說月喻經　乾隆大藏經　　　　　　　　　　　　　　　　　北京：文物出版社　1978

170　佛說栴檀香身陀羅尼經　乾隆大藏經　　　　　　　　　　　　　　北京：文物出版社　1978
171. 佛說智光滅一切業障陀羅尼經　乾隆大藏經　　　　　　　　　　　北京：文物出版社　1978
172. 佛說眾許摩訶帝經　乾隆大藏經　　　　　　　　　　　　　　　　北京：文物出版社　1978
173. 佛說諸佛經　乾隆大藏經　　　　　　　　　　　　　　　　　　　北京：文物出版社　1978
174. 佛說諸行有為經　乾隆大藏經　　　　　　　　　　　　　　　　　北京：文物出版社　1978
175. 佛說最上根本大樂金剛不空三昧大教王經　乾隆大藏經　　　　　　北京：文物出版社　1978
176. 佛說最上意陀羅尼經　乾隆大藏經　　　　　　　　　　　　　　　北京：文物出版社　1978
177. 佛說尊那經　乾隆大藏經　　　　　　　　　　　　　　　　　　　北京：文物出版社　1978
178. 佛說尊勝大明王經　乾隆大藏經　　　　　　　　　　　　　　　　北京：文物出版社　1978
179. 佛為娑伽羅龍王所說大乘經　乾隆大藏經　　　　　　　　　　　　北京：文物出版社　1978
180. 觀世音菩薩授記經　乾隆大藏經　　　　　　　　　　　　　　　　北京：文物出版社　1978
181. 觀無量壽佛經疏妙宗鈔　乾隆大藏經　　　　　　　　　　　　　　北京：文物出版社　1978
182. 觀無量壽佛經義疏　乾隆大藏經　　　　　　　　　　　　　　　　北京：文物出版社　1978
183. 觀音玄義記　乾隆大藏經　　　　　　　　　　　　　　　　　　　北京：文物出版社　1978
184. 觀音義疏記　乾隆大藏經　　　　　　　　　　　　　　　　　　　北京：文物出版社　1978
185. 廣釋菩提心論　乾隆大藏經　　　　　　　　　　　　　　　　　　北京：文物出版社　1978
186. 宏智禪師廣錄　乾隆大藏經　　　　　　　　　　　　　　　　　　北京：文物出版社　1978
187. 護法論　乾隆大藏經　　　　　　　　　　　　　　　　　　　　　北京：文物出版社　1978
188. 黃龍慧南禪師語錄　乾隆大藏經　　　　　　　　　　　　　　　　北京：文物出版社　1978
189. 集大乘相論　乾隆大藏經　　　　　　　　　　　　　　　　　　　北京：文物出版社　1978
190. 集諸法寶最上義論　乾隆大藏經　　　　　　　　　　　　　　　　北京：文物出版社　1978
191. 金剛薩埵說頻那夜迦天成就儀軌經　乾隆大藏經　　　　　　　　　北京：文物出版社　1978
192. 金光明經文句記　乾隆大藏經　　　　　　　　　　　　　　　　　北京：文物出版社　1978
193. 金色童子因緣經　乾隆大藏經　　　　　　　　　　　　　　　　　北京：文物出版社　1978
194. 淨土往生傳　乾隆大藏經　　　　　　　　　　　　　　　　　　　北京：文物出版社　1978
195. 龍樹菩薩為禪陀迦王說法要偈　乾隆大藏經　　　　　　　　　　　北京：文物出版社　1978
196. 曼殊室利菩薩吉祥伽陀　乾隆大藏經　　　　　　　　　　　　　　北京：文物出版社　1978
197. 妙臂菩薩所問經　乾隆大藏經　　　　　　　　　　　　　　　　　北京：文物出版社　1978
198. 妙法聖念處經　乾隆大藏經　　　　　　　　　　　　　　　　　　北京：文物出版社　1978
199. 妙吉祥平等觀門大教王經略出護摩儀　乾隆大藏經　　　　　　　　北京：文物出版社　1978
200. 妙吉祥平等秘密最上觀門大教王經　乾隆大藏經　　　　　　　　　北京：文物出版社　1978
201. 妙吉祥平等瑜伽秘密觀身成佛儀軌　乾隆大藏經　　　　　　　　　北京：文物出版社　1978
202. 明覺禪師語錄　乾隆大藏經　　　　　　　　　　　　　　　　　　北京：文物出版社　1978
203. 菩提心觀釋　乾隆大藏經　　　　　　　　　　　　　　　　　　　北京：文物出版社　1978
204. 菩提心離相論　乾隆大藏經　　　　　　　　　　　　　　　　　　北京：文物出版社　1978
205. 菩提行經　乾隆大藏經　　　　　　　　　　　　　　　　　　　　北京：文物出版社　1978
206. 千手眼大悲心咒行法　乾隆大藏經　　　　　　　　　　　　　　　北京：文物出版社　1978
207. 千轉大明陀羅尼經　乾隆大藏經　　　　　　　　　　　　　　　　北京：文物出版社　1978
208. 三寶感應要略錄　乾隆大藏經　　　　　　　　　　　　　　　　　北京：文物出版社　1978
209. 三劫三千佛緣起　乾隆大藏經　　　　　　　　　　　　　　　　　北京：文物出版社　1978
210. 勝軍化世百瑜伽他經　乾隆大藏經　　　　　　　　　　　　　　　北京：文物出版社　1978
211. 聖八千頌般若波羅蜜多一百八名真實圓義陀羅尼經　乾隆大藏經　　北京：文物出版社　1978
212. 聖持世陀羅尼經　乾隆大藏經　　　　　　　　　　　　　　　　　北京：文物出版社　1978
213. 聖多羅菩薩梵贊　乾隆大藏經　　　　　　　　　　　　　　　　　北京：文物出版社　1978
214. 聖多羅菩薩一百八名陀羅尼經　乾隆大藏經　　　　　　　　　　　北京：文物出版社　1978
215. 聖佛母般若波羅蜜多九頌精義論　乾隆大藏經　　　　　　　　　　北京：文物出版社　1978

216. 聖觀自在菩薩功德讚　乾隆大藏經　　　　　　　　　　　　北京：文物出版社　1978
217. 聖觀自在菩薩一百八名經　乾隆大藏經　　　　　　　　　　北京：文物出版社　1978
218. 聖金剛手菩薩一百八名梵讚　乾隆大藏經　　　　　　　　　北京：文物出版社　1978
219. 聖虛空藏菩薩陀羅尼經　乾隆大藏經　　　　　　　　　　　北京：文物出版社　1978
220. 十不善業道經　乾隆大藏經　　　　　　　　　　　　　　　北京：文物出版社　1978
221. 事師法五十頌　乾隆大藏經　　　　　　　　　　　　　　　北京：文物出版社　1978
222. 釋迦如來涅槃禮讚文　乾隆大藏經　　　　　　　　　　　　北京：文物出版社　1978
223. 釋氏要覽　乾隆大藏經　　　　　　　　　　　　　　　　　北京：文物出版社　1978
224. 首楞嚴義疏注經　乾隆大藏經　　　　　　　　　　　　　　北京：文物出版社　1978
225. 四分律行事鈔資持記　乾隆大藏經　　　　　　　　　　　　北京：文物出版社　1978
226. 四明十義書　乾隆大藏經　　　　　　　　　　　　　　　　北京：文物出版社　1978
227. 四明尊者教行錄　乾隆大藏經　　　　　　　　　　　　　　北京：文物出版社　1978
228. 宋高僧傳　乾隆大藏經　　　　　　　　　　　　　　　　　北京：文物出版社　1978
229. 天臺九祖傳　乾隆大藏經　　　　　　　　　　　　　　　　北京：文物出版社　1978
230. 外道問聖大乘法無我義經　乾隆大藏經　　　　　　　　　　北京：文物出版社　1978
231. 無能勝大明陀羅尼經　乾隆大藏經　　　　　　　　　　　　北京：文物出版社　1978
232. 無能勝大明心陀羅尼經　乾隆大藏經　　　　　　　　　　　北京：文物出版社　1978
233. 賢聖集伽陀一百頌　乾隆大藏經　　　　　　　　　　　　　北京：文物出版社　1978
234. 虛空藏菩薩神咒經　乾隆大藏經　　　　　　　　　　　　　北京：文物出版社　1978
235. 虛堂和尚語錄　乾隆大藏經　　　　　　　　　　　　　　　北京：文物出版社　1978
236. 續清涼傳　乾隆大藏經　　　　　　　　　　　　　　　　　北京：文物出版社　1978
237. 續一切經音義　乾隆大藏經　　　　　　　　　　　　　　　北京：文物出版社　1978
238. 一切秘密最上名義大教王儀軌　乾隆大藏經　　　　　　　　北京：文物出版社　1978
239. 一切如來大秘密王未曾有最上微妙大曼拏羅經　乾隆大藏經　北京：文物出版社　1978
240. 一切如來說佛頂輪王一百八名讚　乾隆大藏經　　　　　　　北京：文物出版社　1978
241. 一切如來正法秘密篋印心陀羅尼經　乾隆大藏經　　　　　　北京：文物出版社　1978
242. 永明智覺禪師唯心訣　乾隆大藏經　　　　　　　　　　　　北京：文物出版社　1978
243. 優波離問佛經　乾隆大藏經　　　　　　　　　　　　　　　北京：文物出版社　1978
244. 優婆塞五戒威儀經　乾隆大藏經　　　　　　　　　　　　　北京：文物出版社　1978
245. 圓悟佛果禪師語錄　乾隆大藏經　　　　　　　　　　　　　北京：文物出版社　1978
246. 雲門匡真禪師廣錄　乾隆大藏經　　　　　　　　　　　　　北京：文物出版社　1978
247. 贊法界頌　乾隆大藏經　　　　　　　　　　　　　　　　　北京：文物出版社　1978
248. 讚揚聖德多羅菩薩一百八名經　乾隆大藏經　　　　　　　　北京：文物出版社　1978
249. 增慧陀羅尼經　乾隆大藏經　　　　　　　　　　　　　　　北京：文物出版社　1978
250. 諸法集要經　乾隆大藏經　　　　　　　　　　　　　　　　北京：文物出版社　1978
251. 諸佛心印陀羅尼經　乾隆大藏經　　　　　　　　　　　　　北京：文物出版社　1978
252. 諸教決定名義論　乾隆大藏經　　　　　　　　　　　　　　北京：文物出版社　1978
253. 注大乘入楞伽經　乾隆大藏經　　　　　　　　　　　　　　北京：文物出版社　1978
254. 注四十二章經　乾隆大藏經　　　　　　　　　　　　　　　北京：文物出版社　1978
255. 宗鏡錄　乾隆大藏經　　　　　　　　　　　　　　　　　　北京：文物出版社　1978
256. 最上大乘金剛大教寶王經　乾隆大藏經　　　　　　　　　　北京：文物出版社　1978
257. 注華嚴經題法界觀門頌　乾隆大藏經　　　　　　　　　　　北京：文物出版社　1978

六、元代：

1. 諸宮調　　　　　　　　　　　　　　　　　　　　　　　　上海：上海古籍出版社　1984
2. 新校元刊雜劇三十種　　　　　　　　　　　　　　　　　　北京：中華書局　1980

3. 新編五代史平話　　　　　　　　　　　　　北京：古典文學出版社　1954
4. 全相平話五種　　　　　　　　　　　上海：上海文學古籍刊行社　1956
5. 大宋宣和遺事　　　　　　　　　　　　　　　臺灣：商務印書館　1937
6. 永樂大典戲文　　　　　　　　　　　　　　　　北京：中華書局　1979
7. 金史　　　　　　　　　　　　　　　　　　　北京：中華書局　1975
8. 遼史　　　　　　　　　　　　　　　　　　　北京：中華書局　1974
9. 宋史　　　　　　　　　　　　　　　　　　　北京：中華書局　1977
10. 吳禮部詩話　　　　　　　　　　　　　　　　北京：中華書局　1985
11. 宋元平話集　　　　　　　　　　　　　　　上海：上海古籍出版社　1990
12. 鐵崖樂府　續修四庫全書　　　　　　　　　上海：上海古籍出版社　1995

七、明代：

1. 水滸全傳　　　　　　　　　　　　　　北京：人民文學出版社　1957
2. 金瓶梅詞話　　　　　　　　　　　　　北京：人民文學出版社　1985
3. 西遊記　　　　　　　　　　　　　　　北京：人民文學出版社　1980
4. 三國演義　　　　　　　　　　　　　　北京：人民文學出版社　1973
5. 六十種曲　　　　　　　　　　　　　　　　　北京：中華書局　1958
6. 初刻拍案驚奇　　　　　　　　　　　　　　　北京：中華書局　2001
7. 二刻拍案驚奇　　　　　　　　　　　　　　　北京：中華書局　2001
8. 喻世明言　　　　　　　　　　　　　　　　　北京：中華書局　2002
9. 警世通言　　　　　　　　　　　　　　　　　北京：中華書局　2002
10. 醒世恒言　　　　　　　　　　　　　　　　　北京：中華書局　2001
11. 型世言　　　　　　　　　　　　　　　　　　長沙：嶽麓書社　1993
12. 封神演義　　　　　　　　　　　　　　北京：人民文學出版社　1973
13. 歡喜冤家　　　　　　　　　　　北京：北京師範大學出版社　1992
14. 陶庵夢憶　　　　　　　　　　　　　　　　　北京：中華書局　1985
15. 西湖夢尋　　　　　　　　　　　　　　　上海：上海古籍出版社　1982
16. 揚州十日記　　　　　　　　　　　　　　　　上海：上海書店　1982
17. 禪真逸史　　　　　　　　　　　　　　　上海：上海古籍出版社　1992
18. 禪真後史　　　　　　　　　　　　　　　上海：上海古籍出版社　1992
19. 傳習錄　　　　　　　　　　　　　　　　　　長沙：嶽麓書社　2004
20. 天工開物　　　　　　　　　　　　　　　　　北京：中華書局　1978
21. 徐霞客遊記　　　　　　　　　　　　　　上海：上海古籍出版社　1987
22. 元史　　　　　　　　　　　　　　　　　　　北京：中華書局　1976
23. 元朝秘史　　　　　　　　　　　　　　　　　北京：中華書局　1985
24. 竹齋集　四庫全書　　　　　　　　　　　　　臺灣：商務印書館　1986

八、清代：

1. 醒世姻緣傳　　　　　　　　　　　　　　　　濟南：齊魯書社　1980
2. 紅樓夢　　　　　　　　　　　　　　　北京：人民文學出版社　1996
3. 兒女英雄傳　　　　　　　　　　　　　　　　濟南：齊魯書社　1990
4. 儒林外史　　　　　　　　　　　　　　北京：人民文學出版社　1958
5. 二十年目睹之怪現狀　　　　　　　　　北京：人民文學出版社　1978
6. 官場現形記　　　　　　　　　　　　　北京：人民文學出版社　1957
7. 孽海花　　　　　　　　　　　　　　　上海：上海古籍出版社　1979

8. 聊齋志異　　　　　　　　　　　上海：上海古籍出版社　1998
9. 海上花列傳　　　　　　　　　　上海：上海古籍出版社　1992
10. 今古奇觀　　　　　　　　　　　北京：人民文學出版社　1957
11. 明珠緣　　　　　　　　　　　　成都：成都古籍書店　1981
12. 鏡花緣　　　　　　　　　　　　上海：上海古籍出版社　1992
13. 九尾龜　　　　　　　　　　　　上海：上海古籍出版社　1994
14. 彭公案　　　　　　　　　　　　上海：上海古籍出版社　1993
15. 品花寶鑒　　　　　　　　　　　上海：上海古籍出版社　1994
16. 七劍十三俠　　　　　　　　　　上海：上海古籍出版社　1990
17. 小五義　　　　　　　　　　　　上海：上海古籍出版社　2000
18. 歧路燈　　　　　　　　　　　　北京：中華書局　2004
19. 老殘遊記　　　　　　　　　　　上海：上海古籍出版社　1991
20. 隋唐演義　　　　　　　　　　　上海：上海古籍出版社　1992
21. 浮生六記　　　　　　　　　　　上海：上海古籍出版社　2000
22. 說岳全傳　　　　　　　　　　　北京：中華書局　1958
23. 說呼全傳　　　　　　　　　　　北京：中華書局　1991
24. 綠野仙蹤　　　　　　　　　　　北京：中華書局　1991
25. 飛龍全傳　　　　　　　　　　　北京：中華書局　2004
26. 水滸後傳　　　　　　　　　　　北京：中華書局　1959
27. 續紅樓夢　　　　　　　　　　　上海：上海古籍出版社　1992
28. 金瓶梅　　　　　　　　　　　　上海：上海古籍出版社　1990
29. 粉妝樓　　　　　　　　　　　　上海：上海古籍出版社　1995
30. 風月夢　　　　　　　　　　　　上海：上海古籍出版社　1992
31. 玉嬌梨　　　　　　　　　　　　上海：上海古籍出版社　1992
32. 夢中緣　　　　　　　　　　　　上海：上海古籍出版社　1992
33. 綠牡丹　　　　　　　　　　　　上海：上海古籍出版社　1985
34. 鳳凰池　　　　　　　　　　　　上海：上海古籍出版社　1990
35. 好逑傳　　　　　　　　　　　　上海：上海古籍出版社　1992
36. 合錦回文傳　　　　　　　　　　上海：上海古籍出版社　1992
37. 合浦珠　　　　　　　　　　　　上海：上海古籍出版社　1990
38. 糊塗世界　　　　　　　　　　　上海：上海古籍出版社　1997
39. 花月痕　　　　　　　　　　　　上海：上海古籍出版社　1994
40. 繡雲閣　　　　　　　　　　　　上海：上海古籍出版社　1992
41. 幻中游　　　　　　　　　　　　上海：上海古籍出版社　1992
42. 幽夢影　　　　　　　　　　　　上海：中央書店　1935
43. 狄公案　　　　　　　　　　　　上海：上海古籍出版社　1992
44. 楊乃武與小白菜　　　　　　　　杭州：浙江文藝出版社　1987
45. 濟公全傳　　　　　　　　　　　長沙：嶽麓書社　2002
46. 續濟公傳　　　　　　　　　　　杭州：浙江古籍出版社　1991
47. 明史　　　　　　　　　　　　　北京：中華書局　2000
48. 文集　　　　　　　　　　　　　北京：京華出版社　1999

九、現當代：

1. 家　　　　　　　　　　　　　　北京：人民文學出版社　1962
2. 春　　　　　　　　　　　　　　北京：人民文學出版社　1962
3. 秋　　　　　　　　　　　　　　北京：人民文學出版社　1962

4. 子夜　　　　　　　　　　　　　　　　　　北京：人民文學出版社 1954
5. 金粉世家　　　　　　　　　　　　　　　　太原：北嶽文藝出版社 1993
6. 四世同堂　　　　　　　　　　　　　　　　北京：人民文學出版社 1998
7. 駱駝祥子　　　　　　　　　　　　　　　　北京：人民文學出版社 1978
8. 平凡的世界　　　　　　　　　　　　　　　北京：人民文學出版社 2005
9. 狗日的糧食　　　　　　　　　　北京：作家出版社 1993　劉恒自選集
10. 貧嘴張大民的幸福生活　　　　　北京：作家出版社 1993　劉恒自選集
11. 白渦　　　　　　　　　　　　　北京：作家出版社 1993　劉恒自選集
12. 伏羲伏羲　　　　　　　　　　　北京：作家出版社 1993　劉恒自選集
13. 黑的血　　　　　　　　　　　　北京：作家出版社 1993　劉恒自選集
14. 過把癮就死　　　　　　　　　　　北京：華藝出版社 1992　王朔全集
15. 千萬別把我當人　　　　　　　　　北京：華藝出版社 1992　王朔全集
16. 玩得就是心跳　　　　　　　　　　北京：華藝出版社 1992　王朔全集
17. 我是你爸爸　　　　　　　　　　　北京：華藝出版社 1992　王朔全集

參考文獻

1. 安豐存：2009，從量詞的語法化過程看語言結構的內部調整[J]，漢語學習（4）
2. 陳紱：2002，從「枚」與「個」看漢語泛指性量詞的演變[J]，語文研究（1）
3. 陳練軍：2003，居延漢簡量詞研究[D]，西南師範大學碩士論文
4. 陳慶武、林玉山：2001，20世紀的中國辭書[J]，辭書研究（1）
5. 陳望道：1980，陳望道語文論集[C]，上海：上海教育出版社
6. 陳穎：2003，蘇軾作品量詞研究[M]，成都：巴蜀書社
7. 儲澤祥、魏紅：2005，漢語量詞「片」及其自相似性表現[J]，語言科學（2）
8. 戴浩一：2002，概念結構與非自主性語法：漢語語法概念系統初探[J]，當代語言學（2）
9. 鄧幫雲：2005，元代量詞研究[D]，四川大學碩士論文
10. 刁晏斌：2005，現代漢語量詞詞義的發展變化[J]，忻州師範學院學報（4）
11. 杜豔：2006，現代漢語平面類量詞的認知研究[D]，南開大學碩士論文樊中元，2007，論同一名詞對不同表形義量詞的選擇[J]，漢語學報（4）
12. 樊中元：2009，論配同關係量詞「顆」與「粒」[J]，廣西師範大學學報（6）
13. 馮志偉：1987，現代語言學流派[M]，西安：陝西人民出版社
14. 伏學鳳：2005，《漢語水準詞彙與漢字等級大綱》名量詞系源研究[J]，語言文字應用（4）
15. 高佳：2007，漢語服裝量詞的形成及演變研究[D]，四川大學博士論文
16. 國家漢語水準考試委員會辦公室考試中心：2001，漢語水準詞彙與漢字等級大綱[M]，北京：經濟科學出版社
17. 郭敏：2006，基於認知語言學的現代漢語形狀量詞詞義考察[D]，北京語言大學碩士論文
18. 郭茜：2008，談談「塊」[J]，漢語學習（1）
19. 郭銳：2004，現代漢語詞類研究[M]，北京：商務印書館
20. 郭紹虞：1979，漢語語法修辭新探[M]，北京：商務印書館
21. 郭先珍：2002，現代漢語量詞用法詞典[Z]，北京：語文出版社
22. 賀芳芳：2005，齊民要術量詞研究[D]，山東大學碩士論文
23. 何傑：2001，現代漢語量詞研究（增編版）[M]，北京：北京語言大學出版社
24. 洪藝芳：2000，敦煌吐魯番文書中之量詞研究[M]，台灣：文津出版社
25. 糇瑞隆：2006，認知分析與對外漢語示形量詞教學——對外漢語量詞教學個案研 26. 究系列之一[J]，雲南師範大學學報（對外漢語教學與研究版）（3）
27. 胡明揚：1992，近代漢語的上下限和分期問題，近代漢語研究[C]，北京：商務印書館
28. 胡繼明：2004，《吐魯番出土文書》中的量詞[J]，西南民族大學學報（12）
29. 胡壯麟：2004，認知隱喻學[M]，北京：北京大學出版社
30. 黃寧：2009，淺論漢語個體量詞搭配的模糊性——以「條」和「根」為例[J]，語文學刊（2）
31. 黃盛璋：1961，兩漢時代的量詞[J]，中國語文（8）
32. 黃載君：1964，從甲骨文、金文量詞的應用,考察漢語量詞的起源與發展[J]，中國語文（6）
33. 吉仕梅：2004，漢代簡帛量詞新論[J]，四川大學學報（4）
34. 蔣紹愚：1994，近代漢語研究概況[M]，北京：北京大學出版社
35. 蔣穎：2005，漢語名量詞虛化的三種機制[J]，雲南師範大學學報（1）
36. 蔣穎：2006，漢藏語系名量詞研究[D]，中央民族大學博士論文
37. 金福芬、陳國華：2002，漢語量詞的語法化[J]，清華大學學報（增1）
38. 金桂桃：2006，唐至清的量詞「件」[J]，長江學術（1）
39. 黎錦熙、劉世儒：1959，漢語語法教材[M]，北京：商務印書館
40. 李計偉：2009，量詞「窠」的產生、發展與量詞「棵」的出現[J]，語言科學（4）
41. 李建平：2005，百年來古漢語量詞研究述評[J]，天水師範學院學報（3）
42. 李建平：2009，泛指性量詞「枚／個」的興替及其動因——以出土文獻為新材料[J]，43. 古漢語研究（4）

43. 李錦芳：2005，漢藏語系量詞研究[C]，北京：中央民族大學出版社
44. 李訥、石毓智：1998，句子中心動詞及其賓語之後謂詞性成分的變遷與量詞語 46. 法化的動因[J]，語言研究（1）
45. 李如龍：2004，漢語應用研究[M]，北京：中國傳媒大學出版社
46. 李若暉：2000，殷代量詞初探[J]，古漢語研究（2）
47. 李天虹：2004，漢簡「致籍」考辨──讀張家山漢簡《津關令》劄記[J]，文史（2）
48. 李先銀：2002，漢語個體量詞的產生及其原因初探[J]，保定師專學報（1）
49. 李秀：2004，外形特徵類量詞的語義辨析及發展趨勢[J]，內蒙古師範大學學報（1）
50. 李豔惠、石毓智：2000，漢語量詞系統的建立與複數標記「們」的發展[J]，當 53. 代語言學（1）
51. 李瑩：2008，漢語個體量詞產生的機制與動因[J]，湖北廣播電視大學學報（2）
52. 李宇明：2000，漢語量範疇研究[M]，武漢：華中師範大學出版社
53. 李宗江：1999，漢語常用詞演變研究[M]，上海：漢語大詞典出版社
54. 李宗江：2004，語法化的逆過程：漢語量詞的實義化[J]，古漢語研究（4）
55. 李佐豐：1984，左傳量詞的分類[J]，內蒙古大學學報（3）
56. 廖名春：1990，吐魯番出土文書新興量詞考[J]，敦煌研究（2）
57. 劉丹青：1988，漢語量詞的宏觀分析[J]，漢語學習（5）
58. 劉芳：2009，量詞「顆」與「粒」的認知語義分析[J]，語文知識（2）
59. 劉世儒：1965，魏晉南北朝量詞研究[M]，北京：中華書局
60. 劉岩：2006，德昂語量詞演變的歷史層次[J]，雲南師範大學學報（5）
61. 柳士鎮：1992，魏晉南北朝歷史語法[M]，南京：南京大學出版社
62. 龍仕平：2009，秦簡中的量詞及其歷時演變[J]，西華師範大學學報（4）
63. 羅丹：2008，《二刻拍案驚奇》外形特徵類名量詞研究[J]，現代語文（7）
64. 羅日新：1986，從名（或動）、量的搭配關係看量詞特點[J]，遼寧師範大學學報（2）
65. 呂冀平：2002，當前我國語言文字的規範化問題[M]，上海：上海教育出版社
66. 呂叔湘：1980，現代漢語八百詞[Z]，北京：商務印書館
67. 呂叔湘：1985a，近代漢語指代詞・序，近代漢語指代詞[M]，上海：學林出版社
68. 呂叔湘：1985b，近代漢語讀本・序，近代漢語讀本[M]，上海：上海教育出版社
69. 馬慶株：1990，數詞、量詞的語義成分和數量結構的語法功能[J]，中國語文（3）
70. 牛巧紅：2007，量詞「口」、「頭」、「隻」的系源研究及認知分析[D]，鄭州大學碩士論文
71. 牛太清：2001，量詞「重・層」歷時更替小考[J]，古漢語研究（2）
72. 彭媛：2010，漢語量詞的語義演變研究[J]，西南石油大學學報（2）
73. 單韻鳴：2005，廣州話量詞「條」的語體色彩再酌[J]，學術研究（9）
74. 沈家煊：1994，「語法化」研究綜觀[J]，外語教學與研究（4）
75. 沈家煊：1998，實詞虛化的機制──《演化而來的語法》評介[J]，當代語言學（3）
76. 沈家煊：1999，轉指和轉喻[J]，當代語言學（1）
77. 邵敬敏：1993，量詞的語義分析及其與名詞的雙向選[J]，中國語文（3）
78. 石毓智：2001，表物體形狀的量詞的認知基礎[J]，語言教學與研究（1）
79. 石毓智：2008，認識能力與語言學理論[M]，上海：學林出版社
80. 石毓智、李訥：2001，漢語語法化的歷程──形態句法發展的動因和機制[M]，北京：北京大學出版社
81. 定芳：2000，隱喻學研究[M]，上海：上海外語教育出版社
82. 司徒允昌：1991，論漢語個體量詞的表達功能[J]，汕頭大學學報（1）
83. 唐苗：2008，現代漢語線狀量詞的語義分析及認知解釋[D]，華中師範大學碩士論文
84. 唐小芬：2009，「基準量詞」和量詞的虛化[J]，古漢語研究（4）
85. 萬獻初：2000，漢語量詞分類系源[J]，咸甯師專學報（4）
86. 汪維輝：2000，東漢──隋常用詞演變研究[M]，南京：南京大學出版社
87. 汪維輝：2007，《齊民要術》詞彙語法研究[M]，上海：上海教育出版社

88.汪小玲、李翮：2009,個體量詞的產生及其歷史演變過程探析──以量詞「本」為例[J],欽州學院學報（4）

89. 汪禕：2008,中古佛典量詞研究[D],南京師範大學博士論文

90. 王冬梅：1997,現代漢語量詞研究綜述[J],揚州大學學報（6）

91. 王潔：2004,從認知角度看量詞「片」修飾視覺域具體名詞[J],樂山師範學院學報（3）

92. 王力：1980,漢語史稿[M],北京：中華書局

93. 王力：1989,漢語語法史[M],北京：商務印書館

94. 王彤偉：2005,量詞「頭」源流淺探[J],語言科學（3）

95. 王文斌：2009,論漢英形狀量詞「一物多量」的認知緣由及意象圖式的不定性[J],外語教學（3）

96. 王秀玲：2009,談量詞「領」的起源和發展──兼論「領」和「件」的歷時替換[J],廣州大學學報（3）

97. 魏德勝：2000,《敦煌漢簡》中的量詞[J],古漢語研究（2）

98. 吳非：1995,一九四九年以前量詞研究綜述[J],新疆師範大學學報（4）

99. 吳福祥：2005,漢語語法化研究[C],北京：商務印書館

100. 吳福祥：2006,語法化與漢語歷史語法研究[M],合肥：安徽教育出版社

101. 吳福祥、馮勝利、黃正德：2006,漢語「數+量+名」格式的來源[J],中國語文（5）

102. 肖從禮：2008,從漢簡看兩漢時期量詞的發展[J],敦煌研究（4）

103. 解惠全：1987,談實詞的虛化,語言研究論叢（第四輯）[C],天津：南開大學出版社

104. 徐中舒等：1995,漢語大字典（縮印本）[Z],武漢：湖北辭書出版社,成都：四川辭書出版社

105. 許慎：1963,說文解字[M],北京：中華書局

106. 楊曉敏：1990,先秦量詞及其形成與演變,王力先生紀念論文集[C],北京：商務印書館

107. 姚雙雲、樊中元：2002,漢語空間義量詞考察[J],湖南師範大學社會科學學報（6）

108. 姚振雲：西北地方漢代簡牘中的名量詞,簡帛語言文字研究第二輯[C],成都：巴蜀書社

109. 葉桂郴：2005,《六十種曲》和明代文獻的量詞[D],湖南師範大學博士論文

110. 葉桂郴：2008,明代新生量詞考察[J],古漢語研究（3）

111. 游黎：2002,唐五代量詞研究[D],四川大學碩士論文

112. 遊順釗：1988,從認知角度探討上古漢語名量詞的起源[J],中國語文（5）

113. 於璐：2008,量詞「幅」的義項分析[J],甘肅社會科學（4）

114. 俞士汶：1998,現代漢語語法資訊詞典詳解[M],北京：清華大學出版社,南寧：廣西科學技術出版社

115. 張桂光：2009,商周金文量詞特點略說[J],中山大學學報（5）

116. 張禎：2009a,類型學背景下的漢泰語量詞語義系統對比和漢語量詞教學[J],世界漢語教學（4）

117. 張禎：2009b,《分類詞──名詞分類系統的類型》介紹[J],當代語言學（3）

118. 張麗君：1998,《五十二病方》物量詞舉隅[J],古漢語研究（4）

119. 張敏：1998,認知語言學與漢語名詞短語[M],北京：中國社會科學出版社

120. 張敏：2007,名量詞「道」與「條」的辨析[J],術語標準化與資訊技術（3）

121. 張雙棣、陳濤：1998,古代漢語字典[Z],北京：北京大學出版社

122. 張萬起：1998,量詞「枚」的產生及其歷史演變[J],中國語文（3）

123. 張錫厚：1982,敦煌寫本《搜神記》考辨[J],文學評論叢刊（16）

124. 張顯成：2005,馬王堆醫書中的新興量詞[J],湖南省博物館館刊（2）,長沙：嶽麓書社

125. 張顯成：2006,馬王堆三號漢墓遣策中的量詞,簡帛語言文字研究第二輯[C],126. 成都：巴蜀書社

127. 張幟：1991,古漢語量詞源流概說[J],渤海大學學報（4）

128. 趙元任：1979,漢語口語語法[M],北京：商務印書館

129. 趙豔芳：2001,認知語言學概論[M],上海：上海外語教育出版社

130. 趙中方：1991,唐五代個體量詞的發展[J],揚州大學學報（4）

131. 趙中方：1989,宋元個體量詞的發展[J],揚州大學學報（1）

132. 中國社會科學院語言研究所詞典編輯室：2005,現代漢語詞典[Z],北京：商務印書館

133. 周芍：2006,名詞量詞組合的雙向選擇研究及其認知解釋[D],暨南大學博士論文

134. 朱德熙：1982,語法講義[M],北京：商務印書館

135. 朱慶明：1994，析「支」、「條」、「根」[J]，世界漢語教學（3）
136. 朱曉軍：2006，認知語言學視角下的漢語個體量詞搭配——以「條」為例，語言與翻譯（4）
137. 宗守雲：2007，規範四個量詞用法的理據分析及建議[J]，術語標準化與資訊技術（4）
138. 宗守雲：2008，漢語量詞研究方法論的嬗變[J]，揚州大學學報（1）